영광의 해일로
4

영광의 해일로 4

하제

현대 판타지 소설

테라코타

차례

1. 팬미팅

주말까지 헤일로의 레이블에서 시간을 보낸 어거스트 베일은 일요일 오후 HALO 10집을 손에 쥔 채 영국으로 돌아갔다. 이윽고 영국 시간으로 11월 16일 일요일 20시, 영국인들이 가족과 함께 저녁 식사를 나누고 있을 시간에 HALO 10집 〈자를 수 없는 것(Cannot be cut)〉이 업로드되었다. 세 식구의 정겨운 저녁 식사를 묘사하는 일러스트 표지를 가진 앨범은 정반대의 분위기를 가지고 있었다. 미움과 애증으로 소용돌이치는 음악. 앨범의 제목이자 타이틀곡 제목이 의미하는 바가 무엇인지 깨달은 사람들이 웅성거리기 시작했다. 그러나 논란이 더 커지지 않은 것은 음악이 흐를수록 그 애증의 잔해가 흩어지고 그 위에 온화하고 따스한 애정만이 남았기 때문이다. 간극은 어딘가 가슴을 찡하게 적시는 구석이 있었다.

사람들은 생각했다. HALO는 어쩌면 2미터의 거구, 3대 1,500 치는 헬창, 다리 사이에서 빔이 나오는 4,50대의 상남자가 아닐지도 모른다고. 누군가는 이런 변화에 실망했지만 누군가는 HALO 또한 한 인간으로 보게 되었다. 그를 향한 숭배와 찬양이 사라진 건 아니다. 다만 이제까지 그들이 단지 스타로서의 HALO를 원했다면 이젠 인간으로서의 HALO를 보기 시작한 거다.

그들은 궁금해했다. HALO는 평소 몇 시에 일어나 어떤 하루를 보내고 어떤 음식을 좋아하며 누구와 같이 시간을 보낼까. 웃을 땐 어떻게 웃고 슬플 땐 어떤 표정을 지을까. 그리고 그건 노해일의 삶을 궁금해하는 노해일의 팬덤과 일면 비슷했다.

노해일의 기나긴 생일날이 끝나고 돌아온 평일, 세상에 월급 루팡이 많은 건지 백수가 많은 건지 모르겠지만, 커뮤니티는 늘 그렇듯 활발했다.

[노해일 생일 축하한다고 한 사람들 + 생파 참석자.]

ㄴ2031 해일차트 어워즈ㄷㄷ

ㄴ근데 온 사람 급도 급인데, 저렇게 많이 온 거 보면 성격도 좋나 봄.

ㄴ인성이 뭐가 중요함? 지금 노해일 인기면 싫어해도 가야지.

ㄴ 리브 신주혁 이런 애들이 뭐가 아쉬워서 싫은 사람 생파에 가냐? 말이 되는 소리 좀;;

ㄴ신인 주제에 생파를 무슨 저렇게ㅋ

ㄴ부러우면 부럽다고 말해. 자기 돈으로 생파 여는 건데 별걸 가지고 간섭이네.

별그램에 올라온 단체 사진과 인증 사진, 그리고 파티에 가지 못한 이들이 SNS에 올린 '우리 해일이 생일이에요' 같은 글 덕분에 커뮤니티는 노해일 생일을 주제로 달구어졌다. 그리고 누가 노해일의 생일을 축하했느냐 만큼 관심을 받는 건 생일선물은 무엇이었는가였다. 노해일은 SNS도 하지 않았지만 사람들은 파티 참석자들의 인증 사진이나 축하 메시지 등을 통해 여기저기 얼핏 노출된 선물에 가격을 매겼다. 그중 가장 화제가 된 건 스콜피온 릴의 레이싱 바이크 선물이었다. SNS에 대놓고 올려 누구나 가격을 알 수 있었다.

스콜피온, 노해일의 생일선물로 "오다 주웠다"

ㄴ 아니 릴 별그램 보니까 널 위한 선물이라고 정중하게 써놨더만 기레기새끼 축약도 아니고 이젠 막 지어내네.

ㄴ 하악 두카티 자태가 아주 그냥,,,마누라 몰래 샀다 등짝 맞고 다시 판 건 그저 장난감이었구나,,,

ㄴ 아니 다 좋은데 해일이 다치면 어쩌려고 이런 걸 주는 거임;;;

ㄴ 저거 근데 탈순 있냐?

ㄴ 노해일 이제 면허 딸 수 있지 않음?

ㄴ 아무 오토바이나 다 탈 수 있는 건 아닐걸? 배기량 기준치 넘으면 2종 따야 함.

ㄴ 성인 될 때까지 못 탐? ㅋㅋㅋㅋ개웃기네. 역시 세상은 공평하다.

ㄴ ;;몇 년만 있으면 면허 딸 텐데 이게 공평임?

또 다른 곳, 바로 명품 브랜드 '아르보'의 별그램 또한, 그들의 앰배서더의 생일을 축하하며 12월호 화보를 공개했다. 그들이 노해일에게 보낸 선물을 공개하지 않았지만, 팬미팅 이후 노해일 레이블에서 SNS를 열면서 크레이티브 디자이너, 페르 아스페라가 그를 위해 기타 케이스와 백호가 수놓아진 점퍼를 선물한 것이 알려졌다.

그들에게 영원히 알려지지 않은 것도 있었다. 예를 들자면, 결국 노해일과 계약하지 못하고(?) 영국으로 돌아간 음원 유통사의 대표 어거스트 베일의 선물. 그가 선물한 것은 어떻게 보면 단순했다. 새로운 레이블. 점점 주변에 사람이 많아지는 헤일로를 위해 어거스트는 그가 가지고 있던 부동산을 선물했다. 먼저 준 건 런던이고, LA에는 인테리어 작업이 진행 중이라고 했고, 원한다면 서울에도 하나 주겠다고 했다. 원래 인테리어 작업은 다 끝났는데, 노해일의 레이블을 보고 나서, 추가적인 작업을 지시했다며 올겨울 안에 완성될 거라고 이야기했다. 그는 내년 생일을 기대하라고 덧붙였다.

'부동산을 줬으니 내년엔 탈 것을 줄 생각인가.'

헤일로는 태연하게 생각했다.

어쨌든 사람들이 노해일의 생일선물로 시끄럽게 떠들 때, 기사 하나가 다른 것들을 묻어버렸다.

노해일, 생일 맞아 10억 쾌척!

가수 노해일이 생일을 맞아 나눔을 실천했다. 16일 H 레이블, 이하 노해일은 생일로부터 이틀이 지난 일요일 여러 사회복지단체에 1억씩 총 10억을 쾌척했다. 이번 기부금은 아동 양육 시설과 장애보호 시설 및 장애아동 청소년 수술 지원 등에 쓰일 예정이다.

ㄴ? 잠깐 1억 아니고 10억?

ㄴ노해일 팬카페에서 기부한 단체네… 근데 돈 단위가 아니…

ㄴ이건 플렉스를 넘어 그냥 미친 새낀데?

ㄴ노해일 근데 광고도 안 찍었는데 이게 가능하냐?

ㄴ이거 좀 무리한 거 아님?

ㄴ연예인 걱정은 안 하는 거라지만 이건 좀 걱정되는데… 나중에 돈 못 벌 땐 어쩌려고.

신인이 기부한 액수치고 큰돈이라 팬덤 역시 긍정적으로만 받아들이지 못했다. 덕분에 연예인들이 기부만 하면 나오는 반응 '절세'나 '돈을 그렇게 많이 버는데 당연하다', '착한 척한다' 따위의 이야기는 나오지 않았다.

11월 17일 새벽 4시 (영국시 11월 16일 20:00) HALO 10집 〈자를 수 없는 것(Cannot be cut)〉 발매 동시에 주요 음원 차트 석권

게다가 얼마나 충격적이었으면 HALO의 음원 발매도 노해일의 행보에 가려졌다.

아르보, 앰배서더 노해일 첫 패션 화보 공개

ㄴ흑발VS백금발 해일

ㄴ아니아니아니아니아니

ㄴ이게 첫 화보…?

ㄴ와 분위기가… 이건 진짜 다르네…

ㄴ진지하게 디자인 좋은데? 코트 퓨전 한복 느낌에 전체적으로 동양화가 다 고급스러움. 아르보 원래 이랬냐?

ㄴ이번에 디자이너 바뀌면서 디자인이 다 달라짐.

ㄴ근데 노해일이 옷을 ㅈㄴ 잘 소화한 거냐, 디자인이 좋은 거냐?

ㄴ커스텀스텔라 때 보면 노해일이 ㅈㄴ 잘 소화하긴 함. 얼굴 하얗고 팔다리 길쭉해서 화려한 게 잘 어울리는 듯.

ㄴ…그런데 이것도 혹시 부수 제한 있음?

ㄴ예약 판매야;;;

연이은 기사로 팬카페가 들썩할 때 굿즈 수익과 기부금 회계 명세를 정리한 '우리가 죠스로 보이냐' 팬카페 회장 '폭풍해일주의보' 줄여서 '폭해주'는 노해일의 레이블과 가까운 카페 미팅룸에서 닉네임과 어울리지 않게 다리를 덜덜 떨고 있었다. 제 가수가 요청한 미팅이니 그럴 수밖에 없었다. 그녀와 함께 미팅에 참석한 스태프들 역시 마찬가지였다. 비공식 팬카페를 만들 때 그들은 이런 일이 있을 거라고 상상도 못 했다. 만나더라도 홍보팀이나 매니저, 관리자 정도겠지, 내 가수와 이렇게 미팅을 할 거로 여겼겠는가. '인생사 새옹지마'라고 노해일의 레이블에 직원이 없어 소통을 못 한다고 속상해했던 게 가수를 직접 만날 수 있는 이유가 되었다.

곧 미팅룸에 남자의 실루엣이 비추어 보이더니 노크 소리와 함께 부드럽게 문을 열고 들어온 건 한 손으로 마스크를 벗으며 웃어 보이는 그들의 가수였다.

"안녕하세요. 다들 일찍 오셨네요."

인사도 못 하고 노해일을 멍하니 보던 그들은 그대로 성불할 것 같았다. 물론, 그들이 노해일을 만나러 온 목적이 있다. 비공식 팬카페의 존속 문제라든가, 이날을 위해 준비해온 굿즈 수익 정산이라든가, 최근 기부금까지 자체적으로 큰돈을 모으고 썼기에 회계 자료까지 준비했다. '우리 이렇게 깨끗해요'라고 그들은 소년에게 증명하고자 했다. 그러나 그들에게 새로운 음료수와 디저트를 사 준 소년은 짧지 않은 스몰토크 이후 청천벽력 같은 말을 꺼냈다.

"패, 팬미팅이요?"

회장 폭해주는 현기증을 느꼈다.

'아, 보인다. 아무것도 없는 바다 한가운데 던져진 작은 먹이. 그걸 보고 사방에서 달려드는 죠스 떼.'

옛날 옛적 호랑이 담배 피우던 시절에 그들의 가수를 '달'이라고 불렀던 것을 본떠, 팬들을 '별'이라거나 '우주의 먼지' 따위로 불렀다. 하지만 그건 이제 사어가 되어버린 지 오래고, 남은 건 '죠스', '상어 떼' 등 흉포한 것만 남았다. 처음엔 자조적으로 사용했는데, 어느덧 카페 BGM을 '아기 상어'로 바꿔 달라고 먼저 건의하는 사람도 있었다.

"좋아요, 정말 좋은데, 티켓팅은 어떻게 하실 생각인가요?"

팬카페 회장과 스태프 일원은 원래 현장 선착순으로 하려고 했다는 말에 뒷목을 잡았지만, 다행히 멤버들이 반대하여 며칠 후인 21일에 '수박'에서 예매를 진행한다고 했다. 코앞이었다.

"많은 분이 만족할 수 있도록 준비한 게 있는데."

이야기가 진행될수록 소년은 신나게 팬미팅 계획을 늘어놨지만 폭해주는 이 순간 행복하면서도 울고 싶었다. 그려지듯 올라간 입매가 덜덜덜 떨려왔다. 이 순수하고 하얀 얼굴로 잔인한 지시를 내린다.

'서로 죽이고 살아남아라!'

특히, 소년이 미리 굿즈에 대해 “소극장 콘서트 이전부터 공을 들인 선물이 하나 있어요”라고 말했을 때, 스태프와 회장은 같은 마음이 되었다.

‘저번엔 손 편지였는데 이번엔 도대체 뭐가 나오려고.’

팬카페 존속 여부고 뭐고, 일단 회계장부만 넘겨주고 온 회장은 ‘노해일 팬미팅 공지’를 올리면서 절대 포기할 수가 없다고 생각했다. 그건 다른 이들도 마찬가지였다.

ㄴ 유니버설 아트센터 객석 수 1052석ㅅㅂ

ㄴ 그동안 이날을 위해 단련해왔다.

ㄴ 후후후후 다시 시작인가?

ㄴ (목을 돌린다) 드디어 결전의 날이 왔군.

ㄴ 5252 그날 모든 게 결정될 거야. (손가락을 꺾는다)

ㄴ 바다의 패권을 차지하는 자!!!

헤일로는 해맑은 얼굴로 늘 분위기가 좋은 팬카페를 모니터링하고 나서 패드를 내려놓았다. 반응이 좋으니 뿌듯한 마음이 들었다. 햇살이 창가를 비추고 테이블에 올려둔 오르골에서 ‘웰컴 투 마이 월드(Welcome to my world)’의 멜로디가 들려온다. 벽돌벽에 기대어 앉아 기타를 들고 연주하는 소년과 그의 주변을 둘러 지나가는 인영들은 단순했지만, 그래도 나쁘지 않았다. 이 오르골이 몇 달에 걸쳐 만든 팬들을 위한 선물이었다. 먼저 선물을 확인한 멤버들이 예쁘다고 한참 동안 떠든 걸 봐서, 팬들도 마음에 들어할 것이다. 팬미팅 준비도 잘 되어가고 있다. 헤일로는 멤버들을 기다리며 어거스트와 얘기했던 '여행'에 대해서 생각했다.

헤일로는 팬들과의 소통, 공연도 다 좋지만 새로운 자극이 필요하다고 느꼈다. 어떤 여행이든 누구와 동행하든 좋다. 팬들과 함께 바다에서 낚시하고 해변에서 캠프파이어를 하는 것도 재밌을 거 같고, 멤버들과 캠핑카를 끌고 한 일주일 정도 전국을 유랑하는 것도 즐거울 것이다. 생각할수록 어거스트의 제안이 강렬히 끌렸다.

'더 먼 곳으로 가도 좋겠지.'

새로운 자극을 찾기 위해 떠나는 것이다. 그 먼 곳에서 '노해일'과 '헤일로' 사이에서 망설이는 이유를 찾아보고, 그가 찾았던 새로운 음악, 즉 자신의 감정에만 몰두하는 게 아닌 다른 사람의 감정을 불러일으키는 강렬한 음악을 만들고 싶었다. 지금보다 더 성장하고 싶었다. 그리하여 헤일로는 곧바로 결정했다. 여행을 가겠노라고. 비용도 무엇도 걱정할 필요 없다. 기타 하나 달랑 메고 당장이라도 갈 수 있다. 뒤도 돌아보지 않고 떠난 게 한두 번인가.

물론, 이번에는 당장 갈 것은 아니다. 또 다른 즐거움을 위해 현재의 즐거움을 포기할 순 없는 노릇이다. 그가 벌여놓은 팬미팅과 HALO의 앨범, 그리고 뮤지컬 초연 등 그의 음악이 어떻게 완성되었나 만끽한 이후 또 다른 즐거움을 찾아 떠날 것이다.

'웰컴 투 마이 월드' 오르골의 나사를 돌리자, 관객들이 기타를 연주하는 소년의 주변을 돈다. 그들의 단조로운 머리카락이 색색이 빛을 내며 차올랐다.

노해일 팬미팅, '수박' 티켓서 11월 21일 오후 8시 예매 오픈!

* * *

마포구 상암산로에 있는 JTC 예능국 안에서는 '음악은 신들의 언어다'라는 캐치프레이즈를 걸고 한 예능이 제작되고 있었다. PD가 건의했을 때부터 될 거라는 소리를 들은 예능이다. 유행의 주기가 길게는 10년이라고, 10년 전쯤 한 번 제작된 예능과 비슷한 포맷을 가졌고, 여행과 음악, 스타, 국뽕 이 네 가지 요소로 도저히 실패할 것 같지 않았다. 이 리얼리티 프로그램의 제목은 〈Spring Again〉이었다. HALO의 2집 앨범 제목을 가져와 지었으며, 오프닝 테마도 〈다시, 봄(Spring again)〉의 타이틀곡인, '우리가 다시 만날 때(When we meet again)'이다. 외국에서 버스킹하며 우리의 노래를 다시 부르는 프로그램인 만큼 PD는 테마곡과 프로그램의 이름에 큰 자부심이 있었다. 누가 나오는가가 더 중요하겠지만.

"섭외는 어떻게 되어가고 있어요?"

대답 없이 미적지근한 반응이다. 잘 안 되어가고 있다는 걸 바로 알 수 있었다. 이 프로그램에 나오고자 하는 사람이 없는 건 아니다. 오히려 많다. JTC 예능국에서 기대를 받는 예능에 기획사에서 먼저 나서 그들의 가수를 추천하고 있다. 도대체 왜 추천하는지 모르겠지만 악기 하나 연주 못하는 모델이나 배우 추천도 들어오고 있으니 섭외가 어려울 리 없다. 다만, 제작진이 어떤 가수를 강렬히 원하기 때문에 문제다.

노해일. 한국에서 모두가 찾고 있는 '그 이름!'을 그들도 원했다. 그들이 보기에 노해일의 음악은 해외에서 충분히 통했다. 통할 뿐이겠는가, 그 이상도 가능했다. 어린 나이, 천재, 라이브와 특유의 감성 등 해외에서 좋아하는 게 산더미다. 또한 최근 있었던 '노해일

=HALO설'도 제작진 입장에서 매력적인 요소다.

솔직히 제작진들은 조금 기대했다. 노해일이 이제까지 나왔던 방송을 보면 다 음악 관련 방송이고, 그의 행적을 보건대 버스킹을 선호하는 게 분명했다. 그래서 유럽에서 버스킹하자고 할 때 좀 더 긍정적인 반응이 올 줄 알았다.

"혹시 다른 일정 있는 건 아닐까요?"

"아니면 설마 정규 2집이라도 내려나."

우스갯소리로 한 말이지만, 그 자리에 있는 모두가 부들부들 몸을 떨었다. 가능성은 적지만 혹시나 한 게 있었다.

"당장은 팬미팅 때문에 바쁜 거겠지."

"우리 촬영 1월 초에 들어가야 하니까, 12월 초까진 섭외 확정 지어야 해."

"그, PD님."

어떻게든 노해일을 섭외하고 싶어서 몸부림치는 사람들을 보며, 막내 작가가 손을 들었다.

"PD님, 장 PD님이랑 친하지 않으세요?"

"장 PD라면, 장 선배님?"

"장 PD님께 한번 물어보면 안 되나요?"

작가는 침착하게 덧붙였다.

"사실 장 PD님이 노해일 씨를 스타로 만들어준 거라서 웬만하면 응해줄 거 같은데, 지금 장 PD님은 준비 중인 프로그램 있잖아요. 섭외도 끝났고. 그래서 노해일 씨 〈랑데부〉 때 어떻게 데려왔는지라도 조언을 구하는 건 어떻습니까?"

장 PD는 KDS 예능국의 스타 PD이기 때문에 타 방송국 PD인 그가 무언가를 부탁하는 건 상도가 아니었다. 그런데도 이런 이야기가 나오는 건 장 PD가 JTC 아니면 TDN에 온다는 소문이 무성했기 때문이다. 그리고 이게 아니더라도 JTC와 TDN엔 KDS 출신 PD들이 많다. 〈Spring Again〉의 박 PD 역시 KDS 출신으로 한때 장 PD 밑에 있었다.

"흠… 한번 선배님께 연락해볼까."

구차하긴 했지만 박 PD는 그렇게 해서라도 노해일을 얻고 싶었다. 그의 프로그램의 꽃이 되어줄 소년을.

* * *

11월 마지막 일요일 노해일의 팬미팅이 열리는 광진구 아트센터에 많은 사람이 모여들었다. 한 가지 특이한 건 유독 교복을 입은 사람들이 많았다는 거다. 그러나 외견상으로 학생처럼 보이는 사람은 많지 않았다. 사실, 대개 졸업한 지 한참 지난 성인들이 그간 장롱에 박아 두었던 교복을 만우절처럼 꺼내 입고 와 민망해하면서도 행복하게 아트센터 안으로 들어갔다.

그들이 교복을 입은 건 오늘의 드레스 코드 때문이다. 오늘 있는 노해일의 팬미팅 드레스 코드 앙케트를 실시했고, 가장 높은 표를 받은 게 '교복'이었다. 그들이 입고 싶었던 게 아니라 노해일의 소극장 콘서트 착장을 다시 보고 싶다는 이유가 컸지만, 아무렴 좋았다.

팬들은 보통 3시간 전부터 와서 아트센터 주위를 둘러봤다. 누군가 가져다 놓은 화분에 노해일의 사진이 박힌 배너, 그리고 굿즈숍 등 준비된 게 많았다. 그들은 흥미로운 눈으로 굿즈숍을 구경하다가, 흔쾌히 지갑을 열었다. 공식 굿즈숍은 아니지만, 노해일 팬카페의 굿즈는 웬만한 연예인의 것보다 그 퀄리티가 우월했다. 이번에 응원봉뿐만 아니라 응원봉에 달 액세서리도 팔았는데, 팬카페에서 모두가 말한 상어 액세서리가 눈길을 끌었다. 죠스처럼 흉포하게 생긴 상어는 응원봉 끝에 매달 수 있는 키링으로 되어 있었다.

팔에 입장 도장을 받고 티켓과 어마어마한 크기의 쇼핑백에 담긴 굿즈를 받은 팬들은 구석에서 몸을 웅크리고 판도라의 상자를 열 듯 조심스럽게 쇼핑백을 열어보았다. 도무지 무시할 수 없는 크기의 쇼핑백이라 열어볼 수밖에 없었다. 그리고 그곳에서 나온 커다란 상자를 연 그들의 눈이 화등잔만 하게 커졌다.

"미… 쳤다."

그 말밖에 나오지 않았다. 소극장 콘서트 때 기프트가 손 편지였으니 이번엔 엽서라고 생각한 이들은 뒤통수를 난타당한 것 같았다. 세상에 어떤 연예인이 팬미팅 굿즈로 '오르골'을 준단 말인가. 그들은 벌써 흠집이라도 날까봐 손이 덜덜 떨렸다. 심지어 대형매장 어린이 코너에서 파는 것들과 비교도 되지 않는 퀄리티다. 이걸 주문하는 데 도대체 얼마나 들었을지 자연스레 궁금해졌다. 일단, 팬미팅 표 가격보다 더 나갈 건 분명했다.

굿즈는 여기서 끝이 아니었다. 누군가 찍어준 것 같은 노해일 일상 포토 카드와 초승달이 찍힌 엽서도 있었다. 엽서는 홀로그램으로 돼 있어 어떤 각도로 보면 달처럼 더 나아가 태양처럼 보이기도 했다. 아무 생각 없이 노해일의 콘서트, 아니 팬미팅에 온 사람들도 깜짝 놀랄 '역조공'이었다. 이대로 집에 가도 아쉽지 않았다. 그러나 팬미팅은 이제부터 시작이다.

노해일의 팬미팅이 진행되는 아트센터 무대는 테마 '학교'에 맞춰 흔히 볼 수 있는 교실처럼 꾸며져 있었다. 객석 어디에서든 보일 만한 커다란 스크린에서 곧 지루한 PPT가 올라올 것 같았다. 스크린 앞엔 학교에서나 볼 법한 책걸상과 교탁이 있었다. 교탁 옆엔 초록색 칠판이 배치되어 있다. 그곳엔 작게 '돈가스'가 쓰여 있고 별표가 다섯 개나 있어 누구든 학창 시절 가장 중요하게 생각하던 급식을 떠올릴 수 있었다. 그러나 무엇보다 중요한 건 칠판에 크게 쓰여 있는 '전학생 있음!'이라는 문구였다.

객석에 교복을 입은 '남녀노소'들이 자리 잡기 시작한다. 교복이 없는 사람도 최대한 교복과 비슷한 옷을 입고 왔다. 강당에서 진행하는 학교 축제라고 생각해도 이상하지 않았다. 입장이 끝나고 극장의 문이 닫힌다. 그와 함께 서서히 어두워진다. 사람들의 웅성거림이 잦아들었을 때쯤. 익숙한 멜로디가 들려왔다.

노해일의 정규앨범 타이틀곡이 BGM으로 잔잔하게 깔렸다. 무대의 불이 켜지며 전학생 주제에 교복 안에 후드티를 입은 소년이 책상 위에 앉아 있다. 1,052명의 급우 앞에 선 소년은 씩 웃어 보이며 한 손을 흔들었다. 팬미팅의 드레스 코드가 교복이고 테마가 학교라 콘셉트 또한 그에 맞게 진행되었다. 바로 반말.

"모두, 안녕?"

그렇게 팬미팅이 시작되었다. 누가 제안했는지 모를 학교 테마의 팬미팅은 시작부터 구성까지 모두 '배운 사람'이 제안한 게 분명하다. 물론 NNNNN명의 경쟁자를 뚫고 들어온 정예들은 뭐가 되었든 좋았지만 말이다. 소극장 콘서트가 노해일 위주 혹은 노해일과 게스트 위주의 무대였다면, 팬미팅은 노해일과 노해일 밴드에 집중되어 있었다. 노해일의 밴드 멤버 전원이 '학교'라는 테마에 맞춰서 각각의 파트에서 MC를 맡았다.

"흠흠, 여러분 반갑습니다. 교장 남규환입니다."

팬미팅의 오프닝이자 팬미팅 일정 소개는 최근 폭탄 머리를 한 남규환 교장의 훈화 말씀으로 진행됐다.

"수능도 끝났겠다. 반가운 소식을 전하겠습니다. 오늘 수업은 단축수업을 진행하여 4교시로…."

'뭐라고? 겨우 4교시?'

교장 선생님의 훈화 말씀과 전학생이자 재학생 대표인 노해일의 축사까지 즐겁게 듣던 사람들이 야유했다.

"선생님 공부 더 하고 갈래요!"

"선생님 전 1년 꿇었어요."

"야자 신청했어요! 엄마가 10시까지 들어오지 말래요!"

진짜 학교였다면 선생님들이 눈물을 흘리며 드디어 철들었다고 칭찬할 소리를 어른들이 하는 아이러니에 여기저기서 웃음이 터졌다. 그러나 모두 하나같이 진지한 얼굴이었다.

그러나 남규환 교장 선생님은 태연하게 반박했다.

"여러분 공부는 체력입니다. 휴식이 제일 중요한 거 아시죠?"

"그, 1년 정돈 할 만합니다."

"어머님…. 그건 반박이 좀…."

일정 소개를 동반한 훈화 말씀이 끝나자, '웰컴 투 마이 월드' 종소리와 함께 1교시 역사 수업이 시작되었다. 2월 28일 데뷔한 노해일의 연대기. 아직 1년도 안 된 시간 동안 노해일이 일구어낸 일은 실로 대단했다. 팬들이 수시로 '우리 가수 어디 갔냐고' 말했지만 그가 1년 안에 보여준 성과를 보면, 그 정도 잠적은 할 만했다.

영상 속 시간이 흘러갔다. 늦겨울에서 봄, 5월의 축제, 무수한 별들의 여름, LA의 카페, 그리고 노해일의 정규앨범에서 게릴라 공연, 뒤이어 소극장 콘서트의 실황 영상이 나왔다. 직캠 이외에 공개된 적 없는 실황 영상이 이곳에 존재하고 있었다. 소극장 콘서트에 이어 스콜피온의 콘서트가 잠깐 나왔다. 스콜피온 콘서트에 게스트로 나온 소년은 현란한 기타 연주와 신곡, 그리고 미공개 곡 '새벽이 오기까지는(Until dawn comes)'을 들려준다.

음악에 홀린 사람들은 편집본 말고 전체 영상을 보여주길 바랐지만, 결국 끝이 오기 마련이다. 다만, 음악이 더는 들려오지 않는 것에 아쉬워할 새도 없었다. 1교시 역사 영역이 끝남과 함께 세션의 반주가 들려왔기 때문이다. 노해일의 정규앨범 1집 수록곡 '보이스 투 보이스(Voice to voice)'로 팬미팅이 본격적으로 시작되었다.

2교시는 확률과 통계. 누군가는 질색할 과목이지만 티켓팅에 성공한 유저에게 진행한 설문조사에 대한 코너로, MC로 나온 수학 선생님 문서연이 스크린에 빅데이터를 띄웠다.

'SNS, 별그램, 너튜브, 소통, 일정'

팬들이 노해일한테 가장 요청하는 것이자 인터넷에서 최근 가장 많이 검색되는 것이었다.

"SNS 좀 해줘라!"

"제발 너튜브랑 별그램!"

"해일아, 일정도 알려줘."

사람들이 기다렸다는 듯이 외쳤고 책상 위에 앉은 소년이 마이크를 든 채 곤란한 얼굴을 했다.

"내가 그렇게 궁금해?"

아니, 즐기고 있었다. 이미 대답을 알고 있으면서 그렇게 물은 소년은 팬들을 애태웠다. 다시 한번 팬들의 사랑을 확인하고는 그제야 소년이 씩 웃었다.

"좋아. 한번 해볼게."

헤일로는 늘 팬들과 대화하는 걸 즐겼기에 언젠가 하려던 것이기도 했다.

가만히 소년의 대답을 듣던 문서연이 마이크에 대고 속삭였다.

"여러분 사실, 저희에게 비공개 영상이 아주 많습니다. 올릴 수 있게 노력해보겠습니다."

그녀의 목소리는 곧 환호로 뒤덮였다.

그들에겐 원래 연주를 모니터링 하려고 산 카메라가 있다. 어쩌다 보니 멤버들끼리 떠드는 장면, 소년이 햇빛을 받으며 연주에 몰두하는 모습 등 꽤 많은 영상을 찍어두었다. 언젠가 쓸데가 있을 거라고 남겨둔 문서연은 가장 인상 깊은 영상을 떠올렸다. 레이블에 둘러앉아 '웰컴 투 마이 월드'를 들은 멤버들이 감동하고, 속마음을 터놓고, 이후에 소년이 질색하는 영상. 이외에도 LA에 갔을 때 찍은 영상 등 팬들이 좋아할 만한 영상이 가득했다.

1교시 역사 수업과 2교시 확률과 통계 수업도 좋았고, 쉬는 시간마다 들려오는 소년의 공연(MC인 멤버가 다급하게 세션으로 뛰어가는 것도 하나의 웃음 포인트였다)도 좋았지만, 팬들이 가장 기다리는 코너가 있었다. 3교시 화법과 작문 영역, 즉 '질의응답' 코너였다. 레게 머리를 풀고 꽁지머리를 한 한진영 국어 선생님이 칠판에 사람들이 남긴 포스트잇을 읽으며 코너를 진행했다. 포스트잇을 하나 뽑은 한진영은 첫 번째 것부터 웃음을 삼키며 입을 열었다.

"해일아, 솔직히 말해. 너 우리 괴롭히는 거 즐기지?"

와하하! 웃음소리 사이로 소년이 "내가 언제?" 하며 억울해하는 소리가 들려왔다. 비슷한 질문은 당연, 소규모 콘서트에 관한 이야기였다.

"소극장 콘서트 좋았지만 더 큰 곳에서 할 생각은 없어?"

"혹시 830에 숨겨진 사연이 있니?"

팬들의 눈물 섞인 질문이라 공감의 웃음이 쏟아져나왔다. 그리고 요점을 관통하는 누군가의 질문에 대한 노해일의 답변에서 자신들이 고통받는 연유를 알게 되었다.

"혹시나 해서 묻는 건데, 해일아. 너 티켓팅 해본 적 없지."

소년은 눈을 깜빡였다. 솔직히 그는 단 한 번도 티켓팅을 해본 적이 없었다. 그가 티켓팅을 할 이유가 어디에 있단 말인가. 주로 지인들에게 티켓을 받았고 누군가에게 말하기만 하면 곧 눈앞에 대령했다. 그는 옛날도 지금도 티켓팅을 해본 적이 없다. 어렵다는 말을 듣고 팬카페에서 사람들이 눈물을 쏟는 걸 보긴 했지만 공감은 어려웠다.

한진영은 소년이 대답이 없자 설마 하며 포스트잇에 없는 내용을 덧붙였다.

"원래 보려던 날짜의 티켓팅을 실패하면 어떻게 할 거야?"

소년이 여상하게 대답했다.

"다른 날짜로 구하면 되지."

"그, 해일아."

아아…. 팬들은 숨길 수 없는 탄식을 내뱉고, 한진영 역시 혀를 찰 수밖에 없었다. 그리고 이 말은 영원히 '해일 앙투아네트'의 어록으로 남게 된다. 이론적으로 틀린 말은 아니었다. 재고가 남아 있다면, 다른 날짜 걸 사면 됐다. 노해일의 콘서트 티켓에는 해당 사항이 없다는 걸 놓쳤을 뿐이다. 이렇듯 팬들의 마음에 대못을 박은 소년을 그런데도 미워할 수 없었다.

굿즈를 뜯어보고 급하게 작성한 팬의 질문도 있었다.

"오르골 준비하는 데 힘들지 않았어?"

소년이 사람들을 돌아보며 되물었다.

"마음에 안 들었어?"

사람들이 다 같이 반박한다.

"아니, 아니! 정말 좋아! 좋아서 죽을 것 같아!"

"그렇지?"

혜일로는 당연히 마음에 들 거로 생각했다. 한 번쯤은 자신의 음악을 담아 만들고 싶었던 오르골이었다. 어깨를 으쓱인 소년은 덧붙였다.

"그런데 죽기는 좀 아쉽지 않나. 평생 내 노래 들어야지."

반말 콘셉트는 신의 한 수였다! 말문을 잃은 팬은 반말 콘셉트를 제안했을 누군가에게 108배라도 하고 싶은 마음이었다.

화법이 포스트잇 QnA였다면 작문은 팬들이 노해일에게 보내는 편지였다. 특히 몇 가지 콘셉트가 있었는데, 1년 뒤 미래에서 온 노해일의 팬 편지가 인상 깊었다.

'드디어 올콘에 성공했습니다!'

내년 11월 서울 아레나 복합 문화시설에서 공연하는 노해일과 올콘에 성공했다는 팬의 미래일기가 담겨 있었다. 서울 아레나 복합 문화시설은 2025년 10월 창동역에 준공된 음악 공연장으로 스탠딩 공연 시 최대 2만 8,000여 명까지 수용 가능한 국내 최대 규모 공연장이었다.

"그런 데서 공연하면 티켓팅 수월하겠다."

"서울 아레나면 올콘 충분하지."

"그때면 우린 더 이상 죠스가 아니게 되는 거야."

행복 회로를 돌린 미래일기는 많은 팬의 마음을 자극하기에 충분했다. 사실 이 부분에 대해 혜일로도 동의하는 게 있었다. 소극장 콘서트도 좋지만 다음에는 더 큰 공연장에서 할 생각이었다.

"내년에는 서울 아레나에서 보자."

사실 웬만한 급이 아니면, 서울 아레나라는 대형 공연장에서 공연할 생각도 못 하지만 팬들은 어떻든 좋았다. 실제로 서울 아레나에서 하지 않더라도, 올콘은 가능한 규모이기만을 바랐다. 정말 다행인 건 노해일이 해외에서 슬슬 이름이 알려지는 중이지만, 해외 팬들이 국내 공연 객석을 위협할 정도는 아니라는 것이다. 월드클래스로 논해지는 아이돌 그룹은 해외 팬들이 국내 콘서트 티켓팅을 하기도 했는데, 노해일의 팬들은 그들의 가수가 그런 아이돌이 아님에 안심했다.

팬들의 성원을 읽고 난 다음에 진행된 4교시 마지막 수업은 예술 영역이다. 먼저, 미술은 포토타임 및 베스트 드레서 선정이 있었다. 다 같은 교복이라 어떻게 베스트 드레서가 나올 수 있나 싶지만, 모두가 모교의 교복을 입고 온 건 아닌 듯 참신한 교복도 많이 눈에 띄었다. 〈오늘부터 우리는〉 드라마 등장인물 코스프레를 한 사람부터 이름을 들어봤을 법한 애니메이션의 교복도 있었고, 초등학교가 아니라 국민학교 시절 입었을 법한 교복, 더 나아가 성균

관 유생 교복이라며 한복을 입고 온 사람도 있었다.

베스트 드레서에겐 소원권이 하나 주어졌다. 그들은 그 소원권으로 노해일에게 무언가를 요구할 수 있었다. 대개 사진부터 사인, 포옹 등 사적인 요구도 있었고, 오히려 선물을 주는 사람들도 있었다. 또한 '당연하지 게임'이라는 걸 하자는 베스트 드레서도 있었는데, 사실 애원에 가까운 질문이 대개였다.

"내년에도 팬미팅 또 할 거지?"

"대형 공연장에서 콘서트도 하고?"

"오늘 우리 잊지 않을 거지?"

팬의 말에 멈칫한 소년이 곧 피식 웃었다.

"귀엽네."

"앗!"

당연하지 게임에 진 건 소년이지만, 실제로 진 듯한 건 비명을 지르고 도망간 팬이었다.

그리고 미술에 이어진 체육이었다.

그때 그 시절 그 시간

노해일이 '에버 엔드(Ever End)'를 부르며 무대에서 내려왔다. 소년이 가는 길로 빛이 따라온다. 사람들과 하이 파이브를 하고, 빈 좌석이 없는 관계로 계단에 잠깐 앉아 사진을 찍어주고, 그렇게 홀을 한 바퀴 돌아 다시 무대에 온 소년이 지휘자처럼 손짓했다. 왼쪽, 오른쪽 소년이 가리키는 곳에서만 목소리가 울려 퍼진다.

그곳을 거닐던 우리가 이 길 끝에 있어

두 손을 들자 마침내 목소리가 합쳐졌다.

그렇게 팬미팅의 일정이 끝났다. 하지만 콘서트에 앙코르가 있듯 팬미팅에도 이를테면 방과 후 수업이 있었다. 방과 후 수업에 해당하는 건 좌석 추첨이었다. 퇴장은 언제든 가능했지만, 혹시나 하는 마음에 사람들은 자리를 비우지 못했다. 좌석 추첨으로 받을 수 있는 혜택은 베스트 드레서들과 비슷하다. 추첨으로 뽑힌 사람들은 대개 사인이나 기념사진을 선택했다. 사실 나올 만한 질문도 다 나왔고, 자유 민주주의 사회에서는 공익보다 사익이 더 매력적이었기 때문이다. 또한, 괜히 짓궂거나 선을 넘는 질문을 해 자기가 좋아하는 소년의 팬미팅을 망치고 싶지 않았다.

좌석 추첨으로 뽑힌 한 남자가 자신의 차례에 입을 열었다.

"네가 HALO… 라는 말에 대해 어떻게 생각해?"

그 질문 하나에 떠들썩하던 장내가 고요하다 못해 싸늘해졌다. 노해일 생일파티 직후 HALO 10집 〈자를 수 없는 것〉이 발매되며 모두가 '내가 아니라고 했잖아'라고 넘어간 시기였다. '노해일=HALO설'에 대해 이른바 '올려치기'라며 '온라인 조리돌림'을 당했던 팬들은 "저걸 굳이 왜 묻는 거지?" 하며 표정을 찌푸렸고, 누군가는 소년의 반응에 호기심을 가졌다.

무대 위의 소년이 가만히 있다가 입꼬리를 올려 웃었다. 언젠가 누군가 그의 이름을 부를 걸 알았다. 그때가 되면 그가 남규환에게 그랬듯 스콜피온에게 그랬듯 응하려고 했다. 그런데 무슨 의도인지 직설적으로 묻지 않고 돌려서 질문한 사람의 얼굴이 익숙했다.

혜일로는 조금 특이하게 생긴 안경을 이내 기억해냈다. 그의 레이블 앞에서 웅성거리며 카메라를 들고 있던 기자 중 하나였다. 혜일로는 그가 왜 그렇게 질문했는지 의아해하며, 동시에 마음이 어긋나는 걸 느꼈다. 팬들이 와야 할 자리에 기자가 온 게 마음에 들지 않은 걸까? 이윽고 소년이 옅게 웃으며 그가 지금 가장 하고 싶은 말로 대답했다.

"너는 뭐라고 생각하는데."

* * *

3시간 동안 진행된 노해일의 팬미팅이 막을 내렸다. 팬미팅 직후, 그가 남긴 말들로 생생한 후기들이 차올랐다. 그리고 그곳에 노해일의 굿즈(오르골과 홀로그램 카드, 일상 포카)가 공개되며 티켓팅에 실패한 이들이 피눈물을 넘어 피를 토하게 됐다.

그때 노해일의 팬미팅 후기를 보던 〈Spring Again〉 막내 작가가 눈을 번쩍 떴다. 그녀가 일반적인 대중이거나 팬이었다면 집중할 만한 소식이 더 많았지만, 예능팀의 막내 작가로서 눈에 들어온 건 하나밖에 없었다. 노해일이 질의응답 코너에서 밝힌 앞으로의 일정.

"PD님! 대박 뉴스!"

막내 작가가 벌떡 일어나자 회의실에 있던 사람들의 눈이 쏠렸다. 막내 작가가 아랑곳하지 않고 외쳤다.

"노해일 이번 겨울에 일정이 있는데요?"

그들이 전혀 바라지 않은 소식이었지만, 막내 작가가 이상할 정도로 활기찼다. 이윽고 PD의 반응을 이끄는 말이 덧붙여졌다.

"유럽 여행 간대요."
우연인지 신의 도움인지 그들의 일정과 맞아떨어졌다.

* * *

[노해일 이 개1새끼야!]

이제까지 이 정도 반응은 나온 적이 없었다. 악플러가 아니라면 심한 말이라 해봤자 '악마 새끼'가 다였다. 그러나 이번만큼은 팬들도 참을 수 없었다. 콘서트 830석에 뒤이은 팬미팅 1,050석으로 충분히 열받은 상황에 팬미팅 후기와 굿즈는 그들을 제대로 자극했다. 이색적인 콘셉트, 라이브, QnA, 사인 중 모두에게 촉매 작용을 한 건 아무래도 실물 형태의 굿즈였다. 블로그나 너튜브에 굿즈 사진을 포함해 오르골 영상이 올라오자 지금의 사태에 이르렀다.

[ㅅㅂ웰마월 오르골은 에바잖아.]

오르골의 품질이 별로거나 디자인이 별로거나 음향이나 음악이 별로였어도 노해일의 굿즈니까 갖고 싶은데, 얼마를 들인 건지 몰라도 오르골은 정교하고 고급스러웠다. 티켓값보다 오르골 제작비가 더 높을 건 분명했다. 붉은색 벽돌벽에 기대어 앉은 소년과 그 주변을 도는 관객, 그 작은 세상을 채우는 음악 '웰컴 투 마이 월드'의 멜로디는 소장 가치가 충분했고, 노해일의 팬이 아닌 오르골 덕후라도 갖고 싶을 정도였다.

문제는 노해일 굿즈의 수량이다. 팬미팅에 참석한 1,050명에게

만 주었다는 것. 노해일 팬들은 웬만해서 소장할 테니 중고마켓에 올라온 물량은 끽해봐야 두 자리가 될락 말락 하다.

[중고마켓에 누가 팬미팅 특전 89에 올렸던데 진지하게 고민 중.]
ㄴ 90만 원??? 아니 그건 아니지.
ㄴ 오르골 가격이 스마트폰 가격이랑 맞먹는 게 말이 되냐;;;
ㄴ 글쓴이: 팬미팅 가려고 앨범 몇십 개 산 적도 있는데 굿즈 100선이면 이득 아님?
ㄴ 오르골 설마 진짜 천 개만 찍었겠냐? 나중에 굿즈 샵에서 팔겠지.
ㄴ 글쓴이: 노해일이 기획사가 있었으면 나도 이렇게까지 안 함. 쨌든 사기로 결정함ㅅㄱ
ㄴ 이 새끼 호구네.
[홀로그램 엽서라도 팔아주실 분ㅠㅠ]
ㄴ 오르골에 묻히긴 했지만 초승달이 보름달 되는 거 예쁘긴 하더라.
ㄴ 이거 카페 회장이 의견 냈다던데 칭찬해.

노해일의 파격적인 굿즈가 임팩트가 커서 그렇지, 노해일의 팬미팅 후기 자체도 만만치 않았다. 인상 깊었던 장면을 후기로 남긴 사람부터, 세트리스트에 관한 이야기, 아쉬운 점(단연코 객석 수와 팬미팅 시간에 대한 의견이 많았다) 등 다양한 관점에서 쓴 후기는 볼 맛이 있었다. 그중에서도 공통적으로 언급된 건 콘셉트나 테마 등 팬미팅 전반적인 시스템에 관한 것과 마지막 소년에게 굳이 질문할 필요도 없는 이야기를 꺼낸 사람에 관한 것이었다. 노해일의 팬이나 관심 있는 사람들은 예리하게 그가 노해일 레이블 앞에서 어슬

렁거리는 기자 중의 하나란 것까지 알아챘다.

[정확히 뭐라고 했는데.]

ㄴ정확히 '네가 HALO라는 말에 대해 어떻게 생각해?'라고 함.

ㄴ언젯적 이야기를 꺼내냐.

[가뜩이나 팬미팅 객석도 부족했는데.]

[솔직히 꺼낼 만한 이야기 맞지 않음? 다들 조심스러워하긴 했는데, 해일이도 이미 들어봤을걸?]

ㄴ들어본 거랑 공식 석상에서 꺼낸 건 다르지 않음?

ㄴ그냥 기레기새끼가 팬미팅 온 거 자체가 ㅈㄴ 마음에 안 드는데.

기자의 존재나 무례함에 관해 욕하는 사람이 있다면, 노해일의 대답에 초점을 두는 사람도 있었다.

[근데 나만 해일이 대답 걸림?]

ㄴ왜? 난 할 만한 말이라고 생각했는데.

ㄴ뭔 생각을 했길래 그딴 소리를 하냐는 뜻 아님?

[나도 솔직히 좀 걸렸음 그냥 아니면 아니라고 하면 되는데 '너는 뭐라고 생각하냐' 이거 되게 해석하기 나름 아닌가.]

ㄴ 아니 생각해봐 누가 너보고 태양이냐고 ㅈㄴ 어처구니 없는 소리를 해. 그때 네가 '넌 뭐라고 생각하는데'라고 묻는 게 이상하냐?

ㄴ이상하진 않지. 근데 그건 진짜 태양이 말해도 그럴듯하지 않냐?

[그때 노해일 표정은 어땠음?]

ㄴ그냥 웃고 있던데.

ㄴ어떻게 웃었는데. 자세히 말해봐.

ㄴ웃는 걸 웃는다고 하지 뭐라고 그래. 그냥 노해일 평소 표정이었음.

[기레기는 뭐라고 답했는데.]

ㄴ어버버했지 뭐.

ㄴ기레기 수준 ㅋ 맨날 복사 붙여넣기 하다가 주관 사라진 것 보소.

누군가는 눈에 불을 켜고 당시 노해일의 말과 표정, 동작 등을 자세히 물어보며 그 자리에 가지 못한 걸 아쉬워할 때였다. 12월 1일 노해일 팬미팅 다음 날, 한 기사가 올라왔다.

대작 뮤지컬 〈록〉 넘버 작곡자 신주혁, 노해일 등 케이팝스타 기용

과연 K-POP 스타에게 뮤지컬 작곡자 자격이 있는가?

뮤지컬판 들썩. 신주혁 노해일이 작곡한 넘버는?

낙하산 기용에 대한 찬반 여론

이는 한참 떠들썩한 팬 커뮤니티와 곧 있을 뮤지컬 티켓팅에 변동을 줄 기사임은 분명했다.

[??? 신주혁 노해일? 내가 아는 그 노해일???]

ㄴㅅㅂ 기대작이었는데 갑자기 아이돌을 묻히네.

ㄴ누가 아이돌임? 신주혁? 노해일? 둘이 언제부터 아이돌이었냐?

ㄴ신주혁이야 로커니까 괜찮지 않음?

ㄴRock 음악감독 이름 봐라. 딱 보이지 않냐 인맥 기용 ㅈ같네.

ㄴ요새 아이돌 출신 배우들 연기 곧잘해서 난 긍정적임. 물론 작곡자로

서는 잘 모르겠지만 넘버 들으면 알겠지. 그보다 신주혁 노해일 팬덤 꽤 큰 걸로 아는데 이거 괜찮냐;;;

곧바로 난리가 난 것은 뮤지컬 커뮤니티였다. 최근 뮤지컬 덕후들이 가장 기대하고 있는 작품이 창작 뮤지컬 〈록〉이기 때문이었다. 과거라면 모를까 최근엔 라이선스가 아닌 창작 뮤지컬이 꽤 흥하기도 했고, 뮤지컬 〈록〉은 공모전 대상을 받은 대본에 캐스팅 라인업은 '믿고 보는' 배우들에 유명한 연출가까지 삼박자를 갖추고 있어 '뮤덕'이라면 기대할 수밖에 없었다.

무엇보다 며칠 후면 티켓팅인데 계속 비공개였던 스태프 목록, 정확히 작곡자 라인업이 뜨자, 기사처럼 여론이 반반으로 갈렸다. 보고 나서 말하자는 부류와 이미 마케팅 잘되고 있는 작품에 괜한 마케팅 욕심을 부렸다는 부류가 있었다. 또한 장르가 '록'인 만큼 록 밴드 보컬리스트를 부를 만했다고 보는 사람도 있었고, 이름만 들어갔을 뿐 팬덤발을 보려는 것으로 보는 사람도 있었다. 물론 배우도 아니고 작곡자일 뿐인데, 팬덤발이 그렇게 작용하지 않을 수도 있다. 그러나 현 노해일 팬덤 반응을 보자면 그럴 것 같지 않았다.

어떻게 보면 시기의 문제다. 노해일이 방송에도 잘 나와주고 행사도 많이 하며, 굿즈를 그렇게 열심히 준비하지만 않았더라면, 여유로운 마음으로 음원 플랫폼에 올라올 넘버를 들었을지도 모른다.

낮엔 죠스, 밤엔 뮤덕으로 살아가는 이가 통탄을 금치 못하는 현재, 뮤지컬 티켓팅 일자가 다가오고 있었다.

2. 여행이 필요한 때

"팬미팅 모두 수고하셨습니다!"

"팬미팅도 쉬운 게 아니더라."

"전 다음에 세션만 시켜주십시오."

분통이 터진 팬들과 달리 레이블 내는 화기애애했다. 같은 하늘 아래인데 이렇게 분위기가 달랐던 것이다. 다 같이 의견을 내고, 다 같이 참여한 팬미팅이었던 만큼 만족감이 배로 차올랐다. 물론 다음에도 똑같은 팬미팅을 할지는 미지수다. 준비할 것도 많고 힘들기도 했다. 멤버들은 여러 가지 의미로 똑같은 생각을 했다.

"사장님은 이번 팬미팅 어떠셨어요?"

제일 팬미팅을 즐겼던 문서연은 생글생글 웃으며 헤일로에게 물었다. 창가에 둔 오르골처럼 헤일로는 소파에 앉아 기타를 안고 있었다.

"재밌긴 했는데."

이 세계의 팬미팅은 그의 음악을 보여주고 단순히 팬을 만나는 것보단 대화와 소통에 집중돼 있었다. 직접 손을 맞잡고 코앞에서 이야기하고 팬들과 파티를 하는 느낌이라고 할까.

"역시 학교 체질은 아닌가봐요."

소년이 은근히 교복을 불편해했던 걸 떠올린 한진영이 킥킥 웃었다.

헤일로는 자신을 좋아하는 팬들의 반응이나 호흡을 느낄 수 있는 팬미팅 자체는 좋았다. 다만 이렇게 할 거면 팬들과 좀 더 적극적으로 거리를 좁히는 것도 좋을 듯싶었다. 그래서 선상에서 낚시하며 놀거나 섬에 가서 캠프파이어 하는 것도 좋겠다고 말했다.

"오! 전 찬성입니다."

"재밌긴 하겠다."

"그건 830이 아니라 83명도 힘들 거 같은데."

무조건 헤일로의 의견에 동의하는 남규환과 동조한 한진영을 보며, 문서연이 작게 중얼거렸다. 저건 팬미팅이 아니라 그냥 팬사인회 규모로도 불가능하다.

"그보다 굿즈도 반응이 좋네요. 예상했던 거지만."

문서연이 서둘러 말을 돌렸다.

"다음에는 어떤 굿즈 하고 싶으세요?"

손 편지에 이어 오르골, 홀로그램 엽서까지. 한정판에 퀄리티까지 좋으니 팬들의 반응이 좋은 건 당연하다. 팬카페엔 다음엔 어떤 굿즈가 나올지 궁금해하는 글도 많았다. 문서연 역시 궁금하긴 했다. 오르골만큼 기발한 게 또 있을지 잘 상상이 가지 않았다. 그러나 곧 들려오는 말에 그녀는 자신이 상상하지 못했던 이유를 알게 되었다.

일반인으로선 범접할 수 없는 스케일이 그녀의 사장에게 있었다.

"손목시계 생각 중이에요."

"시, 잠깐 시계요?!"

탁상시계도 벽걸이 시계도 아니고, 무려 손목시계다. 오르골 퀄리티를 보자면 소년이 원하는 손목시계 퀄리티도 보통이 아닐 것이다. 문서연은 굿즈에 맛 들여 파산한 소년을 상상하다가 그의 정체를 새삼 떠올리고는 적어도 굿즈 만들다 파산할 일은 없음을 깨달았다. 다만 문서연은 영원히 고통받을 팬들을 애도했다.

헤일로는 멤버들과 대화하며 메일을 살펴보았다. 월요일은 섭외 메일을 확인하는 날이다. 쭉 스크롤을 내리던 중 익숙한 제목을 발견했다. 그냥 예능이었으면 넘어갔을 테지만 〈Spring Again〉이라고 HALO의 2집과 똑같은 제목을 보고 누르게 되었다. 그리고 곧 〈Spring Again〉이 HALO 2집 앨범 제목을 딴 예능이라는 걸 알게 되었다.

- *음악은 신들의 언어이다.*
- *우리의 음악은 언어가 통하지 않은 타국에서도 통할 수 있을까?*
- *한국 뛰어난 가수들이 해외 길거리에서 버스킹하며 우리의 노래를 널리 알리는 과정을 그리고자 한다.*
- *날개를 펴고 자유롭게 날아오르자! 음악으로 소통하고 공감하는 우리의 특별한 여행이 시작된다!*

친절한 소개를 쓱 읽어내린 헤일로는 '여행'이란 단어에서 멈칫했지만, 일정이 있는 관계로 아쉽게도 출연이 어려울 것 같다는 취지로 추후 답장을 보낼 예정이다.

헤일로는 팬미팅을 무사히 끝낸 다음 단계로 HALO 앨범 발매와 뮤지컬 초연을 보겠다는 계획 이전에 한 가지 정리해야 할 것이 남아 있었다. 팬미팅에서 유럽 여행을 가겠다고 했지만, 이 부분에 대해 멤버들에게 제대로 고지한 적이 없어 그 이야기를 할 참이었다.

"잠깐 할 말이 있습니다."

그의 말에 멤버들이 집중한다.

"팬미팅에서 말했던 것처럼 이번 겨울에 여행을 갈 생각입니다. 아직 정확한 계획은 없지만."

출국 날짜는 뮤지컬 초연을 본 직후니 12월 말에서 1월 초가 될 것이다.

"다만 입국 날짜는 결정하지 않았습니다."

촉박하게 일정을 잡기보단 원하는 만큼 돌아다닐 생각이다.

"HALO 13집까지 녹음해야 하는 걸 제외하면 일정이 없을 예정이라 여러분께 휴가를 주려고 합니다."

멤버들에게 그가 돌아올 때까지 무기한 휴가를 줄 생각이다. 아무래도 그동안 그의 작업 활동에만 몰두하다 보니 멤버들이 제대로 쉬지도 못했기도 했고, 문서연이 그랬듯 다른 멤버들도 자신의 음악에 대한 욕구가 내재해 있을 것이었다.

"너는 네 음악만 중요하지?"

과거에 그의 세션이었던 키보디스트가 부르짖었다.

"내가 언제 그런 말을 했나?"

"네가 언제 우리가 만든 음악 제대로 들은 적은 있냐? 늘 쓰레기 같다며 비웃었지."

“별로라서 별로라고 한 것을. 그럼 나보고 네 쓰레기 같은 습작을 부르라는 거야?”

“너만! 너만 그렇게 생각하는 거겠지! 사람들 반응이 다를 수도 있잖아!”

“그렇진 않을걸? 그리고 네가 솔직하게 말해달라며.”

“네 눈에 네 음악을 제외한 모든 음악이 쓰레기 같아 보인다는 걸 내가 생각지도 못했지.”

“내가?”

“네 쓰레기 같은 곡을 모든 음악의 대표인 것처럼 말하지 마!”

그가 피드백을 준 걸 싹 잊고 헛소리를 하기에 쏘아붙였더니 그렇게 뛰쳐나갔다. 그와 싸웠던 걸 지금도 후회하진 않는다. 그는 여전히 맞는 말을 했다고 생각했다. 다만, 세션 역시 그처럼 자기 음악에 대한 욕구가 강렬하다는 걸 이제는 잘 알게 됐다. 헤일로는 멤버들이 하고 싶은 게 있다면 도와주고 싶었다. 쉬든 작업하든 그들이 평소 하지 못했던 걸 휴가 때 하도록 말이다.

“저희는 그럼 뭘 해요?”

“무엇이든요.”

“비행기를 타든 배를 타든 마음대로 해도 된다는 거지?”

“그렇죠.”

“따라가도 되고요?”

“그것도 좋죠.”

헤일로는 멤버들의 동행을 기대하진 않았다. 원하지 않는 건 아니다. 여행이란 함께하는 사람이 있을 때 더 즐거운 법이니까. 다만 한 달도 남지 않은 시점에 고지하는 터라 각자 일정이 있을 수도 있어 같이 가자는 말이 선뜻 나오지 않았다. 그리고 그들과 같이 여행하고 싶은 만큼 그들이 푹 쉬었으면 좋겠다는 마음도 있었다. 그런데 그들의 반응은 뭐랄까, 할 말이 많아 보이는 얼굴이었다. 헤일로는 혹시나 해 물었다.

"같이 여행 갈래요?"

멤버들이 기다렸다는 듯 외쳤다.

"설마 저희 두고 갈 생각이었어요?"

"태양이시여…."

"조금 실망이다, 해일아."

이렇게 곧바로 대답이 돌아올 줄 몰랐다. 게다가 멤버들은 한 명씩 눈치를 보며 성토했다.

"제 작곡 봐주신다면서요!"

평소 여행할 때는 아침부터 새벽까지 노느라 작곡한 적도 없는 문서연은 작곡을 동행의 이유로 들었다.

"내가 한국에 있어봤자, 공학이랑 덕수랑 헛소리하기밖에 더 하겠어?"

한진영은 배공학과 김덕수가 들으면 억울해할 소리를 했고, 마지막으로 남규환이 진지하게 덧붙였다.

"인간은 태양 없이 살 수 없습니다."

* * *

"막내야, 운전할 줄 아냐?"

오랜만에 하는 운전에 긴장했던 막내 PD는 좀 한산한 도로로 빠져나갔을 때야 비로소 보조석에 앉은 박 PD에게 궁금한 것을 물어

볼 여유가 생겼다.

"장 PD님께 연락한 건 어떻게 됐어요?"

'노해일을 꼬시는 법'에 대해 장 PD에게 팁을 구하라고 누군가 건의했을 때 막내 PD는 궁금했다.

"아, 그거."

박 PD는 장 PD와 술을 나누었던 밤을 상기했다. 장 PD는 한참을 자기도 모르겠다고 잡아뗐다. 덧붙여 이제 그조차 노해일을 섭외하기 힘들어졌다고 해 박 PD는 이해가 되지 않았다.

"선배님이, 노해일 씨를 스타로 만들었잖습니까?"

"야, 노해일은 내가 아니었어도 떴어. 오히려 내가 더 많이 수혜를 봤으면 봤지."

"그래도요."

"그래도는 뭘 그래도야. 지금 하는 걸 봐. 자기 힘으로 음원 1위 만들잖냐. 방송 안 나와도 모두 나와줍쇼 하는 애인데 내 힘이 얼마나 있겠냐."

"선배님 스타 PD잖습니까."

"나는 스타 PD고, 걔는 스타 PD도 못 건드는 스타 됐고."

그렇게 밤새 술주정을 부렸다.

정말 하나도 궁금하지 않은 남정네들의 술주정을 들은 막내 PD가 탄식했다.

"아이… 그럼 도움이 하나도 안 됐네요."

"꼭 그렇지만도 않지?"

"받았어요?"

막내 PD가 무의식적으로 브레이크를 밟았다.

"그래서 지금 써먹으러 가는 거잖아."

"지금요?"

막내 PD가 눈을 번쩍 뜨며 네비게이션을 확인했다. 어쩐지 주소가 성수동이었다.

"그럼 지금 노해일 레이블 가는 거예요?"

"아니, 근처 카페."

"와, 섭외됐어요?"

"그랬으면, 카메라도 가져왔겠지."

"엥? 그럼…."

"설득하러 가는 거다. 삼고초려, 아니 오고초려해서 제발 만나달라고 사정했다. 그냥 이야기하고 싶다고, 이번 시즌 섭외 응하지 않아도 되니 만나만 달라고."

"노해일이 만나준대요?"

"그러니까 지금 가고 있는 거 아니겠냐."

직접 만나러 간다는 말에 막내 PD는 박 PD가 단순히 노해일을 원하는 게 아니라고 여겼다. 물론 요즘 모든 방송사에서 노해일을 찾긴 하지만 보통 이렇게까지 PD가 직접 가서 설득하는 일은 많지 않다.

"사실, 꼭 노해일 씨가 아니어도 되지 않나요."

섭외할 사람이 없는 것도 아니고, 이렇게까지 해야 하냐는 뜻을 박 PD는 잘 알아들었다.

"한국어로 된 노래가 해외에서 얼마나 통할 거 같냐?"

"예? 갑자기요?"

어리둥절한 막내 PD에 아랑곳하지 않고 박 PD는 창 너머를 보며 생각에 잠겼다. 한국어는 외국에서 어느 정도 통하더라도 늘 한계가 있다고 생각했다. 그 나라의 감성 등 장벽이 얼마나 많은가. 그러나 노해일은 달랐다. 예전 노해일이 LA 토크쇼에서 보여줬던 라이브가 얼마나 인상적이었던가. 그 라이브를 보던 관중의 반응은 또 어떠했는가. 그 순간엔 정말 장벽이 존재하지 않는 것 같았다. 아무리 커버곡이라 하나, 언어도 다르고 편곡도 꽤 가미된 노해일 감성의 곡이 먹혔으니, 필시 노해일의 앨범도 반향을 일으킬지 모르겠다는 생각이 들었다.

'무엇보다 제일 들어보고 싶은 건….'

노해일의 앨범도 앨범이지만, 해외의 거리에서 그가 감성도 언어도 목소리도 완전히 그쪽과 일치하는 음악을 부르면 어떻게 될까, 그것이 궁금했다. '노해일이 아직 팝송은 한 번도 안 불렀지?' 하는 생각에 이르렀을 때 박 PD는 막내 PD의 목소리에 고개를 들었다.

"도착했습니다."

* * *

"저희 프로그램은 오로지 '음악' 그리고 '공연'을 위한 프로그램일 뿐 고생시키는 부분 전혀 없습니다. 게임에서 진다고 굶는다? 아니, 한국인은 밥심인데 굶으면 안 되죠!"

막내 PD는 흘끔 박 PD를 바라봤다. 박 PD는 〈Spring Again〉 메인을 맡기 전 유명한 리얼 버라이어티 조연출을 맡은 적이 있다. 특급 게스트조차 게임에서 지면 밥은 물론, 야외에서 텐트 치고 자야 하는 고된 예능이었다.

"절대! 네버 힘든 스케줄도 없고 예산도 최대한도로 뽑았습니다. 호텔에 머무르고 연습실 또한 있고요. 식당도 좋은 곳으로 잡았습니다."

"흐음."

"5성급! 같은 3성급! 미슐랭도 울고 갈 예술적인 레스토랑! 어떠십니까?"

막내 PD는 '이게 장 PD한테 받았다던 팁이냐' 하고 한심해했다.

노해일의 표정은 심드렁하다. 전혀 안 먹히는 게 분명했다. 하긴 팬미팅에서 팬들한테 오르골을 선물할 정도면 여행 가서 5성급 호텔에 머무르지 않을까?

박 PD도 깨달았다. 자신의 말이 전혀 먹히지 않는다는 걸. 그래서 그는 장 PD가 줬던 팁을 떠올렸다. 노해일이 〈랑데부〉에 응했던 이유는 황룡필과 컬래버를 제안했기 때문이라고 했다. 그의 프로그램에 황룡필이 나오진 않지만, 그 이후 시대를 풍미한 가수들이 나온다. 출연료, 편안한 촬영 환경, 여행이라는 포맷과 시청자들의 눈도 크게 관심 없는 소년에게 먹힐 만한 조건은 이제 하나 남았다.

박 PD는 조심스럽게 패드를 꺼냈다.

"아직 공개하면 안 되는 사안입니다만."

〈Spring Again〉 출연 리스트를 공개하자 막내 PD가 화들짝 놀랐다.

"멤버들과 함께 나의 노래가 아니라 우리의 노래를 보여주는 것이 우리 프로그램의 최종목표입니다."

노해일의 눈에 그제야 이채가 서렸다. 시간이 아까워지려는 찰나 유일하게 솔깃한 내용이었다. 그는 전 세계 가수들과 어울리며 그들의 음악에 관해 이야기를 나누는 걸 좋아했다. 그들과 호흡을 맞추며 거리공연을 하는 건 정말 즐거울 것이다.

그러나 그의 대답은 같았다.

"안타깝지만…."

〈Spring Again〉 멤버로 이름을 올릴 일은 없을 것이다. 분명 매력적인 점이 있었지만, 멤버들과 여행을 하기로 했고 충분히 즐거울 거라서.

"이해합니다, 방송으로는 결국 완전히 즐길 수 있는 여행이 되기 어려울 테니까요."

결국 노해일을 설득하는 데 실패한 박 PD가 시무룩해졌다. 이렇게 단호한데 더 설득할 수도 없는 노릇이다.

'직접 만난 게 어디야.'

다른 PD들은 한결같이 섭외는 물론 연락도 잘 안 되는 소년을 보며 톱스타병 걸렸다는 둥, 머리 위에서 놀려고 한다는 둥 욕하지만 박 PD가 본 노해일은 그렇지 않았다. 어린 나이라는 게 믿어지지 않을 정도로 주관이 확고할 뿐 톱스타병은 확실히 아니었다. 건방지다고 말하기도 그런 것이 결국 그를 만나주지 않았는가. 연락을 통한 섭외는 안 좋아해도, 직접 만나 진지하게 확답을 주는 걸 보면 그냥 방식이 좀 다른 사람 같았다.

박 PD는 그러다 소년과 메시지를 주고받으며 소년이 미팅을 수락한 계기를 상기했다.

"그런데 우리 프로그램에 궁금한 게 있다고 했던 거 같은데 해결되었나요?"

"아, 그거요."

"뭐든 물어보세요!"

박 PD는 소년이 관심을 가질 수 있다면 뭐든 좋았다.

"별건 아니고. 프로그램 제목을 〈Spring Again〉으로 한 이유가 있나 해서요?"

"어…."

섭외된 가수나 섭외비, PPL 같은 걸 물을 줄 알았는데 좀 의외의 질문이었다. 그래도 박 PD는 소년의 선의에 진지하게 답하기로 했다.

"처음 들어본 질문이네요. 보통 HALO의 앨범 명이란 걸 알고 묻지 않더라고요. 사실, 틀린 말도 아니고요. 그러나 마지막에 넣을 장면 때문이기도 합니다. HALO 2집 〈다시, 봄〉의 타이틀곡이 혹시 뭔지 아시나요?"

보통 사람들은 어느 앨범에 어느 곡이 들어가 있는지 잘 모른다. 그러나 소년은 재밌는 농담을 들었다는 듯 웃으며 대꾸했다.

"'우리가 다시 만날 때'."

"그렇죠. 그 노래를 우리 프로그램 마지막 버스킹 곡으로 넣고 싶었습니다."

"그걸 누가 부르는데요?"

"아직 저 혼자 계획만 하고 있던 건데요, 합창으로 생각하고 있습니다."

가만히 생각해본 소년이 이윽고 고개를 끄덕인다.

"괜찮네요."

"그렇죠?"

박 PD는 섭외에 실패한 가수와 왜 이런 이야기까지 나누고 있는지 순간 이상했지만, 제 아이디어를 인정받자 기분이 좋아졌다. 노해일이란 가수 이전에 한 사람으로서 점점 관심이 생기고 있는데, 소년은 단호하게 인사했다. 헤어질 시간이었다.

"만약에요."

문득 들려오는 박 PD의 목소리에 소년이 멈춰 섰다.

"만약에 우연히 우리 팀과 노해일 씨가 어딘가에서 마주치면."

사실 불가능한 소리였다. 그는 소년에게 〈Spring Again〉 팀이 어디로 갈 것인지 말하지 않았고, 소년 또한 말하지 않았다. 거대한 유럽 땅에서 아무리 관광 명소가 겹친다고 해도 한곳에 머무르지 않는 이들이 마주칠 가능성은 크지 않았다.

"그땐 같이 공연하는 게 어떠세요? 잠깐이라도 좋으니."

해일로 역시 거의 불가능하다는 걸 알았다. 일단 그는 당장 어디로 갈지 계획이 없었기 때문이다. 그냥 발길 닿는 곳으로 갈 생각이다. 그래도 만약 거리 어딘가에서 연주하고 있을 이들과 마주친다면…. 뒤돌아보며 경청하던 소년이 환하게 미소 지으며 말했다.

"그럼 잠깐이라도 참여하도록 하죠."

소년의 말에 박 PD의 입이 점점 벌어졌다. 소년이 카페를 나가고 난 후 막내 PD가 얼음까지 와그작 씹어먹으며 돌아가자고 종용할 때까지 그는 멍하니 있었다.

* * *

해일로는 여행에 대해 부모님께 알리기 위해 생일 이후 오랜만에 집으로 향했다. 기자들은 그가 본가에 잘 가지 않는다는 걸 알기에 집 근처는 한산했다. 대신 집 안에는 방문자가 있었다. 사실 얼굴을 보지 않아도 방문자가 누군지 알 것 같았다. 해일로가 들어서

자 방문자가 현관을 향해 목을 길게 빼고 인사했다.

"왔냐?"

헤일로는 태연하게 부엌으로 걸어갔다. 장진수가 부엌 탁자에서 문제집을 꺼내놓고 풀고 있었다. 앞에 노해일의 것이었을 게 뻔한 자습서도 있었다.

"교수님이 문제 풀이 도와주신다고 해서."

"그래? 도움이 됐냐?"

"당연하지! 교수님 완전 설명 잘 해주셔!"

아버지가 수학을 가르쳐준다는 건 알고 있는데, 장진수가 지금 풀고 있는 건 영어 문제다. 별표가 꽤 많이 쳐져 있는데 지금도 지문을 보며 끙끙거리고 있었다. 한예종에 가기 위해 시급한 과목이 영어였으나 평생 공부를 해본 적 없는 장진수는 모르는 단어가 더 많았다.

"3번이네."

그때 헤일로가 답을 이야기했다. 장진수가 고개를 번쩍 들고 지문을 본다. 노해일은 초등학교 중학교 때 열심히 공부하더니 문법 문제 하나쯤은 단번에 풀 수 있는 것 같았다.

"왜 3번인데?"

장진수가 한참을 노려보다 물었다. 그럴 때면 노윤현 교수는 차분히 공식부터 설명해주곤 했다.

"다른 건 다 이상하잖아."

"아…."

노해일은 노윤현이 아니었다. 왠지 모르게 느껴지는 데자뷔에 장진수가 시무룩해졌다.

"공부는 할 만하고?"

장진수가 고민하는 듯하더니 고개를 끄덕였다.

"영어는 아직 어렵지만 수학은 할 만해. 좀 재밌는 거 같아."

"그게 재밌다고?"

"나 좀 재능 있는 거 같지 않냐?"

노윤현이 장진수에게 수학에 재능 있는 것 같다고 칭찬도 했다. 그는 처음 듣는 칭찬에 수학이 더 좋아졌다.

"야, 그거 알아? 보통 수학 잘하는 사람들이 음악에도 재능있대."

"그래?"

"내가 수학하고 잘 맞는 건 음악에도 재능이 있다는 소리겠지?"

수학에 몸서리치는 혜일로는 수학과 음악의 연관성에 대해 이해하지 못했지만, 실제로 틀린 말은 아니었다. 역사상 유명한 수학자 중 상당수가 음악과 음향학에 조예가 깊었고, 소리를 관장하는 뇌가 수학의 뇌와 유사하다는 연구 결과도 있다.

"뭐, 지금 당장은 결과가 더 중요하지만."

그래도 장진수는 수학에 흥미가 생겨 기분이 좋았다. 당장은 재능보다 결과가 중요하지만, 그의 목표는 한예종에서 끝나는 게 아니었기 때문이다. 한예종에 입학하고 음악을 배우고 멋진 음악가가 되고 싶었다. 노해일처럼 순식간에 음악을 만들진 못해도, 아주 오랜 시간이 걸리더라도 자신의 노래를 만들고 싶었다. 누군가 비웃을지도 모르지만 그의 목표는 이렇게 끝없이 이어졌다. 목표 하나를 이루었다고 해서 번아웃이 올 일은 없을 것 같다. 그의 모든 목표가 이루어지기까지 일평생이 걸릴 테니 말이다.

"근데 넌 나중에 뭐 할 거야?"

장진수는 문득 노해일의 목표가 궁금해졌다. 한국에서 음원 1위는 이미 원하는 대로 하고 있고, 그렇다고 노해일이 백만장자를 꿈꾸는 것 같지도 않았다.

"나? 생각해본 적 없는데."

"빌보드 1위? 너 아직 그거 못했잖아."

"그건 곧이지."

헤일로는 당연하게 말했다. 그의 앨범은 현재 스트리밍 점수 외에는 모든 게 낮아서 빌보드 1위를 하지 못했다. 그래도 그게 불가능할 거란 생각은 들지 않았다.

"그럼 빌보드 1위를 한 다음엔?"

"글쎄."

'목표라…. 옛날엔 그런 걸 좀 세워두었던 것 같은데.'

계약 파기부터 레이블 설립, 더 나아가 음악가로서 받을 수 있는 상을 받고 세계를 지배(?)하겠다는 포부가 있었다. 그리고 그건 결국 모두 해냈다.

'그럼 지금의 목표는….'

헤일로가 곰곰이 생각해보려는 찰나였다.

"어머, 해일이 왔니? 밥 먹자."

잠깐 마트에 갔던 어머니, 아버지가 돌아왔다. 한우 투플러스 세트를 사 들고. 오늘의 저녁 메뉴는 소고기다. 장진수도 헤일로도 화려한 마블링 앞에서 하려던 이야기를 잊었다.

한참 배를 채우던 헤일로는 다행히 집에 온 이유를 기억해내고 이야기를 꺼냈다.

"아, 맞다. 저 여행 가려고요. 12월 말에."

"여행을? 누구랑?"

어머니 아버지가 뜬금없는 통보에 놀라는 건 당연했다. 심지어 여행 일자도 곧이었다.

"멤버들이랑 동행할 거 같아요. 그리고 아마…."

헤일로는 그에게 여행을 권해준 어거스트 베일을 떠올렸다. 그가 같이 여행하자고 직접적으로 말하진 않았지만, 헤일로는 옅게 웃으며 덧붙였다.

"베일 경도요."

박승아와 노윤현은 어른의 존재에 조금 안심했다.

"언제 돌아올 건데?"

언제 돌아올지 정하지 않은 무기한 여행이라 헤일로는 대충 얼버무리며, 가져온 봉투를 꺼냈다. 봉투엔 〈록〉이라고 쓰여 있었다.

"그보다 12월 말에 시간 되세요? 제가 참여한 뮤지컬인데."

"세상에…!"

박승아는 익숙한 일자를 봤음에도 고개를 연신 끄덕였다. 아파트 부녀회가 있는 날이다. 그때, 찬수 엄마와 재회할 예정이었지만 아들의 뮤지컬보다 더 중요한 건 없었다.

"여행은 정확히 언제 가는데."

"뮤지컬 보고 가려고요."

"그럼, 엄마가 1일에 떡국 끓여줄 테니 먹고 가렴."

무기한 여행까지는 생각지 못한 박승아와 노윤현은 다시 고기를 굽기 시작했다.

"여보, 우리도 여행 갈래요?"

"좋아요. 어디 갈까요? 근데 당신 수업 없어요?"

"응, 이번엔 안 하기로 했어. 학생들이 어찌나 찾아오는지, 안식년이라도 가져야지. 휴양지나 제주도에 가서 해일이 올 때까지 쉬다 오죠."

화기애애한 대화가 이어졌다. 따뜻한 밥과 풍미 가득한 한우가 일품이었다. 된장찌개를 뜬 장진수에게 어머니가 뜨겁다며 조심히 먹으라고 속삭였다.

"그나저나 아들. 비행기 티켓은 끊었어?"

"아니요."

"표를 아직 안 샀다고?"

1월 1일까지 2주가 안 남은 지금, 비행기 티켓도 안 끊었다는 말에 그들은 기겁했다.

* * *

"이게 다 뭐야? 캠핑 가냐?"

"원래 외국 갈 때 라면이랑 김치는 기본이거든? 넌 뭔데. 캐리비안 베이라도 가게?"

"원래 유럽은 바다지. 그중에 꽃은 누드 비치…."

"누드고 뭐고 얼어 죽을 거 같은데. 지중해라도 겨울은 춥다. 근데 진영이 오빠는 그게 뭐예요?"

"어? 소매치기 안 당하려면 자물쇠가 필요하다고 해서."

자물쇠가 주렁주렁 달린 캐리어는 여행 물품보단 위험한 물품을 봉인해놓은 것처럼 보였다.

"아무도 안 가지고 가는 게 아니라, 우리도 못 가지고 다닐 것 같은데…."

캐리어를 바리바리 싸 들고 온 멤버들의 짐으로 레이블이 한창 어지러울 때 한 샐러리맨이 레이블에 방문했다.

"안녕하세요. 그, 오랜만입니다."

낯선 직장인의 모습에 멤버들이 서로를 쳐다보며 눈으로 물었다.

'오랜만?'

'누구야? 아는 사람?'

'몰라.'

그의 방문을 허락한 헤일로만이 그가 누구인지 알고 있었다.

"약속드린 건 한참 전인데, 정말 오래 걸렸죠?"

"오래는 아니고 조금?"이라는 소년의 대답에 샐러리맨이 민망해하며 뒤통수를 문질렀다. 호언장담했던 것치고 꽤 늦었으니 할 말이 없었다.

"일단 물건을 보시죠."

어색한 분위기를 풀기 위해 남자는 가져온 거대한 가방을 주섬주섬 풀어놓았다. 사람들의 시선이 몰리자 그는 뿌듯해하며 가방을 열었다.

"생각보다 더 잘 나왔습니다. 어때요? 마음에 드시나요?"

가만히 그것을 쓸던 헤일로가 이윽고 고개를 끄덕였다.

* * *

12월 28일, 잠실에서 창작 뮤지컬 〈록〉의 프리뷰가 진행되고 있다. L씨어터는 안팎으로 북적북적했다. 안에선 관중들의 박수 소리가 요란했고, 뮤지컬 티켓 담당자는 끊임없이 걸려 오는 전화를 받고, 현장 티켓 담당자 역시 프리뷰를 보고 나온 사람들에게 둘러싸였다. 현장 티켓 담당자는 뮤지컬의 열기가 그대로 드러난 번들거리는 눈이 저에게 꽂히니 공포영화 속에 들어온 기분이었다. 그러나 이 또한 뮤지컬이 성공 가도에 들어섰다는 뜻이라 기쁘게 받아들였다. 아르바이트생에게 뮤지컬의 결과는 알 바 아니지만, 뮤덕으로서(뮤덕이기에 L씨어터에서 알바를 하는 거다) 받아들이는 건 또 달랐다. 그는 가장 안전한 곳에 숨겨놓은 티켓을 떠올리며 손을 움찔거렸다. 후기가 미친 듯이 궁금했다. 근무 중이 아니었다면 바로 핸드폰을 쥐었으리라.

그렇게 시간이 흘러 12월 31일 〈록〉의 본 공연이 다가왔다. L씨어터는 오후부터 티켓팅 승리자와 당일 현장 티켓을 구하는 사람으로 붐볐다. 굿즈를 찾는 사람도 있었다.

"여긴 오르골 없나요?"

"예? 뭐요?"

"아니, 아니에요…."

팸플릿을 보며 신주혁과 노해일이 참여한 넘버가 어떤 것인지 찾는 팬들도 있었다.

"안 쓰여 있는데?"

"안 적혀 있다고? 진짜네. 불친절하긴."

"그래도 노래 들으면 대충 알지 않을까? 노해일이나 신주혁이나 색이 뚜렷해서."

프리뷰 때 오지 않았던 평론가들도 공연 시간에 맞춰 하나둘 등장했다.

두근거리는 마음으로 VIP석 중앙 두 번째 열에 앉은 남자는 아무 생각 없이 무대를 보다가 화들짝 놀랐다. 무대에 누군가 나온 건 아니고, 앞자리 첫 번째 열에 앉은 가족이 눈에 들어온 탓이다. 사실 중년의 부부는 누군지 몰랐다. 남자는 '뮤덕' 입장에서 뒤에 앉으면 좋겠다는 생각이 드는 장신이었고, 고운 외견의 여자는 옆자리에 앉은 아들에게 말을 걸고 있어 그저 사이좋은 중년 부부 같았다. 다만 그 옆자리에 앉은 아들이 평범한 사람이 아니었다.

"진짜 무슨 곡인지 안 알려줄 거야?"

"네. 미리 알려주면 재미없잖아요."

"그래, 기대해. 엄마는 반주만 들어도 누구 곡인지 알 수 있어."

'엄마? 아, 엄마였구나! 어쩐지 닮았더라.'

마스크를 쓰고 있지만 눈만 봐도 알 것 같은 소년과 여자는 꽤 닮은 얼굴이었다..

'와, 대박 노해일, 부모님이랑 왔네. 사인해달라고 해도 되려나.'

누가 봐도 사적인 시간이라, 말을 걸기는 어려웠다. 다른 사람들도 노해일을 알아보았다. 남자의 옆자리에 앉은 여자가 뜨거운 눈으로 노해일의 옆얼굴만 뚫어지게 쳐다보고 있었다. 그녀는 말을 걸고 싶어 입을 뻐끔거렸지만 마지막 양심을 발휘해 그저 바라만 보았다. 그러다 두 사람의 눈이 마주쳐 서로 민망한 표정을 지었다.

"혹시?"

"예."

"지금 말 걸면 안 되겠죠."

"아마도요."

이런 생각을 하는 사람은 한두 명이 아니었다. "노해일이다!"라는 수군거림에 객석에 앉은 사람들의 시선이 헤일로에게 꽂혀 들었다. 누군가는 뮤지컬이 끝나고 사인을 받으러 가자고 결심했다.

곧 시작을 알리는 방송과 함께 객석의 불이 꺼졌다. 그때까지만 해도 관객들의 뇌는 뮤지컬 초연에 대한 기대와 불안, 그리고 노해일에 대한 관심으로 가득 차 있었다. 그러나 정우와 그의 노래, 그의 인생이 그들의 잡념을 지우고 그들의 모든 생각을 꽉 채우기까지 오랜 시간이 걸리지 않았다.

뮤지컬 〈록〉은, 60년대에서 70년대를 살아간 대학생 정우와 친구들, 그리고 록의 태동기에 태어난 고추잠자리 밴드의 이야기다. 한국대생 정우는 찢어지게 가난하진 않지만, 빠듯한 집안의 외동아들로 동기들이 어떻게 살건 자신과 가족의 평온한 안위를 가장 중요시한다. 물론 그에게도 불꽃이 있다. 친구들과 함께 더 좋은 세상을 만들어가고자 하는 욕망. 그러나 정우는 자기의 삶이 더 중요했고, 그 삶을 위험에 빠트릴 일을 하지 않으며 친구들의 손을 잡지 않는다.

그러던 어느 날 친구들과 술을 먹고 클럽에 간 정우는 처음으로 록 밴드를 접한다. 사실 그 밴드의 음악은 바다 건너에 있는 유명한 밴드의 흉내 내기에 불과했지만, 록의 열기는 분명 그에게 전달된다. 생각하지 않으려고 하지만 계속 생각이 났다.

정우는 아무도 없는 강의실에서 노래를 부르다 첫사랑 혜림과 마주한다. 인생을 열정적으로 살아가는 혜림은 정우와 소꿉친구인 민섭 그리고 그녀의 삼촌인 수일과 함께 록 밴드를 결성한다.

"비틀스는 딱정벌레란 뜻이래. 우리도 그런 이름을 짓자."

"그럼, 바퀴벌레?"

"죽을래?"

한국적이면서도 일상적인 이름이 뭐가 있을까 생각하던 중 잠자리 한 마리가 창가에 앉는 게 보인다.

"고추잠자리 어때?"

"오호!"

분명 기꺼운 반응이었다. 물론 혜림을 좋아하는 민섭은 투덜거렸다.

"고추잠자리보다 장수잠자리가 낫지. 오래 살고 더 세잖아."

"음, 난 그래도 고추잠자리가 더 한국적이고 입에 딱 붙는 것 같은데. 삼촌은?"

"알아서 해라."

"삼촌도 찬성. 민섭이 넌 어떡할래?"

"네가 좋은 걸로."

그렇게 '고추잠자리'란 이름이 지어졌다.

대학생 셋과 백수 하나로 이루어진 밴드는 싸움도 웃음도 가득하다. 그들은 싸우다가도 금방 화해하며 서로 혜림을 좋아한다고 터놓을 정도로 친해졌다. 그리고 정말 밴드다워졌을 때 그들은 첫 공연을 보여준다. 실수도 많이 했지만 정말 즐거웠던 고추잠자리 밴드의 첫 공연이자, 마지막 공연.

'오래오래 행복하게 살았습니다(Happily ever after)'라는 엔딩은 현실에 존재하지 않는 모양이다. 혜림의 삼촌이자 드러머 수일은 사회 운동을 하다 잡혀갔고 혜림의 가족 역시 무사하지 못하다. 민섭은 혜림을 구하기 위해 수일을 버리라고 한다. 결국 고추잠자리 밴드는 최루탄 연기에 맞은 잠자리처럼 추락해버리고 만다. 실종된 혜림 일가와 집에 감금된 민섭. 이 급변하는 상황 속에서 자신과 가족의 안위가 가장 중요했던 정우는 모든 걸 잃어버리고 나서야 해야 할 걸 깨달았다.

그리고 그날이 왔다. 민중이 앞으로 나아간다. 그 속에 기타를 든 정우가 있었다. 그는 민중의 노래를 부르며 민중을 격려하고, 동참했다. 거대한 벽과 같은 방패가 밀고 들어온다. 민중이 힘없이 벽에 밀려 나간다. 드라이아이스가 최루탄 연기처럼 무대에 펼쳐지고, 붉은색 벨벳 천이 피처럼 흩날렸다. 누구나 참혹한 상황이란 걸 알았다. 그러나 그런 상황에서도 정우는 멈추지 않고 노래했다. 신음과 절망의 꽃 위에서 머지않아 다가올 청춘의 노래를 불렀다. 결국 그들이 극복하게 되리라고 외쳤다.

우리의 노래는 비바람을 불러오며
이 땅을 적신 피와 눈물이 희망의 꽃을 피우리
우리가 꽂은 깃발이 새로운 날을 맞이할 테니

관객 중 누군가는 입을 막은 채 정우의 열연에 빨려 들어갔다. 눈을 뗄 수 없다. 죽음을 무릅쓰고 불꽃에 뛰어 들어가는 청춘의 마지막 노래는 절정으로 치닫는다.

보아라, 저 눈부신 여명을

정우는 매를 맞는 것처럼 몸을 웅크리면서, 환희에 찬 아리아를 불렀다. 우리의 삶, 우리의 집, 우리의 이름, 그가 잃은 친구들을 떠올리고, 눈물을 흘리며 환히 웃었다.

이 모든 것들이 영원히 살아가리…라!

마지막 불꽃이 완성되고 정우가 결국 땅 위에 쓰러지며 무대는 막을 내린다. 무대의 조명이 탁 꺼진 순간 커다란 박수, 비명, 오열, 환호가 파도처럼 몰려왔다. 누군가는 무대를 망칠까 꾹 참고 있던 눈물과 신음을 터트렸고, 누군가는 그 감동을 어떻게든 표현하고 싶은 것 같았다.

"잘됐네."

오랜만에 객석에서 무대를 본 헤일로는 한 명의 관객이 되어 담백하게 감탄했다. 이제 여행을 떠날 수 있을 것 같다고, 그가 할 수 있는 최고의 존경을 표했다.

박혁은 결국 그의 노래를 완성해냈다. '박혁'의 해석과 작곡자인 자신의 피드백으로 완성된 노래는 상상하던 것 이상으로 헤일로의 마음에 들었다. 저 시대를 살아갔던 정우가 정말 있을 것 같고, 저런 정우가 아니라면 인정할 수 없을 것 같았다. 물론, 그가 들은 건 박혁 주연의 〈록〉이니, 더블 주연의 버전은 어떨지 모른다.

뮤지컬 인터미션 이후부터 손수건을 쥐고 눈물을 글썽거리던 박승아는 이젠 손수건에 얼굴을 묻고 있었다. 오열하지 않았지만 계속 주르륵 눈물을 흘렸다. 그녀는 이 눈물의 의미가 정우를 향한 애도인지, 용기에 대한 존경인지, 혹은 정우의 노래 속에 있었던 환희와 감동 때문인지 자신도 몰랐지만 한 가지는 확실했다. 여운이 너무 강렬해서 혼자서라도 몇 번이고 보러 오고 싶었다.

커튼콜이 계속됐다. 한두 번도 아니고 커튼콜이 계속 이어질 정도로 관객의 반응이 좋았다. 또한 배우들도 그 무대의 여운에서 벗어나지 못했다. 둘 다 끝내고 싶지 않았던 것이다. 이 무대를.

커튼콜이 끝났을 때 어머니가 나지막하게 물었다.

"마지막 넘버, 네 노래지?"

"맞아요."

"그럴 것 같더라. 정우 넘버랑 너무 헷갈렸는데."

"그것도 제 거예요."

어머니는 놀라 눈을 크게 떴다. 그녀가 헷갈린 게 아니었다. 정확히 아들의 노래를 맞춘 것이었다.

한동안 여운을 즐기던 박승아가 갑자기 자리에서 일어난 아들을 쳐다보았다. 그는 맛있는 식사를 하고 난 후 만족스러운 표정을 하고 있었다. 모든 과제를 해결하고 떠날 이의 얼굴이기도 했다.

"어디 가니? …지금 가게?"

헤일로는 부모님을 보며 씩 웃었다.

* * *

멤버들은 LA에서 귀국했을 때를 기억했다. 얼마나 많은 기자가 공항에 대기하고 있었던가. 그래서 이번에는 프리미엄 체크인 카운터에서 은밀하고 신속하게 수속을 진행하기 바랐다. 그런데 노해일의 여권을 받은 직원의 눈이 커지더니 어딘가로 연락했다.

"이쪽으로 오시죠."

그리고 딱 보아도 직급이 높아 보이는 사람들이 달려와 그들 대신 캐리어를 잡고 어딘가로 이동하기 시작했다. 뭔가 LA에 갈 때와 다른 진행에 당황한 멤버들은 항공사가 다르니 그럴 수 있다고 여기다가 점점 공항 깊숙이 들어가는 바람에 공포에 질렸다.

“지금 우리 어디 가는 거야?”

“납치는 아니겠지.”

“공항에서 납치라니, 라운지로 안내해주는 거 아닐까?”

한진영의 추측도 어긋났다. 그들이 안내된 곳은 프리미엄 라운지가 아니라 탑승장이었기 때문이다. 탑승장에서 차량에 올라타게 되자 멤버들은 설마설마했다. 그리고 그들이 안내된 곳은 소형 비행기, 아니 정확히 말해서 전용기였다.

“사장님, 전용기도 사셨어요?”

헤일로가 돈을 물 쓰듯이 쓰는 건 알지만, 전용기를 사는 건 좀 과하지 않나 하고 문서연이 기겁했다.

“아쉽게도 아직이요.”

전용기를 구매하거나 전세기를 대여한 기억은 없다. 하지만 헤일로는 이렇게 할 사람이 누군진 알 것 같았다. 몇 시에 출국한다고 말도 안 했는데, 그 앞에 비행기를 대령할 수 있는 사람.

기나긴 탑승 과정은 없었다. 체크인부터 이륙까지 걸린 시간이 30분도 채 되지 않았다.

“편안한 여행 되시기를 바랍니다.”

호화스러운 내부에 외국인 파일럿과 승무원이 나와 인사하는 모습에 일반인인 멤버들은 잔뜩 긴장했다.

헤일로는 좌석에 앉아 이제까지 메고 있던 기타 케이스를 내려놓았다. ‘페르 아스페라’가 그의 생일날 선물한 기타 케이스는 유려한 곡선, 무엇보다 검은색 바탕에 금빛 선으로 수놓은 나비가 인상적이었다. 그러나 진짜는 그 안에 있는 것이다. 남은 좌석에 기타 케이스를 둔 헤일로는 쿠션에 몸을 뉘었다.

"음료는 어떤 걸로 드시겠습니까?"

"소주 있나요?"

"와인과 샴페인이 준비되어 있습니다."

헤일로가 뒤를 돌자 시선이 마주친 승무원이 상냥하게 웃는다.

"생과일 주스를 준비해드릴까요?"

"에스프레소로 주세요."

그때 쯤 12월의 HALO를 기대한 사람들에게 선물처럼 디지털 스트리밍 플랫폼에 HALO 11집이 올라왔다.

-(New Releases) HALO 11집-Catch me if you can

* * *

잠실의 밤은 뜨거웠다. 빨간 폴라티 위에 정장을 입은 남자가 사람들로 가득 찬 로비를 헤치며 '관계자 외 출입 금지' 구역으로 향했다. 그의 눈이 먹이를 포착한 뱀처럼 사람들을 훑는다. 집에 돌아가는 모녀, 벽에 기대 핸드폰을 하는 학생, 그리고 딱 봐도 '우리 평론가요', '기사 쓰니까 건들지 마시오'라는 분위기를 폴폴 풍기는 무리도 있었다. 노해일과 신주혁 기용에 관해 중립적인 태도를 보였던 평론가 하나가 열띤 얼굴을 하고 있었다. 대기실 구역 안으로 들어가자 아직 분장을 벗지 않은 배우들과 스태프, 그리고 본 공연을 축하하러 온 관계자들이 보였다. 공연을 보고 나서, 인사차 온 것이다. 누군가는 이제 1일 차일 뿐인데, 벌써 공연 끝난 것처럼 설레발친다고 생각할지도 모르겠다. 그런데 설레발 좀 치면 어떤가? 여기에 축하하러 온 사람들은 모두 공연을 보고 온 사람들이다. 올 만하다고 생각했거나, 오고 싶다고 생각했으니 왔겠지.

"총연출가님!"

동료들과 이야기하던 배우들이 그를 보고 환한 얼굴로 인사한다. 뮤지컬 공연의 결과는 배우와 스태프들의 반응을 통해서도 알 수 있었다. 녹지담 총연출가는 호응해주며 주연배우들이 있는 대기실까지 직행했다. 그 앞엔 이미 먼저 온 사람들이 북적이고 있었다. 박정호 음악감독이 그를 가장 먼저 발견했다.

"우리 총연출가님 오셨습니까?"

"혹시 해일 씨도 왔어요?"

녹지담 총연출가의 물음에 박정호 음감과 대화하던 작곡가가 웃음을 터트렸다. 박정호 음감이 억울하다는 듯 덧붙였다.

"봤죠? 해일 씨는 나만 찾는 게 아니라고요."

"음악감독님도 그렇고, 연출가님도 노해일 씨만 찾으시네요."

둘이 노해일의 이야기를 하고 있었던 것이다.

모든 곳이 소란스러운 가운데 박혁의 대기실은 동떨어진 것처럼 조용했다. 아무렴 주연배우가 조용히 앉아 있는데 누가 들어와 떠들 수 있으랴. 박혁은 그의 공연을 복기하면서 화장을 지우고 있었다. 거울을 통해 총연출가가 들어온 걸 본 그의 눈이 복도 너머를 살폈다.

'이것 봐라.'

워낙 포커페이스가 뛰어난 박혁이라, 웬만한 사람은 눈치채지 못할 시선이었다. 그러나 총연출가는 그의 시선을 포착하여 같이 복도를 바라본다.

"찾는 사람 있어요?"

"아니요, 없습니다."

박혁이 아닌 척했지만 녹지담 총연출가는 집요했다.

"노해일 씨 불러 줄까요? 밖에서 박 감독이랑 떠들고 있던데."

"노해일 씨도 왔습니까?"

"늦었다고 돌아가려고 하던데."

"어디에…."

"농담이에요."

박혁이 뒤늦게 총연출이 그에게 거짓말을 한 걸 깨닫고 고개를 절레절레 저었다. 다른 이가 그랬다면 불쾌했을지도 모르지만, 박혁은 뮤지컬 준비기간 동안 녹지담 총연출가가 꽤 특이한 사람이라는 걸 봐왔기에 그러려니 했다.

총연출은 낄낄거리면서도 속으론 노해일을 기다리는 박혁의 모습을 좀 신기해했다. 박혁은 사람들과 잘 지내지만 거리를 두는 성격이었으니까. 그래도 이상한 건 아니다. 노해일은 현재 대중의 인기도 인기지만, 그게 아니더라도 충분히 호기심을 자극하는 사람이다.

박혁이 가장 공을 들인 마지막 넘버의 작곡자가 바로 노해일이었고 둘은 꽤 많은 대화를 나눴다. 그래서 그는 공연에 대해 작곡자이자 인정하는 보컬리스트인 노해일의 의견이 궁금했다. 본인은 만족스러울지라도 노해일은 다를 수 있으니 말이다. 심지어 박혁은 무대에서 관객석에 앉아 있던 노해일을 봤던 터라 공연 후 당연히 인사차 올 것이라 기대했다.

'그래서 진짜 안 오나?'

녹지담 총연출가는 박혁에게 앞으로도 잘 부탁한다는 말을 마지막으로 하고 대기실에서 나왔다. 박혁을 놀리긴 했지만, 그 또한 노해일을 찾았다. 그의 피드백이 궁금한 건 아니었고 그의 무대를 완성해준 노해일에게 다시 한번 연출가 자리를 제안… 아니 고마움을 표하고 싶었다.

"해일이 지금 공항이라던데요."

그때 음감과 이야기하는 신주혁의 목소리가 들려왔다.

"공항? 갑자기?"

"오늘 갈지는 몰랐는데, 오늘 간다고 하더라고요."

"해일 씨답긴 하네."

녹지담 총연출가는 거리낌 없이 두 사람의 대화에 끼어들었다.

"공연은 어땠대?"

"그…."

그것까지는 물어보지 않았던 신주혁이 머뭇거리자 녹지담 총연출가가 어깨를 으쓱였다.

"됐어. 직접 물어보면 되지. 평생 외국에 나가 있을 것도 아니고, 언젠간 돌아오지 않겠어?"

"그렇죠."

이 자리에 없다는 게 아쉽긴 하지만, 아쉬워할 시간은 없다. 첫 공연을 축하하면서도 내일의 공연을 준비해야 했고 무엇보다 요즘 녹지담 연출가는 프로덕션을 설득하기 바빴다. 해외 라이선스 뮤지컬과 달리 뮤지컬 〈록〉의 저작권은 단순해서 음원 발매의 꿈이 그리 멀지 않았기 때문이다.

"음원이요?"

뮤지컬 음원이 발매되는 건 흔치 않은 일이라, 음원 얘기를 들은 신주혁은 놀랐다.

“마음 같아선 오늘 발매하고 싶은데, 그건 불가능할 거 같고. 딱 공연의 열기가 이어질 즘 터트리면 좋지 않겠어?”

신주혁은 녹지담 총연출가가 무얼 보고 있는지 알 것 같았다. 연장 공연! 현 공연이 성공 가도를 유지하면 조건이 맞았을 때 공연을 연장하기도 했으니, 그걸 바라는 게 분명했다. 신주혁에게도 나쁠 건 없었다. 오히려 좋았으면 좋았지.

그렇게 음원에 대해 더 이야기하던 와중 누군가 음량 버튼을 누른 것처럼 웅성거림이 순식간에 커졌다. 눈에 띌 정도의 변화라, 세 사람이 돌아보았다. 톱스타가 찾아왔나 싶었다. 그러다 신주혁은 ‘앨범’이란 단어를 캐치하고, 음원 차트를 열었다. 곧 그의 눈이 번쩍 뜨이며 저도 모르게 욕이 튀어나왔다.

“와… 이 미친 새끼.”

“왜, 왜 무슨 일인데?”

핸드폰을 주시하며 욕설을 내뱉자 박정호 감독이 흠칫 놀랐다. 그러나 그 또한 알게 되었다. 처음엔 소음 같던 웅성거림이 점점 또렷하게 들려왔다.

“헉, HALO 앨범 냈어?”

“와, 또 HALO 했네.”

“태양이시여…!”

뮤지컬 배우나 스태프라고 해서 HALO의 음악을 듣지 않을 리 없다. 그중에 HALO의 팬이 있었고 그의 행보에 경외를 느끼는 사람도 적지 않았다. 뮤지컬로 뜨거웠던 열기는 모든 스트리밍 플랫폼에 올라온 HALO 11집으로 식기 충분했다.

“뮤지컬 음원 오늘 발매 안 하길 잘했네요.”

한국은 한밤중 혹은 음주 중이라 HALO 11집의 영향이 다음 날로 미뤄졌으나 한창 해가 떠 있는 국가에선 단 1시간 만에 난리가 나기 충분했다. HALO의 앨범이 나올 때마다 이번엔 어떤 음악인가, 그리고 월간 HALO는 언제까지 이어질 것인가, 그래서 HALO는 누구인가 따위로 분분한 세상에 던져진 HALO의 11집은 그 존재 자체만으로 떠들썩해지기 충분했다.

게다가 HALO 11집의 제목이 그 어느 때보다 강렬했다. '〈캐치 미 이프 유 캔(Catch me if you can)〉.'

마치 HALO를 찾아내려는 사람들에게 '잡을 수 있으면 잡아봐'라고 보내는 메시지 같지 않은가. 굶주린 짐승의 우리에 먹이를 던져 넣은 것처럼 반응은 곧바로 일어났다.

Catch me if you can(잡을 수 있으면 잡아봐)의 의미는?

HALO 1년 만에 다시 입을 열다!

우리는 왜 이토록 HALO를 찾지 못했는가

영화 〈Catch me if you can〉은 무슨 스토리인가?

디카프리오 주연의 동명의 영화 〈캐치 미 이프 유 캔〉이 주목받기도 했다. 이 영화에 HALO 정체에 대한 힌트가 숨겨져 있지 않을까? 2002년의 고전영화를 다시 열어본 사람들로 인해 영화의 스토리가 다시 들추어졌다. 영화에서 '수시로 직업과 거처를 바꾸고 사기 행위를 벌이는 프랭크'와 '그를 잡기 위해 동분서주하는 요원 칼'은 HALO와 그의 정체를 쫓고 있는 대중을 떠오르게 하기 충분했다. 하지만 이는 우연에 불과했다. 원래 HALO의 11집 〈캐치 미

이프 유 캔〉은 2002년 작인 이 영화가 나오기 전에 발매되었기 때문이다. 당시 최고의 인기를 구가하던 헤일로는, 세상 모두가 그를 원하는 상황에서 '날 원한다면 한번 잡아보라'는 도발의 의미로 만들었다. 비즈니스 목적의 연락은 안 좋아하지만, 직접 그에게 찾아오는 걸 좋아하는 헤일로의 성향이 그대로 드러나는 앨범이었다.

그러나 현 상황에서는 다른 의미로 받아들여질 수밖에 없었다. 〈I am HALO〉 이후 HALO 정체 추리에 대해 진척이 없는 상황에서 〈I am HALO〉가 간접적이었다면 〈캐치 미 이프 유 캔〉은 직접적으로 날 찾아보라는 메시지로 해석되기 충분했다. 태양단은 '태양이시여! 이 우둔한 자를 벌하시옵소서!'를 외쳤고, 'Who is HALO?' 현상이 대략 1년여 동안 이어지면서 뜸해졌던 분위기가 다시 달아올랐다. '태양이 정체가 밝혀지길 원치 않으면 어떻게 하지?' 걱정했던 사람들까지 본격적으로 발을 들여놓았다. 금방이라도 넘칠 것처럼 부글부글 끓었다.

"나를 찾아오라!"

그들의 왕이 명했다. HALO의 음악에 파블로프의 개처럼 길들여진 이들은, 무릎 꿇고 왕의 명을 받들었다.

한편, 세상을 통째로 폭풍 속으로 집어넣은 당사자는 노곤한 표정의 멤버들과 함께 이제 막 비행기에서 내렸다. 장시간 비행하여 도착한 유럽은 밤이었다. 전세기에서 내리니 그들의 앞에 밴이 기다리고 있어 '출국할 때도 밤이었는데… 시차 적응은 어떻게 하지' 정도의 사소한 걱정만 했다. 그들은 아무것도 할 필요가 없었다. 짐은 알아서 옮겨줬고, 밴은 목적지를 말할 필요도 없이 출발했다. 제정신이었다면 납치되는 게 아니냐며 다시 공포에 떨었겠지만, 멤버들은 아직 술에서 아니 잠에서 깨지 않았다. '이것이 자본주의의 힘인가 보다'라고 한가롭게 생각했을 뿐이다.

공항을 벗어나 밤길을 달린 밴은 화려한 궁전 같은 호텔 앞에서 멈춰 섰다. 직원들이 달려 나와 그들을 맞이했다. 그들을 향해 정중하게 허리 숙여 인사하고, 좋은 밤을 보내라며 바로 엘리베이터에 태워 보냈다. 이곳이 아무나 예약할 수 없는 초호화 호텔이란 것을 깨달은 건 후의 일이다. 당장 그들은 자신들의 집을 다 합친 것보다 넓은 스위트룸을 둘러보기 바빴다.

"아니, 방 안에 방 안에 방이 있는데?"

"뭔 인터스텔라야?"

"인셉션이겠지."

멤버들은 그러다 내일 아침을 위해 시차 적응을 하겠다며 각자의 방으로 갔다. 아무리 편한 전세기라 하나 장시간의 비행으로 피로가 쌓일 수밖에 없어 금방 곯아떨어졌다.

헤일로도 피로를 느껴 방으로 들어가려다 테라스 너머에 홀리듯 이끌려 나갔다. 블타바강과 카를교의 황금빛 야경이 그를 맞이했다. 그리고 그 너머에 있는 고성.

"원래 이곳에 먼저 오려던 건 아닌데."

이건 누가 봐도 먼저 가지 말고 같이 여행하자는 의미다. 헤일로는 "베일 경 이건 세상에서 가장 편안한 하이재킹이군요"이라고 중얼거리며 피식 웃었다. 그는 의자에 앉아 기타를 꺼내 들었다.

여행 전 그의 레이블을 방문했던 샐러리맨은, 어느 날 낙원상가에서 마주쳤던 악기 제조사 G의 한국지사 마케팅 매니저 박대형이었다. 조금만 기다려달라고 했던 그는 결국 호언장담했던 대로 부서졌던 기타와 똑같은 것을 가져왔다. 마음에 드냐는 박대형의 물음에 그는 말을 잃은 채 정신없이 기타를 만졌다.

노해일의 기타도 기타인데, 옛날에 그가 가졌던 기타가 생각났기 때문이다. H 문양이 박힌 세련된 유선형의 포크 기타. 옛날 깁슨에서 헤일로를 위해 만들어준 세상에 단 하나뿐인 기타, 마리안느와 굉장히 유사했다. H라는 문양까지 말이다. 왜 H냐고 묻자, 박대형 매니저는 당연하다는 듯 '해일'이라서 H로 했다고 했다. H와 R을 고민하다가 영어식으로 해일 로(Hae-il Roh)이며, 한국식으로도 보통 노해일보단 해일이라고 더 많이 불릴 테니 H를 새겼다고 소심히 덧붙였다.

"혹시 제가 무슨 실수라도?"

"마음에… 쏙 듭니다."

"헉! 마음에 든다니 다행입니다."

그는 H가 헤일로란 의미든 해일이란 의미이든 공통으로 저를 상징할 수 있다는 게 좋았다.

헤일로는 그를 상징하는 기타를 안고 줄을 튕기기 시작했다. 프라하의 달빛이 내려앉은 밤, 선율이 은은히 세상에 스며들어갔다.

3. 클래식의 도시

「숙소는 어떤가?」

헤일로는 로비가 어떻다, 수영장이 있다 하며 호텔에 대해 검색해보고 호들갑을 떠는 멤버들을 보며 잔잔하게 웃었다.

"뷰가 좋더군요."

「포시즌이 위치 하나는 잘 잡았지. 내 별장에서 경치를 본다면, 더 좋을 텐데 말이야. 누수만 아니었어도.」

"다음에 초대해주세요."

「그래, 수리만 하면 언제든 방문할 수 있는 자유이용권을 자네에게 선물하지. 혹시 이곳에서 살고 싶다면 말하고.」

어거스트 베일은 헤일로가 살고 싶다고 하면 줄 것처럼 말한다. 헤일로는 그가 아는 가장 맹목적인 팬의 헌신을 농담으로 받아들이고, 그를 열렬하게 바라보는 지배인을 인지했다.

11시에 일어나 로비에 나오자 호텔 지배인이 그에게 다가왔다.

그가 내려오길 바라는 것처럼 재빠른 움직임으로 와서 무척 정중하게 인사를 했다. 호텔 서비스는 괜찮은지 귀찮게 물어보지도 않았다. VVIP를 기다리게 하거나 귀찮게 하지 않는다는 규칙을 지킨 지배인은 그에게 쇼핑백 하나를 건넸다.

그것을 열어본 헤일로는 어거스트에게 전화를 걸었다.

"왜 직접 안 오시고요?"

「혹시 기대했나? 안타깝게 됐네. 갑자기 처리할 일이 생겨서 말이지. 원래 계획은 내 별장에서 기다리고 있는 거였는데. 영화 〈대부〉의 돈 코를레오네처럼 말이지.」

어거스트가 진심으로 아쉬워했다. 헤일로는 피식 웃고는 손으로 카드를 빙글 돌렸다.

"그런데 이건 뭡니까?"

「지배인이 준 거 말인가? 비상용이네. 혹시 문제가 생긴다면 보여주라고. 꼭 상점이 아니라도 말일세.」

하이재킹으로 그를 프라하에 데려다놓은 어거스트는 등장 대신, 지배인을 통해 카드를 전달했다. 헤일로는 굳이 필요하다고 생각하진 않았지만, 지배인이 혹시 문제가 있냐는 듯 바라봐 지갑에 집어넣었다.

「혹시 부담스러운가?」

전화 너머 노인이 조심스럽게 말했다.

부담스럽진 않았다. 헤일로의 팬들은 늘 그에게 뭘 못 줘서 안달이었기에 익숙했다. 그래서 그는 아니라는 대답 대신 농담을 던졌다.

"이걸로 얼마나 살 수 있나요?"

「무엇이든.」

“뭐, 로켓도요?”

「오, 자네도 화성에 가고 싶나?」

“외계인들 앞에서 버스킹하고 싶다는 꿈은 있습니다.”

「그럼 오랜만에 NASA와 통화 좀 해야겠어.」

농담인지 진담인지 모를 대화를 나누며 둘 다 낄낄거렸다. 그리 길지 않은 전화를 마치고 나서 멤버들에게로 갔다. 멤버들은 그가 오는지도 모르고, 진지한(?) 대화를 나누고 있었다.

“여긴 조식 안 주나?”

“어떤 호텔도 11시에 조식을 주진 않을걸?”

“그럼 국밥이나 먹으러 가자.”

“여긴 경기도 프라하시가 아니라 체코 프라하야.”

호텔에 대한 감탄은 아까 끝이 난 모양이다.

“좀 기다렸죠?”

“해일이 왔어?”

“사장님 오셨군요!”

“전, 평생 기다리는 것도 가능합니다.”

“그럼 이제 갈까요?”

“어디부터 가죠?”

문서연과 남규환, 한진영 모두가 헤일로의 대답을 기다렸다. 먼저 나가도 되는데 그의 전화 통화가 끝날 때까지 자리를 지킨 이들이 밖에 나가기를 바라지 않았을 리가 없다.

“어디든.”

그 한마디에 다들 신나서 몸을 벌떡 일으켰다.

프라하의 1월은 1년 중 가장 추운 달이다. 패딩이나 두꺼운 코트와 목도리를 둘러야 하는 날씨다. 그러나 오늘만큼은 날이 꽤 풀린 상태였다. 구름이 낀 하늘은 어쩔 수 없으나, 거리에 꽤 가볍게 입은 관광객들이 보였다.

국밥을 찾던 남규환은 길쭉한 빨간 소시지가 든 핫도그로 만족했고, 한진영은 버거를, 문서연은 트르들로(trdlo: 굴뚝빵)를 손에 들고 이동했다. 원래 맥주를 마시면서 돌아다니고 싶었던 헤일로는 배를 갈아 만든 생과일주스로 만족했다.

그들의 발길이 닿은 곳은 호텔에서부터 보였던 카를교다. 길거리 음식을 찾아 헤매느라 뒤늦게 도착한 카를교에는 조금 질릴 만큼 관광객들로 가득 차 있었다. 하지만 그 사이로 날아오는 달큰한 공기와 악기의 선율에 이끌리게 되었다.

굉장히 허름한 복장을 한 밴드가 신나게 곡을 연주한다. 곡이 무엇인지 몰라도, 모두 즐거운 얼굴이었다. 안타깝게도 꽤 복잡하고 난해한 음악이라 그냥 지나치는 이들이 더 많았다. 같은 밴드로서 멤버들이 호기심 어린 눈으로 그들의 음악을 경청했다. 하나하나 세션을 보자면 실력이 부족한 이들은 아니었으나, 사실 그들의 취향은 아니었다.

"음, 들어갈까요?"

그 순간 펑크록 밴드의 기타리스트와 눈이 마주쳤다. '너희들마저도… 가지 마'라는 시선이었다. 그렇게 꽤 많은 사람이 그들의 연주를 외면한 듯 보였다. 헤일로도 멤버들을 따라 발길을 돌리는데 순간 들려온 익숙한 언어에 멈칫했다.

"에이씨 이러다 다 가버리겠다! 얘들아, 필살기 들어가자!"

"필살기를 벌써 쓰자고?"

"뭐 어때. 아끼면 고양이 사료밖에 더 되겠어(He who saves for tomorrow saves for the cat)?"

"이것도 반응 없으면 어떡해?"

"설마, 이게 어떤 곡인데!"

유쾌한 네덜란드어가 순간 귓가를 스쳐 지나가는 동시에 그들의 곡이 순식간에 바뀌었다. 난해한 펑크가 아닌 익숙한 멜로디가 울려 퍼지기 시작했다. 아빠의 품에 안겨 칭얼대던 아이가 그들을 가리키며 외쳤다.

"어, '태양'이다!"

HALO 9집 〈세상의 속도(Speed of Earth)〉의 수록곡이었다. 그리고 마법처럼 아들을 안고 있던 남자, 다리에 앉아 사진을 찍던 관광객, 꼭 껴안고 걷는 중인 연인, 강 아래를 지나가던 크루즈 승객의 시선이 그들을 향했다. 카를교에 울려 퍼지는 HALO의 음악을 중심으로 사람들이 몰려들기 시작한다. 태양을 도는 행성과도 같이.

"와, 좋다."

"이런 식으로도 연주할 수 있네."

"나쁘진… 않네."

어느새 멈춰 선 헤일로처럼 멤버들도 팔짱을 낀 채 그들을 돌아봤다. 비명과 같은 펑크록 스타일의 HALO 9집 커버는 꽤 괜찮게 들려왔다. 난해하고 소음과도 같던 펑크록이 왜 매력적인 음악인지 알 수 있을 정도였다. 세상에서 가장 까다로운 HALO의 팬이 마지못해 덧붙일 만큼 그들의 커버는 괜찮았다.

"사장님은 어때요?"

문서연이 물었지만 헤일로는 못 들은 척 가만히 그 밴드를 지켜보았다. 그들의 커버만큼 역동적인 밴드가 눈에 들어왔다. 그들은 음악에 취한 듯 연주하다가 관객의 환호가 들려올 때면 더욱 더 활발하게 날뛰었다. 헤일로는 문득 뭔가 이상한 기분을 느꼈다. 그의 음악이 늘 대중에게 사랑받았으니 새삼스러울 게 없었다. 그러나 노해일이 되지 않았더라면 몰랐을 새로운 세상, 새로운 시간 속에서 이름 모를 밴드의 버스킹을 보며 자신의 음악을 다시 확인받는 건 기분이 꽤 묘했다.

문서연은 결국 대답을 듣지 못했다. 그럼에도 그녀는 소년의 표정을 보며 만족스럽게 방긋 웃었다.

HALO를 커버한 밴드는 그들이 원하는 관심을 독차지했다. 사실 관중의 반응이 아니더라도 그들은 HALO 앨범을 연주하는 내내 즐거워했다. 그들의 자작곡보다 더 재미있게 연주했다.

한참 카를교에 앉아 펑크록 밴드의 연주를 지켜보던 일행은 문서연이 초콜릿을 바른 굴뚝빵을 다 먹은 이후 출발했다. 카를교를 지나 프라하성까지 도보로 움직였고, 트램에 대한 미련을 버리지 못한 문서연을 위해 돌아올 땐 트램을 타기로 했다. 성비투스 성당의 화려한 스테인드글라스와 프라하성 내 버스킹 공연, 그리고 성곽에서 한눈에 들어온 프라하 시내가 인상 깊었다.

"이게 유럽이지. 날씨도 좋고 다 좋다."

"우중충한데?"

"넌 어떻게 음악 하는 애가 낭만이 없니?"

남규환이 구름 낀 하늘을 보며 중얼거렸다. 평소라면 티격태격했을 이들은 좀 더 여유로워진 마음으로 전경을 바라보았다. 붉은빛의 지붕과 뾰족한 첨탑은 여느 유럽의 도시와 비슷했다.

헤일로는 팔짱을 끼고 성곽에 서 있었다. 그는 감탄하거나 웃는 기색 없이 가만히 시내를 내려다보고 있었다. '옛날에는 어땠더라' 하고 가만히 생각해보지만 떠오르는 게 많지 않다. 어쩌면 그때와 달리 많은 것이 변해서일지도 모르겠다. 아니면 팬들에게 금방 들켜 도망을 더 많이 다녀서 그럴 수도 있다. 차분히 앉아서 구경할 시간은 없었지만 싫지 않은 기억이다. 그는 팬들과의 술래잡기를 꽤 즐기는 편이었다.

헤일로와 멤버들은 정말 관광객처럼 돌아다녔다. 강을 보면서 멍하니 서 있기도 하고 버스킹 연주를 구경하고 갈매기에게 먹이를 주다가 쫓기고 밤엔 크루즈를 탔으며 명품 거리도 갔다. 멤버들은 헤일로가 왜 짐을 하나도 가지고 오지 않았는지 나중에야 깨달았다. 돈이 있는 자에게 짐이란 필요하지 않았다.

그렇게 프라하에서 느긋이 보내던 어느 날 밤, 헤일로는 혼자 호텔에서 나왔다. 예전에 부모님 몰래 돌아다녔던 버릇을 못 버린 탓이다. 그는 카를교 초입에 와서 어김없이 공연 중인 그 밴드를 발견했다. 소년은 가만히 밴드의 공연이 끝날 때까지 지켜봤다. 기타 케이스를 멘 채 캡을 눌러쓴 장신의 소년을 밴드 역시 눈여겨보고 있었다.

"어이, 거기 너."

펑크밴드는 공연을 정리하다 말고 그를 불렀다. 처음 있는 일이었다.

"매일 와서 우리 음악 듣던데, 그럼 예의상 CD라도 사는 게 어때?"

험악한 인상의 기타리스트가 말하자 뒤에 있던 키보디스트가 그의 등을 퍽 때렸다.

"야, 내 팬한테 왜 협박하고 그래?"

"네 팬이라고?"

"맨날 나 보러 오잖아."

"미쳤냐?"

헤일로가 티격태격하는 모습을 보고 있자니 드러머가 익숙하다는 듯 어깨를 으쓱였다.

"신경 쓰지 마. 원래 나쁜 애들은 아닌데, 지금 배고파서 그래. 만약 기분 나빴다면 미안하고."

"별로 기분 나쁘진 않았어."

소년의 대답에 밴드 전체가 눈을 동그랗게 뜨고 바라보았다. 청아한 목소리의 소년의 언어는 영어나 지긋지긋한 체코어가 아닌 그들의 언어였기 때문이다.

"뭐야, 너 우리나라 사람이었어?"

"덴하흐(Den Haag) 출신인가?"

"아쉽게도, 아니야."

헤일로가 어깨를 으쓱였다.

같은 출신지는 아니지만 자신들의 모국어를 쓴다는 점에서 내적 친밀감이 부쩍 생긴 그들은 악기도 내버려두고 헤일로에게 본격적으로 말을 건넸다. 그들은 다리에 기대어, 헤일로는 그들과 마주 앉아 이야기했는데 늦은 밤이었기에 가능한 일이었다.

"그럼 어디서 왔는데?"

"서울."

"서울? 사우스 코리아(South Korea) 말하는 거 맞지?"

드러머가 아는 척을 하자 그의 친구들이 어떻게 아느냐고 놀랐다. 드러머가 고개를 절레절레 저으며 설명한다.

"너희도 넷플릭스에서 봤잖아. 기억 안 나? 그 배틀로얄 말이야."

"오! 기억났어! 〈옥토퍼스 게임〉이었나?"

"아마 그랬을 거야."

그들이 신난 얼굴로 넷플릭스에서 본 한국 드라마 이야기를 했지만 헤일로는 보지 않은 터라 전혀 이해하지 못했다.

"상당히 멀리서 온 친구네. 만나서 반가워. 여긴 여행 온 거야?"

"응."

"사실 우리도 여행객이야. 하룻밤 만에 거지가 되긴 했지만."

험악한 인상과 달리 그들은 자유로운 영혼이었다. 보헤미안 느낌의 복장처럼 잠깐 휴가를 내고 버스킹을 위해 집을 떠나온 것이다. 그들이 워낙 수다스러워 소매치기에게 악기를 제외한 모든 걸 털렸다는 사실을 헤일로가 알기까지 오래 걸리지 않았다.

"재는 자기가 간수 똑바로 못했으면서 가장 화내더라."

"훔쳐 갈 거면 안 팔리는 CD나 훔쳐 갈 것이지, 꼭 필요한 것만 다 가져가버려서. 이 옷을 며칠째 입고 있는 거야."

"그래도 가장 소중한 걸 지켰으니 다행이지, 안 그래?"

"우리의 몸보다 더 비싼 장비 말이지?"

"그리고 우리의 음악!"

"으하하!"

그들은 지갑은 물론이고 배낭까지 털렸다. 그래서 얼떨결에 단벌 음악가가 되었다. 그런 상황에서도 집에 돌아가지 않고 오늘까지 버스킹을 하는 참으로 유쾌한 사람들이다.

"자, 우리의 이야기를 들어줘서 고마워. 이대로 헤어지기 아쉬우니, 조금 더 하고 갈까?"

"분명 경찰이 오겠지만 좋아. 이런 게 스릴이지. 이번에 무슨 곡으로 갈까?"

"사람들 반응 못 봤어? 당연히 HALO지!"

"우리 곡은?"

"솔직히 우리 거보다 HALO 곡 부르는 게 더 재밌지 않냐?"

"솔직히…. 맞아!"

"헤이, 소년! 너도 같이 낄래? 보아하니 한 기타 할 것 같은데."

"꽤 힘들걸."

거절에 가까운 대답에 네 사람의 시선이 간절해진다.

"왜? 자신이 없나?"

"못해도 괜찮아. 좀 못하면 어때."

"남자답게 즐기자!"

헤일로가 장난스레 웃더니 이윽고 입을 열었다.

"나 말고 너희 말이야. 내가 좀 잘하는 게 아니라서."

"뭐?!"

소년의 도발에 드러머가 커다란 손으로 그의 등을 퍽퍽 내리치며 마음에 든다고 큰 웃음을 터트렸다.

헤일로는 프라하의 야경을 보며 펑크밴드와 함께 연주했다. 도발한 만큼이나 현란한 소년의 연주에 그들은 놀랐다. 꽤 늦은 시간이라 관중이 많지 않은 게 아쉬웠지만 그들은 그들의 방식으로 파티를 즐겼다. 그리고 날이 지나치게 추워지자 연주는 자연스레 멈추어졌다.

헤일로는 그들이 기타 앞에 진열해놓은 CD를 가리켰다.

"저건 얼마야?"

"오! 세상에! 우리의 앨범 가격을 물어본 사람은 처음이야!"

술 대신 음악에 취한 키보디스트가 신나게 말했다.

"원래 10유로인데, 넌 오늘 우리 공연 매일 들었으니, 지인 할인 해줄게. 1유로만 내."

"유로가 없으면 코루나(Kourna, 체코 화폐)도 괜찮아."

"그냥 가져. 얼마나 한다고."

"야! 그래도 CD 값은 받아야지."

"뭐, 우리가 제작사에 맡긴 것도 아니고, 컴퓨터로 직접 구운 건데."

아까 투덜대던 기타리스트가 그냥 CD를 헤일로에게 넘겼다. CD 표지는 여섯 살짜리 어린애가 벽지에 사인펜으로 낙서를 한 것처럼 난장판이었다.

"야, 그래도 내 노트북 발열 값을 내야지. CD 굽느라 시동이 더 느려졌어."

"하드에 있는 거 몇 개만 지우면 충분해."

"내 와이프랑 헤어지란 소리야?"

헤일로는 끝까지 유쾌한 친구들을 보며 킥킥 웃었다. 오늘 하루 만족스럽게 논 것 같다. CD를 받으며, 지갑을 열었다. 그의 지갑엔 신용카드와 신용카드를 받지 않는 길거리 음식을 사 먹을 때 쓰고 남은 현금이 있었다. 현금이 많지 않지만 그걸로 충분할 듯했다.

"CD 값은 케이스에 넣어줘. 우리 소매치기 PTSD가 있거든."

"그래, 그럼."

헤일로는 기타 케이스에 지폐를 넣고, 그 위에 기타를 넣었다. 그들은 얼마를 넣든 진짜 상관하지 않았고 심지어 헤일로가 기타를 훔쳐 가도 모를 정도로 신경 쓰지 않았다.

“우리 내일도 여기서 만나는 건가?”

그들의 물음에 헤일로는 어깨를 으쓱였다.

그들은 긍정으로 이해하고 “내일 봐, 친구!” 하며 꽁꽁 언 손을 흔들고는 어딘가로 갔다.

‘소매치기를 당했다며 잘 곳은 있나? 아직 살아 있는 걸 보면 노숙은 안 하는 모양이네.’

헤일로는 씩씩한 그들을 보고 피식 웃고는 반대로 걸어갔다.

“오늘 좀 재밌지 않았냐?”

“새로운 친구도 사귀고 말이지. 난 걔 마음에 들어. 솔직히 레비보다 기타도 잘 치지 않냐?”

“말 다 했어? 내가, 내가 조금 더, 잘 치거든?”

“오, 쟤 양심도 소매치기당했나봐.”

“태양이시여…. 멍청한 어린 양을 구원하소서.”

펑크밴드 ‘브람스’의 멤버들이 킬킬거리며 낡은 숙소로 이동했다. 숙소 앞에서 조용히 해야 한다. 소매치기당하기 전 싸게 구한 숙소의 주인은 잠귀가 밝았다.

“새로 사귄 친구가 CD 값도 줬으니, 아침은 버거와 셰이크로 하자. 굴뚝빵은 이제 지긋지긋해.”

“줘봤자 얼마나 줬겠냐. 하나는 살 수 있으려나?”

“내가 아까 얼핏 봤는데 보라색 몇 장 넣어주더라.”

“10유로짜리 아니었나?”

얼마인지 신경 쓰면 진짜 쿨해 보이지 않아서 관심 없는 척했지만, 그들의 모든 신경은 그 화폐에 몰려 있었다. 소매치기당한 후 하루에 한 번 굴뚝빵만 먹고 있는데 어떻게 신경을 안 쓸 수 있을까.

"내기할래? 난 5유로에 한 표."

"야, 나도 5유로로 걸려고 했는데."

"내가 봐준다. 그럼 10유로 해줄게. 레비 넌 얼마에 걸래?"

"글쎄. 20유로로 할까?"

기타리스트 레비의 말에 다들 웬일이냐는 듯 눈을 크게 떴다. 레비는 소년에게 꽤 호감을 느낀 듯했다.

"색이 비슷하잖아."

"솔직하지 못한 녀석."

레비가 빠르게 얼버무렸지만, 다들 이미 낄낄거리며 웃었다. 그렇게 소곤소곤 속사이며 숙소에 들어온 그들은 각자의 신에게 기도하며 기타 케이스를 열었다.

"헉!"

"뭐야."

"지금 내 속눈썹이 얼어붙어 헛것이 보이나?"

그들이 기대한 건 기껏해야 다음날 한 끼 식사 정도였을 뿐이다. 하지만 이건 5유로도 10유로도 20유로도 아니었다.

드러머가 손을 덜덜 떨며 자줏빛의 지폐를 샌다.

"열 장이야."

무슨 잘못을 한 것처럼 그들의 얼굴이 새하얘졌다 새파래졌다.

"이거 맞아?"

"내 월급보다 많은데?"

"밤이라 깜깜해서 잘못 준 건 아닐까?"

차라리 50유로였다면 행복하게 받아줄 수 있었을 텐데, 500유로 열 장의 존재는 소시민의 간을 벌벌 떨게 했다.

"아무리 생각해봐도 실수야."

"웬만해선 모른 척하고 싶은데 이건 돌려줘야 해."

"우리 친구니까."

밴드 브람스는 혹시 또 소매치기당해 돌려주지 못할까봐 500유로 열 장 앞에서 잠도 편하게 자지 못했다. 그렇게 피곤한 몰골로 다시 카를교에 간 그들은 버스킹을 연장하면서까지 소년을 기다렸다. 그러나 그들은 집에 돌아갈 때까지 소년과 만날 수 없었다.

* * *

"아쉽다."

"굴뚝빵 맛있었는데."

"야경도 예쁘고."

"다음에 생각나면 또 오도록 하죠."

아쉬워하는 멤버들에게 헤일로가 말하자 다들 고개를 끄덕였다. 그들은 효율적으로 동선을 짜며 여행할 필요가 없었다. 그날그날 하고 싶은 걸 하고, 먹고 싶은 걸 먹으며 어디로 가겠다 마음먹었을 때 떠나면 됐다. 그렇게 프라하의 밤을 만족스럽게 보낸 헤일로는 창 너머 표지판을 보았다.

'웰컴 투 빈(Welcome to Vienna)'

하이든, 베토벤, 모차르트. 프란츠 슈베르트와 요한 슈트라우스 2세 등 수많은 음악가가 태동한 음악의 도시, 오스트리아 빈. 빈에

도착하니 고풍스럽고 고즈넉한 도시 풍경이 그들을 반겼다. 프라하와 굉장히 다른 느낌이었다. 수많은 음악가가 탄생한 역사적인 곳이라 그런지 몰라도 널찍한 도로와 정돈된 거리, 몇백 년 되었을 법한 수려한 나무들이 고전적인 분위기를 자아냈다.

빈에 오길 강력히 원한 건 당연 문서연이다. 클래식을 전공한 그녀는 음악가들이 품은 빈에 대한 환상이 있어 자연사 박물관이나 미술관보다는 왕궁, 성당, 오페라 극장 등 옛 시대와 현시대 음악가의 발자취를 기웃거렸다. 빈 필하모닉의 공연과 오페라 등 인터넷 티켓팅도 잊지 않았다. 그녀는 일주일 꽉꽉 채워 콘서트 티켓을 예매했다. 그중 운이 좋아 가장 먼저 보러 간 모차르트의 〈마술 피리〉는 인상 깊었다. 물론 파미나 공주의 사진을 보고 타미노 왕자가 사랑에 빠진 건 도저히 이해할 수 없었으나, 환상적인 음악만으로 충분했다. 헤일로는 〈밤의 여왕〉의 오페라를 들으며 사람들이 고조되는 소프라노에 감탄할 때 음악에 서린 증오를 읽었다. 결국 그녀는 세상에서 사라졌으나 그녀가 남긴 노래의 여운이 모두를 지배했다.

빈의 매력은 고풍스러운 건물과 화려한 오케스트라 공연에만 있지 않았다. 고요하고 차분했던 빈의 첫인상과 달리, 거리는 보다 역동적이었다. 거리 곳곳에서 클래식이 울렸고, 카페에선 빵과 커피 냄새가 퍼져나갔다. 자동차와 마차가 교차했으며, 현대식 건물과 바로크양식의 저택이 어우러졌다. 수많은 거리 위로 비행기 혹은 인공위성이 지나갔다. 빈은 고전과 현대가 공존하는 도시였다.

헤일로는 거리에 세워진 광고판을 바라봤다. 노부부가 물속에서 입을 맞추는 사진이었다. 그 위에 '인생을 사랑하라(Liebe das

Leben)'라는 문구가 쓰여 있었으며, 그 앞에서 거리의 악사가 아코디언으로 비발디의 사계를 연주했다. 1월 중순의 빈은 겨울이 아니라 봄과 같았다. 새로운 만남을 주도하는 플랫폼같이 오랜 인연과 재회하기도 했고, 새로운 인연을 만들어내기도 했다. 헤일로가 호텔 로비에 멈춰 선 것도 비슷한 이유 때문이었다. 호텔 로비 소파에 얼굴이 창백한 소녀가 앉아 있었다. 무릎에 손을 올리고 얌전히 앉아 있는 소녀의 곁엔 보호자로 보이는 사람이 없었다.

"로즈?"

"로(Roh)?"

그녀를 부르는 목소리를 듣고 기억한 모양이었다. 지난여름 그의 콘서트 마지막 날에 왔던 소녀는 여전한 모습이었다. 아직 성장기가 안 끝난 헤일로와 달리, 소녀는 여전히 그 시간 속에 존재하는 것 같았다.

"왜 네가 여기에…."

"세상에, 로 씨?"

그의 말은 더 이어지지 못했다. 곧 허겁지겁 뛰어온 페르 아스페라가 그를 불렀기 때문이다. 세상은 참 좁다. 이 넓은 대륙에 수많은 호텔과 저택이 있을 텐데, 여기에서 마주친 걸 보면.

"오랜만입니다, 빈에서 만나게 될 줄은 꿈에도 몰랐습니다. 여행 중이란 말은 들었지만요."

아르보의 수석 디자이너 페르 아스페라 또한 놀라워했다.

"아스페라 씨도 빈에 여행 온 겁니까?"

"아니요, 우린 로즈 엄마를 만나러 왔습니다. 그녀의 직장이 빈에 있거든요."

프랑스 출신으로 보였던 부녀가 빈에 온 이유를 헤일로는 그제야 납득했다.

"오늘 같이 저녁을 먹자고 하고 싶은데 로즈가 보고 싶은 공연을 보기로 해서…. 혹시 실례가 아니라면 빈에 얼마나 머무를지 알 수 있을까요?"

페르 아스페라는 반가워하며 헤일로에게 하고 싶은 말이 많은 것 같았다. 반면 로즈 아스페라는 아버지가 오자마자 벌떡 일어나 그의 등 뒤로 숨어버렸다. 헤일로의 이름을 부르며 인사했을 때와는 사뭇 다른 모습이었다. 헤일로는 아이들의 변덕은 자주 일어나는 것이라 여겼지만 로즈의 행동은 이해할 수 없었다.

"로즈, 로 씨한테 인사 안 할 거야?"

반면, 페르 아스페라는 로즈가 의도적으로 숨어버린 걸 전혀 눈치채지 못했다.

"로즈."

페르 아스페라는 로즈가 한마디도 안 하고 등에 숨어 있자, 의아해했다.

"어디 아프니, 로즈?"

한 번 더 재촉했을 때 비로소 작은 목소리가 들려왔다.

"…인사하기 싫어."

"로즈, 왜 그래?"

등에 머리를 박고 고개를 도리도리 돌린 로즈가 웅얼거렸다.

"로는 날 속였어."

"로 씨가 언제 널 속였다고 그래."

페르 아스페라가 뺨을 긁적이며 허리를 들었다. 그리고 난처하게 소년을 보며 미안해했다.

"죄송합니다, 로 씨. 아무래도 로즈가 저번에 오해한 것 때문에 그런 것 같네요. 로즈가 사람 목소리를 틀렸던 건 처음이라서. 인정하기가 싫은가 봅니다."

아빠의 등 뒤에 숨어 있던 로즈는 헤일로의 시선이 느껴지자 고개를 홱 돌렸다.

"로즈, 로 씨가 잘못한 게 아니잖아. 계속 그럴 거야?"

헤일로는 가만히 로즈를 보다가 이윽고 시선을 뗐다.

"아빠, 가자."

로즈가 옷을 잡아당기자 페르 아스페라가 차마 그 어린 손길을 뿌리치진 못했다. 연락하겠다는 듯 제스처를 취했을 뿐이다.

헤일로는 고개를 끄덕이고 몸을 돌렸다. 그 또한 멤버들과 일정이 있었다.

도시가 클래식으로 가득 차 있다고 하지만 빈에 사는 모든 사람과 여행객이 클래식과 사색, 독서만 즐기는 건 아니었다. 중심부를 조금 벗어나면 가벼운 분위기의 식당이나 펍이 즐비해 있다. 그곳에선 모두가 아는 대중음악이 흘러나왔으며 괴테의 은밀한 사생활 대신 톱스타의 사생활에 대해 떠들었다. 물론 시즌이 시즌인 만큼 TV엔 축구 채널이 항상 틀어져 있었다.

낮엔 레스토랑, 저녁엔 펍이 되는 '피가로의 이혼' 또한 그런 분위기였다. 이 가게는 일상을 환기하고 싶은 대학생, 노동자, 단골 노인 등 남녀노소 다양한 세대의 인간이 모이는 아지트이자 토론의 장과 다름없었다. 그들은 평일, 주말 할 것 없이 모여들었고, 고객의 니즈를 수용한 사장 제리는 브레이크 타임을 포기한 대신, 금전과 단골을 얻었다.

딸랑. 이미 다양한 종류의 사람들이 존재하기에 간혹 여행객들이 들어와도 그들은 별로 신경 쓰지 않았다.

"여기가 블로그에 올라온 로컬 맛집인 거 같은데."

"블로그 믿을 수 있긴 한가. 뭐가 맛있다는데?"

"슈니첼!"

"그거 과자 아냐?"

"그건 프리첼이고."

아시안 여자 하나, 남자 셋. 여행객들이 가끔 사람이 많은 걸 보고 가게를 기웃거리다 들어올 때가 많기에 특이하지도 않았다. 유일하게 눈에 들어오는 건 한 소년 혹은 청년이 등에 멘 기타 케이스 정도라고 할까. 화려할 뿐만 아니라 흔치 않은 디자인이라 눈이 갔다. 거기에 더해 음악의 도시인 만큼 어린 음악가에 호기심도 생겼고 말이다. 그러나 다들 다시 토론에 임하면서 호기심도 흩어졌다.

최근 '피가로의 이혼'에서 핫한 뉴스이자 토론 주제가 있었다. 대학생이고, 직장인이고 노인이고 할 것 없이 서로 같은 주제에 대해 떠들었다. 모든 이들이 시간을 버리며 진지하게 나누는 토론은 1월 1일 새해에 시작된 것이다. 2032년은 색다른 해였다. 평소 1월 1일에 개최하는 신년 행사나 신년 콘서트에 관해 이야기를 나눴어야 할 이들이 다른 주제로 이야기를 했다.

HALO 11집 〈캐치 미 이프 유 캔〉. 12월 31일 오후 발매된 이 앨범으로 인해 잠잠했던 'Who is HALO' 현상에 불꽃이 피어올랐다. 물론, 11집이 나오기 전에도 HALO의 음악은 차트에 계속 있었다. 하지만 11집이 나오자 누군가 올해, 정확히 말해서 작년에 앨범을 낸 게 HALO밖에 없냐고 말할 정도로, HALO의 앨범 수록 곡이 음원 사이트에 굳건히 자리했다. 질리는 속도보다 더 빨리 앨범을 내니 당연할 수밖에 없었다.

하지만 이슈는 음원과 다르다. 사람들은 한 이슈를 오래 소비하지 않았고, 다른 이슈에 묻히기도 했다. 사실 한 이슈가 한 달도 아니고 1년간 이어진 게 대단할 정도였다. 그러던 중 다른 수많은 이슈 속에 서서히 가라앉을 거라 여겼던, HALO 정체 토론이 수면 위로 올라왔다. 어쩌면 작년보다 더 심해졌을지도 모르겠다. 11집 앨범의 제목은 어떻게 봐도, 날 찾으라는 HALO의 메시지와 다름없었기 때문이다. HALO의 직접적인 메시지 혹은, 명령에 얌전하던 HALO 팬까지 들끓고 일어났다. 온라인뿐만 아니라 오프라인에도.

"파랑새 'Who is HALO' 페이지 봤는데, 걔들은 너무 편협해. 이제까지 HALO의 정체를 추리하지 못했던 건 이유가 있을지도 몰라. 사실 은퇴 가수 중에서 추리지 못했다면 용의선상에서 빼야 하는 게 맞지."

"그렇다고 세상의 모든 인간을 데이터망에 집어넣을 순 없어."

"레딧(Reddit)에선 전 세계 연예인을 조사하자던데. 유럽과 아메리카에 제한하지 말고."

"너튜브 목소리 대조 프로그램을 개발하는 게 어때? 너튜브에 올라온 모든 영상의 목소리를 분석하는 거야."

"오, 좋은데? 근데 그게 가능한가? 어떻게 만드는데."

"그건 이제 프로그래머들이 생각해봐야지."

목소리가 너무 커 사장과 슈니첼을 시키던 여행객들이 화들짝 놀라 그들을 돌아보았다. 대학생들은 미안하다는 제스처를 취하며 열띤 토론을 이어갔다.

"HALO의 목소리는 우리 쪽인 것 같아."

"그의 보컬이 진화하는 형태를 살펴보자면 HALO가 보컬로이드(VOCALOID)일 가능성이 충분히 있지 않아?"

한쪽에선 일본 유학생들의 대화 소리도 들려왔다.

"혹시 노해일 씨 아니세요?"

의도치 않게 주변의 대화에 집중하던 멤버들이 익숙한 한국어를 듣고 고개를 홱 돌렸다. 남녀 둘이 눈을 반짝거리며 소년의 앞에 와 있었다.

"저희 한국인이에요!"

"안녕하세요."

헤일로는 태연하게 인사했다. 유학생들은 진짜가 나타났다고 좋아했다.

"혹시 사인해주실 수 있으세요? 가능하다면 사진도?"

"물론이죠."

"와! 감사합니다!"

유학생들이 그러고 있자 그들의 일행도 눈치를 보며 다가왔다. 유학생들은 능숙하게 독어로 한국의 유명한 가수라고 설명했고, 그들의 친구들도 눈을 빛냈다. 노해일이란 이름을 처음 들어본 유학생들의 일행도 기념사진을 찍고 싶어했다. 가게의 바가 잘 드러나게 전체 사진을 찍은 그들은 고개를 숙이며 인사했다.

"이 가게에 가수가 왔다고?"

다들 자기 이야기만 하고 있었지만, 보통 아는 얼굴만 모이는 식당인 만큼 사진 찍고 사인받는 행위가 눈에 띄지 않을 리 없었다.

바에서 사장님이 그들을 바라봤고, 옆에 앉은 노신사 역시 시선을 던졌다. 클래식의 도시라고 클래식만 떠받들며 대중음악 가수를 무시하거나 우습게 보는 사람은 없었다.

"그러고 보니 어떤 외국 방송에서 촬영을 요청하긴 했지. 거기도 한국이었나?"

사장의 말에 바에서 술을 받던 사람이 대답했다.

"왜? 재밌어 보이는데 받지 그랬어요?"

"촬영 팀 규모를 보니까 내 가게가 터질 것 같더라고. 라이브를 듣지 못한 게 아쉽긴 하지만."

"이미 벌 만큼 벌고 있는 거 아니고?"

"그것도 맞지. 자네들 지갑 털어먹는 것만으로 이미 배불러."

노인의 농담에 사장이 낄낄거리며 웃었다. 정장을 입은 노인이 신문을 내려놓으며 물었다.

"혹시 저 미련한 사장을 위해 한 곡 불러줄 생각 없는가?"

헤일로가 뭐라 대답하기 전에 사장이 버럭 외쳤다.

"왜 놀러 온 손님한테 일하라고 해. 편히 쉬다 가십시오, 손님."

"음악이 일인가? 교류를 하자는 거지."

"단골 되실지도 모르는 우리 손님께 그러지 말고, 자네나 한 곡 연주해주게."

"나는 다 잡힌 물고기야, 안 그래?"

노인이 모자를 벗자 다른 사람들이 박수를 쳤다. 음악의 성지 빈에선 계획된 연주도 즉흥적인 연주도 환영했다. 노인이 좁은 가게 안에 놓인 낡은 오르간 앞에 나아가 오르간을 등지고 앉았다. 장식으로 가져다 둔 오르간을 연주하려는 건 아니었다. 신사라면 재킷에 권련을 품고, 아름다운 여자라면 핸드백에 리볼버를 넣고 다니는 것처럼 빈 시민들은 악기 하나 정도는 가지고 다녔다. 그는 작은 가방에서 플루트를 꺼내 입에 가져다 대었다. 곧 아름다운 선율이 들려왔다.

"와…!"

요한 슈트라우스 2세가 한 소프라노에게서 영감을 얻어 작곡한 곡, 오늘날 봄을 상징하는 대표적인 왈츠로 널리 사랑받고 있는 '봄의 소리(Voices of Spring)'였다. 새의 울음소리 같은 가녀린 플루트의 소리에 사람들이 은은한 미소를 띠었다. 사장도 팔짱을 끼고 바라보며, 문을 딸랑 열고 들어온 손님도 눈을 동그랗게 뜨고 귀를 기울였다.

헤일로는 플루트의 선율이 끝날 즘 문서연의 손가락이 꿈틀거리는 걸 발견했다. 그는 씩 웃고는 노인의 연주가 끝나자 박수를 보냈다.

"아직 내 실력은 여전하지?"

노인이 의기양양하게 제 실력을 뽐내며 자리로 돌아왔다. 소년에게 음악을 권했던 것도 까맣게 잊은 듯 술을 마시기 시작했다.

"좋은 연주 들려주셔서 감사합니다."

"자네가 보기에도 들을 만했지?"

"그러면 답가를 드려도 될까요?"

"오!"

노인의 맞은편에 앉은 친구가 대신 탄성을 내질렀다.

"이 보시게들! 아시아, 그러니까."

"한국이요."

"한국에서 온 가수가 노래를 불러준다고 하네!"

레스토랑은 갑자기 라이브 클럽이 된 것처럼 떠들썩해졌다. 노해일과 사진을 찍은 한국인 유학생도 눈을 반짝반짝 빛냈고, 가게의 손님들도 넋을 놓고 소년을 지켜보았다.

"이쪽은 제 밴드입니다."

"오! 한국에서 온 밴드라네!"

뭔 말을 하든 즐거워하는 사람들을 보며 옅게 미소 지은 헤일로는 오르간을 가리켰다.

"그나저나 저 오르간 장식은 아니죠?"

"음, 소리는 아마 날 거야."

사장이 자신 없다는 듯 중얼거린다.

헤일로와 멤버들의 시선에 문서연이 천천히 오르간으로 나아갔다. 다행히 소리는 문제가 없었다.

"자네는 무슨 악기를 연주하나?"

"기타와 베이스를 할 줄 압니다만."

"그럼! 잠깐만 기다려보게! 내 빌려줄 테니."

헤일로의 기타는 너무 부담스러워 거절한 한진영이 누군가 두고 간 재즈 기타를 받았고, 남규환은 팔짱을 끼고 주변을 둘러보다가, 바에 매달린 잔을 가리켰다.

"저, 빈 잔 좀 써도 됩니까?"

당당히 한국어로 묻자, 한국인 유학생들이 웃으며 통역해줬다. 임시 무대가 만들어지는 데 얼마 걸리지 않았다. 어떻게 보면 조잡할지도 모르는 무대지만, 적어도 이 자리에 있는 사람들은 화려한 궁전의 오케스트라 못지않다고 생각했다. 오르간에 앉은 여자와 재즈 기타를 들고 바에 기댄 남자. 물이 담긴 유리잔은 실로폰처럼 투명한 소리를 낸다. 작은 무대 가운데 선 소년이 오르간에 기대어 여자와 눈을 마주했다. 하나, 둘! 소년의 구령에 맞춰 여자의 손가락이 움직이기 시작했다.

종달새는 푸른 하늘로 날아오르고

영화의 한 장면만큼 아름다운 풍경에서 '봄의 소리'가 들려왔다.

부드럽게 불어오는 훈풍의 숨결이 초원에 입을 맞추며 봄을 깨우네

플루트를 부른 노인이 화들짝 놀란다. 소년의 답가는 그가 연주했던 '봄의 소리'였다. 노인이 이내 피식 웃으며 소년의 무대를 완성하기 위해 다시 플루트에 입술을 붙였다.

만물은 봄과 함께 그 빛을 더해가니 아, 이제 모든 고생은 끝났네

보기 드문 이색적인 장면이었다. 젊은 여행객과 늙은 현지인의 음악적 교류, 빈의 한 레스토랑에서 나눠지는 고전과 현대의 만남, 이국의 한 유명 가수의 입에서 다시 펼쳐지는 '봄의 소리'까지.

그런 가운데 예약했던 식당의 이슈와 브레이크타임 이슈로 간식을 구하기 위해 30여 분간 대장정을 했던 〈Spring Again〉의 B팀 막내 PD가 입을 쩍 벌렸다. 그러다 그는 행동강령을 떠올리고, 노래가 채 끝나기 전에 허겁지겁 선배 연출에게 메시지를 넣었다.

[ㅌ 타깃 발견!!]

막내 PD가 땀에 젖은 손을 바지에 쓱 닦았다.

"슈니첼. 테이크아웃, 플리즈."

어색한 영어로 주문을 하는 와중에 그의 눈동자는 사람들의 중심에 있는 소년을 향했다.

로컬 레스토랑, 가장 낮고 평범한 곳에서 환상적인 무대가 펼쳐지고 있다. 잔에 담긴 물의 양이 다르다는 것 하나만으로, 영롱한 소리가 울려 퍼진다. 이는 곧 초원에 입을 맞추는 바람의 숨결 같았다. 깊은 재즈 기타는 거대한 대지와 나무를 구성하고, 새의 지저귐 같은 플루트는 숲에 생명을 더했다. 조율이 안 된 오르간은 간혹 불협화음을 냈지만, 이마저도 무대의 질을 떨어트리지 못했다. 무엇보다 이 무대의 중심에서 봄을 불러온 소년은 어떤 조명과 반사판 없이 스포트라이트를 받는 것 같았다.

아, 봄의 소리가 우리 집처럼 다정히 들려오네

눈이 커진 채 혹은 술을 마시던 것도 잊고 그대로 굳어서 눈에 보이지 않은 감동의 크기에 눈물 흘리는 관객의 반응마저 이 자체로 완벽했고, 이 자체로 아름다웠다.

막내 PD는 1분 1초가 아까웠다. 이 자연스러우면서도 감동적인 모습이 〈Spring Again〉에 담으려고 했던 그 장면이라는 걸 알기에. 연출자로서 할 말은 아니지만 편집 없이 이 장면 그대로 방송에 내보내고 싶었다. 어떤 자막도 효과음도 없이 그대로 보여주는 것이다. 굳이 무언가를 붙인다면….

'그래, 이 프로그램의 제목은 어떨까?'

다시, 봄. Spring Again.

막내 PD는 노해일이 원어로 부르는 '봄의 소리'를 전혀 이해하지 못했지만, 그런데도 느낄 수 있었다. '음악은 신들의 언어이다. 배경지식 없이 이해할 수 없는 인간의 언어와 달리 자연스레 이해하게 되니까. 마음으로 그리고 영혼으로'라는 〈Spring Again〉 프로그램의 취지처럼 말이다.

노래가 끝이 남과 동시에 멈춰 있길 바랐던 시간이 흘러가기 시작했다.

Bravo! Bravi!

클래식의 도시 빈에서 까다로운 빈의 시민들 앞에서 '봄의 소리'를 부른 소년과 그의 밴드에게 최고의 감탄사가 날아든다. 사람들은 벌떡 일어나 박수했다. 자리에 가만히 앉아 있는 사람은 아무도 없었다. 소년에게 달려가 악수를 청하는 빈 시민의 모습을 바라만 보는 막내 PD는 연출자로서 속이 탔다. 빈에서 꽤 많은 촬영을 진행했지만, 이토록 열정적인 반응은 흔치 않았다. 소년이 유명한 곡인 '봄의 소리'를 불러주었기에 더 격정적일 수 있지만.

'선배는 도대체 메시지를 보긴 본 거야.'

막내 PD는 재빨리 핸드폰을 열었다. 제발 선배 연출이 빨리 답장해주길 바랐다. 총연출인 박 PD한테도 연락을 보내놓긴 했지만, 〈Spring Again〉 A팀을 담당하는 그는 현재 영국에서 촬영 중이라 빠른 답장은 무리였다. 막내 PD는 심호흡하며 〈Spring Again〉 팀의 행동강령을 되뇌었다. 〈Spring Again〉은 현재 두 가지 테마로, 두 팀이 나누어졌기에 박 PD는 그가 없는 B팀에 행동강령을 주입

했다. B팀을 지휘할 연출부터 막내 PD까지 예외는 없었다. 그가 지금 되뇌는 건 '행동강령 제10조 여행지에서 VIP를 만났을 경우 선 조치 후 보고를 우선하라'였다.

막내 PD는 힐끗 노해일을 다시 보았다. 이 작은 가게의 아이돌이 되어버린 노해일은, 능숙하게 독어로 대화하고 있었다. 진정 〈Spring Again〉에 아니, 버스킹에 특화된 인재였다. 곧 막내 PD는 마음을 다잡았다. VVIP를 이대로 놓칠 순 없는 법이었다.

"노해일 씨 안녕하세요! 세상에! 밴드 분들도 정말 반갑습니다. 이 누추한 곳에 귀한 분이!"

사장이 알아듣지 못해서 다행인 말을 외치며 막내 PD가 노해일에게 다가갔다.

"예전에 성수동에서 뵈었죠. 여기서 다시 보다니, 정말 영광입니다!"

"아."

노해일은 그제야 성수동 카페에서 방송국 직원과 대화했던 걸 떠올렸다. 자연스레 그들과의 약속도 생각났다.

"만약에 우연히 우리 팀과 노해일 씨가 어딘가에서 마주치면. 그땐 같이 공연하는 게 어떠세요? 잠깐이라도 좋으니."

소년의 미소가 짙어졌다. 그럴 수밖에 없었다. 마주칠 가능성이 거의 없다고 생각했는데, 결국 마주치게 된다니. 그것도 유명 명소도 아닌 작은 로컬 맛집에서.

그때, 그 PD는 정말 마주칠 거라고 예상했을까? 그의 일정을 알았다면 모를까 그렇진 않았을 것이다. 그의 여행 일정도 당일 결정되지 않았나. 심지어 어거스트 베일의 하이재킹으로 인해 그마저도 계획대로 흘러가지 않았다. 헤일로는 세상이 좁다고도 생각했고, 즐겁다고도 여겼다. 그래, 누군가 안배해놓은 대로 결국 만나게 되었다.

"실례가 아니라면… 혹시 잠깐 동석해도 괜찮을까요?"

그 자리에 있었던 막내 PD가 눈치를 보며 물었다. 말뿐인 약속이었던지라 막내 PD는 노해일의 거절까지 염두에 뒀다. 막내 PD는 프로그램에 대해서 그가 알지 못했던 부분까지 설명해주었다. 예를 들어 두 가지 테마로 A팀 B팀 나눠, A팀은 영국에서 촬영하고 B팀은 오스트리아에서 촬영하고 있다는 것. 그리고 메인인 박 PD는 A팀과 함께 영국에 있다는 사실, 박 PD가 정말 아쉬워할 거라는 사견을 포함해서 결국 약속까지 잡았다. 물론, 그의 개인적인 여행에 방해되지 않는 선에서 촬영할 때만 잠깐 들러주면 좋겠다고 말했다. 같이 밥 먹고, 오래 카메라에 나와주면 좋겠지만, 막내 PD는 거기까지 바라지도 않았다. 그냥 이런 위대한 장면 하나만 뽑아주면 소원이 없었다.

촬영 장소에 대해 들은 노해일의 표정이 어쩐지 미묘해졌지만, 아무튼 게스트로 출연하겠다고 했으니 됐다. 아무튼 막내 PD는 다식은 슈니첼을 들고 행복한 얼굴로 노해일과 그의 밴드를 배웅했다. 그리고 뒤늦게 선배 연출이 남긴 메시지와 부재중 전화를 발견했다.

'개똥도 약에 쓰려면 없다더니. 다 끝나서 연락하는 건 뭐람.'

막내 PD는 건방진 생각을 하며, 한국인 유학생에게 다가갔다.

"저 JTC방송국 연출 김승환이라고 합니다만…."

"네? 저희요?"

"실례지만 아까 촬영하셨죠?"

유학생들의 동공이 흔들렸다. 방송국 직원의 출연에 혹시 지금 촬영 중이었나 생각하게 되는 것이다. 막내 PD가 찢어지게 웃었다.

"혹시 영상 좀 받을 수 있을까요?"

* * *

"야, 너 언제부터 그런 것도 할 줄 알았냐?"

호텔로 돌아가는 길은 어느 때보다 즐거웠다. 다들 버스킹에 신이 난 상태였다. 조율이 안 된 오르간이라거나 클래식에 약하다거나 하는 각자 아쉬움을 품었지만, 그럼에도 그들의 무대는 꽤 괜찮았기에 즐거웠다. 문서연은 해가 지기 시작한 거리에서 빙그르르 돌았다. 그녀는 남규환이 보여줬던 묘기(?)에 대해 한창 떠들고 있었다. 유리잔에 물을 담아 만들었던 글라스 하프 연주. 드럼도 북도 없는 상황에서 보였던 뛰어난 임기응변은 감탄스러울 수밖에 없었다.

"별거 아니야."

그렇게 말한 남규환은 스스로 자랑스러워하는 미소를 감추지 못했다. 이번만큼은 문서연도 재수 없음을 참고 넘겼다.

"그나저나 촬영은 언제예요?"

"내일모레요."

"내일모레요? 어디서 하는데요?"

"도나우 강변?"

문서연이 눈을 번쩍 떴고, 한진영이 여상히 덧붙였다.

"우리 호텔 앞이네."

"그렇죠."

헤일로가 막내 PD가 장소 이야기를 할 때 묘한 얼굴을 했던 것도 그런 이유였다. 덕분에 멀리 가지 않아도 되니 좋은 게 좋은 거였다.

"이대로 들어가긴 아쉬우니까 우리 관람차 타러 갈래요?"

"왜? 오늘은 공연 안 보게?"

"사람이 어떻게 매일 콘서트 보냐."

거짓말 안 하고 빈에 온 이래로 내내 클래식 공연을 관람했던 남규환이 할 말이 많았지만 하지 않았다. 그러면서도 발걸음은 부르스텔프라터(Wurstelprater)로 향했다.

오스트리아 빈 시내에 있는 부르스텔프라터는 원래 왕실 사냥터로 이용되다가 대중에게 개방된 놀이공원이다. 본격적으로 유럽에서 명성을 떨치게 된 건 1995년 개봉된 영화 〈비포 선라이즈〉부터다. 주인공 제시와 셀린이 첫 키스를 나누었던 장소가 바로 이곳 대관람차에서였다. 물론, 노해일의 밴드가 대관람차에서 키스를 나누는 일은 없었다. 그러나 노부부만 탄 관람차에서 헤일로가 기타를 꺼내 들고 부르스텔프라터에 오면서 들었던 비포 선라이즈의 OST '컴 히어(Come here)'를 연주해줬다. 사랑 노래라 직접 부르지는 않았다. 노을이 앉은 빈의 시내, 그 앞에서 H 문양을 새긴 기타를 안고 연주하는 소년의 머리와 기타가 붉게 물들었다.

찰칵. 같이 관람차에 탄 노부부 중 남편이 낡은 카메라를 들어 사진을 찍었다. 그는 빈에서 사진작가로 일하다가 지금은 은퇴하여 작은 사진관을 운영하고 있다.

"직업병인지 늘 카메라는 갖고 다니지만, 사람은 잘 안 찍는 양반인데. 무슨 변덕인지."

"괜찮습니다."

"오스트리아에 있을 때 찾아와요. 이래 봬도 사진 하나는 잘 찍는 양반이거든. 내가 그거 하나 보고 결혼했지."

익살스러운 농담을 했지만, 남편을 보는 노부인의 시선은 노을처럼 따뜻했다.

"셀린."

남편이 부인의 이름을 불렀다.

"인내심하곤. 가요, 가. 또 봐요, 청년."

노부인이 부드럽게 인사하며, 노인에게 다가갔다.

그들은 공원 안을 왕복하는 열차 릴리프반과 다른 놀이기구들도 즐겼다. 성인 셋과 소년 하나가 어린아이들과 함께 회전목마를 타기도 했다. 멤버들에게 이끌려 뚱한 표정으로 애들 놀이기구에 오른 헤일로는 내릴 때까지 표정을 풀지 않았다. 이 표정은 지나가던 한국인 관광객에게 찍혀 블로그에 박제당하기도 했다. 그렇게 빈에서의 시간은 대관람차에서 본 노을처럼 흘러갔다.

오랜만에 패드를 확인한 헤일로는 날짜와 메일을 확인했다. 여행한 이후로 중요한 연락이 아니면 패드와 스마트폰을 켜지 않았기에 꽤 많은 메일이 쌓여 있었다. 그중에는 〈코첼라(Coachella)〉에서 온 것도 있었다. 1월 내로 확답을 달라는 내용이었다. 아직 노해일로 참여하고 싶은지, 헤일로로 참여하고 싶은지 결정하지 못한 헤일로는 툭툭 테이블을 두드리다가 내려놓았다. 아직 1월이 다 가기까지 시간이 좀 남아 있었으니.

"우리 다음 여행지는 베네치아 어때? 보니까 1월 말부터 축제한다던데."

"헉! 진영이 오빠!"
"왜? 별로야?"
"아니! 최고의 아이디어였어요. 그러고 보니 곧 가면 축제구나!"
멤버들은 기다란 탁자에 지도와 여행 팸플릿을 펴놓고 목적지를 정하고 있었다. 사실 후보지는 많았다. 오스트리아에 빈 외에 아름다운 도시도 많았고, 독일, 스위스 등 수많은 나라와 국경을 맞대고 있었다. 그러나 어떤 도시도 가면 축제의 로망을 이기지 못했다.
"사장님! 지금 촬영 가세요?"
"네."
"어? 기타는 안 가져가시고요?"
소년은 매일 들고 다니던 기타 케이스를 메고 있지 않았다. 헤일로가 어깨를 으쓱했다. 이미 〈Spring Again〉팀에 기타리스트가 있어 그가 기타를 연주할 일은 없을 것이라고 PD가 이야기했다. 잠깐 나갔다 다시 들어올 테니 두고 가는 것이다.
헤일로는 로비로 나와 무의식적으로 소파에 시선을 던졌다. 새로 온 여행객들이 앉아 소곤소곤 이야기를 나누고 있었다. 익숙한 얼굴은 보이지 않았다. 헤일로는 자신이 누군가를 찾았다는 걸 인식하지 못한 채 호텔로 나가 도나우 강변으로 걸어갔다.
일반적인 버스킹보다 더 큰 규모의 버스킹인 데다 카메라를 든 촬영 팀도 있으니 눈에 띌 수밖에 없었다. 게다가 멀리서부터 노랫소리가 들려왔다. 황룡필 이후 시대에 한국 음악계를 평정하고, 존재했던 기성 가수들과 젊은 가수 그리고 노래를 꽤 한다고 알려진 배우까지, 생각보다 버스킹 규모가 컸다. 헤일로는 천천히 촬영이 진행되고 있는 곳으로 걸어갔다. 장신의 소년이 다가오는 줄도 모르고, 소년이 언제 오나 흘끔흘끔 핸드폰만 보던 막내 PD는 뒤에서 건드리는 손길에 화들짝 놀랐다. 소리 지르지 않은 게 다행이었다.

"노해일 씨!"

최대한 음향기기에 소리가 잡히지 않게 소곤거린 막내 PD가 선배 연출에게 그를 알렸다. 카메라맨과 함께 앉아 있던 연출이 그를 환하게 맞이한다. 그리고 이번 곡이 끝나면 바로 소개해주겠다고 잠시만 기다려달라고 얘기했다.

"저, 노해일 씨."

헤일로가 가만히 노래를 듣고 있는데 막내 PD가 다시 말을 걸어왔다.

"이건 그냥 혹시나 해서 말씀드리는 건데, 김선철 씨가 최근 컨디션이 안 좋은 편이라서요."

김선철. 그제야 노해일은 들려오는 노래의 제목과 가수를 일치시켰다.

"후배인, 노해일 씨에게 뭘 할 것 같진 않지만, 뭐라고 할 수도 있는데요."

말을 계속 돌리는 막내 PD에게 헤일로가 무슨 소리냐는 듯 바라보자, 한숨을 내쉬고는 그의 귀에 작게 이야기했다.

"원래 성격이 좀 안 좋기로 유명하거든요. 숙소에서 촬영하는 것도 안 좋아하고, 그 좀 뭐라고 해야 할까. 좀 그래요."

막내 PD가 지치고 피곤한 얼굴을 했다.

"미리 노해일 씨가 게스트로 온다고 말했는데."

막내 PD는 "개는 뭔데 와서 인사도 안 하고 연습도 안 해"라고 한마디 하던 김선철의 모습을 떠올렸다. 연습을 잘 안 하는 건 김선철도 마찬가지였다.

"특별히 와주신 건데 정말 죄송합니다."

김선철이 아직 무슨 짓을 한 것도 아닌데, 막내 PD는 뭔가 벌써 할 것처럼 사과까지 했다. 헤일로는 사실 성격이 좋지 않은 예술가를 더 많이 알았었기에 크게 신경 쓰지 않았다. 오히려 뭘 할까 기대하며 입매를 슬쩍 비틀었다. 그 또한 성격이 좋은 편은 아니니다.

곧 헤일로는 별거 아닌 텃세를 맞이했다. 방송이기에 노해일을 후배로 환하게 맞이한 김선철이 선곡을 지명했기 때문이다. 그들이 빈의 관객을 위해 원어로 연습한 곡이 있었다. 유명한 그들의 노래가 아닌, 빈에서 유명한 클래식 가곡이라 사실 연습하지 않은 사람이라면 절대로 부를 수 없는 선곡이었다. 누구도 가장 선배인 김선철에게 차마 뭐라고 하지 못하고 이따가 부르자고 에둘러 권해도 김선철은 못 들은 척했다. 그는 미리 인사 오지 않은 후배를 허수아비처럼 세워놓고 싶었다. 그런데….

"할 수 있을 것 같습니다."

막내 PD와 연출이 눈을 동그랗게 떴다. 메인 PD한테 노해일을 우선순위로 대하라고 귀에 딱지가 생기도록 들었기에, 그들은 어떻게든 김선철을 말려보려고 했다.

"아는 곡이거든요."

"그, 그래요?"

헤일로는 대신 자신이 원하는 때 들어가겠다고 했다. 다들 마음대로 하라고 하며 정말 미안한 얼굴을 했다. 선배 하나는 자신이 하는 가게에 놀러 오면 무조건 공짜로 주겠다고까지 덧붙였다.

거의 일주일간 문서연이 멤버들을 데리고 다녔던 콘서트에서 들었던 가곡 '봄의 소리'를 아는 것처럼 헤일로는 이 노래 또한 잘 알았다. 처음 불러보는 거지만, 한번 부르고 싶긴 했다.

헤일로가 환하게 웃었다.

"잘 부탁드립니다, 선배님."

요한 슈트라우스 2세의 대표작 '봄의 소리'만큼 유명한 가곡이 하나 더 있다. '아름답고 푸른 도나우'다. '봄의 소리'가 소프라노를 위해 만들어졌다면 이건 처음 작곡할 때 남성 합창단이 부르도록 만들어진 곡이었다.

관객들은 모르지만 아슬아슬한 분위기를 누르기 위해 방송인들이 반주를 시작했다. 도나우강 앞에서 부르는 '아름답고 푸른 도나우'. 의도가 어떻든 선곡 하나는 잘했다는 생각이 들었다. 이 노래가 이보다 더 잘 어울리는 장소가 없을 것이다. 소년의 입이 천천히 열렸다. 그와 함께 김선철의 발성이 완전히 묻혔다.

카메라 앵글 한가운데 소년이 잡힌다. 소년은 중앙 왼쪽에 서 있었는데, 어느 순간 카메라가 소년을 중심으로 두고 잡고 있었다. 음향팀 또한 심혈을 기울여 소년의 목소리를 담으려고 한다. 필연적인 움직임이었다. 도나우 강물과 그 위를 스치는 동풍을 타고 청아한 목소리가 퍼져나간다. 관광버스 2층에 탄 사람들이 고개를 돌리고, 갓길 주차를 하던 자동차 운전사가 창문을 완전히 내렸다.

소년의 발성은 성악보단 팝에 가까웠지만, 그런데도 '아름답고 푸른 도나우'는 푸르렀다.

그대는 너무 아름다워 깊은 땅속에 빛나는 황금처럼

소년을 중심으로 울리는 합창은 마음을 절로 경건케 했다. 물론 그건 관객과 연출자의 입장일 뿐, 실제 버스킹을 하는 출연진들의 생각은 달랐다. 노해일이 '아름답고 푸른 도나우'를 안다고 했지만, 대충 흉내만 낼 거로 여겼던 그들은 노해일의 발성이 울린 순간 흠칫 놀랐다. 촬영 중이었기에 최대한 티를 내지 않았지만, 촬영분을 확대하면 손가락이 움찔하고 떨린다거나 눈자위가 흠칫하는 게 보일 것이다. 소년의 입에서 나온 유창한 독일어에 당황한 건 아니었다. 발음이 원어민 같아 신기한 건 없잖아 있었으나, 가사를 원어로 통째로 외우면 가능했다. 그보다 소년의 '아름답고 푸른 도나우'가 내내 연습했던 자신들을 압도해버렸기 때문이다.

그들은 노해일이 의도적으로 그렇게 발성을 냈다는 걸 알았다. 화합이 아닌 힘으로 눌러버리려는 게 보였다. 신주혁과 어울리는 걸 보고 보통내기는 아닐 거라고 여겼지만, 선배들하고 무대에서 기 싸움을 할 줄 몰랐다. 그러나 불쾌하진 않았다. 차라리 어설픈 실력이었으면 화가 났겠지만, 압도적이니 화도 나지 않았다. 화를 낼 여유도 없다는 것이 맞았다. 테너 역할인 김선철의 발성이 완전히 묻혀버린 순간, 그들은 김선철을 비웃지 못했다. 그건 그들이 김선철에게 호감을 가지고 있어서 아니라 누군가 비웃을 만큼 여유롭지 못했기 때문이다. 최선을 다하지 않으면 자신들도 김선철처럼 머리채를 잡혀 우스꽝스럽게 끌려다닐 터였다. 무대 자체는 문제없겠지만 가수로서 자존심이 허락지 않았다. 선배인 입장에서 후배가 세게 나와서 못 부르겠다고 징징거릴 수 없잖은가.

대중의 인기 척도는 있을지 몰라도 이곳에 모인 사람들은 자신의 음악과 재능에 자부심이 있는 이들이다. 아직 데뷔한 지 1년도 안 된 노해일에게 다들 선배였다. 연예계 이력이 실력과 재능을 결정하는 건 아니지만, 그래도 한 세대나 시기를 풍미한 이들인 만큼 쉽지 않을 거란 걸 보여줘야 했다. 그렇게 겉으론 우아한 백조 같은 무대가 실제론 물속에서 최선을 다해 발을 젓는 필사적인 무대가 되었다.

김선철도 질 수 없다는 듯, 소년의 발성과 싸웠다. 성격은 어떨지 몰라도 실력은 무시할 수 없다. 헤일로는 그와의 싸움이 즐거웠다. 그가 포기하지 않을수록 더 강한 투쟁심에 휩싸였다. 소년을 본 척도 하지 않던 김선철은 어느 순간 소년에게 시선을 던졌다. 소년의 얼굴엔 미소가 짙어졌다. 음악이 고조됐다.

아름답고 푸른 도나우에

주도권을 잡으려던 김선철이 어느 순간 소년의 발성을 받쳐주는 역할이 됐다. 이기지 못한다는 걸 깨닫고, 합창으로 선회한 것이다. 자신이 실력이 부족해서 진 게 아니라, 무대를 완성하기 위한 것이라는 듯. 헤일로도 싸울 의지를 잃은 전투에 힘을 줄였다.

"와!!"

휘이익! 마침내 무대가 끝맺음되며 관중의 박수, 휘파람, 환호까지 삼박자의 트리니티가 맞추어졌다. 모두가 필사적인 무대였기에 더 아름다운 무대였다. 힘들었다는 느낌도 잊은 채 모두가 관객의 반응을 즐겼다. 이것이 그들이 바라던 공연이었다. 가수로서 자부심과 그보다 더한 만족감이 강물처럼 불어났다. 스태프들이 뒤늦게 정신 차리고, 시민들을 인터뷰하기 위해 부산하게 움직였다.

잠깐 휴식 시간이 생기자 연출이 헤일로에게 달려와 직접 물을 건네줬다.

"노해일 씨, 혹시 오늘 따로 일정이 있으신가요?"

그리고 혹시 단독 공연 하나 더 가능하냐고 물었다. 원래 우연히 여행지에서 만났다는 콘셉트로 노해일을 게스트로 초청했을 때 '우리'의 노래를 불러달라고 할 생각이었기 때문이다. 노해일의 자작곡도 좋고 혹은 출연진의 곡도 좋았다. 물론 '아름답고 푸른 도나우' 공연과 그 반응으로 충분히 촬영분을 얻었기에 이것은 연출의 욕심이었다. 그는 조심스레 눈치를 보며 덧붙였다.

"거절하셔도 상관없습니다."

"저는."

헤일로는 한 곡으로 충분히 〈Spring Again〉 촬영을 즐겼으니 거절할 생각이었다. 그래서 당연히 거절의 뜻을 밝히려고 고개를 들었을 때, 관중들 사이로 익숙한 얼굴을 발견했다. 그의 밴드는 아니었다. 올 때 그가 혼자로 충분하겠다고 했고 그들은 호텔 루프탑에서 지켜보겠다고 했다.

헤일로와 눈이 마주친 남자가 손을 잡은 여자아이에게 뭐라고 속삭였다.

헤일로는 소녀의 뾰족한 말이 떠올랐다.

"로는 날 속였어."

그 위에 나지막한 목소리가 덧씌워졌다.

"잘 가, 헤일로."

그때, 예상치 못했던 이름에 조금 놀라서 소녀의 인사에 답하지 못했다. 답하려고 했을 땐 이미 아버지의 손을 잡고 가버린 뒤였다.

그러고 여태까지도 답하지 못했다.
“내가 신사답지 못하긴 했네.”
“예?”
연출이 무슨 소리냐는 듯 되물었다.
단 한 번도 자신을 신사로 생각해본 적 없으면서 신사인 척하는 헤일로의 한쪽 입꼬리가 서서히 올라갔다.
“그, 제가 과한 부탁을 드린 거라면 정말 죄송….”
“한 곡만 더 불러도 될까요?”
“네, 네? 네! 저희야 영광이죠, 정말 감사합니다. 아, 그리고 제대로 된 계약서도 작성하셔야 하는데.”
“메일로 보내주세요.”
“아, 넵넵! 최고의 계약서로 보내드리겠습니다. 저희 CP님도 노해일 씨가 오면은….”
대충 출연료를 최고로 드리겠다는 연출의 말을 한 귀로 흘리며 헤일로는 세션의 앞에 서서 자신의 미공개곡을 아는지 물었다. 그리고 프랑스인 부녀를, 정확히 창백한 금발의 소녀를 뚫어져라 쳐다보았다.
‘로즈가 그때 내가 알려줬던 노래를 기억하려나.’
“그 노래요? 알긴 아는데.”
“부탁드려도 될까요?”
“네, 좋습니다.”
몇 번 안 보여줬던 거 같은데, 세션이 아는 것도 신기했다. 이윽고, 헤일로는 입을 열었다. 이국적인 언어에 낯설어하는 사람들이 귀를 기울인다. 출연진 몇몇이 “이 노래는…” 하며 노해일의 미공개 곡이라는 걸 아는 척했다.

헤일로는 그때처럼 영어로 불러야겠다 생각하며 한 가지 궁금증을 떠올렸다.

'로즈는 언제부터 깨달은 걸까? 원어로 된 음악을 듣고? 아니면 그 전에 한국어로 된 음악을 들었을 때부터 알았을까?'

그때 하지 못했던 대답은 이 노래를 부른 이후 앞에서 직접 하기로 하고, 헤일로는 시험하듯 소녀를 보았다. 아버지의 손을 잡고 있던, 소녀의 귀가 쫑긋한다. 초점이 맞지 않은 눈이 감겼다. 변화는 천천히 이루어졌다. 동풍이 가져온 선율이 그녀의 창백한 뺨을 어루만지자, 천천히 생기가 돌기 시작했다. 로즈의 눈이 천천히 떠졌다. 그녀의 눈은 여전히 초점이 맞지 않았지만, 어느 순간 맞닿는 것 같았다.

'어쩌면.'

소년의 표정도 서서히 변화했다. 그건 스스로 의식하지 못한 변화였다.

'가사처럼'

가슴이 쿵쿵거렸다.

"오!"

연출은 저도 모르게 감탄하다가 입을 막았다. 소년이 미공개 곡을 불러줄 줄 몰랐지만 화음을 천천히 맞춰주는 출연진들의 조화, 관객들의 반응까지 이건 대박이었다. '아름답고 푸른 도나우'보다 〈Spring Again〉의 취지에 맞는 무대였다. 이국적인 언어로 부르는 것치고 사람들의 반응이 극적이었다. '아름답고 푸른 도나우'가 즐거우면서도 경건했다면, 이번 무대는 가슴을 아련하게 휩쓰는 구석이 있었다. 누군가는 이 곡이 노해일의 곡답지 않다고 했지만, 연출은 감정을 쥐고 흔드는 기분이 좋았다.

'더욱더 관객들의 마음을 흔들란 말이야!'

연출은 이런 걸 어디서 느껴봤다고 생각했지만, 오늘 촬영은 대박밖에 없다는 기쁨에 금방 잊어버렸다. 흥분한 연출은 오랜 박수 소리를 만끽하곤, 이내 노해일에게 달려갔다.

"노해일 씨, 오늘 촬영 정말 감사하고 고생하셨습니다. 혹시 같이 식사를…."

"안타깝지만, 약속이 있어서요."

연출은 단호히 거절을 당했지만 그가 어딘가 급해 보여 한 번 더 권할 수 없었다.

헤일로는 관중에 가려 프랑스 부녀가 보이지 않자 서둘러 그들을 쫓아가려고 했다. 그때 〈Spring Again〉의 출연진들이 그에게 다가왔다. 우연히 무대를 같이 하게 된 게스트와 후일을 기약하며 인사를 하기 위함일 테다. 그중에 김선철도 있었다. 헤일로는 그들과 인사를 마치고 김선철을 마지막으로 보았다. 김선철이 그를 어떻게 받아들이든 소년의 기억 속에 재밌었던 경합만이 남아 있었다.

"다음에도 잘 부탁드립니다. 선배님."

"그…."

시비인지 아니면 그냥 선의의 인사인지 모를 말에 김선철의 말문이 턱 막혔다. 얼마나 어처구니가 없었으면 '무대를 망쳤으면 어쩔 뻔했냐는 타박과 후배가 벌써 이러면 안 된다'는 조언도 나오지 않았다. 소년에게 호감만 생긴 출연자들이 계속 그럴 거냐며 그에게 은근히 눈을 흘겼다. 여기서 악당은 그밖에 없는 것 같았다. 소년은 대답을 듣지 않고 옅게 웃으며 마지막으로 인사했다. 김선철이 역시 시비였다고 결론을 내렸을 땐, 소년은 이미 바람처럼 사라진 후였다.

〈Spring Again〉 B팀이 클래식의 도시 빈에서 우리의 노래를 부르는 테마라면, A팀은 영국에서 이 예능 제목의 원주인이기도 한 HALO의 발자취를 따라가며 버스킹을 진행하고 있었다. HALO 6집을 기점으로 앨범 표지를 일러스트로 진행하고 있지만, HALO의 원래 앨범 표지는 영국 한 마을의 사진이었다. 현재 HALO 성지라고 불리는 마을과 도시마다 들러 우리의 노래를 부르고 HALO의 곡도 커버하는 버스킹 촬영은 위대한 가수, 훌륭한 세션과 열렬한 관객 삼박자를 이루며 잘 진행되고 있었다. 하지만 박 PD는 이상하게도 속이 쓰렸다. 쓰린 속을 담배로 삭이고 있는 그에게 전화가 걸려왔다. 막내 PD의 전화였다.

「PD님 잘 지내십니까?」

목소리에 숨길 수 없는 웃음이 느껴졌다.

"벌써 희희낙락하는 거 봐라. 노해일 씨 촬영은 잘됐냐?"

「흐흐, 박 PD님은 정말 천재입니다.」

평소 하지 않은 아부지만, 박 PD는 뭐랄까 정말 듣기 싫었다.

「노해일 씨와 마주칠 걸 어떻게 아시고, 미리 안배를.」

그가 미래를 기약하며 만들어놓은 약속, 죽 쑤어 개 준 기분이었다. A팀이나 B팀이나 같은 한 팀이긴 한데, 교차 편집을 한다는 말에 경쟁심이 붙은 지금 박 PD도 그가 있는 A팀의 시청률이 더 잘 나와야 할 것 같은 강박증을 앓고 있었다. 이제까지는 괜찮았다. 이제 막 1화를 내보낸 지금 양 팀 다 반응이 괜찮았기 때문이다. 애초에 양쪽에 실력과 케미 등을 고려하여 공평히 분배했기에 한쪽에 과하게 쏠릴 일은 없었다. 그러나 사랑스러운 막내 PD가 노해일과 정말 만나면서 달라졌다. 물론, 그가 내린 행동강령대로 정말 잘한 것만은 분명하다.

「이제 노해일 씨 나간다고 예고 때리면 사람들이 많이 보겠죠?」

느글거리는 멘트. 거기엔 A팀 말고 B팀이란 말이 생략된 것 같다.

「근데 만약 노해일 씨와 영국에서 마주치면 대박 아닙니까?」

'잘도 마주치겠다. 오스트리아에 있는 노해일이 왜 갑자기 영국에 오겠냐.'

박 PD는 정말 간절히 원했지만, 이것이야말로 더 가능성이 없다는 걸 알았다. 막내 PD가 속에도 없는 소릴 한다 싶었다.

「아, 아니다. 노해일 씨, 이탈리아 간댔나. 아쉽게 됐습니다. PD님 히힉.」

"재밌냐?"

무겁게 착 깔린 목소리에 전화 너머에 소리가 줄어든다.

「아, 암튼 지금 분위기 완전 좋습니다. 노해일 씨 소스만 무려 세 개! 연출자로서 할 말은 아니지만, 무편집으로 올려도 될 정도로 대박 소스입니다」

"웬 세 개? 두 개 아냐?"

「아 맞다! 그리고 김선철 씨도 갑자기 무슨 마음의 변화가 생겼는지 좀 협조적입니다. 언제까지 그럴지는 모르겠지만 〈Spring Again〉 B팀은 순항 중입니다.」

"B팀'은'?"

「이런 이런! 출연진들이 연습하시겠다고 해서 가봐야겠습니다.

B팀은 이상 무! 이상 보고를 마칩니다! 즐촬 하십시오, 박 PD님. 구텐 탁!」

"이 자식 보자 보자 하니까."

딸칵. 전화가 끊겼다. 박 PD는 자기 할 말만 하고 끊어버린 막내 PD 때문에 열받았지만 전화는 이미 끊겨버렸다. 그는 어딘가에 있을 노해일을 향해 울부짖으며 바닥에 떨어진 꽁초를 몇 번 밟았다.

* * *

"매일 짐을 버리는 것 같은데, 왜 점점 늘어나지?"

"더 많이 사는 거지."

"이게 질량 보존의 법칙인가?"

헤일로는 여느 때와 같이 거실에 널려 있는 캐리어를 발견했다. 떠날 준비를 하는 멤버들은, 한국에 있을 때나 여기에서나 달라진 게 없었다. 아니, 더 짐이 많아진 것 같다. 여분의 옷을 제외하면, 브랜드와 상관없이 짐을 버린 헤일로는 기타 케이스만 잘 챙겼다. 멤버들 짐 정리는 한참이 걸릴 것 같아 에스프레소를 마시며 기다릴 생각이었다.

"서둘러 나가겠습니다, 사장님!"

"그냥 여기서부터 여기까지 버리자."

"미쳤어?"

"나도 여기서 얼른 탈출해야겠다."

아무리 봐도 서두르는 건 힘들 것 같았다. 헤일로는 피식 웃으며 방을 나왔다. 엘리베이터에서 내려 로비까지 천천히 걸어나오던 헤일로는 순간 멈춰 섰다. 로비 소파에 며칠 전처럼 앉아 있는 금발 소녀를 발견한 것이다. 그때와 다른 것은 그녀의 옆에 페르 아스페라가 앉아 있었다. 페르 아스페라는 전화를 하다가 그를 보고 반가워했다. 어제 아스페라 부녀를 놓쳤던 헤일로가 카페테리아로 가려다 발걸음을 돌려 그들에게 다가갔다.

"로 씨!"

"좋은 아침입니다, 아스페라 씨."

"좋은 아침입니다. 그런데 차림이… 혹시 오늘 떠나시는 겁니까?"

"네, 그렇게 됐습니다."

"벌써 가다니. 같이 식사라도 하고 싶었는데."

페르 아스페라가 아쉬워했다. 이곳에 머무는 내내 단 한 번도 같이 식사하지 못했기 때문이다.

"그건, 뭐 언제라도 가능하니까요."

"그렇죠?"

미래를 기약하는 말에 페르 아스페라가 따라 웃었다. 이는 소년이 아르보와의 현 관계에 만족하고 있다는 말로도 들렸다.

"혹시 프랑스에 여행 온다면 언제 본사에 들러주세요. 아르보의 모든 것이 그곳에 있습니다."

"네, 프랑스에 간다면 고려해보겠습니다."

"감사합니다, 그땐 꼭 맛있는 식사를 대접하겠습니다."

그러곤 페르 아스페라가 제 옆에 앉아 있는 소녀를 향해 걱정스러운 얼굴로 물었다.

"이번에도 로 씨에게 인사하지 않을 거야?"

아이는 변덕스럽고 화내던 것도 금방 잊곤 한다. 페르 아스페라는 딸 로즈가 이제 화를 풀기 바랐다. 찜찜한 기분으로 이별하는 건 서로에게도 좋지 않다.

그때, 가만히 앉아 있던 로즈가 일어서며 아버지의 옆으로 쏙 빠져나왔다. 눈이 나쁘지만 형체는 볼 수 있는 로즈는 그녀의 맞은편에 선 소년에게 다가가 코트의 옷깃을 잡았다.

"갈 거야?"

"오! 로즈, 이번엔 로 씨와 인사할 거야? 이제 화가 풀렸구나."

페르 아스페라의 얼굴이 밝아지며 좋아했다.

"로즈, 틀린 건 나쁜 게 아니야. 사람은 실수를 통해 성장한단다."

로즈는 아버지의 말을 들은 척도 하지 않으며 오직 소년의 대답을 기다렸다.

"응, 갈 거야."

소년의 대답에 로즈가 한 발짝 더 다가가 소년의 코트를 아래로 잡아당겼다.

"로즈?"

"아빠는 멍청이야."

로즈의 말에 천천히 페르 아스페라의 얼굴이 충격에 휩싸인다.

"로… 로즈… 갑자기 왜? 그리고 그런 말은 어디서…."

로즈는 아랑곳하지 않았다.

헤일로는 소녀와 대화하기 위해 천천히 허리를 숙였다. 이내 쭈그려 앉아 눈높이를 맞췄다. 그러자 로즈가 그의 목을 껴안았다. 따뜻한 체온이 느껴졌다. 헤일로는 아이를 뿌리치지도 껴안지도 못한 채 손을 허공에 두었다.

"이제 화 풀렸어?"

"응."

로즈가 고개를 끄덕이곤 속삭였다.
"나는 틀리지 않았어. 그렇지?"
"그렇지."
이번엔 헤일로는 제대로 대답했다.
"아빠는 인사하라고 했지만, 엄마는 인사가 슬픈 거라고 했어. 아빠는 멍청이니까 엄마 말이 맞아. 그러니까 난 인사 안 할 거야."
헤일로는 페르 아스페라가 듣는다면 충격에 빠질 로즈의 말에 속으로 웃었다.
"마음대로 해."
"대신 하고 싶은 말이 있어."
"뭔데?"
소녀가 헤일로의 목에 두른 팔에 힘을 주며 천천히 속삭였다.
"I, Caught, You! Halo."
헤일로의 눈이 천천히 커졌다. 헤일로는 소녀를 눈에 담았다. 로즈는 이름처럼 귀가 새빨개졌다. 생기가 넘치는 뺨, 그리고 수줍은 팬의 고백. 도화지에 떨어진 물감이 퍼져나가는 것처럼 소년의 얼굴에 천천히 파동이 번지기 시작했다. 이윽고 소년의 얼굴에 환한 미소가 그려졌다. 그 어느 때보다 환한 얼굴이었다. 그는 대답을 기다리는 듯한 소녀에게 나지막이 대답했다.
"응, 기다리던 말이었어."

4. 메디코 델라 페스테

붉은 도장으로 무장한 열차가 평화로운 시골 마을과 숲을 가로지르며 선로를 달린다. 구름 한 점 없는 하늘, 큰 유리 창안으로 햇살이 쏟아져 들어오고, 평화로운 풍경에 탑승객들의 몸이 노곤해지기 시작했다. 여행 일정을 짜던 여행객도 창밖을 가리키며 질문하던 어린아이도, 게임기에 집중했던 학생도 무거워진 눈꺼풀을 이기지 못하고 꾸벅꾸벅 졸고 있다. 그때 헤일로는 고속 열차의 승객들을 위해 비치한 신문에 쓰인 문구를 발견했다.

'누군가 태양을 잡는다면 어떻게 될까?'

신문의 1면에 12월 31일 발매된 HALO의 앨범 11집 〈캐치 미 이프 유 캔〉의 표지가 실려 있는 걸 봐서 진짜 태양을 만졌을 때 어떻게 되는지 알려주는 과학 시사지는 아니고 황색 신문 중 하나인 것 같았다.

앨범 제목을 헤일로의 도발, 정확히 말해서 세상에 제시한 게임,

술래잡기로 규정하고 헤일로를 잡았을 때 이후의 이야기를 하는 내용이었다. 그의 정체가 밝혀졌을 때의 반향, 그가 하게 될 광고와 그의 음악, 할리우드의 변동 등을 전망하고 있었다. 그러나 이는 이미 여러 언론에서 언급한 내용이고, 기자가 말하고 싶은 본론은 따로 있었다. 만약 누군가 왕을 잡게(catch) 된다면, 즉 HALO가 제시한 술래잡기에 이기게 된다면, 그가 상을 줄 거라고 이야기했다. 왕이 충성스러운 기사에게 작위를 내리고 영토를 내렸듯 HALO 역시 충성스러운 팬에게 무언가를 선물할 거라는 내용에 헤일로는 싱긋 웃으며 생각했다.

'상이라….'

그의 옆과 맞은편에 앉은 멤버들은 어느새 깊이 잠들어 있었다. 유럽 여행의 꽃은 기차라며 열차 창 너머로 펼쳐지는 아름다운 광경에 대해 설파하던 이들은 꿈속의 풍경을 보러 떠났다. 빈에서 베네치아까지 대략 8시간, 아직 많은 시간이 남았다. 문득 해야 할 게 생각난 그는 핸드폰을 들고 특실 칸을 나왔다. 카페 칸 내부에는 약 열 명 정도 앉을 법한 의자와 식탁이 있고, 음료수나 샌드위치를 파는 가게에 일하는 직원이 하나 있었다. 당장 직원은 그에게 큰 관심이 없어 보였다. 헤일로는 그를 지나쳐 구석에 앉았다. 신호음이 길게 이어지지 않고 언제나 그렇듯 곧바로 받았다.

"좋은 오후입니다, 베일 씨."

「참 좋은 오후네.」

전화 너머로 커튼을 걷는 소리가 났다. 헤일로도 본능적으로 창밖을 바라보았다.

"잘 지내고 계십니까?"

「나야 늘 똑같지. 휴가를 내려고 할 때 바빠져서 좀 귀찮아졌을 뿐. 얼른 끝내겠네. 자네는 어떤가?」

"여기저기 즐겁게 다니고 있습니다."

헤일로는 빈에서의 하루를 회상했다. 잔디밭에 돗자리 깔고 놀려고 했던 날은 폭설이 왔다. 어차피 겨울이라 오래 있지 못했을 테지만, 모두가 아쉬워했다. 대신 애들처럼 눈을 던지고 놀았다. 다 젖은 몰골로 호텔로 돌아와서 먹은 핫초코와 컵라면은 어느 때보다 맛있었다.

그리고 사진! 헤일로는 오스트리아 빈, 프라터 공원에서 한 사진사가 뽑아준 사진을 떠올렸다. 석양을 등진 자신의 모습이 담긴 사진이었다. 음영이 진 얼굴 아래 은은한 미소와 불그스름한 기타를 담아낸 사진은 나른하고 평화로워 보여 시끄러운 세상과 유리된 느낌이 났다. 헤일로는 그 사진이 꽤 잘 나왔다는 걸 인정했다. 사진사가 젊었을 때 유명했다는 말은 거짓말이 아니리라. 혹시 괜찮다면 사진관에 진열해도 되겠냐고 물어 헤일로는 괜찮다고 고개를 끄덕였다.

「재밌게 지내고 있군. 생각보다 더.」

어거스트 베일은 빈에서 무척 잘 지낸 것 같은 소년의 이야기를 들으며 미소를 띠었다.

「자네한테 여행을 권하길 잘한 거 같아.」

평소 훌쩍 떠나는 것도 좋아했지만, 여행의 첫 번째 계기이자 목표는 바로 선택을 미뤘던 답을 찾기 위해서였다. 그리고 정말 노인의 말처럼 그는 답을 얻었다.

「그래서….」

어거스트는 이제 다음 목적지를 물으려고 했다. 알아서 잘 지내는 것 같지만, 그래도 더 편하게 지낼 수 있도록 도움을 주고 싶었다. 그때 전화 너머로 소년의 목소리가 들려왔다.

"이제 결정했습니다."

갑작스러운 말에 처음에 어거스트는 무슨 말인지 이해하지 못했다. 그러나 곧 알게 되었다. 그는 헤일로와의 대화를 잊은 적이 없었고, 헤일로가 할 '결정'은 지금 하나밖에 없었으니까.

「드디어 마음을 정했군.」

어거스트는 소년을 재촉하지 않았다. 그는 소년이 원하는 대로 하길 바랐다. 그러고 보니 오늘 아침 〈코첼라〉에서 설득은 자신들이 할 테니 헤일로와 한 번만 전화 통화를 하게 도와달라는 말을 했었다. 1월 말에 가까워지는 이때 〈코첼라〉도 확정 기사를 내야 했으니 조급해졌으리라.

"〈코첼라〉에 답장을 보내주세요."

「아! 〈코첼라〉에서 좋아하겠군.」

누구로서 나가는지 물을 필요는 없었다. 노해일로서 나가는 것이었다면, 어거스트에게 말하지도 않았으리라.

「무척 화려한 축제가 되겠어.」

어거스트는 4월에 있을 〈코첼라〉를 벌써 맞이한 것처럼 말했다.

「한 가지만 물어도 되겠나?」

"네."

「자네가 결정하게 된 계기가 무엇인지. 혹시 이야기해줄 수 있나?」

"계기요."

헤일로는 어거스트의 질문에 옅게 웃었다. 그의 머릿속에 아침에 있었던 대화가 떠올랐다.

"I, Caught, You! Halo."

그 한마디에 헤일로는 자신이 그 별거 아닌 한마디를 원했다는 걸 깨달았다. 누군가 '당신이 헤일로인가요? 당신이 헤일로라는 설에 대해 어떻게 생각하세요?'라고 묻기보다 그냥 저의 이름을 '헤일로'라고 불러주길 바랐노라고 그는 솔직히 인정했다.

"잡히고 말았거든요."

「응?」

"예상치 못한 순간에."

그리고 헤일로는 눈을 감고 오늘 호텔 로비에서 자신을 헤일로라 불러준 소녀를 떠올렸다. 조금 전 황색 잡지에서 '헤일로를 잡으면, 그가 상을 줄 거라고' 얘기했듯 그 역시 그녀에게 상을 주고 싶어 했었다.

"로즈, 내가 졌어. 네가 이겼으니 상을 줄게."

자신이 시작한 게임이 아니었으나 그는 술래잡기 규칙에 응했다. 술래를 잡았으니 이긴 건 로즈다.

"내가 너를 위해 무얼 해줄까?"

그 순간에 형용할 수 없을 만큼 기뻤던 헤일로는 로즈가 원하는 것이라면 얼마가 됐든 해주고 싶었다. 돈은 그에게 중요하지 않은 가치였다.

로즈가 환하게 웃으며 이야기했다.

"노래를 불러줘."

아이답게 순수한 바람이었다.

"너를 위한 노래를 만들어줄까?"

누군가를 위한 세상에 단 하나뿐인 헤일로의 헌사곡. 전 세계 사람들이 원할지도 모르는 보상이 그의 입에서 먼저 나왔다.

로즈는 한참 동안 고민하는 듯했다. 진지한 얼굴에 헤일로가 옅게 웃던 찰나 "아니!" 하는 예상하지 못했던 답이 들려왔다. 로즈는 자기가 거절한 상이 얼마나 가치 있는 상인지 모르는 것 같았다. 그러나 그녀는 말을 물리지 않고 또박또박 이야기했다.

"엄마가 그러는데 세상에 나보다 힘들고 아픈 사람들이 많대. 나도 병원에 갔다 오면 맨날 이불 속에서 우는데 그 사람들도 그렇겠지? 내가 헤일로의 노래를 듣고 치유 받았던 것처럼 그 사람들도 더 이상 아프지 않았으면 좋겠어."

로즈가 고개를 들었다. 그녀의 눈은 여전히 초점이 잡히지 않았으나 누구의 눈보다 선명하고 아름다운 초록빛을 띠고 있었다.

"그들을 위해 노래 불러줘, 헤일로."

그 빛 속에 소년이 온전히 담겼다.

"나의 태양."

그 순간 헤일로는 강렬한 느낌을 받았다. 그가 고민하던 모든 것이 사라지는 기분이었다. 먼 여행지, 예상치 못했던 한순간에 어거스트의 말처럼 그는 답을 얻었다.

"이제 밝혀도 되겠다는 생각이 들었습니다."

어거스트는 '예상치 못한 순간에 잡혔다'라는 그 한마디 속에 얼마나 긴 이야기가 생략되었는지 몰랐다. 단지 〈캐치 미 이프 유 캔〉의 앨범 제목이 야기한 술래잡기 이야기라는 것만 알았다. 누군가 헤일로를 찾은 게 분명했다. 어쨌든 헤일로의 결정은 그가 바라던

바였다. 어거스트는 때가 되었노라 여겼다. 〈코첼라〉에 관한 이야기를 끝낸 어거스트는 아까 하지 못했던 이야기를 꺼냈다.

「그래서 지금은 어디로 가고 있는가? 잘츠부르크? 부다페스트?」

열차 소리가 들린 걸 보면 이동 중인 게 분명해 그렇게 물었다.

헤일로는 자리에서 일어났다. 카페 칸에 사람들이 몰려왔다. 대학생 무리였는데, 그들은 헤일로가 보았던 황색 신문을 들고 있었다.

"베니스로 가고 있습니다."

「베니스?」

곧바로 어거스트가 책상을 탁 쳤다.

「마침 잘됐군! 거기에도 내 별장이 있거든!」

* * *

2032년 1월 31일에서 2월 9일까지 열흘간 '베네치아 사육제(Carnevale di Venezia)'가 열린다. 화려한 가면과 복장을 차려입고 베네치아 곳곳을 누비는 사람들이 곧 베네치아 사육제 그 자체였다. 첫째 날엔 마리아 축제에 선발된 열두 명의 소녀 중 한 명을 사육제의 천사로 뽑는다. 그리고 두 번째 날부터 본격적인 퍼레이드와 함께 수많은 사람이 코스프레를 하고 공연을 벌였다. 그중 정수는 가면무도회와 아름다운 가면 경연대회였다.

1월 29일 늦은 저녁에 도착한 노해일 밴드를 위해 별장 관리자가 직접 데리러 왔고, 배에 올라타자마자 그들은 물 위에 우뚝 선 건물과 자동차나 버스보다 많은 수상 교통 수단에 감탄하며 베네치아가 왜 물의 도시인지 알 수 있었다. 물의 도시 베네치아는 다가

오는 축제로 부산했다. 눈부신 조명과 푸른 물결, 화려한 가면을 파는 가게로 거리가 가득 차 있었다. 어느 때보다 많은 여행객이 방문한 베네치아는 설렘과 열기로 가득 차 있었다.

"우욱."

"웩."

헤일로는 물길이 그리 강하지 않은 배에서 헛구역질하는 한진영과 문서연을 발견했다.

"근처에 약국이 있나요?"

"저택에 멀미약이 갖춰져 있습니다."

이렇게 멀미하는 사람들을 처음 보는 듯, 별장 관리자도 당황스러워 보였다.

"약해 빠진 녀석."

"죽을··· 우웩."

"규환아."

"···예."

남규환만 멀쩡한 얼굴로 문서연의 옆에 가서 놀리다가 한진영이 어깨를 턱 짚자 장난을 그만두었다.

헤일로는 티격태격하는 멤버들을 보고 웃으면서, 배 아래로 손을 내렸다. 배에서 떨어질 수 있으니 위험하다는 얘기를 들었지만 손에 닿은 물결은 시원하면서 부드러웠다. 헤일로는 물결을 따라 흘러 내려온 깃털을 잡았다. 윤기가 흐르는 검은색 깃털이었다.

"가면에서 떨어졌나 봅니다."

까마귀 깃털이 왜 수면에 떨어졌나 바라보고 있자니 별장 관리자의 목소리가 들렸다.

"이미 보셨을 수도 있지만, 지금 온 거리에서 가면을 팔고 있거든요."

소년이 고개를 끄덕이자 늙은 별장 관리자가 흐뭇하게 미소를 지었다.

"그나저나, 가면과 의상은 준비하셨습니까?"

"아니요, 아직."

"어서 준비하셔야겠네요, 곧 축제니까요. 즐거운 추억이 될 겁니다."

헤일로는 까마귀 깃털을 만지작거리다가 머리 위로 찬찬히 들어 올렸다.

* * *

새해를 맞이한 한국은 평화로우면서도 시끄러운 것이 평소와 같았다. 새로운 건 나이뿐인 사람들에게 새해라고 특별할 건 없었다. 누군가의 음주운전, 누군가의 발언, 누군가의 열애설이 뉴스를 채웠고, 사람들은 그에 대해 떠들었다. 방송국에서 새로운 드라마와 예능 파일럿을 보여줬지만, 사실 대개 그렇듯 큰 화젯거리는 없었다. 그래도 나름 커뮤니티에서 이야기되는 게 있었는데, 코미디쇼의 어떤 코너와 최근 3화까지 방영된 음악 예능이었다.

외국에 나가 우리의 음악을 들려준다는 버스킹 콘셉트의 예능은 나름 관심받을 구석이 많았다. 그리고 출연진도 꽤 호화롭지 않은가. 한 시대를 풍미했던 김선철이라거나 장임영 같은 가수, 그리고 소위 말하는 요즘 가수들까지 라이브로 유명한 가수들이 모여 버스킹한다는 프로그램은 실제로도 꽤 괜찮았다. 그런데도 막 떠들썩하고 대작이라는 느낌은 아니었다. 그냥 그들의 공연을 너튜브 클립으로 보라는 글이 많았다. 그러나 한 여행자의 후기가 커뮤니티에 올라오며 분위기가 달라졌다. 정확히 오스트리아 빈을 여행했던 한국인이 〈Spring Again〉에 노해일도 나오는 줄 몰랐다며 1화부터 보면 되냐고 묻는 문장에서 시작되었다.

[뭔 소리야? 노해일 스겐에 안 나오는데?]

[출연진 목록에도 없음ㅇㅇ]

[그전에 해일이 여행 갔다니까.]

[오스트리아에 김선철 말한 거 보면 맞는 거 같긴 한데 그래서 노해일 나온다고?]

ㄴ혹시 우연히 마주쳐서 게스트로 나오나?

ㄴ유럽에 도시가 하나만 있는 것도 아니고.

ㄴ빈은 그래도 그럴듯하긴 한데.

ㄴ스프링어게인에 문의해본 사람 있음?

여행자의 후기는 노해일의 공백기에 허덕이고 있던 팬들 속 죠스를 깨우기 충분했다.

* * *

"마리아, 준비됐니?"

검은 머리를 땋아 내린 여자가 벨벳이 겹겹이 겹친 드레스를 휘날리며 돌아보았다. 검은 천으로 얼굴 전면을 가린 모레타는 원래라면 끈을 입으로 물고 있기에 말을 할 수 없게 만들었지만, 현대의 가면은 그런 불편함을 보존하지 않았다.

그녀가 팔짱을 낀 채 물었다.

"엄마, 그 말 지금 열 번도 넘게 한 거 알아?"

"걱정되니까 그렇지. 퍼레이드 때 넘어지면 얼마나 창피하겠어."

"절대 안 넘어질 거니까, 걱정하지 마. 나도 이제 어른이라고!"

"그래, 알았어. 다만, 늘 사람 조심! 알았지?"

마리아는 어머니의 조언을 한 귀로 흘려들으며 또각또각 걸어나갔다. 문을 열자마자 하늘에선 꽃잎이 떨어진다. 밤을 밝힐 화려한 조명 장신구들과 화려한 곤돌라, 멀리서 들려오는 행진곡까지. 마리아가 활짝 웃었다. 기다리고 기다리던 축제가 시작되었다. 베네치아 사육제를 맞이하며 사람들이 일상적이지 않은 가면과 복장을 하고 도시를 누비고 있었다.

900여 년간 이어져 온 사육제에서 가면은 특별한 의미를 지닌다. 가면을 통해 '익명성'을 얻은 사람들은 평소의 삶을 제약하던 한계 예컨대 재산, 계급, 연령, 성별 등을 벗어던지고 어떤 편견 없이 어울려 놀게 된다. 가면을 쓴 상대가 누구인지 알지 못한 채 같이 웃고 떠들며 술을 마시고, 춤을 추며 낮부터 밤까지 함께 하는 것이다. 그러다 보면 그 속에서 새로운 인연과 불꽃이 피어오르고, 평생 친해질 일 없던 사람들이 우정과 사랑을 나누게 되었다.

"〈베니스의 휴일〉처럼 말이지."

베네치아 소녀들이 까르르 웃었다.

최근 베네치아 사육제를 배경으로 가면을 쓴 두 남녀가 사랑에 빠지는 영화 〈베니스의 휴일〉이 크게 히트 쳤다. 물론, 영화는 아주 많은 개연성 논란을 낳긴 했지만 우연히 가면무도회에서 만난 남녀가 사랑에 빠지고, 가면을 벗었더니 미남미녀였다는 진부한 스토리는 사육제를 기다리던 소녀들을 설레게 했다.

"가면을 쓴 게 금발백인 꽃미남이라. 이해가 안 되네. 너도 그런 거 좋아하니, 마리아? 뭐, 우리가 그런 걸 꿈꾸는 나이긴 하지. 반대의 상상은 안 해 봤어?"

"반대라니?"

마리아는 평소 냉소적인 친구 벨라를 돌아보며 물었다.

"왜 가면을 썼기에 그 너머에 있는 게 누구인지 모른다는 건…."

사람들은 호감을 느낀 미지의 존재에 대해 더 좋은 수식어만 부여하며 이상적인 모습을 상상하긴 하지만, 글쎄….

"가면을 쓴 게 아저씨일 수도 있고, 어쩌면 더 늙은 노인일지도 모르잖아."

친구가 검은색 립스틱을 바른 입술로 섬뜩하게 미소 지었다.

"혹은 범죄 이력을 숨기고 활개 치는 변태나 범죄자일 수도 있고."

마리아는 매일 아침 뉴스에서 나오는 살인 사건, 납치 사건 등을 떠올렸다.

"아주 위험한 비밀을 가진 사람일 수도 있지."

"어떤 비밀? 마피아 같은 걸 말하고 싶은 거야?"

"뭐든. 보통 좋은 비밀은 아니겠지?"

벨라는 겁을 먹은 듯 얌전히 다물린 마리아의 입술을 보고 깔깔 웃으며, 등을 두드렸다.

"농담이야, 농담. 진지하게 받아들이기는. 장난도 못 치겠네."

축제 때 거리 곳곳에 배치된 경찰을 믿으라며, 마리아를 안심시킨 그녀는 눈을 찡긋거렸다.

"아, 근데 춤을 출 땐 상대의 발은 잘 확인하렴. 유령은 발이 없다잖아."

"벨라!"

마리아는 저를 꼬마 취급하는 친구한테 소리 지르고는 고개를 홱 돌리며 무리에서 이탈하지 않도록 주의를 기울였다. 거리는 이미 사람들도 가득 차 있었고 복잡했다. 괜히 움직이다 베네치아 수로에 빠지느니 산 마르코 광장에서 헤어지는 게 나을 것이다. 그러던 한순간 마리아는 옆에서 들려오는 낯선 언어에 무의식적으로 고개를 돌렸고, 옆에 선 인영에 흠칫 놀랐다. 검은색 페도라와 검은색 코트, 검은색 정장과 검은색 장갑으로 전신을 가린 복장, 거기에 검은색의 긴 부리 가면까지.

"메디코 델라 페스테(Medico della peste)…."

17세기 프랑스 의사 샤를 드 롬이 고안한 흑사병 의사 복장이었다. 눈앞의 윤기 나는 검은색 가죽으로 되어 있는 흑사병 의사 가면은 눈구멍이 어두운색의 유리로 되어 있었으며, 가면의 옆과 뒷부분은 검은색 까마귀 깃털로 덮여 있어, 정말 가면 안에 있는 게 누구일지 전혀 알 수 없었다. 성별, 나이, 계급까지 하나도. 가만히 흑사병 의사를 보던 마리아는 친구의 경고를 떠올렸다.

대충 키를 보니 남자일 가능성이 컸다. 남자의 발이 있는 걸 확인한 마리아는 서서히 옆으로 피했다. 오전에 봤던 범죄 뉴스와 사람을 조심하라는 어머니의 경고도 생각났다. 사육제에서 죽음과 부패를 의미하는 흑사병 의사의 상징 역시 갑자기 불길하게 느껴진다. 이 모든 게 연결되자 그것들이 복선처럼 보였다. 왜 늘 공포 영화에선 주인공이 누군가의 경고를 무시하고, 맘대로 활동하다가

큰일을 당하지 않던가. 지금은 낮이지만 요즘 공포 영화는 밤낮을 가리지 않았다.

흑사병 의사가 고개를 돌려 그녀를 바라본다. 마리아는 섬뜩한 검은색 눈알 안경에 흠칫 놀라 더 옆으로 가야 한다고 생각했다. 그 조급함 때문이었을까. 발이 꼬여 몸이 한쪽으로 기울어졌다.

"어!"

벨라가 그녀를 보며 천천히 입을 벌렸다.

마리아는 자신이 기울어지는 방향에 수로가 있다는 걸 떠올렸다. 수질이 아주 더러운 수로. 하지만 그것보다 더 걱정된 건, 베네치아에 도배될 '사육제 첫날, 마리아 축제 중 베네치아 운하에 빠져버린 소녀 마리아' 따위의 지면 뉴스였다. 그 꼴을 보느니 그냥 저 더러운 물에 평생 머리를 박고 사는 것도 나쁘지 않을 것 같았다. 마리아는 곧 자신이 겪게 될 추락과 냄새, 차가운 물의 온도 따위를 상상하며 눈을 질끈 감았다.

하지만…. 마리아는 눈을 떴다. 누군가 마리아의 팔을 잡아당겼고, 그녀는 뒤로 떨어지는 대신 앞으로 당겨졌다. 검은색 코트에 머리를 박은 마리아는 제 머리를 붙잡고 고개를 들어 올렸다. 불길하게 느껴졌던 흑사병 의사의 검은 안경에 자신이 비추어졌다.

"조심해야지."

그가 옅은 웃음이 섞인 목소리로 속삭였다. 코트에서 나는 향이 좋아하는 우디향이었다는 걸 인지한 마리아의 얼굴이 순식간에 붉어졌다.

남자는 외국인인 것 같았다. 이탈리아어를 썼지만, 외국인 특유의 억양이 묻어나왔다. 게다가 일행과 이야기하던 언어는 어디서 들어봤던 거 같기도 하고, 처음 들어본 거 같기도 한 참 아름다운 것이었다. 간지러운 목소리나 그녀의 팔을 잡아주던 손도 또래의 것일 테고. 구두를 신은 그녀보다 머리 하나 더 컸던 것 같다.

"저…."

남자가 멀어지려고 하자, 마리아는 손을 뻗었다. 남자의 옷깃을 잡으려던 때 화려한 장미 장갑이 그녀의 팔을 붙잡는다.

"마리아, 괜찮니?"

"마리아, 어머 얘. 창백하게 질린 것 좀 봐."

친구들이 몰려들자 시야가 가려졌다.

"아니, 얘들아. 비켜봐."

마리아는 허겁지겁 빠져나왔지만, 그때 이미 남자는 코너를 돌아 한참 멀어져 있었다. 일행과 함께 걸어가는 남자가 그녀에게 속삭였던 목소리가 귀에서 반복된다. 마리아는 멀어지는 남자를 멍하니 바라봤다. 흔히 메디코 델라 페스테는 지팡이를 들지만 남자는 지팡이 대신 검은색 바탕에 금빛으로 수놓은 나비가 장식된 커다란 기타 케이스를 메고 있었다.

"와!"

거대한 행진과 함께 산마르코 광장에 들어온 헤일로 일행 앞에 동화와 같은 세상이 펼쳐졌다. 왕과 공주, 교황과 기사로 가득 찬 광장, 동풍이 불어온 곳에 있는 사자와 허수아비, 그리고 양철 로봇, 한쪽엔 해적, 다른 쪽엔 동물과 천사, 저 먼 곳엔 스타워즈 군단이 있으니 판타지는 먼 곳에 있는 게 아니었다.

사실 헤일로와 멤버들도 만만치 않았다. 방금 스팀펑크 해적에게 총이 진짜인지 가짜인지 물은 남규환은 검투사를 연상시키는

투구를 쓰고 있었고, 한진영은 마귀 할아버지 가면에 판타지식 로브를 두르고 있었다. 그리고 문서연은 풍성한 드레스에 콜롬비나 마스크를 썼다. 눈과 귀, 위 뺨을 가리는 반쪽 마스크는 보석과 크리스털, 붉은색의 깃털로 화려했다.

이틀 전 밤 어거스트 베일의 저택에 도착한 그들은 거대한 박물관을 맞이했다. 한때 어거스트의 취미가 가면 수집이었다는 말이 거짓말이 아닌 듯 장인이 만든 가면이 즐비했다. 어쩐지 굉장히 비쌀 것 같은 느낌에 소시민들은 덜덜 떨렸지만 또 언제 베네치아 사육제를 즐길 수 있을까 하는 마음에 결국 고르게 되었다. 그 결과가 지금 이 개성 있는 의상이다. 불편하긴 했지만 내심 마음에 들었다.

오후쯤 종탑에서 천사가 떨어져 내려온다. 천사의 비행. 열두 명의 소녀 중 선발된 소녀가 땅에 닿자, 그녀를 보고 있던 이들의 환호성으로 광장이 가득 찼다. 따사로운 햇볕이 광장을 내리쬔다. 사육제 첫날 광장엔 발 디딜 틈도 없었다. 거리 공연을 하는 악사는 어느 나라를 가나 보이듯 산마르코 곳곳에 버스킹을 발견할 수 있었고, 서커스처럼 묘기를 부리는 사람, 코스튬 플레이 하는 사람들에게 다가가 사진을 요청하는 여행객들로 내내 붐비었다. 자칫 한눈팔다 길을 잃거나 미아가 될 수 있었다.

주위가 갑자기 조용해져 헤일로는 둘러보았다.

"흠."

문서연은 아코디언을 연주하는 노인을 보다가 문득 정신을 차렸다.

"사장님? 진영이 오빠? 야, 남규환! 다들 어디 갔지?"

바닥에 낙서를 구경하던 남규환은 막다른 길에 맞닥뜨렸다.

"이런…."

한진영은 화려한 도시의 가장 어두운 골목에서 길을 잃고 우는 아이를 발견했다.

"꼬마야, 길을 잃었니?"

영어로 묻긴 했지만, 어느 나라 아이인지 알 수 없는 꼬마가 알아들을지는 모른다.

"여기 있으면 안 돼. 경찰 아저씨한테 가자."

저쪽 다리에 경찰관이 서 있는 걸 봤던 한진영은 분명 좋은 의도로 하는 말인데도 제가 납치범이 된 거 같았다. 그러나 한진영은 한 가지 잊은 게 있었다. 자신이 마귀 할아버지 가면을 쓰고 있다는 것. 길을 잃고 엉엉 울던 외국인 꼬마는 역광을 받아 한층 음산해 보이는 마귀 할아버지를 보고 더 자지러지게 울었다. 뒤늦게 가면을 머리 위로 올렸을 때 아이는 이미 "괴물이다!"를 외치며 반대쪽으로 뛰어 들어갔다. 잠깐 달랜 다음 경찰관을 부를 생각이었던 한진영은 "아차" 하며 아이를 뒤따라갔다. 오지랖 같긴 한데 ….

"넌 무슨 피리 부는 사나이야? 저 꼬맹이는 뭐야?"

"우리한테 음악을 배우고 싶다던데."

"우리 납치범 되는 거 아니겠지? 누군지도 모르는 애인데 돌려보는 게 낫지 않을까?"

"정인 초등학교!"

"뭐?"

"6학년 3반 장진수…. 입니다!"

무시할 수가 없었다.

"해일아. 그, 혹시 형한테 MIDI 배워볼래? 독학도 좋겠지만,

MIDI는 좀 복잡한 게 있어서….”

“좋아요.”

그가 만났던 작은 인연 하나하나가.

“와! 진영이 형 베이스 쳐요? 짱 멋지다! 형, 앨범 나오면 제가 첫 번째 팬 할게요!”

“형, 제 베이시스트 하실래요?”

큰 축복이 되었으니까.

한진영은 쭈그려 앉았다. 덜컥거리는 기타 케이스가 허리를 두드렸다. 오스트리아 빈에서 즉흥적으로 연주했던 이후로 혹시 몰라 늘 갖고 다녔다.

“꼬마야.”

울고 있는 아이가 도망갈까봐 한진영은 거리를 유지하며, 베이스를 꺼내 들었다. 그는 공학과 덕수의 장난에 잘 울던 진수를 꽤 많이 달래본 경험이 있기에 아이를 대하는 데 익숙했다.

둥둥.

“이게 뭐게?”

“기타…?”

소리가 나오자 아이가 눈치를 보며 그를 바라봤다.

“아니, 베이스야.”

“베이스? 기타 아냐?”

“기타보다 조금 더 멋있는 거야.”

“톰은 기타가 짱 멋있는 거랬는데.”

“그럼 뭐가 더 멋있나 한번 볼래?”

“응.”

"이리 와봐. 아저씨가 알려줄게."

역시 나쁜 아저씨 대사 같긴 하지만 영어를 알아들은 아이가 천천히 다가오기 시작했다. 한진영은 친절하게 웃으며, 베이스를 튕겼다. 옛날 한 아이 앞에서 보였던 어설픈 연주는 없다. 20대 시절의 실력을 되찾으면서 그때보다 훨씬 안정적으로 연주할 줄 아는 한진영은 꽤 많은 공연 세션이나 녹음 등의 의뢰를 받았다. 능력 있는 베이시스트는 언제 어디서나 필요한 존재였다. 그런 존재가 가장 어두운 구석에서 한 관객을 위해 연주한다. 누구보다 즐겁게 "이게 뭐야?"라고 묻는 아이에게 친절히 알려주며….

"우리 애를 찾아주셔서 정말 감사합니다!"

"레오 어디 갔었어! 엄마가 걱정했잖아!"

부모를 찾은 레오가 "와앙" 하고 울었다.

한참이나 우는 아이를 토닥이며 젊은 부부가 한진영에게 고맙다고 인사했다.

"레오, 고맙다고 안 할 거야?"

"고마워, 짱 멋있는 기타형."

"기타라고?"

한진영이 되묻자 아이가 고개를 도리도리 저었다.

"아니, 베이스형!"

"맞아. 레오, 똑똑한 아이구나."

다정한 칭찬에 아이가 수줍게 말했다.

"톰은 기타가 세상에서 제일 멋있는 거랬는데, 난 베이스가 기타보다 멋있는 거 같아. 나도 형처럼 짱 멋있는 베이시스트가 되고 싶어."

순수한 아이의 말에 부드럽게 웃은 한진영은 허리에 양손을 얹고 호랑이 선생님처럼 말했다.

"좋아, 그럼 짱 멋있는 베이시스트가 되기 위해서 레오는 지금은 뭘 해야 할까."

한진영이 옆에 선 부모님을 눈짓하자, 레오가 눈치를 보며 말했다.

"음, Big money?"

"뭐라고?"

현실적인 말에 한진영과 부모 모두 웃음이 터졌다. 원래 의도는 부모님 말씀 잘 들으라고 하려고 했는데, 귀여워서 더 뭐라고 할 수 없었다.

레오의 부모는 정말 감사하다며 사례하려고 했지만 한진영은 정중히 거절했다. 그러자 이번엔 저녁을 사주겠다고 했다. 혹시 일행이 있다면 같이 저녁을 먹자고 했다. 자기들이 작은 시계 사업을 하니 부담스러워하지 말라며 어떻게든 보답하고 싶은 강렬한 의지를 내보였다. 어떻게 해야 하나 난처해하던 한진영은 갑자기 그의 옆 수로를 지나가는 곤돌라를 발견했다. 수상택시처럼 한두 대 지나가는 게 아니라 화려한 모양새의 곤돌라 혹은 그보다 큰 배들이 지나가기 시작했다.

"곤돌라 퍼레이드네요."

첫째 날을 장식하는 늦은 오후의 퍼레이드다. 거리에 행진대가 지나간다면 수상에선 배들이 왔던 길을 되돌아갔다. 배에서 꽃잎을 흩날리기도 하고 춤을 추는 사람도 있다. 전통 의상을 입은 이들이 사진을 찍으라며 포즈를 취했고, 배에 탄 악단이 공연하기도 했다.

옆에선 외국인 부부의 존재를 잊고 있던 한진영이 "아차" 하며 고개를 돌리려고 할 때, 그는 멈칫할 수밖에 없었다. 낯익은 사람이 보였기 때문이다. 일반적인 곤돌라보단 훨씬 크고 화려한 곤돌라였다. 겉은 꽃으로 장식되어 있었고, 안에는 악단이 타고 있었다. 점점 그들의 음악이 가까워졌다. 한진영의 눈이 점점 커다래지며 곤돌라 선단에 서 있는 사람을 응시했다. 그가 들고 있는 기타마저 익숙해서 헛것이 아닐까 혼란스러워졌다. 흑사병 의사 차림은 거리에 꽤 많이 보이긴 했다. 장인이 만든 가면이라도 자세히 보지 않는다면 다 비슷해 보이기도 했다. 그러나 한진영은 가장 옆에서 보았기에 저 차림을 몰라볼 수 없었고, 특히 흑사병 의사가 들고 있는 H가 새겨진 유려한 비선형의 기타를 보고 확신했다.

HALO의 음원이라도 틀어놓은 듯한 공연에 사람들의 시선이 모여들었다. 곧 그 곤돌라는 한진영의 코앞까지 닿았고, 그와 흑사병 의사의 시선이 교차했다.

"해일이? 네가 왜 거기에…?"

흑사병 의사의 입에서는 대답 대신, 노래가 들려왔다. 원어로 부르는 HALO 2집 타이틀곡 '다시, 봄(Spring again)'.

When we meet again

* * *

"안 보이네."

헤일로는 몸을 한 바퀴 돌렸다. 선글라스 같은 안경에 색채가 가라앉은 세상만 보일 뿐, 익숙한 사람들은 보이지 않았다. 그리고 가만히 눈을 감고 귀를 기울였지만, 한국어도 들려오지 않았다. 이탈리아어, 스페인어, 영어, 중국어 등 온갖 언어와 음악 소리만 들릴 뿐이었다.

축제의 음악은 언제나 즐겁다. 헤일로는 흥겨운 음악 소리를 들으며 미소 지었다. 일행이 흩어지고 말았지만 걱정할 필요는 없다. 다들 성인이고, 낯선 여행지에서 어리바리하게 있을 성격도 아니었다. 정 필요하면 핸드폰으로 연락할 테고 집으로 가는 길은 다들 알고 있었다. 헤일로는 그리하여 발길이 닿는 곳으로 걸었다.

메디코 델라 페스테의 복장을 한 사람들은 꽤 많이 보였다. 아무래도 인기 복장 중 하나라 중복되는 건 어쩔 수 없었다. 헤일로는 그와 같이 검은색 코트에 검은 양복을 입은, 메디코 델라 페스테를 발견했다. 커다란 기타 케이스를 등에 메고, 흑사병 의사의 하얀 지팡이를 든 남자가 배를 부여잡고 비틀거리고 있었다. 벽에 기대어 서 있는 헤일로에게 남자가 천천히 다가왔다.

"화장실은 어딨는 거야! 급해!"

"화장실이라면, 이 코너를 돌면 있어요."

"오, 고마워! 이런, 세상에! 동지!"

헤일로가 화장실 표지판을 가리키자, 남자가 고개를 들고 인사하더니 비슷한 복장을 한 걸 보고 외쳤다. 그러고는 코너를 돌아 가버리려다가 멈칫한다. 비좁은 화장실에 들어가기에 그에게 짐이 많았다. 기타와 지팡이를 손에 든 남자는 헤일로에게 지팡이를 건네줬다.

"잠깐만 이것 좀 부탁해요!"

"엇?"

"제발요! 금방 나올게요, 으윽…. 다음부턴 공연 전에 절대 술을 마시지 말아야지."

순간 남자의 배가 꾸르륵거렸다. 신호를 느낀 남자가 종종걸음으로 엉덩이를 뒤로 뺐다. 지팡이를 그냥 가져가버릴지도 모른다는 생각도 못 하고 맡기는 것부터 급하다고 외친 것까지 제대로 배탈이 나버린 탓이었다. 그래도 기타를 맡기지 않은 건 마지막 정신은 유지하고 있었기 때문이다.

어차피 잠깐 쉬고 있었던 터라 헤일로가 대강 고개를 끄덕였다. 남자의 얼굴이 밝아지더니 코너로 뛰어 들어갔다. 탁 소리를 내며 문이 닫히기 전에 남자의 비명과도 같은 목소리가 외쳤다.

"그거 얼마 안 해요! 중고로 구한 거니까!"

"필요 없는데."

훔쳐 가도 상관없다는 말이겠지만 남의 것을 탐하는 취미는 그에게 없었다. 헤일로는 지팡이를 쥐고 그렇게 한참을 기다렸다. 아무리 기다려도 남자가 나오지 않았다. 2,30분은 족히 기다린 헤일로가 지팡이를 화장실 문에 기대두고 그냥 갈까 싶어 남자가 들어간 코너로 몸을 돌린 그때였다,

"피터!"

누군가가 뒤에서 헤일로의 팔을 붙잡았다. 화려한 광대 복장을 한 남자였다. 그가 씩씩거리며 외쳤다.

"야! 한참 찾았잖아! 화장실에 빠져 죽었나 했다. 내가 그러니까 술 작작 먹으라고 했지? 다 쌌으면 빨리 가자!"

남자가 힘으로 헤일로를 끌었다. 이게 뭔가 싶어 헤일로가 가만히 버티니 등짝을 퍽퍽 내리쳤다.

"야, 늦었다고. 이번에 처음 신청한 건데, 떨리더라도 공연 잘해

야지. 열심히 연습했잖아! 얼른 가자!"

"공연?"

안타깝게도 남자는 군중의 소리 때문에 헤일로의 목소리를 듣지 못했다. 그는 힘으로 잡아끌며 군중 속으로 헤일로를 끌어들였다.

헤일로는 저 뒤편 화장실과 광대를 번갈아 바라봤다. 광대가 뭔가 오해한 모양이었다.

"잠깐만."

옆에서 트럼펫 소리가 크게 울리며, 그의 목소리가 묻혔다. 툭툭 쳐도 광대는 귀찮다고 앞서갔다.

헤일로는 피식 웃으며 순순히 그를 따라갔다. 이 어처구니없는 상황은 화장실에 들어간 남자가 돌아오기만 하면 해결될 일이고, 무슨 공연인지 궁금했다. 사람이 좀 없는 곳에서 아니라고 말하면 될 것이다. 순순히 따라가주니 더는 힘으로 잡아끌지도 않았다.

그렇게 광대가 그를 데려간 곳은 선착장이었다. 그곳엔 그가 베네치아에 와서 본 곤돌라 개수보다 훨씬 더 많은 곤돌라가 있었다. 베네치아에 있는 모든 곤돌라를 모아놓은 것 같았다. 다만, 다른 점은 곤돌라가 매우 화려하게 꾸며져 있다는 것이다. 헤일로는 그제야 이 곤돌라들이 퍼레이드용임을 깨달았다.

광대가 그를 한 곤돌라로 이끌었다.

"우리가 이런 걸 하게 될 줄이야."

광대의 목소리는 긴장과 설렘으로 떨렸다.

"평소라면 절대 못 했을 텐데. 가면이 번거롭긴 한데 어떻게 보면 좋은 거 같긴 해. 내가 아니고 다른 사람이 된 듯한 느낌이야. 얼굴을 가리니까 무엇이든 할 수 있을 거 같아."

"그런가?"

"그렇지. 내가 실수를 하더라도 아무도 난 줄 모를 거 아니야. 그냥 광대가 했다고 생각…."

광대가 멈칫했다. 대답하는 메디코 델라 페스테의 목소리가 그가 알던 것과 다르다는 걸 눈치챘기 때문이다. 그가 아는 피터는 걸걸한 목소리지 이렇게 청아하지 않았다. 광대가 폴짝 뛰며 물었다.

"넌 누구야?!"

"네가 잘못 데려온 사람."

헤일로는 팔짱을 꼈다.

그 순간 광대는 제 실수를 깨달았다.

페이스 페인팅 때문에 혈색은 알 수 없지만, 헤일로는 그의 표정이 순식간에 심각해졌다는 걸 알았다.

"아, 아닌데. 피터랑 똑같은데. 그 지팡이도…."

헤일로는 제게 지팡이를 맡겼던 사람을 떠올렸다.

"어, 어, 어떡하지. 5분 안에 곤돌라에 올라야 할 텐데. 피터 이 새끼는 어디 갔어."

광대의 얼굴이 울 것처럼 일그러졌다.

"피터는 여기 어딘지 알아?"

"응, 모를 수가 없지. 답사를 몇 번이나 했는데."

"그럼 기다려야겠네. 다시 갈 순 없으니까."

"그렇지. 피터가 오겠지?"

헤일로는 광대와 태연하게 대화했다. 얼마나 자연스러웠는지, 진행자가 둘에게 곤돌라에 올라탈 준비를 하라고 이야기했다.

"M, MJ가 기다리고 있을 텐데."

"MJ가 누군데."

"너 〈스파이더맨〉도 안 봤어? 그러니까, 피터 여친 말이야. 줄리에타를 우린 MJ라고 불러. 피터가 줄리에타한테 신들린 연주를 보여주고, 프러포즈할 거라고 했단 말이야. 지금 배에 꽃다발도 있어."

거미 인간이 뭔지 모르는 헤일로는 잠깐 입을 다물었다. 줄리아와 MJ와 거미 인간이 무슨 상관관계가 있는 건지 이해할 수 없었다.

"마, 만약 안 오면 어떡하지?"

광대는 자신이 잘못 데려온 사람이 카운슬러라도 되는 듯 간절하게 물었지만 그때 "탑승해주십시오"라고 방송이 울렸다.

헤일로는 여상히 말했다.

"그럼 내가 해줄게."

"너 기타 칠 줄 알아?"

"뭐, 내가 아는 곡이면?"

광대가 뒤늦게 그가 메고 있는 기타 케이스를 다시 인지했다. 그가 피터와 똑같이 지팡이와 기타 케이스, 흑사병 의사 복장을 하고 있어 혼동했던 것이다. 하지만 다시 보니, 금색 나비가 새겨진 고급스러운 기타 케이스는 아무리 봐도 피터의 것은 아니었다. 어떻게 헷갈릴 수 있는지 광대는 자신의 멍청함을 탓했다.

"곡을 모를 린 없을 거야. 엄청 유명한 곡이거든."

광대가 속삭였다. 가만히 들은 헤일로의 눈에 이채가 서렸다.

"알지?"

"응."

"왜 웃어?"

"그냥… 재밌어서."

뭐가 재밌다는 건지 모르는 광대가 갸우뚱 머리를 기울였다.

결국 광대는 초조하게 손톱을 물며 곤돌라에 올라탔다. 그는 어쩔 줄 몰라 하며 "진짜 칠 수 있어?" 하고 몇 번이나 헤일로에게 물었다.

"내 자린 어디야?"

광대의 심장이 쿵쿵 뛰는 것도 모르고 헤일로가 주위를 두리번거렸다.

광대가 선단을 가리켰다. 배의 선단, 가장 잘 보이는 자리.

"넘어지지 않게 조심해."

"벤, 무슨 일 있어?"

"걔는 누구야?"

"몰라."

"피터는?"

"몰라, 화장실에 빠져 죽은 놈 따위."

광대의 말에 곤돌라에 같이 탄 팀원들의 얼굴에 물음표가 그려진다. 누군가 "이게 맞아?" 하고 속삭이지만, 이미 앞줄의 곤돌라가 출발하고 있었다.

'에라 모르겠다. 어차피 가면을 쓰고 있으니까. 망하면 뉴스에 나오기밖에 더 해?'

이 퍼레이드가 끝나면, 아무렇지 않게 나타날 피터를 더러운 베네치아 수로에 던져넣고 말겠다고 광대는 맹세했다.

그렇게 수로를 타고 배들이 나아간다. 운하의 주변 조명들에 불이 하나씩 들어오기 시작했다. 배에 놓인 랜턴에도 불이 켜졌다. 베네치아 사육제의 첫째 날, 태양이 천천히 지고 있었다. 낮에 그렇게 많았던 사람들이 식당이나 숙소를 찾아 들어간다. 피에로가 콩가를 손으로 치기 시작한다. 광대는 아코디언을 조커는 팬플루트를 불었다. 배에 선단에 선 흑사병 의사는 기타 케이스를 배에 던져두고, 기타를 잡았다. 아름다운 비선형에 H가 유려하게 박힌 기타를 안았다.

"아빠! 저것 봐! 까마귀가 기타를 들고 있어."

아버지의 어깨에 올라탄 아이가 그 기이한 조합을 가리켰다. 아이의 부모가 "까마귀가 아니라, 메디코 델라 페스테야"라고 고쳐주며 지나치려는 순간, 어쿠스틱 기타 사운드와 함께 청아한 목소리가 베네치아 운하에 울려 퍼졌다. 환히 웃던 부부가 익숙한 목소리라고 생각한 것도 잠시, 천천히 표정이 굳어졌다. 고개를 돌렸을 땐 운하의 물결을 타고 배가 흘러가고 있었다.

노를 젓는 사람이 노를 대강 저으며 고개를 든다. 태양이 내려앉는 수평선을 검은 인영이 반으로 가르고 있다. 검은 코트가 바람에 휘날리고, 그의 노래가 베네치아 성당으로 흘러 들어간다.

"어디서 HALO 곡 들리는데?"

"누가 틀어놓은 거 아냐?"

"어… 좀 다른 거 같지 않아?"

"어어…!"

잔잔한 클래식이 흐르는 식당 2층 테라스에 나와 밥을 먹던 사람들은 곧, 벌떡 일어나 그들을 가로막는 철창을 쥐었다. 뒤에서 대형 사고가 나 곤돌라 사이에 간격이 생겼지만, 앞선 곤돌라는 여전히 유유히 나아가고 있다. 사람들이 하나둘 모여들기 시작했다.

"…해일이?"

헤일로는 어떤 외국인 부부와 함께 서 있는 한진영을 보았지만 노래를 멈추지 않았다.

"보이십니까? 사육제 첫날을 마무리하며 곤돌라 퍼레이드가 진행 중입니다."

이탈리아 베네치아 지역 방송국 앵커는 생방송으로 축제의 상황을 전달하고 있었다. 카메라를 든 사람들이 엄지를 들고, 앵커는 운하를 가로지르는 곤돌라들을 가리켰다.

"수평선엔 해가…."

앵커는 들려오는 노랫소리에 잠깐 말을 멈췄다. 어디선가 HALO의 곡이 들려왔기 때문이다. 소리는 천천히 가까워졌고, 누군가 음원을 틀어놓았을 거라고 여긴 앵커는 소리가 들려오는 곳을 향해 고개를 돌렸다.

"해가…."

3초 이상의 침묵. 방송 사고였지만, 이미 앵커의 머리는 곤돌라를 따라가고 있었다.

"HAL… HALO?"

태양 목걸이를 한 앵커의 목소리가 파르르 떨렸다. 그녀를 탓할 사람은 없었다. 카메라마저 앵커 대신 한 곤돌라를 따라갔고, 음향마저 운하 쪽으로 기울었다. 선단에 선 흑사병 의사가 그들을 잠깐 돌아본다. 검은색 유리알 안경이 그들을 비춘다. 그들은 왜인지 긴장해 숨도 쉴 수 없었다. 시간이 멈춘 것 같았던 순간, 흑사병 의사가 다시 앞을 바라보자 시간이 흐르기 시작했다.

"HALO!"

멍하니 그의 행동을 주시하던 앵커는 마이크를 바닥에 놓치고 달리기 시작했다. 그들이 따라갈 수 없을 만큼 곤돌라는 저 앞에 있었다. 그리고 곤돌라를 다급하게 쫓아가는 사람들의 행렬이 있었다. 누가 쫓아오든 말든 헤일로는 자유롭게 노래를 불렀다.

"내가 아니고 다른 사람이 된 듯한 느낌이야. 얼굴을 가리니까 무엇이든 할 수 있을 거 같아. 내가 실수를 하더라도 아무도 난 줄 모를 거 아니야. 그냥 광대가 실수했다고 생각하겠지."

광대가 아까 했던 말이 무슨 의미인지 알 것 같기도 했다. 세션의 연주가 들려오지 않은 건 오래전부터였지만 헤일로는 아랑곳하지 않고 제가 가장 잘 아는 노래를 불렀다. 두 팔을 벌리며 바람과 아름다운 낙조를 만끽한다.

배가 내릴 수 있는 땅과 가까워졌을 때 헤일로는 훌쩍 뛰어내렸다. 뒤를 돌아보니 멍청한 표정을 지은 광대, 조커, 피에로가 그를 보고 있었다. 눈을 번쩍 뜨고 입을 턱 벌리고 있는 게 벌레를 먹어도 이상하지 않았다.

"고마워. 덕분에 오늘 즐거웠어."

"저, 저기…."

헤일로는 그에게 즐거운 경험을 선물한 이들에게 인사하고, 계단을 뛰어 올라갔다. 멀리서 빛들이 점멸하기 시작했다. 헤일로를 쫓는 행렬이었다. 헤일로는 그 빛이 가까워지기 전에 골목으로 들어갔다. 금빛으로 새겨진 나비가 어둠 속에서 반짝 빛났다.

멍하게 천천히 사라지는 모습만 지켜보던 이들은 배가 흘러가자 더는 헤일로의 뒷모습을 바라볼 수 없었다.

다음 날, 신문 1면, 인터넷 기사, 공영 방송, 지역 방송 모든 곳에 한 문장이 올라왔다.

'베네치아에 나타난 흑사병 의사'는 대륙에 불어닥친 태풍과도 같았다. 잔잔하게 혹은 평소처럼 흘러가던 새해를 뒤집어엎었다. 낙조를 가르는 흑사병 의사의 사진으로 모든 매체가 도배되었다. HALO 11집 〈캐치 미 이프 유 캔〉이 발매된 지 겨우 한 달 정도 흘렀을 뿐이었다. 따라서 HALO의 신곡은 여전히 차트 1위를 굳건히 지키고 있었다.

'그는 진짜 HALO인가?' 여느 때처럼 HALO에 대한 의심이 시작되었다. 1년간 자칭 HALO라 주장한 인간들이 너무 많았기 때문이었다. 대개 오래가지도 못한 주장이었다. 그들은 정황 중 하나를 가져왔지만 결국 수많은 반증과 무엇보다도 성문 분석의 벽을 넘지 못했다. 그리하여 원래라면 반증이 하나둘 나와야 했다. 침착한 사람이라면 성문 분석표가 나올 때까지 기다리곤 했다.

하지만 이번에 누구도 침착하지 못했다. 영상을 본 누구나 자리에서 벌떡 일어났다. 그날 베네치아의 거리, 식당 혹은 다른 곤돌라에 있었던 사람들이 가만히 있지 못했듯이 이제까지 존재했던 자칭 HALO들과 이번에 나타난 흑사병 의사에게는 큰 차이가 있었다. 스스로 HALO라고 주장하지 않았다는 것이 특별한 차이는 아니었다. 의도치 않게 HALO로 의심받고 급 관심을 받아 스타가 된 케이스도 근 1년 동안 존재했으니까.

가장 큰 차이라면, '증명'의 방식이었다. 자칭 HALO들에게 누군가 노래를 불러달라고 했을 때, 결국 그들은 피하는 방식을 선택했다. 다음 앨범을 만드느라 목을 아끼는 중이라거나 목을 다쳤다거나 지난밤 술을 먹었다는 등 변명을 내놓으며 증명을 피했다. 흑사병 의사는 달랐다. 그는 모두가 원하던 라이브와 함께 나타났다. 어떤 말도 설명도 없이 라이브 하나면 충분하다는 것처럼. 그리고 그 증명은 사육제 첫날 곤돌라 퍼레이드를 구경하던 사람들의 눈과 귀에만 닿지 않았다.

축제의 첫날을 기념하여 생방송을 진행했던 베네치아 지역 방송국의 앵커는 곤돌라에서 들려오는 HALO의 목소리를 듣고 멘트를 잇지 못하는 방송 사고를 냈고, 그 리얼한 방송 사고가 그대로 생방송을 타고 본토와 대륙으로 퍼져나갔다. 과장하자면 전 세계 누구나 아는 HALO의 목소리가 날것 그대로 방송된 것이다. 방송 사고라 화제되기 충분한데, 거기에 HALO라는 이름값이 더해지자 사고 영상은 내릴 새도 없이 날개를 달았다. 증명은 라이브 하나로 충분했다. 성문 분석을 해오겠다는 누군가를 기다릴 필요도 없었다.

[만백성이여! 이 땅에 강림한 왕을 경배하라! 태양만세VVVV]

[태양이시여! 태양이시여! 태양이시여!]

[어찌 손으로 태양을 가릴 수 있겠나이까.]

[베니스에 태양이 도래했다! 태양의 충성스러운 기사들이여! 집결하라!]

뉴욕 타임스퀘어, 도쿄 시부야, 런던 피커딜리 서커스, 전 세계 전광판에 붉은 수평선을 가르는 흑사병 의사의 뒷모습이 떴다. 지나가던 여행객, 출퇴근하던 직장인, 횡단보도에 선 사람들이 멈춰서 그를 올려다보았다. 뿐만 아니라 전면, 측면, 다양한 각도에서 찍힌 사진이 신문에 올라왔으며, 인터넷에선 HALO의 3D 모델링마저 만들어졌다. 베네치아 수로 위에 선 흑사병 의사 혹은 까마귀 의사는 그를 상징하는 지팡이 대신 유려한 H가 새겨진 기타를 안고 선 미려한 남자였다. 그 모델링만으로 수많은 단서가 주어졌다.

1. 신장 70~73인치(178~185센티미터)추정

:

11. 브라우니 멘스 헤리티지 테크 코트 이번 시즌 유럽 상품임

일단 곤돌라와 건물의 거리 차, 카메라 왜곡, 각도 계산을 통해 HALO의 신장을 추정했으며, 그 외 가면의 크기, 자세, 손가락 길이까지 하나하나 사진을 확대해 나노 단위로 분석했다. 명품 전문가들이 대거 등장하여 옷의 주름과 단추로 HALO가 입은 정장 브랜드의 정체를 밝혔다. 부츠 끈의 모양만으로 신발 브랜드가 알려졌다. 또한 새의 부리에 쓰인 가죽과 그곳에 박힌 금속으로 브랜드를 밝혔으며, 구글 맵 스트리트 뷰를 통해 가면이 만들어졌던 시기를 추정했다.

[2025년 맵 스트리트 뷰에 나온다 이거인 듯.]

ㄴ안 보이는데?

ㄴ확대하면 까마귀 깃털 보임.

ㄴ???

사람들은 거기서 멈추지 않았다. 1년여간 쌓인 HALO에 대한 욕구를 풀려는 듯 방송을 초 단위로 잘라 핥았다.

[그나저나 포크 기타는 아무리 봐도 모르겠는데 시장에 나온 상품 중 저런 건 없음.]

[수제인가? 깁슨이나 펜더에 저런 모델 없는데.]

[저거 G 아님? 브릿지 저렇게 뽑는 거 내가 알기론 G밖에 없는데.]

ㄴG는 밝은 기타 모델이 아예 없음.

ㄴ비선형이나 브릿지 모양새 보면 G에 가장 가깝긴 해.

ㄴ멍청한 놈들 G였으면 H가 아니라 G각인을 했겠지 시그니처인데.

ㄴ하지만 그 기타의 주인이 태양이라면?

이미 HALO가 입었다고 알려진 상품이 예상치 못한 호황과 품절을 맞이한 가운데 평범해 보이지 않는 기타가 주목받는 건 당연했다. 베네치아 운하에 울리는 사운드 유려한 외견에 기타 전문가들이 관심을 가졌다면, 일반 대중들은 HALO를 상징하는 듯한 H에 주목했다.

"협찬은 몰라도 시그니처 모델은 미정이라고 알고 있…."

"상식적으로 우리 사가 HALO와 계약했으면 진작에 홍보했겠죠, 안 그렇습니까?"

"저희는 모르는 일입니다."

한 브랜드가 외부엔 그렇게 고하면서, 내부에선.

"아무리 봐도 우리 회사 기타가 확실한데 말이죠? 이게 어떻게 된 겁니까."

"밝은 원목 기타는, 아직 계획에 없…."

"저, 딱 한 번 나간 적이 있습니다. 아시아 쪽 아티스트에게 협찬으로 나가긴 했습니다. 기억 안 나십니까? 그쪽 지사에서 장문의 메일을 보내와서, 거절하려다 장인이 재밌을 거 같다고 허락했던 거요."

"당장 관련 자료 가져와! 그 아티스트 소속사랑… 그리고 베일(VEIL)에 연락 넣어."

재택근무나 휴가를 갔던 G의 인사들이 급하게 미팅을 열게 된 무렵, 기자들과 앵커는 신이 난 듯 속보를 올렸다.

베네치아행 열차 매진 행진, 철도국 "안전을 위해 새로운 편성은 없다"
적신호로 가득 찬 이탈리아 국도
베네치아 마르코 폴로 공항행 추가 운행! 신이 난 항공사들과 비행기로 가득 찬 하늘

사육제 첫날 곤돌라가 연쇄 충돌하는 대형 사고가 터졌음에도 불구하고, 다친 사람이 없다는 점과 몰려드는 여행객에 시장은 기쁨을 주체하지 못하며 인터뷰했다. 말로는 여행객들의 안전과 도시 환경 유지에 힘을 쓰겠다고 했지만, 카메라에 HALO와 같은 흑사병 의사 자세를 취한 것으로 보아 즐기고 있는 게 분명했다. 그리고 흥분한 건 시장뿐만이 아니었다. 지금 베네치아 거리는 사람들로 꽉 차 있었고, 여기저기서 그를 찾는 목소리가 들려왔다.

[미친놈ㅋㅋㅋ 인생 재밌게 사네 진짜. 한국도 난리 났다. 물론 외국만 하겠냐만 궁금해할까봐 말해주는 건데, 뮤지컬도 대박 났고.]

혜일로는 눈을 뜨자마자 도착해 있던 문자를 보고 피식 웃었다.

"난리 났다."

"와, 하룻밤 만에 이게 무슨 일이야."

"크윽, 내가 그 자리에 없었다니."

거실로 나가니 멤버들이 벽난로 앞 소파에 옹기종기 모여 있었다.

"해일아."

"사장님! 기다렸어요."

"좋은 아침이에요."

바깥에 난리 난 상황을 아는지 모르는지 헤일로는 태연하게 인사하며, 기타를 찾았다. 나비가 새겨진 기타 케이스는 얌전히 안락의자에 놓여 있었다. 모두 하고 싶은 말이 있는 것처럼 혹은 헤일로가 무슨 말을 해주길 바라듯 그를 뚫어져라 쳐다보고 있었다.

"무슨 일 있나요?"

헤일로가 너무 아무렇지도 않게 묻자, 문서연은 입을 뻐끔거렸다. 남규환은 지난날의 잘못을 여전히 후회하고 있었으며 한진영은 아직도 얼떨떨했다. 사실, 문서연과 남규환은 나중에 영상으로 전해 들은 거지만 한진영은 그 자리에서 직접 본 거라 그들보다 더 꿈을 꾸는 것 같았다. 그는 날개를 편 까마귀처럼 배 위에서 자유롭게 노래 부르던 헤일로를 떠올렸다. 그 위에 지금 싱글벙글한 헤일로가 겹쳐졌다. 한진영은 그리 심각하게 생각할 필요 없다고 생각했다. 헤일로가 그러듯 즐기면 그만이었다.

"이제, 뭐 할 거야?"

헤일로가 시계를 한 번 보고, 어깨를 으쓱했다.

"밥 먹으러 가죠."

금강산도 식후경이랬다.

5. 목표를 찾아

베네치아 축제 둘째 날, 헤일로는 첫째 날처럼 머리부터 발끝까지 꾸미지 않았다. 별 이유는 아니고 번거로웠기 때문이다. 가면의 콘셉트에 맞춰 복장까지 갖추는 건 재미는 있어도 준비하는 데 꽤 오랜 시간이 들었다. 한 번이면 족했다. 헤일로는 대신 반쪽짜리 동물 마스크를 모자처럼 쓰고, 후드티를 대충 입고 나왔다. 후드티엔 미국 대학의 이름이 쓰여 있었다. 기타 케이스를 다시 등에 멘 헤일로처럼 최소한의 축제 준비물만 챙긴 멤버들은 어제와 비교도 할 수 없게 꽉 찬 거리를 보고 혀를 내둘렀다.

"와…."

사육제가 열흘간 열리는 만큼, 둘째 날, 셋째 날에 참가하는 사람들이 많긴 했지만, 모두가 그 이유 때문이 아니란 건 알았다. 아무리 겸양을 떤다고 해도, 'I will find you and kiss you(너를 찾아 키스해줄게)', 'My sweet pumpkin pie, Where are u?(나의 달콤한 호박파이, 너는 어디 있니?)'라는 배너를 붙이고 다니는 놈들을, 단순한 여행객이라 볼 수 없었다. 게다가 거리에는 "실례지만, 허니, 나를 위해 가면을 벗어주실 수 있겠습니까?", "킁킁 당신에게서 익숙한 호박파이 냄새가…. 아, 죄송합니다. 어제 내가 먹은 거였네" 하는 정중한 변태들이 늘어났다. 헤일로는 길 한쪽을 틀어막고 자꾸 옷이나 가면을 벗어달라는 이들을 이상하게 바라봤다.

"이 사람들은 뭐예요?"

"몰라."

"대놓고 뻥뜯나? 베네치아 무섭네."

그들은 한국어를 쓰는 젊은 여행객들에게 위협 없이 길을 열어줬다. 헤일로와 눈이 마주친 그들은 소년이 멘 기타 케이스를 흘끗 보았다.

"잠깐."

위압적인 목소리가 소년을 막아섰다. 돌아보니 얼굴에 흉터가 있는 커다란 체격의 남자가 험악한 표정으로 헤일로를 보고 있었다.

"너."

헤일로가 멈춰 선 걸 뒤늦게 인지한, 멤버들이 화들짝 놀랐다.

"조심해."

그들의 말에 놀란 문선연의 동공이 흔들렸다.

"뭘?"

헤일로가 아무렇지 않게 물었다.

"그 케이스. 이 동네 좀도둑들은 크고 작은 걸 가리지 않더군."

"아!"

헤일로는 자기 기타 케이스를 흘끗 보고 크로스로 멨다.

"고마워."

자세히 보니 남자의 반소매 티엔 문장이 새겨져 있었다.

'당신이 태양이 맞다면, 주먹을 들어줘.'

직접 주문한 옷인지 아닌진 모르겠지만, 비슷한 문구는 많이 본 것 같다. 헤일로는 오른손 주먹을 쥐어 들었다.

"별말씀을."

남자는 감사의 의미인 줄 알고 주먹을 맞부딪혔다. 탁, 남자의 대화는 이것으로 충분했다.

거리만 붐비는 것이 아니었다.

"네 명이요? 잠시만요, 곧 안내해드릴게요."

식당들이 예상보다 더한 호황을 맞이하며 자리 구하기도 어려웠다. 세 곳을 돌아다니다 운 좋게 빈자리를 찾은 헤일로와 멤버들은 술을 거하게 시켜놓은 한 일행 옆자리에 앉았다. 헤일로는 그의 기타 케이스를 안쪽 벽에 기대어놓고, 메뉴를 골랐다. 라비올리와 파스타, 샐러드와 피자, 스테이크까지 이곳의 메인 요리를 하나씩 시키고 음료는 헤일로 제외 전원이 하우스 와인을 마시기로 했다.

헤일로는 와인을 노려보며, 테이블에 턱을 괴었다. 그때 옆자리에 앉은 사람들의 대화가 들려왔다.

"피터가 안 와서 불안해하는 나한테 '나만 믿어'라고 하더라고."

"그가 그렇게 말했다고? 맞아?"

"쉿, 조용히 하고 계속 들어봐. 그리고 내가 말했지. 곡을 모를 린 없을 거야. 전 세계 사람들이 좋아하는 곡이거든. 그리고 딱 제목을 말하니까, 그가 가장 자신 있는 곡이라고 그러는 거야. 뭔가, 그 순간! 포스가 느껴졌어. 완전 이글거리고, 마치 태양과도 같은."

익숙한 이름에 고개를 돌린 헤일로는 정상적인 얼굴을 발견했다. 그들은 딱히 가면을 쓰고 있지 않고 맨얼굴을 드러냈다. 처음 보는 얼굴이었지만, 목소리는 익숙했다.

"그리고 다음부터 우리가 존나 멋있게 연주했지."

"맞아, 맞아."

"그가 헤어질 때 뭐라고 했는지 알아?"

"너희 마음에 든다, 내 세션 할래?"

"정말 정말 하고 싶었지만, 그 순간 피터 네가 생각나더라고. 우리가 그의 세션이 되면, 너는 어디서 받아주지도 않을 거 아냐."

"그래서 우리가 이렇게 말했지. 당신을 만나 같이 합주하게 된 건 정말 영광이오나 우리에겐 버릴 수 없는 친구가 있습니다."

"그러니까, 이 똥통에 빠진 자식, 우리에게 고마워해."

헤일로는 그들의 대화를 들으며, 픽 웃었다. 웃음소리가 들렸는지 그들이 고개를 돌렸다. 눈이 마주쳤지만 헤일로가 처음 그들을 못 알아봤듯 그들도 헤일로를 알아보지 못했다. 그냥 외국인 소년과 눈이 마주쳤다고만 생각했는지, 눈인사하고 다시 자기들 대화에 집중했다.

"어쨌든. 다음엔 공연 전에 술 안 마실게. 그건 미안하게 생각하고 있어."

"자식! 미안해하지 말라니까, 그건 정말 고맙… 아니, 잘해…. 아니, 응."

"공연 전엔 원래 술을 마셔야 한다고 우리 엄마가 그랬어!"

"짠! 피터의 초신성 폭발을 위하여!"

"붐붐붐!"

잔을 요란하게 부딪친 이들이 한 번에 들이키고는 잔을 쿵 내려 놓았다. 발음만 보면, 이탈리아 시민과 LA 출신들이 모여 있는데, 하는 짓은 스콧 중년들 같았다.

"그나저나 그는 어디에 있을까?"

"몰라, 여기 어딘가 있지 않을까?"

"다시 만나면 꼭 인사하고 싶은데."

"다음에 만나게 된다면 그때 그는 우리 존재 자체를 잊었겠지."

"그냥 세션 제의 받지 그랬냐?"

"그, 그러게?"

"우리 인터뷰나 할까? 뉴스에서 제보받고 있더라."

"그거 하면 얼마 주는데."

뭔가 눈치챈 문서연이 물었다.

"저 사람들이 그 사람들이에요?"

헤일로가 고개를 끄덕였다. 그 순간 남규환이 찌릿하고 노려보다가 그들의 덩치를 보고 원상 복귀했다.

"가면무도회만 보고 갈 건데 인사하지 않아도 되겠어요?"

멤버들은 당장 합석해도 상관없어했지만, 헤일로는 거절했다. 이미 인사를 하기도 했고, 지금 이 자체로 즐거워 보였기 때문이다. 그들과의 합주를 떠올리던 헤일로는 멤버들을 바라보았다. 딴짓은 이만하면 됐다. 헤일로는 물 잔을 들어 한 모금 마시고 입을 열었다.

"앞으로 우리 일정에 관해 이야기할 게 있어요."

"네."

"말해주세요."

멤버들이 눈을 반짝거리는 와중 주변을 두리번거렸다. 1층 식당

구석이라 그들을 주의 깊게 보는 사람은 없었다. 대화도 옆자리에 앉은 외국인에게만 들릴 테다.

"이번 4월에 있는 〈코첼라〉에 참석할 예정입니다."

"오!"

"와."

전원 음악인인 만큼 〈코첼라〉를 모르는 사람은 없었다. 음악인에게 가장 의미 있는 축제이자 북미 최대의 페스티벌인 〈코첼라 밸리 뮤직 앤드 아츠 페스티벌〉에 헤일로가 참석한다는 건 새삼스럽지 않다. 그는 이미 〈코첼라〉에 참석할 자격이 충분했고, 언젠가 축제에 나갈 거라고 여겼다.

"그러니까 여러분도 준비해주었으면 좋겠습니다."

남규환이 이미 준비 끝났다고 말하려고 할 때였다. 헤일로가 의미심장하게 웃자 문서연과 한진영은 설마 싶었다.

"제 음악, 그러니까 1집부터…."

헤일로의 손가락이 테이블을 직선으로 쓸었다.

"앞으로 나올 13집까지 전부요."

그 말이면 충분했다. 누구로 나갈지에 대한 질문도 필요치 않았다. 1집에서 13집까지 모든 곡을 준비해달라는 주문이 의미하는 건 하나밖에 없었으니까.

"아직 어떤 곡을 부를지 결정하지 못해서요."

"걱정 마세요, 사장님."

"저는 당장이라도 미국에 갈 수 있습니다."

"이제 얼마 안 남았네."

갑작스러웠을지도 모르나 다들 크게 걱정하는 것 같지 않았다.

"그들을 위해 노래 불러줘, 헤일로. 나의 태양."

헤일로는 어린 팬과 나누었던 약속을 떠올렸다.

"그럼, 사장님. 있잖아요."

어린 금발의 소녀가 사라지고 그 자리에 문서연이 있었다.

"그럼, 노해일로서는 거절하신 거예요?"

문서연은 아쉬웠다. 그들은 노해일에게 〈코첼라〉 섭외가 왔다는 것 또한 알고 있었다. 그녀는 헤일로와 노해일의 음악을 모두 좋아했지만, 굳이 따지자면 노해일의 음악을 더 좋아했다. 노해일이 쌓아온 행적도 좋았으며, 그의 팬덤도 좋아했다. 그래서 한국의 어린 스타, 노해일에게 온 섭외를 거절해야 한다는 게 아쉬웠다.

"이대로 밝혀지면 상관없겠지만, 만약 아니라면요. 굳이 다른 하나를 거절할 필요는 없지 않을까요?"

한편, 피에로와 광대, 조커와 흑사병 의사였던 이들은 술을 거하게 걸치고 종업원을 기다렸다. 얼마나 뚫어져라 바라보고 있었을까 종업원이 다가왔다.

"네, 필요한 게 있으신가요?"

"이제 가려고요. 영수증 좀 가져다주세요."

손으로 영수증 표시를 보이자, 종업원이 고개를 끄덕이고 카운터로 향했다. 하지만 다시 왔을 때 종업원은 빈손이었다.

"이 테이블은 계산이 끝났으니 그냥 가시면 됩니다."

"예? 저희 아직 계산 안 했는데요?"

"피터 네가 했어? 아니, 안 미안해해도 된다니까, 제발 다음에 한 번만 더."

"아닌데. 난 계속 여기 있었잖아."

"그럼 너야?"

"그럴 리가. 내가 먼저 나서서 계산하는 거 봤어?"

"아니."

피에로와 광대, 조커, 그리고 피터가 서로를 멍청하게 바라봤다. 그때, 종업원이 웃으며 이야기했다.

"옆자리 신사분이 계산하고 가셨어요."

* * *

마치 대성당의 시대가 시작된 것 같았다. 피난민들이 베네치아로 몰려왔고, 베니스의 상인들이 상품을 값비싸게 내놓았다. 거리에선 신을 부르는 애원과 찬송가가 울려 퍼졌다. 거리의 불은 꺼질 생각을 하지 않았고, 이제 오전 행렬이고 오후 행렬이고 밤낮을 가리지 않고 붐비었다.

"태양이 어디에 뜰까?"

"마지막 목격 장소를 고려하면 서쪽에서 뜨지 않을까?"

과학도들이 듣는다면 피 토할지도 모를 소리가 여기저기서 나왔다.

"태양이다…!"

그들은 흑사병 의사 복장만 보면 우르르 쫓아다녔으며, 헤일로의 체형과 비슷한 사람에게도 관심을 보였다. 그때쯤 헤일로는 멤버들과 광활한 포도밭을 보고 있었다.

"여기서 잠깐 쉬고 갈까?"

한진영이 차의 속도를 줄였다. 한진영이 여행을 떠나기 전 국제 면허증을 발급받아 그들은 어렵지 않게 자동차를 빌릴 수 있었다.

유럽 여행의 낭만은 기차라지만 자동차도 나쁘지 않았다. 한적한 국도를 달리다가 마음에 드는 자리를 발견하면 차를 세우고 피크닉을 즐길 수 있었다. 그들은 포도밭이 펼쳐진 들판에 돗자리를 펴고, 연어 베이글과 브라운치즈 샐러드, 올리브가 담긴 도시락을 꺼냈다. 그들이 떠들고 웃으며 도시락을 비우는 시간, 자동차에선 깜빡 잊고 끄지 않은 라디오가 계속 흘러나왔다.

[그러니까, 헤일로를 화장실 보초로 세웠다고요?]

[그, 절대로 의도한 게 아니라.]

[급했으면 그럴 수 있죠.]

정색했던 앵커가 농담이라도 한 것처럼 푸스스 웃었다. 피터와 친구들이 따라 웃는다.

[제가 피터로 오해해서 가자고 잡아끌었습니다. 아, 어쩐지 처음엔 안 간다고 힘을 주길래, 장난치는 줄 알고 등짝을….]

[잠깐, 때린 건 아니죠?]

[그 HALO인 줄 모르고….]

[감히, 그를 때렸다고요?]

[죄, 죄송….]

자동차에 다시 올라탄 이들은 안타깝게도 헤일로를 제외하고 모두 이탈리아어를 전혀 이해하지 못했다. 그리하여 한진영은 이해할 수 없는 토크 대신 팝 음악이 나오는 라디오 채널을 틀었다.

"그나저나 곧 피렌체인데 어떡할까?"

두 갈래 길에서 멈춰선 한진영이 물었다.

남규환이 아무 생각 없이 가자고 하려던 때 보조석에 앉은 문서연이 입을 열었다.

"그냥 바로 로마로 가는 건 어때요?"

"네가 피렌체에 가장 오고 싶어 하지 않았어?"

"맞아."

"음, 마음이 변해서요. 피렌체는 나중에 가고 우리 로마로 가요."

문서연의 갑작스러운 변덕과 어디든 상관없다는 멤버들이 마지막으로 헤일로의 선택을 기다렸다.

"그럼 로마로 가죠."

"오케이."

옆길로 빠지지 않고 자동차가 직진하기 시작했다. 찬 바람이 창문 안으로 들어온다. 남규환은 다시 잠에 빠졌고, 문서연은 무릎이 건반인 양 양손으로 연주했다. 한진영은 여유롭게 창가에 팔을 빼고 액셀을 밟았다. 직선도로에서 막히는 건 아무것도 없었다. '모든 길은 로마로 통한다'는 말처럼. 검은색 포르쉐는 머지않아 이탈리아의 수도, 로마에 닿았다.

* * *

베네치아의 현 상황을 전달하는 뉴스. 뜻밖의 호황을 맞은 축제의 열기가 앵커에게 전해졌는지, 시민들과 인터뷰하는 앵커는 연신 들떠 있었다. 영상에선 며칠 전 진행되었던 가장무도회가 한참이었다. 산마르코 광장에는 화려하게 치장한 사람들이 오케스트라 음악에 맞춰 왈츠를 춘다. 가면을 쓴 상대가 누군지도 모른 채 새로운 파트너와 손을 잡고, 체온을 나누었다. 그렇게 밤은 무르익어 갔다.

인터뷰이를 물색하던 카메라에 한 인영이 들어온다. 17세기 중반의 유럽을 연상케 하는 하얀 가발에 반쪽짜리 마스크. 키가 크고

마른 아시아 청년이 진홍빛 펠리스에 금빛 레이스가 달린 삼각모를 쓰고 있었다.

[볼프강 아마데우스네요.]

앵커가 한 이름을 입에 담으며 그에게 다가갔다. 그 이름으로 불린 청년은 특이하게 바이올린이나 지휘봉 대신 독특하고 아름다운 기타 케이스를 메고 있었다.

[21세기에 태어난 아마데우스는 기타를 들고 있습니다. 그래도 모차르트트라 왈츠를 잘 추는군요.]

볼프강 아마데우스 모차르트가 사교와 무도회를 즐겼다는 역사적 사료를 꺼낸 앵커는 그에게 인터뷰를 요청했다.

[실례지만, 어느 나라에서 오셨나요?]

[서울, 한국이요.]

[오.]

예상했던 콩글리시나 동부 미국 발음 대신 짙은 포시 악센트가 들려오자 당황한 앵커가 카메라를 의식하며 부드럽게 웃었다.

[베네치아엔 언제 오셨는지 혹시 물어봐도 될까요?]

[축제가 시작하기 전이요.]

'그럼, HALO를 찾으러 온 건 아니구나' 하며 앵커는 의도했던 인터뷰 방향이 아니라 아쉬워했지만, 그래도 이런 듣기 좋은 목소리에 억양이 뚜렷한 인터뷰이는 찾기 어려웠던지라 계속 질문을 이었다. 혹시 HALO의 라이브를 보았는지, 축제는 어떤지 이것저것 물었다.

[인터뷰 정말 감사합니다, 마지막으로 하고 싶은 말이 있나요?]

그 질문에 모차르트가 입을 열었다.

[이곳에서 즐거운 경험을 하고 가는 것 같아요. 하고 싶었던 공연도 하고, 우연히 새로운 인연을 만나기도 하고 오랫동안 고민해왔던 걸 결정했죠.]

21세기 모차르트가 카메라를 정확히 주시했다.

[이 고마움을 피터와 친구들에게 전합니다.]

"오, 이런."

"세상에."

BBC 재방송을 보던 두 사람이 감탄사를 터트렸다. 이윽고 베네치아 상황을 전하던 뉴스는 화면이 전환된다.

볼 건 다 보았는지라, 그들은 텔레비전을 끄고 앞에 놓인 홍차를 들었다. 홍차는 이미 식은 지 오래였지만 그들은 불평하지 않았다.

"이렇게 인터뷰까지 남기고 떠나다니. 아직도 베네치아에선 그를 찾는 무리가 가득한데."

홍차를 먼저 내려놓은 남자가 말을 이었다.

"알고 나서 보니까, 이걸 왜 모르는 건가 싶네요. 정말 대놓고, 알아달라고 말하고 있는데."

"세상에 피터가 한두 명이 아니니까요. 피터 잭슨도 있고, 피터 파커도 있고, 또 보자. 오, 내가 피터팬을 잊어버리고 있었다니."

"제 말은 단순히 피터가 아니라…. 그냥 모든 곳에 단서가 있다는 말이었습니다. 보기 드문 포시 악센트부터 시작해 기타 하며 목소리, 자세, 체격까지 모든 게 그를 가리키는데 말이죠!"

"기타가 아니었다면, 고든 씨도 확신하지 못했겠죠. 이렇게 찾아오지도 않았을 테고요."

노인의 말에 남자는 반박하지 않고 평이하게 되물었을 뿐이다.

"뭐, 메이커 대표가 제 상품만 알아보면 되지 않습니까? 또, 그래서 이렇게 베일에 싸인 베일 씨와 대화할 수 있게 되었고요."

한 번씩 주고받은 그들은 서로를 은은하게 바라봤다.

"한창 바쁘실 텐데, 방문해주셔서 감사합니다."

"CEO로서 문제의 원인을 해결하러 왔을 뿐인 걸요."

"잘 해결하셨는지 모르겠습니다."

"아직… 조금 혼란스러운 분위기입니다. 분명 G의 기타가 맞는데 밝은 원목으로 만든 기타는 G의 계획에 없던 것이라 직원들이 궁금해합니다. 사실, 그에게 협찬이 간 건 우연과 변덕이 겹쳤던 거라, 협찬 건에 대해 잘 모르는 직원도 많거든요."

"우연과 변덕이요?"

"그런 거지요. 동부 아시아 지사 쪽에서 기타 시그니처 협찬 제안이 왔고, 우리는 거절했습니다. 어떤 스타를 위해서든 밝은 원목 기타를 새로 만든다는 계획은 없었으니까요. 하지만 우리 쪽 장인이 우연히 제안서를 보게 되었고, 습작 기타를 하나 가져오더군요. 습작 기타를 판매하기는 그렇고, 그래서 시그니처 대신 그냥 협찬으로 나갔던 기타입니다."

"당시 장인과 어떤 문제를 겪으셨나 보죠?"

"문제라니요. 저희는 장인과 언제나 원활한 관계를 유지하고 있습니다."

어거스트 베일이 그렇냐는 듯 더 묻지 않았지만 원활한 관계라는 건 믿지 않았다. 습작 기타라는 표현부터 시작해 헤일로의 기타에 G의 마크가 아니라 H가 찍혀 있는 걸로도 충분히 알 수 있는 사실이었다. 더 말해주지 않을 테니 그 이상은 알 수 없겠지만 어거스트는 이럴 수도 있겠다고 상상했다.

G는 수제 기타를 다루는 만큼 수많은 장인을 데리고 있고, 그 장인 아래에는 도제가 있다. 사실, 도제라고 표현해도 장인만큼 뛰어난 기술을 가진 이들이 G에는 꽤 많았다. 장인과 도제의 차이는 브랜드의 차이가 될 것이다. 그런데 한 장인 혹은 도제가 G의 스타일이 아닌 밝은 원목 기타 브랜드를 주장했고 G의 계획에 없기에 거절당한다. 당연히 커뮤니케이션 쪽으로 문제가 일어났을 것이다. 그러던 때 우연히 장래가 밝아 보이는 아시아 스타의 협찬 요청이 들어왔다. 그 이상을 봤는지는 모르겠으나 협찬 효과를 노렸을 수 있다. 그 스타가 뜬다면 G가 인정하건 말건 개인 브랜드를 갖게 될 테니. 뭐, 다 상상일 뿐이다. 실제로는 다를지도 모른다.

어거스트에게 HALO의 정체에 대한 확답을 받았겠다, 노선을 정한 고든이 대화를 마무리하며 입을 열었다.

"그럼 그때까지 입을 다물면 되겠습니까?"

그가 순순히 입을 다무는 이유는 오직 하나이다. 얼어걸린 관계건 뭐건 그들은 HALO와의 관계를 원활히 오래 유지하고 싶었다. 문득 고든은 왜 이제까지 HALO의 정체가 밝혀지지 않았는지 알 것 같았다. 어거스트의 말로는 그가 스스로 정체를 밝히기까지 얼마 남지 않았다고 했다. 며칠 혹은 몇 달 동안 입을 다무는 건 어렵지 않은 일이고, 그렇게 해서 관계를 유지할 수 있다면 그는 몇 년이고 입을 다물 수 있었다. 아직 10대인 태양이 G의 기타를 들고 다닐 날이 얼마나 무궁무진한가. 투어, 공연, 아니, 지금 베네치아에서 G의 기타를 보여준 것 하나만으로도 G의 주가가 훅 뛰어올랐다.

"뭐, 꼭 그럴 필요가 있겠습니까?"

그때 예상치 못한 말이 들려왔다.

"우리는 기업 가치를 실현할 책임이 있지 않겠습니까? 이 가치를 더 증진할 방법이 있다면 당연히 나서야겠죠."

"네?"

"예를 들자면."

어거스트가 씩 웃었고, 고든의 눈이 번쩍 뜨였다. 그리고 얼마 지나지 않아, 침묵하던 G가 입을 열었다.

미 수제 기타 브랜드 G "세상에서 단 한 명의 아티스트를 위해 제작한 기타이다."

특별한 수고와 비용을 들이지 않고 지나가듯 던진 그 한마디에 수십 개의 관련 기사가 달라붙었다.

세상의 단 한 명의 아티스트란? *기타 브랜드 G, 테일러 스위트, 제이슨 부히스의 뒤를 잇는 시그니처의 새 주인은, HALO?!*

또한 요청하지도 않았으나 팝스타들이 먼저 나섰다.

테일러 스위트, "어서 와, G의 세상에!" *제이슨 부히스, "가장 좋아하는 날짜는 13일, 가장 좋아하는 요일은 금요일, 가장 좋아하는 기타 브랜드는 G, 가장 좋아하는 음악 장르는 HALO."*

이후로 G는 고고한 자세를 취했지만 내부는 세상 바쁘게 움직였다. 입막음과 함께 갑작스러운 노선 변경, 인사이동 등으로 말이다.

2월 초 축제가 끝나고, 베네치아에서 태양을 찾지 못한 여행객들이 포기하고 집으로 돌아가던 때였다. 모두가 기다리던 또 다른 축제의 라인업이 확정되었다. 사실 〈코첼라〉의 공식적인 라인업은 대개 1월 초 중에 확정되곤 했다. 특별한 사건이 아니라면 4월까지 그대로 유지되었다. 2032년 〈코첼라〉도 1, 2차 라인업은 이미 발표했다. 다만, 이후의 발표가 늦어지는 상황이었다. 특히 마지막 헤드라이너 확정이 계속 지연되었다. 발표 지연에 〈코첼라〉를 기다리던 대중들의 원성이 조금씩 커지던 찰나, 5차 발표를 통해 마지막 라인업을 확정 지었다. 그 누구도 〈코첼라〉의 발표가 늦은 것에 대해 뭐라고 하지 못했다. 새로운 이름이 여럿 추가된 것을 포함해, 〈코첼라〉를 대표하는 세 아티스트 중 하나, 마지막 날에 공연할 헤드라이너의 이름이 상상만 했던 사람이었기 때문이었다.

COCHELLA. Sunday April 18 : HALO

방황하던 신도들의 새로운 순례지가 〈코첼라〉로 정해지는 순간이었다. 예상치 못한 〈코첼라〉 라인업으로 인해 파장은 이만저만이 아니었다. 얼마나 당혹스러웠던 건지 〈코첼라〉의 발표를 가장 먼저 확인한 〈코첼라〉의 팬덤 커뮤니티엔 동명이인설, 착각설, 오타설 등 다양한 현실 부정이 올라왔다. 그러나 곧 각 언론을 타고 HALO라는 이름이 〈코첼라〉에 다시 한번 박히자 인정할 수밖에 없었다. 적어도 〈코첼라〉에서 말하는 HALO가 그들이 아는 그

HALO인 것을, 그리고 곧 HALO의 정체가 밝혀진다는 것을.

베네치아에서 결국 HALO를 찾는 데 실패한 신도들의 눈이 돌아가기 충분했다. 그리고 그건 한국도 마찬가지였다. HALO의 〈코첼라〉 참여 이슈는 다른 한국 가수의 〈코첼라〉 참여 기사를 묻어버릴 정도로 압도적이었고, 관심도도 높았다. 〈코첼라〉의 이름만 알던 이들도 이번엔 무조건 참여한다고 이를 갈 정도였다.

그러나 한국에선 〈코첼라〉만큼 이슈가 된 게 있었으니 시상식도 빠지고 유유자적 여행을 떠난 노해일이 BBC 영국 공영방송 인터뷰에 나타났기 때문이었다.

[노해일 근황(…BBC 인터뷰.jpeg) 베네치아에서 잘 놀고 계시는 중.]

[인생은_노해일처럼. 아, 시상식 왜 가냐고ㅋㅋ 가면 쓰고 여자랑 춤추고 뉴스 인터뷰하는 게 더 재밌는데ㅋㅋ]

ㄴ노해일 팬은 뭐라 안 그럼?

ㄴ걔들은 그냥 근황 떴다고 좋아하던데.

ㄴ불쌍한 애들이야. 잘 해줘.

ㄴ뭐가 불쌍함;; 니가 걔들 티켓팅할 때 못 봤구나.

ㄴㄹㅇ 살기가 느껴짐.

[걔는 왜 저기서 인터뷰하고 있냐. 진짜 두 눈을 의심했네.]

ㄴ모차르트 코스프레 했지만, 어딜 봐도 노해일.

[전형적인 영국 발음이라 자연스럽긴 하네.]

ㄴ앵커 생각지도 못한 발음에 당황한 거 보인다.

ㄴ근데 발음 진짜 개멋잇네.

베네치아에서 잘 놀고 있다고, 한국 방송국도 아니고 영국 방송국에다 인터뷰하는 모습이 어처구니가 없기도 하고, 이상할 정도로 자연스러워서 웃기기도 했다. 그러던 중 누군가가 이상한 점을 포착했다.

[베네치아면 HALO 있던데 아님? 노해일도 베네치아에 있네.]
ㄴHALO 보러 간 거 아냐?
ㄴ인터뷰한 거 보면 그전부터 있었다는데 빈 목격담 뜨고 베네치아 축제 보러 갔나 봄.
ㄴ와 타이밍 무엇?
ㄴ그럼 태양 라이브 봤나?

그는 HALO의 광팬으로 이런 글을 올리기도 했다.

[다들 이거 봄? HALO랑 같이 곤돌라에서 연주했던 사람들 인터뷴데.]
ㄴ꽤 단서 많이 줬지 않냐? 전형적인 포시 악센트를 구사했고, 장신에 목소리는 또래 같은 느낌이 들었다고.
ㄴ걔들 또래면 20대 아냐? 태양이 20대라고?
ㄴHALO 사진 하나 떴다고 체격에 발 크기랑 손 사이즈까지 추정하던데;; 어디서 한 번 더 나오면 완전 확정되겠다.

그가 다음 글을 올렸다.

[야 근데 나만 하나 걸리냐? 노해일 왜 하필 베네치아에 있음?]

ㄴ? 노해일은 베네치아도 못 감?

ㄴ 아니 HALO 출현 시기랑 노해일이 베네치아에 있는 거랑 너무 절묘하지 않음?

ㄴ 그리고 누가 또 시작했다고 ㅈㄹ할까 봐 미리 말하는 건데, HALO 사진 체격 노해일이랑 겹치지 않냐? 키부터 해서 전형적인 포시 악센트, 노해일이면 걔들 또래처럼 느껴졌을 거 충분하고.

ㄴ 와;; 또 시작했다.

ㄴ 옆 동네에선 자칭 남자 손 전문가가 나타나서, HALO 장갑 낀 사진 보고 노해일 손이랑 개 똑같이 생겼다던데… 니가 걔랑 뭐가 다르냐;;

ㄴ 극공감. 야, 근데 남자 손 전문가는 남자 손 몇 번 잡아봐야 전문가인 거임?

ㄴ 남자래.

[노해일 HALO 가능성 없다. 빼박증거 가져옴.]

ㄴ? 뭔데?

ㄴ '(속보) 〈코첼라〉 마지막 라인업 확정' 여기 노해일도 나감.

드디어 죠스가 되지 않아도 된다. 노해일의 〈코첼라〉 확정 기사에 〈코첼라〉 하루 수용인원이 7만 5,000여 명이라는 정보를 가져온 팬덤이 공연 날짜 확정도 전에 샴페인을 쏘아 올렸다. 부디 HALO 공연 날만 아니면 된다고 기도하며 처음으로 이빨이 아닌 미소로 서로에게 화답했다.

* * *

"미켈란젤로는 당시 추남으로도 유명했답니다."

헤일로 일행은 가이드의 설명을 들으며 피에타상 앞에 서 있었다. 한국인 가이드를 구한 이들은 바티칸 관광을 하고 있었다. 다양한 예술작품이 존재하는 바티칸은 가이드가 필수적이었다.

"사실 보기에는 그냥 외국인 아저씨 같지 않나요? 그래서 많은 분이 왜 추남인지 궁금해하시는데요."

노해일의 팬이 분명한 가이드는 열의를 다해 설명하고 있었다.

"이 한마디면 충분할 겁니다. 이 외모가 40대 때의 외모가 아니라 20대 때의 외모였거든요."

"앗."

"헉!"

남규환과 문서연의 얼굴이 충격으로 물들었다. 남의 외모 가지고 뭐라고 하긴 그렇지만 20대의 얼굴이라니 노안임은 부정할 수 없었다. 당연히 4,50대 외국인 아저씨로 생각했기 때문이다.

"세상에…."

"그리고 또 미켈란젤로 하면 유명한 이야기가 있는데요. 그의 성격과 관련된 거죠. 당시 미켈란젤로는 보통 성격이 아니었다고 합니다. 까칠했고, 고집불통이었죠. 그래서 곧 보시게 되겠지만, '최후의 심판'에 이런 비화를 남겼답니다. 당시 추기경과 미켈란젤로는 사이가 안 좋았습니다. 추기경이 '최후의 심판' 작업 과정을 보며 인물들이 나체로 그려진 것에 대해 과하게 참견했거든요. 이에 미켈란젤로는 복수를 해요."

"복수요?"

"악마의 얼굴을 추기경의 얼굴로 그려놓거든요."

헤일로는 가이드의 설명을 들으며 실소했다. 가이드는 노해일이 처음으로 웃자, 이야기를 재밌게 한 것에 대해 뿌듯함을 느꼈다. 하지만 헤일로가 웃은 건 그 때문은 아니었다. 그도 미켈란젤로처럼 한때 자신에게 참견하던 이들의 이름을 노래에 박아 넣은 적이 있기 때문이다. 그들이 했던 그의 비판과 함께. 그게 바로 'I am HALO'의 원곡이었고, 라디오나 방송국에서 들려주지 않았던 이유였다.

헤일로는 바티칸 투어를 끝내고, 미켈란젤로의 마지막 작품 앞에 섰다. 수많은 비화를 남기며 끊임없이 투쟁하고 살던 위대한 예술가의 끝은 결국 다른 사람과 크게 다르지 않았다. 친절히 안내해준 가이드를 보내고 난 이후에도 헤일로는 한동안 그 조각상을 바라보았다.

"사장님."

그때, 문서연이 그를 조용히 불렀다.

"네."

"할 이야기가 있어요."

헤일로는 그제야 무덤에서 시선을 떼고 그녀를 바라봤다. 다른 멤버들은 어디로 갔는지 그녀밖에 보이지 않았다. 문서연은 사뭇 진지한 얼굴이었다.

"사장님… 저, 드디어 곡 완성했어요."

가만히 듣던 헤일로의 얼굴이 밝아졌다. 그에게 작곡하고 싶다고 말한 이후로 쭉 같이 이야기했던 곡이기에 완성이 반가웠다.

"어설프기도 하고 사실 아쉬운 게 많지만 그래도 더는 붙잡아두지 않고 완성하려고요."

"좋은 선택이에요."

문서연은 뿌듯하기도 하고 아쉽기도 한 복잡한 얼굴이었다.

"완성된 곡은 녹음한 후에 들려줄게요."

"좋아요."

"그래서 하는 말인데요."

헤일로는 문서연이 어떤 말을 할지 이제 알 것 같았다. 파리보다 피렌체에 더 가고 싶어했던 문서연이 왜 갑자기 경로를 변경하나 했더니…. 작업하던 곡이 완성되었으니 문서연이 다음에 할 것은 확실했다.

"저 먼저 한국에 돌아가려고요."

어디선가 바람이 불어왔다. 문서연 뒤에서 불어온 바람이 헤일로의 앞머리를 쓸었다. 헤일로는 천천히 잔잔한 미소를 지어 보였다. 그는 늘 멤버들에게 하고 싶은 대로 하라고 말했고 하고 싶은 걸 솔직하게 이야기해주는 멤버들이 좋았다.

"먼저 돌아가서 준비하고 싶어요."

"하고 싶은 대로 하면 돼요."

늘 한결같은 대답에 문서연도 마음 편히 웃어 보였다. 사실 문서연이 한국에 돌아가려는 건 단지 자기 곡 때문만은 아니었다. 그녀가 만든 곡이고, 그리 어렵지 않은 곡이기에 급하게 녹음해야 할 이유는 없었다. 원래는 피렌체도 가고, 시칠리아도 가고 더 긴 여행을 즐기려고 했다. 하지만 헤일로와 노해일이 〈코첼라〉에 참가하게 되면서 사정이 달라졌다. 사장은 늘 뛰어난 공연을 보여주겠지만, 그녀는 공연을 위해 연습해야 했다. 키보드는 기타와 달리 들고 다닐 수 없다. 손이 굳는 걸 느낀 문서연은 곧 있을 〈코첼라〉를 위해 눈앞의 즐거움을 포기했다. 공연 연습도 하고, 사장의 남은 앨범 녹음에도 박차를 가하기로 했다. 늘 존경하는 사장의 멤버로서 책임을 다하기 위해.

"다음에 또 여행 갈 수 있겠죠? 정말 정말 재밌었는데."

문서연은 아쉬움을 표했고, 헤일로는 고개를 끄덕이며 대답했다.

"언제든지 가요."

그날 저녁 호텔에서 회의가 열렸다. 문서연이 먼저 귀국하겠다 밝히면서 다른 멤버들에게도 선택권이 주어졌다. 문서연과 대화한 남규환과 한진영은 곧 이해가 된다는 얼굴로 고개를 끄덕였다. 그러곤 남규환 역시 제 팔을 만지작거리다가 죽을죄를 지었다는 얼굴로 돌아가겠다고 했다.

"해일이, 넌 그럼 계속 여행할 거야?"

한진영이 나지막이 묻자 헤일로는 고개를 끄덕였다.

"그럼 난…."

"일부러 남지 않아도 돼요. 베일 씨도 합류하겠다고 했고요."

"베일 씨가? 언제?"

"곧."

먼저 여행하자고 제안하더니, 같이 여행하기까지 꽤 많은 시간이 흘렀다.

"그럼, 난 베일 씨와 합류하는 것만 보고 돌아가야겠다."

그렇게 전원이 결정을 내렸다.

"먼저 돌아가서 기다리고 있을게."

"크윽, 끝까지 보필하지 못해서 송구하옵니다."

"사장님, 재밌게 여행하세요!"

그들 중 누구도 그에게 왜 집으로 돌아가지 않냐고 묻지 않았다.

정체가 밝혀지면 헤일로가 앞으로 마음 편히 여행할 수 없기에 마지막 여행을 오래 붙잡고 있다고 여겼다. 그러나 그건 잘못된 추측이었다. 헤일로는 이전에도 언제든 여행했고, 여행지에서 팬들과 추격전을 벌이는 것도 꽤 많이 해보았다. 특별히 정체를 공개한다고 해서 달라질 건 없었다. 다만, 이렇게 계속 여행하려는 건….

헤일로는 다시 이 여행의 목적을 떠올렸다. HALO로서 정체 공개에 대한 고민에서 시작되었고, 그의 고민은 즐거운 여행과 여행지에서 만난 팬 덕분에 해결되었다. 모든 고민이 해결되었다고 생각했다. 그래서 이제 한국에 돌아가 축제를 준비하자고 생각했을 때쯤 그는 어떤 위대한 예술가의 마지막 작품 앞에서 친구와의 대화를 상기했다. 여행을 떠나기 직전, 장진수가 그에게 물었다.

"근데 넌 나중에 뭐 할 거야? 빌보드 1위? 너 아직 그거 못했잖아."

"그건 곧이지."

"그럼 빌보드 1위를 한 다음엔?"

"글쎄."

'내 목표라….'

그때 대답하지 못한 헤일로는 여전히 마지막 작품에 머물러 있다.

"다음 목적지는 정했나? 로마에 계속 머무르는 것도 좋고."

헤일로는 고개를 돌렸다. 선글라스에 페도라를 쓴 여느 이탈리아 노인 같은 어거스트 베일이 그에게 다가와 반갑게 포옹했다.

다음 행선지를 늘 멤버들이 선택했기에 혼자 고르려고 하니 헤일로는 낯설었다. 그러다 빈에서 만난 페르 아스페라가 프랑스에 올 일이 있다면 본사에 들르라고 했던 당부가 생각났다.

"파리로 갈까요?"

"파리도 좋지."

기차를 예약할 필요도 없고, 자동차를 렌트할 필요가 없었다. 어거스트에겐 전용기가 있었으니까.

* * *

런던 히드로공항에서 박 PD는 무릎을 두드리며 탑승구 좌석에 쭈그려 앉았다.

"결국 못 만났네."

영국에서 성공적인 촬영을 마무리한 것치고 우울한 기색이다. 그럴 수밖에 없었다. 그가 가장 기대했던 건 노해일과 우연한 만남이었고, 그렇게 판을 다 깔아놨는데 그는 결국 오늘까지 영국에 오지 않았다. 사실 빈에서 B팀이 노해일과 마주한 이후로 불길하긴 했다. 동선상 마주치기 어려울 것 같았다. 그리고 베네치아에서 인터뷰한 걸 보고 99퍼센트 기대를 버렸던 박 PD는 런던에서 떠날 때까지 결국 만나지 못하자 아쉬움의 눈물을 흘렸다.

'차라리 B팀도 만나지 않았더라면, 덜 열받을… 아니지, 무슨 이런 이기적인 생각을!'

박 PD는 뺨을 찰싹 때렸다. 그는 A팀만 담당하는 게 아니다.

벌써 시청자게시판이 노해일은 언제 나오냐며 들끓고 있었다. 미리 예고편을 내보낸 나머지 화가 거듭될수록 쌍욕을 먹고 있지만, 이 또한 관심의 척도이다. 박 PD는 아쉬움을 달래며 자리에서 일어났다. 탑승을 준비해달라는 방송이 울리고 있었다.

"자자, 다들 힘내세요. 에펠탑 앞에서 A팀, B팀 전체 샷 한번 받고 갑시다."

* * *

어머니 : 사진(10) 어때, 괜찮지? 너희 아빠랑 제주도 한 달 살기로 한 집이야.

헤일로는 메시지로 온 사진을 눌렀다. 제주도의 푸른 바다, 그네가 놓인 작은 마당과 항아리, 돌담과 검은색 기와지붕을 가진 1층짜리 주택은 외관상으론 평범한 시골집이었으나, 내부는 넓고 깨끗했다. 세련된 가구나 조명은 현대적인 스튜디오 같았다. 헤일로는 답장을 남기면서 이곳과 한국은 7시간 시차가 있으니 지금 부모님은 자고 있을 거라고 생각했다. 그러나 어머니는 메시지를 바로 읽고는 답했다. 자다 깬 건지 그냥 깨어 있던 건지 모를 일이다.

어머니 : 너희 아빠도 안식년이기도 하니 한 달 살아보고 괜찮으면 한 달 더 있을까 생각 중이야.

어머니 : 물론 아들 귀국 일정 잡히면 돌아가겠지만, 정해지면 말해 주렴.

네.

헤일로는 그러곤 파리에 도착했다고 이야기했다. 그가 머무르는 곳은 어거스트 베일의 소유 저택 중 하나였다. 테라스에 나온 헤일로는 에펠탑을 보며 대화를 이어갔다. 아쉽게도 기념사진은 핸드폰이 아닌 디지털카메라에 저장되어 어머니에게 당장은 보여줄 수 없었다. 그러고 보니 문서연이 한국에 돌아가면 노해일 공식 SNS에 올리겠다고 했는데 이후에 보여주면 되리라 생각했다. 사진이 없어도 이야기만으로 충분하다는 듯 어머니는 이모티콘과 질문으로 좋은 청취자가 되었다.

어머니 : 잘 지내고 있어. 엄마는 쉬면서 서울에 살 만한 주택을 찾아보려고.

이사 가시게요?

어머니 : 집이 좀 좁은 거 같아서. 멀리 이사 갈 생각은 없지만 아파트 말고 빌라나 주택을 고려하고 있어. 아들은 어때?

저는 뭐든 괜찮아요.

사실 박승아가 이사하려는 이유는 아파트 주민들에게 눈치가 보이는 것도 없잖아 있었다. 현재 노해일의 레이블이 비어 있어 기자들이 취재를 위해 가장 자주 찾아오는 곳이 집이었다. 특별히 뭐라고 하는 사람들은 없었지만 그녀는 슬슬 이사해야겠다고 마음먹었다. 그러나 이런 이유를 굳이 아들에게 말하지 않았다. 행복하게 잘 다니고 있는 아들이 이런 것까지 신경 쓰지 않았으면 했다.

그렇다고 헤일로가 갑작스러운 이사 연유를 짐작하지 못하는 건 아니었다. 인기와 관심의 부작용을 이미 경험해본 그였다. 도둑인지 스토커인지 파파라치인지 모를 놈이 그의 집 안까지 침범했었다. 샷건을 겨누고 경찰이 올 때까지 대치했던 경험이 있는 그는 슬슬 보안이 철저한 곳으로 이사 가는 게 좋겠다고 생각했다. HALO의 정체가 공개되는 날까지 머지않았으니 말이다.

파리에 온 첫날은 헤일로를 반기듯이 뜨거운 태양 볕이 내리쬈다.

"이렇게 여행하는 것도 오랜만이군."

"하던 일은 다 끝냈나요?"

"조만간 〈코첼라〉 쪽과 한번 만나기로 했지. 그것 빼곤 다 위임하고 왔으니 걱정하지 말게."

어거스트가 〈코첼라〉와 만날 이유는 하나밖에 없을 것이다. 헤일로는 대강 고개를 끄덕이며 샹젤리제 거리를 걸어 나갔다. 개선문까지 일직선으로 뻗은 명품 거리를 프렌치 코트에 선글라스를 쓴 소년과 고급스러운 정장에 헌팅캡, 선글라스를 쓴 어거스트가 나란히 걸었다. 이 독특한 조합은 여느 노손 관계라고 하기엔 인종이 달랐고, 그렇다고 잘나가는 대표와 비서라고 보기엔 대등하게 걷고 있었다. 물론, 일반 여행객이나 파리 대중들은 그러려니 하고 넘어가겠지만 어거스트를 알아본 기자 장이 두 눈을 의심했다.

'어거스트 베일이 한가하게 쇼핑이나 다니다니. 베네치아 건으로 한참 바빠야 할 사람이! 그런데 저쪽은 누구지?'

어거스트가 옷 사는 걸 기다려주는 걸 보면, 보통 인사는 아닌 것 같은데 처음 보는 외견이었다. 처음엔 직원인가 했지만 그런 관계로는 보이지 않았다. 그렇다고 하기엔 청년이 너무 편해 보였다. 차라리 가족이나 친구 혹은 친분이 깊은 사이로 보였다. 장은 청년이 진열장을 자세히 보기 위해 몸을 돌렸을 때 등에 멘 기타 케이스를 발견했다. 어거스트가 청년에게 안으로 들어가자고 손짓하는데 청년이 어깨를 으쓱이며 거절했다.

'무슨 연예인과 매니저 같네.'

무의식적으로 그렇게 생각한 기자는 화들짝 놀랐다.

'어거스트 베일이 매니저라니!'

말도 안 되는 생각이었지만, 저들의 관계가 그렇게 보였다는 건 부정할 수 없었다. 일단 파파라치처럼 사진을 찍은 장은 그들이 곧 한 거대한 건물로 들어가는 걸 발견했다. 샹젤리제 거리엔 다양한 명품 브랜드의 매장과 헤드 오피스가 즐비했다. 그들이 들어가는 고층 건물 또한 그런 명품 브랜드의 1호점이자 사옥이었다. 바벨탑 같은 외관과 세계수가 엮인 독특한 건축물로 유명한, 세계적인 브랜드 아르보였다.

아르보에 새 크레이티브 디자이너가 임명된 이후 아르보가 추구하는 디자인이 싹 바뀌었다. 그래서인지 1층 매장에 배치된 상품의 디자인이 과거와 현재의 것으로 나뉘어 대비되었다. 그런데도 어색해 보인다기보다 대비 자체를 의도한 것처럼 보였다. 그건 아마도 아르보에서 추구하는 이미지와 일치할 것이다. 세상의 끝까지 뻗어나가겠다는 무궁한 성장, 자연의 초월적인 의지가 각기 다른 디자인과 인테리어 속에도 담겨 있었다.

원형의 사옥 한가운데는 커다란 나무와 그 주변을 흐르는 시냇물로 꾸며져 있었다. 유리 원통 벽으로 둘러싸여 들어갈 수 없지만 많은 사람이 그 주변에 앉아 구경하고 있었다. 한쪽이 매장이라면 다른 쪽은 마치 아르보의 역사를 담은 박물관처럼 꾸며져 있었다. 화보 촬영 전 헤일로에게 보여준 앨범에 담겨 있던 아르보의 내력과 메인 디자인 상품들이었다. 그리고 사람의 키보다 훨씬 큰 화보 사진이 왕의 초상화처럼 벽에 걸려 있었다. 사람들은 화보를 보며 벽의 주변을 돌았고 점점 과거에서 현재에 가까워졌다.

헤일로도 화보를 따라가다 마침내… 낮은 테이블을 걷어차고 악동처럼 서 있는 자신의 사진을 발견했다. 학이 새겨진 코트가 휘날리는데, 마치 그가 바람을 타고 있는 것 같았다.

화보와 똑같은 사람을 발견한 직원이 황급히 위쪽으로 연락한 것도 모르고, 헤일로는 가만히 제 사진을 바라보았다. 처음 노해일이 되었을 때 낯설다고 생각한 외견은 이제 제 것처럼 익숙했다. 기억이 점점 마모되어서 그런지, 아니면 노해일도 점점 성장해서 그런지 원래 그와 비슷한 느낌이 들었다.

"로 씨?"

사람들이 화보와 저를 번갈아 보며 수군거리든 사진을 찍든, 자기 사진을 바라보고 있던 헤일로는 자신을 부르는 목소리에 고개를 돌렸다. 사람들의 시선이 향하는 곳에 황급히 내려온 수석 디자이너 페르 아스페라가 있었다. 사람들은 대부분 명품 브랜드의 수석 디자이너 얼굴까진 모를 것이다. 하지만 눈썰미 좋은 소수가 그를 알아보았고 그들의 수군거림이 퍼져나가는 데 오래 걸리지 않았다.

"아르보 수석 디자이너다."

"수석 디자이너가 왜 여기에…."

페르 아스페라가 빠른 걸음으로 소년에게 다가가 반가움을 표했다.

"로 씨, 정말 와주셨군요. 반갑습니다."

헤일로가 올 거라고 생각지도 못한 얼굴이었다. 하긴 원래 파리에 올 생각은 전혀 없었으니 말이다. 멤버들이 오자고 했으면 또 달랐겠지만.

"그리고 이분은…."

"반갑네."

"어거스트 베일?"

페르 아스페라는 어렵지 않게 어거스트를 알아봤다. 모를 수가 없었다. HALO를 가리고 있는 어거스트 베일! HALO의 기사가 터질 때면 그의 사진이 없기 때문에 늘 어거스트의 사진이 올라오곤 했다.

"왜 두 분이 같이 계시는지…."

"별건 아니고. 내가 이 친구 팬이라서 말이네."

"그렇다네요."

페르 아스페라는 베네치아에 HALO가 나타난 이후로 바빠야 할 어거스트가 왜 여기 있는지 의아했다. 하지만 그를 무시할 순 없었기에 직원에게 손짓했다. 회장님께 연락을 넣으라는 수신호였다.

"사람이 많으니 자리를 옮겨도 괜찮겠습니까?"

셀럽이나 선택받은 자가 아니라면 들어올 수 없는 3층 VVIP룸에서는 파리의 전경을 한눈에 담을 수 있었다. 페르 아스페라는 회장의 부름에 잠깐 자리를 비웠고, 어거스트는 화장실에 갔다. 혼자 남은 헤일로는 창 너머를 주시하고 있었다. 잠깐 기다렸을까, 중년의 웨이터가 트레이를 끌고 안으로 들어왔다.

"음료를 드릴까요?"

특이한 모양의 빵모자를 쓴 웨이터가 허리를 숙이며 트레이 안쪽을 보여줬다. 주스와 물, 홍차 등 여러 종류의 음료가 준비되어 있었다.

"에스프레소 한 잔 부탁드려요."

헤일로의 말에 웨이터가 정중히 허리를 숙이며 잔을 꺼냈다. 헤일로는 진한 원두 향이 나는 커피를 받아 들고 벽에 기대었다.

"원두는 어떠십니까?"

"향이 진해서 좋군요. 산미도 강하지 않고."

"마음에 드신다니 다행입니다."
웨이터는 친절히 어떤 원두인지까지 설명해줬으나 수상할 정도로 고개를 들지 않았다. 헤일로는 대충 고개를 끄덕이며 호응을 해줬다.
"그나저나 그 기타 케이스 무척 아름답군요."
웨이터가 손을 뻗으려다 주인을 의식했는지 멈칫했다.
"혹시 만져봐도 되겠습니까?"
헤일로가 고개를 끄덕였다.
만진다고 닳는 것도 아니다. 아예 보란 듯이 소파에 기타를 내려놓자, 웨이터가 섬세한 손길로 기타 케이스를 쓸었다. 금빛으로 수놓은 나비부터 지퍼의 박음질, 지퍼 고리까지 손으로 쓸어본 그는 지퍼를 부드럽게 내렸다. 지퍼는 막힘없이 내려갔다. 케이스를 열면 안에 있는 기타가 보일 것이다. 케이스를 잡은 웨이터의 손이 멈칫한다. 강한 시선을 느꼈기 때문이다. 벽에 기댄 헤일로가 커피를 마시며 그의 행동을 흥미롭게 바라보고 있었다.
"편히 앉으시지 그러십니까?"
목이 굽은 것처럼 고개를 계속 숙이고 있었으나 안경 너머의 예리한 시선이 헤일로를 훑고 있었다.
헤일로는 입꼬리를 올렸다. 부르주아 태생은 아니었으나 어린 나이에 얻은 부로 인해 그는 언제나 대접받았다. 그가 왕이라도 되는 듯 어디를 가든 무엇을 하든 직원들이 따라붙었다. VIP 표준 매뉴얼이라도 있는지 그들의 태도는 자로 잰 것처럼 비슷했고, 그렇기에 헤일로는 그들의 행동 양상에 익숙했다. 그들은 절대로 VIP에게 먼저 말을 걸지 않는다. 기타 케이스를 만져봐도 되겠냐는 어처구니없는 부탁, 원두가 어떻냐는 기본적인 물음은 원래라면 해서는 안 되는 것이다. 오로지 VIP가 시키는 것만 행하는 게 그들이었다. 같은 VIP라면 모를까.

"괜찮습니다."

또한 수상할 정도로 얼굴을 숨기는 점 하며 웨이터 복장을 하고 있으나 안쪽에 입은 옷의 맵시, 정장 구두와 손은 중년의 정체를 충분히 알려줬다.

"집주인 앞에서 특별히 예의를 차리는 성격은 아니니."

헤일로의 말에 중년이 서서히 고개를 들었다.

"내게 하고 싶은 말이 있는 것 같으니."

안경 너머의 예리한 눈이 마주했다.

"먼저 들어보려고요."

무거운 정적이 내려앉았다. 그때였다.

"자네, 뭐 하나?"

열린 문 사이로 들어온 어거스트가 헤일로와 마주한 중년을 발견하고는 서서히 한심하다는 눈으로 혀를 쯧 찼다.

"아직도 이런 장난치며 젊은 사람들 괴롭히고 노나?"

중년의 허리가 점점 펴진다. 완전히 펴질 때까지도 어거스트의 잔소리가 이어졌다.

"예끼, 이 사람아. 나잇값을 해야지. 이제 슬슬 자네도 노망났다는 소리 들을 나이 아닌가."

날카로웠던 시선이 무뎌지며 어거스트를 향해 돌아갔다. 중년처럼 젊어 보이는 아르보의 회장 마티아스가 코웃음을 쳤다.

"자네한테 들을 소린 아니야. 날 봐. 내가 어디 가서 자네와 동년배란 소리를 듣겠어. 근데 자네는 관리 좀 해야지 않겠어? 응? 원목으로 새 옷이나 짜 맞추란 소리를 듣지 않으려면."

"자네야말로 마지막 집터나 잘 고르지, 그래?"

두 사람의 친근한 대화를 들으며 헤일로가 작게 웃었다. 그도 한때 친구들과 흙 대신 코카인으로 덮어주겠다, 관짝 위에서 탭댄스를 추며 장송곡 대신 퍼킹 크레이지한 로큰롤을 들려주겠다 하면서 점점 수위를 올리다 멱살까지 잡힌 적이 있다. 공감에서 나온 웃음이었지만, 두 사람은 손자뻘인 소년이 보고 있다는 걸 의식하고 서둘러 싸움을 멈췄다.

"요즘 바쁜 척하더니. 재밌는 친구 모시고 다니느라 바쁜 거였군."

"바쁜 거 알면 손님 대접 좀 해보든가. 커피."

"알아서 먹게."

그러곤 회장이 아무 소파에 걸터앉았다. 투덜거리는 어거스트를 무시하고 다시 헤일로를 본 회장의 얼굴은 싱글벙글했다.

"만나서 반갑네. 꼭 만나보고 싶었어. 친애하는 우리 디자이너가 선택한 앰배서더가 아닌가."

회장은 그로 인해 매출이 얼마나 증가했는지 늘어놓지 않았다. 그에겐 앰배서더가 아니었어도, 아르보는 그 정도의 활약을 했을 거라는 자부심이 있었다. 그래도 만나보고 싶었다는 건 거짓이 아니었다. 앰배서더를 만나 한 번씩 식사하던 전통 외에도 페르 아스페라, 현 수석 디자이너가 선택한 앰배서더라는 것과 화보 때문이었다. 노해일이란 아티스트의 외견을 화보로 가장 먼저 접한 회장은 그 강렬한 분위기에 흥미를 느꼈다.

"흥미로워."

그의 정체를 단번에 눈치챈 영리함, 그런데도 아랑곳하지 않던 성격, 여유롭고 기품 있는 태도, 화보가 채 담지 못한 분위기마저 마음에 들었다.

"그, 기타 케이스마저 내 마음에 꼭 들어."

페르 아스페라의 디자인을 가장 먼저 눈여겨보고 임명한 게 그다. 소년이 그의 정체를 곧바로 인지한 것처럼 그는 단번에 페르 아스페라의 디자인을 알아보았다.

"다만 유일하게 한 가지 마음에 안 든다면."

예리한 눈이 소년을 훑는다.

"그 옷. 내 집에 방문한 내 모델이 왜 남의 옷을 입고 있지?"

옷까지 아르보의 상품이었어야 만족스러웠을 텐데, 욕심 많은 회장은 혀를 끌끌 찼다. 소년을 탓하는 건 아니었다. 앰배서더 계약에 365일 아르보의 상품을 입으라는 조항은 없었다. 그저 소년이 그의 브랜드 옷을 입고 있지 않은 게 마음에 들지 않았을 뿐이다.

헤일로는 태연하게 대답했다.

"편하게 입을 만한 옷은 아니니까요."

"내 옷이 불편하다고?"

"아무렇게나 입고 다니기에는 말이죠. 구겨 신기 편한 운동화가 따로 있듯이."

게다가 그는 아무 데나 주저앉아 버스킹하는 걸 즐겼으니, 어깨나 팔꿈치가 잡힌 옷은 입기 불편했다.

앰배서더가 당당히 회장 앞에서 불편하다고 말하는 건 흔한 일은 아니었다. 그러나 회장은 흥미로워했다.

"니 옷이 별로라는 소리야."

어거스트의 말을 한 귀로 흘리며 회장이 말을 이었다.

"구겨 신기 편한 운동화라. 참신한 표현이군. 꽤 흥미로운 말이야. 내가 이래서 젊은 사람들을 좋아한다니까. 내 주변엔 이런 소릴 하는 놈들이 하나도 없었는데. 역시 내 앰배서더다워."

회장이 소년의 손을 턱 잡았다.

"더 자세히 듣고 싶은데 오늘은 어렵고, 내일 시간 괜찮나?"

뜬금없는 말이었지만 헤일로는 태연하게 대답했다.

"저녁에 뵙겠습니다."

"좋지. 식당은 내가 잡도록 하겠네. 육류나 해산물 어느 쪽을 선호하지?"

"당연히…."

헤일로의 대답은 하나밖에 없었다.

7층에서 한참 기다리다 회장실에 아무도 없다는 걸 발견한 페르 아스페라가 내려왔을 땐 이미 헤일로와 어거스트가 돌아갔을 때였다. VVIP룸에 홀로 앉은 회장을 보고 페르 아스페라가 고개를 저었다.

"회장님…."

"이제 왔나? 젊은 사람이 참 느릿느릿하군."

페르 아스페라는 억울했지만 그보다 더 궁금한 게 있었다.

"로 씨와 잘 만나보셨나요?"

로에 관한 회장의 평가가 궁금했다.

"재밌는 친구긴 하더군."

일단 긍정적인 평가긴 한데, 페르 아스페라는 뒤이은 말이 궁금했다.

"오늘 일정이 없었더라면 좋았겠지만."

이건 진짜 긍정의 의미였다. 페르 아스페라의 얼굴이 밝아졌다.
"제가 약속을 잡아볼까요?"
"아니, 괜찮네. 그…."
"이미 잡았으니 말이야."
그 말에 페르 아스페라가 고개를 들었다.
"회장님, 내일 일정이 있다고 하지 않으셨습니까? 시간을 내기 어렵다고."
"맞아. 원래는 우리 앰배서더에게 양해를 구할 생각이었지."
일정을 빼기 빠듯해서 원래는 저녁은 생략할 생각이었다. 그러나… 회장은 물이 맺힌 유리잔을 발견하곤 손으로 물기를 훔쳤다. 페르 아스페라가 품에서 손수건을 꺼내 건네줬다.
"그런데 수상하잖아."
"로 씨가요?"
친애하는 수석 디자이너가 의아해하건 말건, 회장은 의미심장한 얼굴로 수염을 쓰다듬었다.
"요즘 바쁜 척하더니. 젊은 친구 모시고 다니기 바쁜 거였어."
"바쁜 손님 대접 좀 해보게."
자신의 말에 능청스럽게 넘어가던 어거스트는 수상했다. 손을 닦고 손수건을 내려놓은 회장의 눈이 예리하게 번뜩였다.
"왜 모시고 왔다는 말을 부정하지 않았지?"

6. 파리의 샴페인 슈퍼노바

한국은 다시 노해일 근황으로 떠들썩했다.

베네치아와 바티칸 투어 건으로 잠깐 떠들썩했던 노해일이 이번엔 파리에서 찍힌 사진이 올라왔다.

[노해일 근황, 파리 아르보 본사.]

[아르보 수석 디자이너가 버선발로 뛰쳐나와 환영하는 앰배서더 노해일.]

ㄴ노해일 로마 아니었음?? 이틀 전에 바티칸 투어했다고 글 올라왔잖아.

ㄴ노해일 홍길동임? 동해번쩍서해번쩍ㅋ 내일은 스위스에 있겠네.

ㄴ동해;;; 동에 번쩍 서에 번쩍이겠지…

ㄴ동ㅋㅋㅋ해ㅋㅋ번ㅋㅋㅋㅋ쩍ㅋㅋㅋ 차라리 지중해 번쩍 대서양 번쩍이라고 그래라ㅋㅋㅋㅋㅋㅋ

"와, 대박…."

잠깐 촬영 쉬는 시간에 에펠탑 앞 바닥에 쭈그려 앉아 있던 막내 PD가 벌떡 일어났다.

"PD님! 대박…."

"뭐가 대박이야? 시청자게시판에 이제 욕 안 올라오냐?"

예고편을 너무 일찍 올린 바람에 500년은 더 장수할 욕을 먹어버린 박 PD가 묻자, 막내 PD가 고개를 돌렸다.

"그럴 리가요! 오늘도 열 페이지 정도 올라왔는걸요!"

'이 새끼가.'

욕이 몇 페이지나 올라왔는지 전혀 안 궁금했던 박 PD가 제 주먹을 바라보고 있었을 때, 막내 PD가 외쳤다.

"노해일 씨요! 지금 파리에 있대요."

"그래, 한 대만… 뭐라고?"

"노해일 씨요! 지금 아르보 본사에 있다는데요? 조금 전에 올라온 따끈따끈한 글이니까, 잘하면 이쪽으로 오지 않겠어요?"

"진짜 파리래? 아니, 근데 샹젤리제 거리에서 에펠탑까진 거리가 있을 텐데."

"에펠탑이 파리 상징인데 오지 않을까요?"

"그렇겠지?"

눈치 없는 막내가 지금만큼은 맞는 말을 했다. 박 PD가 주먹을 내려놓고 반색했다.

"기다리면 마주치겠지?"

'우리가 다시 만날 때' 합창을 준비하는 A팀, B팀이 웅성거리고 있었다.

'저기에 노해일이라니.'

박 PD는 달콤한 꿈을 꿨다. 한 가지 아쉬운 게 있다면 베네치아에서 HALO의 등장으로 임팩트가 작아졌다는 거다. 진짜 HALO가 부른 노래도 '우리가 다시 만날 때'라 지금 와서 곡을 변경하긴 어려워 진행할 예정이지만, 뭔가 아쉬웠다.

"역시 PD님! 이게 될놈될이죠. 마지막 촬영 날 재회라니!"

"될놈될이라, 흐흐."

막내 PD가 아무 생각 없이 한 말에도 박 PD는 다시 활력을 되찾았다. 그가 손뼉 치며 출연진 앞으로 다가가 '노해일과 우연히 만날 수 있다'는 이야기를 던졌다.

막내 PD는 박 PD의 활기찬 얼굴을 보며 핸드폰 지도를 켰다. 확대된 지도에 샹젤리제 거리가 찍혔다.

"어라."

막내 PD는 뺨을 긁었다. 그가 아무 생각 없이 만날 거라고 한 것은 샹젤리제가 바로 옆이라고 생각했기 때문이다. 하지만 아니었다. 샹젤리제 거리와 에펠탑 사이엔 강이 흐르는 데다 그 이후로 몇 블록은 가야 할 정도로 멀었다.

"이건 좀. 생각보다 많이 먼데…."

박 PD와 핸드폰을 번갈아 본 막내 PD는 에라 모르겠다, 하며 핸드폰을 집어넣었다.

* * *

이제 JTC의 기둥 중 하나가 된 박 PD는 자조했다.

"그래, 우연이 한 번 더 있을 리 없지."

기대했던 자신이 바보 같았다. 세상이 얼마나 넓은데 우연한 만남이 한 번도 아니고, 두 번 반복되겠는가.

"모두 고생하셨습니다!"

결국 사랑하고 친애하는 한 인기스타와의 조우에 실패한 박 PD는 수고한 모두를 격려하며 박수를 보냈다. 그렇게 에펠탑 앞에서 진행했던 〈Spring Again〉 마지막 촬영이 끝났다. 그러나 촬영이 끝났을 뿐이다. '우리가 다시 만날 때' 합창의 여운에서 벗어나지 못한 관객들의 환호성이 계속 들려왔다. 역사에 남을지도 모를 명곡과 한 나라에서 이름난 가수들, 그들의 합창은 박 PD가 원하던 그림을 충분히 만들어냈다.

"PD님…."

그러할 텐데 자유롭게 입을 나불대던 막내가 눈치를 보며 다가왔다. 샹젤리제 거리에 있는 노해일과 만나게 될 거라고 호언장담했던 이는 과거의 자신을 치고 싶었다.

"왜 기운이 없냐."

"PD님…."

가끔 때려주고 싶을 때도 있는 막내지만, 미운 정도 정이라고 박 PD는 어깨를 토닥였다.

"촬영하느라 고생 많았어."

"네!"

"하지만 아직 끝난 거 아닌 거 알지? 귀국했을 때부터가 본격적인 시작이야. 정신 똑바로 차리자."

"네, 넵!"

솔직히 실망하지 않았다면 거짓말이다. 그러나 동시에 그동안의 우연이 그저 행운이었다는 걸 인지했다. 이 넓은 땅에서 마주친

게 이상한 거였다. 박 PD는 이제 욕심을 버리고 돌아가는 날까지 별 탈 없게 노력하기로 했다. 그러나 무슨 일인지 노해일과 만나지 못한 건 탈도 아니었다. 저녁에 먹은 해산물 때문에 촬영팀이 복통을 일으킨 건 첫 번째 탈이었으며, 설상가상으로….

"비행기 지연? 또?"

"아니, 언제까지 지연이야. 차라리 취소하든가. 1시간마다 희망고문하고 있어."

밤 12시 비행기가 기체 결함으로 계속 지연되었다. 차라리 취소되면 다시 티켓팅이라도 할 텐데 1시간 후엔 출발할 것처럼 희망의 여지를 주며 지연되었다. 그렇게 네 번의 지연 이후 새벽 4시가 되었을 때 항공사에선 불길한 예감처럼 항공 취소를 고했다. 보상으로 준 터미널 내에서 쓸 수 있는 10달러 가치의 상품권은 그 시각 문을 연 곳이 맥도날드밖에 없기에 무의미했다. 또한 순차적으로 진행하겠다는 항공권 교환도 그렇게 긍정적으로 받아들여지지 않았다.

촬영이 너무 순조롭게 진행되어서 그런지 마지막 날에 불운이 한꺼번에 몰려온 것 같았다. 스케줄이 있는 연예인들은 퍼스트석을 곧바로 예매했지만, 예산 제한이 있는 촬영팀은 그렇게 하기도 곤란했다.

"PD님 어떡하죠?"

모두가 어쩌면 좋겠냐는 눈으로 박 PD를 바라봤다. 막내 또한 박 PD의 눈치를 보았다. 문득 박 PD와 함께 〈Spring Again〉을 찍는다고 했을 때 선배들이 해준 이야기가 떠올랐다.

"걔가 좀 날로 먹으려는 경향이 있지만 제 사람은 잘 챙기고 임

기응변에 강해."

"미영이랑 아픈 애들 먼저 돌려보내."

박 PD는 갑작스러운 위기 앞에서도 침착하게 지시했다.

"우리 티켓 가장 최근 시간대가 정오인데요."

"내가 항공사 쪽 아는 사람한테 연락해볼게. 안 되면 비즈니스 끊자. 내가 책임질게."

"예!"

막내 PD는 제 장난을 다 받아주었던 박 PD에게서 진정 배울 점을 찾아냈다.

"PD님은 그럼 12시 비행기로 가시게요?"

"아니, 스케줄 잡힌 애들 먼저. 내가 총책임자인데 어딜 가냐. 나는 알아서 잘 갈 테니 걱정 마라. 막내, 넌 괜찮냐?"

박 PD가 깔끔하게 일 처리한 걸 본 막내 PD가 고개를 돌렸다.

"멀쩡합니다. 제가 PD님 모시겠습니다."

"뭘 모셔. 출연자분들한테나 잘 말씀드려봐."

"넵, 가서 일정 조율하겠습니다!"

갑작스러운 비행기 취소로 인해 출연진과 촬영팀이 뿔뿔이 흩어지게 되었지만, 막 취소되었을 때와 달리 분위기는 나쁘지 않았다. 그건 아마도 박 PD가 어리바리하지 않고 재빨리 결정을 내린 덕이기도 했고, 끝까지 화기애애했던 A팀이 천천히 가도 된다며 급한 사람을 먼저 보내라고 협조했기 때문이었다.

"에펠탑만 보고 가는 거 아쉬웠는데 잘됐네."

"비 내리는 파리도 아름답지."

"내일 비 그치면, 버스킹하러 갈까요?"

"좋네, 좋아."

그렇게 말하니 불편했던 사람들마저 마음이 놓였다.

"엇! 선생님들, 그럼 저도 동행해도 되겠습니까?"

"박 PD 하여간 날로 먹는 거 좋아해."

"흐흐."

"마음대로 해. 카메라 가지고 오지 말라고 해도 숨기고 오겠네."

"잘 부탁드립니다!"

박 PD는 작은 카메라 하나 챙기면서 허리를 숙였다.

파리 샤를 드골 국제공항 밖에선 여전히 겨울비가 세차게 내리고 있었다.

* * *

헤일로는 장우산을 탁탁 털었다. 지하통로에선 평일임에도 꽤 많은 사람이 지나갔다. 이어서 장우산이 미처 보호하지 못한 가죽 재킷과 기타 케이스를 털자, 물이 뚝뚝 떨어졌다. 물방울이 흘러 한곳에 물웅덩이를 만든다. 고인 웅덩이에선 지상의 경적, 지하의 말소리와 바이올린의 선율로 파동이 일어나고 있었다.

그는 천천히 통로로 걸어 들어갔다. 수많은 사람이 스쳐 지나가는 곳엔 바이올리니스트가 있었다. 비 오는 날과 잘 어울리는 오아시스의 곡 '스톱 크라잉 유어 하트 아웃(Stop crying your heart out)'이 들려왔다. 바이올린 연주뿐이었지만 가사가 들려오는 것 같았다.

Cause all of the stars are fading away(모든 별이 사라져버렸지만)

Just try not to worry(걱정하지 말아요)

You'll see them someday(언젠가 다시 보게 될 거니까)

헤일로는 허밍하며 지갑에서 동전을 꺼내 바이올린 케이스에 던져넣었다. 눈이 마주친 바이올리니스트가 고개를 까딱이곤 다시 연주에 전념했다.

헤일로는 빛이 들어오는 곳으로 다시 나아갔다. 계단 위에는 파리의 상징인 승리의 아치, 에투알 개선문이 있었다. 파리 광장 정중앙에 있는 에투알 개선문은 프랑스혁명과 나폴레옹 전쟁에서 죽은 전사자들을 기리기 위해 세워졌다. 개선문의 기둥에는 네 개의 조각이 새겨져 있다. 역사와 신화가 결합한 조각상은 출발, 승리, 저항, 평화를 의미했다. 날개를 단 자유의 여신을 스쳐 지나간 헤일로는 전망대에 올라가기 위해 줄에 합류했다.

장우산은 베네치아의 가면과도 같았다. 검은색 넓은 우산이 서로의 시야를 가리고 퍼스널 스페이스를 형성했다. 그 간격에서 사람들은 자유롭게 타인에게 말을 걸었으며 칭찬하고 잡담을 나누었다.

"네 기타 케이스 멋있다."

"고마워."

"어디서 샀는지 물어봐도 돼?"

비 때문인지 에펠탑보다는 관광객 수가 적어 헤일로는 오래 기다리지 않고 들어갈 수 있었다. 곧 그를 맞이한 건 소용돌이와 같은 나선형 계단이었다. 툭. 장우산 끝에 맺힌 물방울이 소용돌이 아래로 빨려 들어가 어느새 소리도 내지 않았다.

"와!"

기념품점을 지나쳐 전망대로 나왔을 때 사람들의 탄성이 들려왔다. 장대처럼 쏟아지던 비가 서서히 얇아지더니 하늘이 개었기 때문이다. 사람들의 감탄을 자아낼 만큼 커다란 무지개가 하늘에 걸려 있었다.

가만히 무지개를 보던 헤일로는 이윽고 갈비뼈 같은 창살을 쥐고 시선을 아래로 던졌다. 에투알 개선문을 중심으로 도는 회전 로터리와 열두 갈래 거리가 뻗어 있었다. 파리엔 고층 빌딩이 없어 도시의 모습이 시원하게 펼쳐졌다. 또한 거리를 오가는 사람들의 모습도 잘 보였다. 지상에선 사람들이 우산을 쓰고 돌아다니고 있었다. 검은 우산과 원형 로터리를 빙글 도는 흑백의 자동차는 흑백영화를 보는 것 같은 기분을 자아냈다. 그는 한동안 창살에 기대 파리의 전망을 구경했다. 저녁 약속까진 아직 시간이 남아 있었다. 데리러 오겠다는 아르보 회장에게 에투알 개선문에서 보자고 전해놓은 터라 이 전망대에서 하루를 쓰기로 했다.

겨울의 하루는 빠르게 흐른다. 그동안 비의 줄기가 굵어졌다 얇아졌다를 반복했다. 원형 로터리를 빙글빙글 도는 차의 모습과 오아시스의 노래를 허밍하는 소년을 흘낏 보는 여행객들의 모습도 계속 바뀌었다. 그러던 때였다.

"저기 저 사람들 버스킹하려나 본데?"

"지금 비가 좀 그치긴 했지."

한 가족들의 목소리가 그의 귀에 들어왔다.

'오늘 공연을 한다고? 비가 들지 않는 지하통로라면 모를까.'

헤일로는 고개를 돌려 한 곳을 바라보았다. 둥근 로터리와 연결된 한 코너였다. 샹젤리제 거리의 넓은 도로변에 몇몇 사람들이 기타를 안고 있었다. 헤일로는 창에 기대어 귀를 기울였다.

"…안 들리네."

당연히 기타 소리가 수십 미터에 달하는 개선문 전망대까지 닿을 리 없었다. 하루를 이곳에서 보내기로 한 그는 아래를 노려보았다. 솔직히 궁금했다. 비가 곧 다시 내리면 분명 버스킹을 멈출 테니, 들을 수 있을 때는 지금밖에 없다. 고민의 순간은 짧았다. 머리 위로 비가 후드둑 쏟아지기 시작한 순간, 헤일로는 우산을 들어 올렸다.

* * *

"비가 멈출 생각을 안 하네."

〈Spring Again〉의 원로가수들이 호텔을 벗어난 건 늦은 오후였다. 항공 지연과 취소로 피로가 누적되어 체크인하자마자 기절한 그들은 오전 11시가 넘어서야 깨어났다. 비가 좀 그쳐야 공연을 할 텐데 이러다 비 오는 것만 구경하고 돌아가게 생겼다.

'우리가 그렇게 쉽게 포기할 거 같아?'

가만히 하늘을 보던 원로가수가 코웃음을 치며 몸을 일으켰다.

"가자."

그 한마디를 기다리고 있었다는 듯 A팀이 전원 몸을 벌떡 일으켰다.

"같이 가요! 선생님들!"

촬영 이후의 버스킹은 생각보다 고단했다. 남은 인원이 기타 케이스와 우산까지 챙겨야 하는 데다 연습은 무슨, 선곡조차 없었다. 그러나 이상하리만치 가수들의 얼굴은 설렘으로 가득했다. 촬영이 끝난 이후 박 PD가 따라오긴 했지만, 그들이 원하는 대로 노래를 부를 수 있는 지금이 어떻게 보면 진정한 버스킹 아닌가. 그들이 샹젤리제 거리를 걸으며 버스킹 자리를 잡는 동안 비가 그칠 기색을 보이지 않는다는 게 하나의 문제이긴 했다. 그러나 개선문 방향으로 쭉 걸어가는데 그동안의 불행을 보상하듯 날이 개며 무지개가 떴다.

"여기다."

운명처럼 모두의 의견이 일치되었다. 샹젤리제 거리의 끝, 그리고 개선문과 둥근 로터리가 한눈에 들어오는 곳에서 그들은 자리를 찾았다. 자리를 잡은 가수들이 할 것이란 더 말할 것도 없었다. 자신들의 노래를 부르고, 파리지앵들이 알 법한 노래를 불렀다. 기타에 물을 먹이면 안 된다는 걸 잘 알지만, 그들은 옅은 빗속에서 노래를 불렀다. 어떤 촬영 때보다 재밌었다.

그러나 그들이 즐길 수 있는 시간은 길지 않았다. 다시 비가 굵어지기 시작한 것이다. 멈춰 서서 그들을 지켜보던 사람들이 우산을 펼치더니 곧 하나둘 흩어지기 시작했다. 아무래도 오늘은 운수가 보통 더러운 날이 아닌 것 같다. 비행기 지연과 취소부터 시작해 비를 끊임없이 뿌리는 망가진 하늘까지. 멈출 듯 말 듯 그들에게 희망을 주던 하늘은 결국 다시 굵은 비를 쏟아냈다. 마침내 안 된다는 걸 깨달은 이들이 마지막 공연을 끝냈다. 아쉬움에 한숨을 내쉰 누군가 쭈그려 앉아 형편없이 벌어진 기타 케이스를 챙겼다. 가야 했다. 아무도 가야 한다고 말하지 못했지만, 모두가 알았다.

터벅. 그 순간 검은색 부츠가 짐을 챙기던 이 앞에 멈춰 섰다. 뭔가 하고 보니 케이스에 지폐가 담겼다.

"Merci(감사합니다)."

가수 중 하나가 머뭇거리다 감사 인사를 했다. 그리고 그의 시선이 천천히 위로 올라갔다. 물을 먹어 짙어진 청바지 위로 갈색의 가죽 재킷이 보이고 그 위에 장우산에 가려져 보이지 않던 얼굴이 서서히 드러났다. 그의 눈이 번쩍 뜨였다.

"안녕하세요."

박 PD가 한때 열렬히 기다렸던 소년이 웃으며 여상스럽게 인사했다. 파리가 아니라 서울 방송국 앞이라도 되는 양.

"어?"

"노해일 씨?"

"여긴 어떻게."

주변의 놀란 반응에도 아랑곳하지 않고 소년이 물었다.

"촬영 중이에요?"

"촬영은 이미 끝났지."

"어제부로 끝났어요. 너무 늦게 왔네요. 어제 장난 아니었는데."

멀리서 익숙한 얼굴을 보고 온 헤일로는 고개를 끄덕였다. 마지막으로 HALO의 '우리가 다시 만날 때' 합창을 준비한다고 했는데 그럼 그것도 끝났으려나 궁금했다.

"노해일 씨…."

옆에서 남자의 징그러운 울먹거림이 들려왔다. 박 PD가 그를 뜨겁게 바라보고 있었다.

"정말, 정말 보고 싶었습니다."

헤일로는 자신을 열렬히 사모하는 여자처럼 말하는 박 PD에 흠칫 놀랐다. 처음 만났을 때 이런 사람이 아니었던 것 같은데 무슨 일을 겪었는지 모르겠지만 소름 돋았다.

"지금이라도 뵙게 돼서 너무 반갑습니다. 혹시 오늘 돌아가는 길에 저녁 식사라도…."

"그건 힘들 거 같습니다. 약속이 있어서요."

"아."

헤일로는 미안하진 않았지만 왠지 박 PD를 만날 때마다 거절하는 느낌이 들었다.

"어제 그럼 합창도 끝난 건가요?"

"네네. 어제 '우리가 다시 만날 때' 합창 때 오셔서 같이 불렀더라면 더 좋았을 텐데. 크윽."

"뭐, 괜찮습니다."

같이 합창하는 것도 즐거웠겠지만.

"최근에 한 번 불렀거든요."

헤일로가 웃으며 이야기했다.

"네? 네, 아. 이미 부르셨구나."

'아니, 그 귀한 걸 놓치다니.'

노해일이 어디 노래방이라도 다녀왔을 거로 여긴 박 PD는 아쉬워 미칠 것 같았다.

"더 많은 사람이 보았더라면 좋았을 텐데…."

"전, 만족합니다."

"그, 저런…."

그 노래가 베네치아 생방송을 타고 지금도 전 세계에 퍼져나가고 있다는 걸 모르는 박 PD는 소년의 소박함(?)에 마음 아파했다.

"비가 너무 많이 와서 아쉽네요. 같이 노래 부르고 싶었는데. 정말이에요, 전 세트리스트도 준비해놨는데."

이제 막 스무 살 된 한 어린 가수가 팝송 리스트를 늘어놓았고, 노해일을 처음 본 원로가수가 어깨에 고인 물기를 털어줬다.

"아쉽게 됐다, 아가. 한번 네 노래 들어보고 싶었는데. 콘서트라도 가보려고 했다만, 티켓팅은 하늘의 별 따기라고 그러고 방송국에선 더 보기 어렵고. 언제 다시 볼 수 있으려나."

헤일로는 대답 없이 그녀를 바라봤다.

잠깐 말을 멈춘 그녀가 의미를 깨달았을 때 그가 입을 열었다.

"그럼 지금 해볼까요?"

"지금?"

"여기서요? 이렇게 비가 많이 오고 있는데."

소년은 상관없다는 듯 어깨를 으쓱였다.

"세트리스트에 있는 노래로 어때요?"

"어, 어떤 거요?"

어린 가수가 고개를 기울였다.

"이건…."

원로가수가 피식 웃곤 고개를 끄덕였다.

"내가 코러스를 해줄 테니 네가 부르렴."

"그럼 제가 기타를…."

소년이 기타 케이스를 여는 걸 본 어린 가수가 입을 벙긋하더니 말을 바꿨다. 노해일은 이미 기타를 잘 치기로 유명해서 자신이 연주를 하느니 다른 걸 해주는 게 나을 것이다. 예를 들면 지금 장대처럼 비가 쏟아지니….

"우산을 씌워드릴게요."

이건 마치 공항에서 갑작스러운 상황을 정리했던 때와 같았다.

각자 자기가 맡은 위치를 깨닫고 움직이기 시작했다.

노해일보다 키가 작은 가수는 우산 살이 노해일의 머리에 부딪히지 않게 주의하며 시선을 내렸다. 처음 볼 때부터 예쁘다고 생각했던 기타 케이스였다. 유려한 곡선과 금빛으로 수놓인 나비. 어디서 구했냐고 나중에 물어봐야지 했던 가수는 그 안에서 나온 기타를 보고 왜인지 낯이 익다고 생각하다 어느 순간 시선을 고정했다.

"그 기타는…?"

소년과 시선이 마주친 가수는 목소리를 잃고 강렬한 시선에 사로잡혔다. 곧 노해일이 아무렇지도 않게 기타를 안고 자세를 잡았고, 가수는 손을 덜덜 떨며 우산을 들었다.

어쿠스틱 기타 선율이 부드럽게 흘러나왔다. 익숙한 반주에 사람들이 잠깐 귀를 기울였다. 그동안 기름이 낀 물웅덩이에 무지개가 피어난다. 자동차 점멸등과 전광판에 의해 세상이 오색빛깔로 채워지고, 덧없이 지나쳐 가는 우산들과 시간. 그 속에서….

How many special people change(얼마나 많은 특별한 사람들이 변해갈까)

샴페인 은하에 젖은 소년의 목소리가 울려 퍼졌다.

* * *

비가 멈추지 않고 추적추적 내렸다. 와이퍼로 휩쓸어도 물이 고여 흐릿해졌다. 신호등과 자동차 브레이크등에 빗물이 얼핏 붉게 변했다.

"여기는 늘 차가 많군."

"회전 로터리를 탄 이후엔 길이 풀릴 겁니다."

"그래, 알았으니 눈치 보지 말고 계속 가게."

아르보 회장 마티아스가 쿠션에 몸을 기댔다. 시선을 창으로 돌리니, 사람들이 검은색 우산을 쓰고 거리를 걷는 게 보였다. 창문을 열고 빗소리를 듣고 싶다고 생각했지만, 마티아스는 금방 생각을 바꾸었다. 자동차 내부가 젖을 걸 염려하는 건 아니었다. 그의 집엔 취미로 모아둔 스포츠카가 진열되어 있었고, 원한다면 언제든지 자동차를 사들일 수 있었다. 다만 빗물로 샤워하고 싶은 마음이 전혀 없었을 뿐이다.

그러다 우연히 그의 눈에 거리가 들어왔다. 회전 로터리와 만나는 샹젤리제 거리 마지막 블록이었다. 그곳에 사람들이 이상할 정도로 우르르 모여 있었다. 회전 로터리를 중심으로 둥글게. 하나둘 그곳에 모여들며 쓰던 우산을 접고 비를 맞으며 서 있다. 기이하다고 생각한 것도 잠시 롤스로이스 차량이 코너를 도는 순간 회장은 그 이유를 알 수 있었다. 우산을 쓴 무리가 버스킹을 하고 있었다.

'이런 날씨에도 버스킹이라니.'

원하는 모든 걸 살 수 있지만 젊음만은 살 수 없는 회장은 그들의 젊음이 부러웠다. 그 순간 익숙한 재킷과 기타 케이스가 눈에 들어온다. 뒷모습인 데다 장우산에 가려 전체 모습을 볼 수 없었지만, 재킷만은 익숙한 것이었다.

"잠깐."

그 한마디에 운전기사는 의문을 품지 않고 로터리 갓길에 차를 세웠다. 길에 돈을 떨어트려도 다시 돌아가 줍지 않는 회장이 고개를 돌렸다. 자기 집에 온 자신의 별이 남의 옷을 입고 있는 꼴을 볼 수가 없어 선물했던 신상 가죽 재킷이었으니 모를 수가 없었다. 심지어 아직 시판된 것도 아니었다.

"어디 있냐고 물을 필요가 없겠군. 어디서나 시선을 끄는 친구야."

껄껄거리며 웃은 회장이 창문을 아래로 내렸다. 비 좀 맞으면 어떤가. 그는 자기가 좋아하는 사람들에게 보다 관대했다. 물론 어거스트 베일에게 품은 의심은 여전했다. 왜 '모신다'는 표현을 부정하지 않았는지 오늘 같이 식사하며 풀 예정이었던 회장은, 자연스레 새로운 친구의 연주에 귀를 기울였다. 그의 수석 디자이너가 반했던 공연이 얼마나 매력적인지 확인하기 위해서.

차 안은 조용했다. 운전기사는 슬쩍 눈치를 보며 룸미러로 회장의 표정을 살폈다. 아르보의 회장 마티아스는 감정표현이 다채로운 사람은 아니었기에 미세한 주름의 변화도 유심히 봐야 했다. 그런데 운전기사는 처음으로 극적인 표정 변화를 포착했다. 무표정으로 눈을 감고 비에 젖은 음악을 감상하던 마티아스가 눈을 번쩍 뜨더니 얼굴을 창 가까이 붙였다. 어떤 오케스트라의 연주를 들을 때도 팔짱을 끼고 눈만 감고 있던 사람이 눈을 끔뻑거리고는 입술을 부르르 떨었다.

"어거스트 베일."

그는 어거스트의 이름을 꾹꾹 씹어 발음했다. 급한 일이라도 있나 싶어 운전기사가 핸드폰을 들었다.

"베일 경에게 연락을 넣을까요?"

"아니, 잠깐."

회장은 머리가 아픈 듯 감싸더니 갑자기 차 문을 벌컥 열고 나갔다.

"회장님!"

운전기사가 깜짝 놀라 그를 부르며 차에서 내렸다. 그가 우산을 펼쳐 씌워줄 때까지 회장은 자신이 비를 맞고 있다는 것도 의식하지 못하는 것 같았다.

"어서 베일한테. 아니."

감미로운 노랫소리가 멀어진다. 회장은 공연이 끝나가고 있다는 걸 알았다. 이윽고 펼쳐질 일이 눈에 선하다.

"저기 가서. 저, 친구부터 좀 데려오게."

* * *

간혹 세상엔 예상치 못한 일이 생기곤 한다. 아무도 없는 집에 "헬로?" 인사했다고 악령을 깨우기도 하고, 잘 걸어가다가 새똥을 맞기도 한다. 또 덜렁거리는 성격이 아닌데도 잘 가지고 다니던 에어팟을 집에 놓고 나오기도 한다. 파리 날씨도 그렇다. 밤새 비가 내려 좀 그칠 줄 알았지만, 희망 고문을 하던 빗줄기는 다시금 굵어졌다. 매장에 남은 우산을 가지고 나온 파리지앵 피에르는 오늘도 익숙한 길을 걸어갔다. 비가 오는 파리는 유독 흑백영화 같다.

'다들 어떻게 이렇게 개성 없이 다니는지.'

간혹 보이는 가게의 천막이 아니라면, 오로지 흑과 백. 색맹이 된 게 아닐까 의심했을 것이다. 익숙하게 음원을 틀려다 집에 에어팟을 두고 왔다는 걸 떠올린 그는 거칠게 스마트폰을 주머니에 집어넣었다. 집으로 돌아가는 길은 심심하고 지루하리라. 그러나 세상엔 예상치 못한 일이 생기곤 한다. 피에르는 샹젤리제 거리 끝에서 사람들의 무리를 발견했다. 천천히 그들과 가까워졌을 즈음 들린 익숙한 반주 소리는 그가 좋아하는 오아시스의 '샴페인 슈퍼노바(Champagne Supernova)'였다. 가사를 보면 늘 무슨 말을 하고 싶은 건지 전혀 이해하지 못했으나, 그래도 좋아하는 곡 중 하나였기에 피에르는 지나치지 않고 그들처럼 자리에 섰다. 어느덧 한 소년의 목소리가 들려왔다.

How many special people change(얼마나 많은 특별한 사람이 변해갈까)

감미롭고 아름다운 목소리였다. 그는 무의식적으로 사람들과의 간격을 좁혔다. 우산이 이리저리 얽혀 퀼트 이불처럼 지붕이 만들어졌다. 그는 다른 사람들 역시 자신처럼 더 자세히 보기 위해 점점 몸을 붙이고 있다는 걸 인지하지 못했다.

정중앙엔 어떤 소녀가 우산을 한 가수에게 씌워주고 있었다. 최대한 높게 들었지만, 신장 차이에 의해 어두운 장우산은 가수의 얼굴을 가렸다. 그래도 그 아래 기타를 연주하는 하얀 손은 잘 보였다.

How many lives are living strange(얼마나 많은 사람이 이상한 삶을 살아가고 있을까)

비에 젖은 목소리가 익숙하다고 생각한 순간 옆에 서 있던 여성이 우산을 접었다. 그녀는 제 트위드 재킷이 젖고 있다는 걸 전혀 모르는지 멍하니 얼굴이 가려진 가수를 보고 있었다. 그리고 마법과 같은 일이 펼쳐졌다. 하나둘 우산을 접었고 서로 몸을 붙였다. 비가 약하게 내리는 것도 아니고 장대처럼 주룩주룩 내리고 있는

데도 그들은 자기 옷이나 가방, 아끼는 구두가 젖든 밟히든 시야를 차단하던 우산을 치웠다. 누구도 지시하지 않았는데.

Someday you will find me(언젠가 너는 나를 찾아낼 거야)

그들처럼 우산을 접은 피에르는 저도 모르게 입을 막았다. 그가 매일 에어팟으로 듣던 목소리가 바로 앞에서 재생되고 있었다.

Caught beneath the landslide(산사태에 묻힌)

차 문을 걸어 잠근 채 달려 나간 자동차, 혹은 손안에 작은 인터넷에 고개를 박고 양쪽 귀를 틀어막은 채로 세상과 단절된 사람들은 평범한 거리에서 펼쳐지는 이 아름다운 세상을 보지 못하리라.

In a champagne supernova(샴페인같이 빛나는 초신성 속에서)

사람들은 숨소리 하나 내지 못하고 가수의 목소리를 좇았다. H가 새겨진 기타를 스치는 손가락 하나하나 놓치지 않고 유심히 보았고, 파리 한복판에서 멍청하게 서 있는 사람들의 소매를 털려던 사람의 손도 멈췄다.

'샴페인 슈퍼노바'를 처음 들을 때부터 지금까지 도저히 이해하지 못했던 피에르는, 작사가인 노엘과 한 비평가가 나누었던 인터뷰를 상기했다.

"근데 '천천히 홀을 내려가는 거야, 포탄보다 빠르게'가 도대체

무슨 뜻이죠?"

"나도 모르겠는데."

"네?"

"근데 6만 명의 사람들이 의미도 모른 채 불렀겠나? 다들 나름대로 의미를 갖고 불렀겠지."

피에르의 뺨에 떨어진 비가 눈물처럼 흘러내렸다.

Where were you while we were getting high(우리가 취해갈 때 당신은 어디에 있었나요)

기타를 연주하던 가수의 손이 천천히 느려진다. 귀를 간지럽히던 목소리가 멀어지자 그제야 시야가 넓어졌다. 피에르는 가수의 주변 사람들이 모두 상기된 표정으로 가수를 보고 있는 걸 발견했다. 우산을 씌워주고 있는 소녀마저 멍하게 가수를 올려다보고 있었다.

'지금 저 안에 있는 것은 누구일까. 누구길래 '그'와 비슷한 목소리를 가지고 있는가. 혹시… 이게 꿈이 아니라면….'

음악이 사라진 거리엔 긴장감만이 남았다. 모두가 H가 새겨진 유려한 기타를 안고 있는 청년을 주시했다. 그들은 저희가 무슨 말이 듣고 싶은지도 모르면서, 그가 무슨 말이라도 해주길 바랐다.

그 잠깐의 정적을 참지 못한 어떤 남자가 사람들을 뚫고 앞으로 걸어 나갔다. 그러자 다른 동양인의 남자가 카메라를 내려놓고 급하게 막는다. 반대쪽 찻길에서 걸어오는 사람은 막지 못했지만 말이다. 다행히도 아는 사람인 듯 우산 안에 있는 청년은 그와 이야기를 나누고는 빈 기타 케이스를 챙겼다.

그때 서서히 우산이 아래로 내려가기 시작한다. 어느덧 다시 멈춘 비의 잔재가 후드둑 아래로 떨어지고, 빛에 반사된 하얀 머리털이 드러났다. 천천히 부드러운 이마와 웃고 있는 눈꼬리가 보인다. 상상했던 것보다 앳된 얼굴의 가수가 눈이 접히며 마에스트로처럼 허리를 숙여 그들에게 인사했다.

"Thank you for listening(들어주셔서 감사합니다)."

짙은 포시 악센트! 시간이 멈춘 것 같았다. 가수의 뒤를 지나가는 자동차들이 아니었다면 역시 꿈이었구나 생각했을지도 모른다.

소년이 몸을 돌리자 사람들이 무의식적으로 손을 뻗었다. 그를 부르려고 하지만 긴가민가하여 입만 뻐끔거린다. 갑작스럽게 몰린 사람들을 불법 시위대라고 여기고 경찰 무리가 달려올 때, 소년의 앞에 롤스로이스가 세워졌다. 문이 열리고….

"안 돼!"

누군가 뒤늦게 뛰쳐나가 손을 뻗었지만 끝내 롤스로이스를 붙잡지 못했다. 고급스러운 자동차가 빠르게 로터리를 벗어난다.

"HALO…?"

비에 젖은 누군가의 목소리가 튀어 나갔을 땐 늦었다.

'당신은 헤일로가 맞습니까?'

모두가 하고 싶었던 질문은 소년에게 닿지 못하고 흩어지고 말았다. 그리고 채 1시간도 되지 않아 혼란이 시작되었다. 'HALO와 목소리 똑같은 사람 봄'이라는 제목으로 누군가 너튜브에 영상을 올리자 사람들은 반신반의하며 한번 눌러보았고, 곧바로 욕을 써넣으려다 비 사이로 들리는 목소리에 손을 멈췄다.

[Who is he?] (좋아요. 2.3k)

[What the fuck.]

[또 속냐? 분명 위조겠지.]

[이게 뭐야.]

[진짜 HALO 목소리 같은데.]

[뭐가 어떻게 되는 거야.]

[어, 저 기타!]

처음엔 일반인이 영상을 접했다. 그다음에는 최근 어디서 비슷한 기타를 구해와 사실 자신이 HALO라고 밝힌 할리우드 가수가 '맞다', '아니다'로 시끄러웠던 태양단이 뒤늦게 접했다. 그리고 이제까지 거짓말한 자들의 목록을 모아 박제하며, 그들의 집에 찾아가 자동차를 박살내는 등 사회면에 오르다 현재 잠시 수면 아래 잠수해 있던 소수의 헬리건 역시 하나둘 고개를 들었다.

그리고 한국에선 잘 묻어두었던 '노해일=HALO설'이 좀비처럼 무덤에서 기어 나오는 것도 아니고, 바다 너머 해외에서 날아오자 당황스러워했다.

[뭐래.]

[? 이건 무슨 떡밥이냐.]

[또 시작이네. 노해일 팬덤은 지들 가수 신격화시키고 싶어서 미친놈들밖에 없음?]

ㄴ 이번 건 내수 아닌데?

ㄴ (HALO와 비슷한 목소리를 가진 의문의 소년. 파리 버스킹 영상.avi)

ㄴ해외에서 쟤 누구냐고 다들 난리 남.
ㄴ근데 진짜 목소리 비슷한데? 얼굴만 가리면 완전 HALO인데.
[저 기탄 뭐야. 저거 베네치아 HALO가 들고 있던 거잖아. 그거 왜 노해일이 들고 있음?]
ㄴ개관종새끼라 어디서 똑같은 기타 가져와서 H 지가 쓴 거 아님?
ㄴㄹㅇ베네치아에서 HALO 기타 케이스 사진 찍힌 이후로 일부러 저렇게 커스텀하고 다니는 애들 천지인데.
[방금 영상 보고 옴… ㅅㅂ 이게 뭐야 노해일 진짜 HALO임? 한국 노래 부를 땐 몰랐는데 영어 노래 부르니까 그냥 HALO가 커버한 건데.]
[아니 노해일이 어떻게 HALO냐고. 인종 문화 다 재끼더라도 말이 안 되잖아;;]
[월간 HALO 할 동안 노해일도 놀고 있던 게 아니잖아. 소통 안 했고 콘서트 객석 ㅈ같이 잡았을 뿐이지 활동은 다른 누구보다 열심히 함.]
ㄴ노해일 작년에 싱글, 미니, 정규 하나씩 냄.
ㄴ심지어 <랑데부>도 나오고 음방도 나오고 <드로잉북>도 나오고 할 거 다 함.
ㄴ잠적해도 팬들이 괜히 가만히 있겠냐. 다른 가수였으면 쌍욕 먹었음.
[와 지금 심장이 미친 듯이 두근거림. 노해일 진짜 HALO인 거 아냐…?]
[영상 같이 나온 사람들 <Spring Again> 팀인 듯. 혹시 촬영했나?]
ㄴ보니까 A팀 헤일로 곡 커버하고 다니던데 노해일도 HALO 곡 부르냐? HALO 곡 불렀으면 진짜 그냥 두 곡 틀어놓고 비교만 하면 되는 거 아냐?
ㄴ맞네! 지금 방송국 간다.
ㄴ이미 거기 난리 남.

[왜 방송국 가서 난리 침? 그냥 노해일한테 물어보면 되는 거잖아.]
ㄴ노해일 어딨는지 모르니까 다들 난리 난 거잖음.

한국 소식을 통해 해외에서 'HALO와 목소리가 비슷한' 의문의 소년이 한국의 가수라는 걸 인지하기 전, 조용히 있던 해외 태양단이 침착하게 물었다.

[그래서 그는 지금 어디에 있는데? 버스킹 끝나고 어떻게 됐어?]
ㄴ그냥 인사하고 가버렸다는데.
ㄴPardon? 그냥 갔다고? 거기 있던 놈들은 다 뭐 하고 있었는데.
ㄴ다들 광역 스턴궁이라도 맞았냐?
ㄴ우리 팀 원딜 잘 컸네.
[이 멍청한 새끼들아 다들 손이 없냐 발이 없냐? 아니면 입이 없냐? 어떻게든 일단 붙잡고(catch) 봤어야지.

그렇게 그간 한국에만 존재하던 '노해일=HALO설'이 전 세계로 번지며 혼란을 넘어 혼돈 상태에 접어 들쯤, 단 셋이 자리한 레스토랑에선 영롱한 소리가 울려 퍼졌다.
"이건 말도 안 돼."
인터넷과 같은 말을 내놓은 아르보 회장의 얼굴엔 환한 미소가 담겨 있었다.
"난 행운 같은 걸 그리 좋아하지 않는데."
그는 스테이크를 썰지 않아도 배가 부른 것 같았다. 레스토랑에 도착하자마자 연속으로 포도주 석 잔을 마신 회장은 포크와 나이

프는 들지 않았다.
“한 가지 선물을 하려고 했더니, 내가 크리스마스 선물을 받은 거 같군.”
“선물이요?”
유리잔에 든 생수를 마시던 헤일로가 물었다.
“자네가 나에게 그랬지. 내 옷이 불편하다고.”
포도주를 빙빙 돌리던 회장이 말했다.
“어젯밤 내내 생각해보다가 아침에 이사들과 의견을 나누었지. 그렇게 새로운 콘셉트의, 그러니까 캐주얼 에디션을 만들기로 했다네. 그리고 그 파트에 자네의 이름을 붙일 생각이었지.”
헤일로가 고개를 끄덕이자 아르보 회장이 찢어지게 웃었다.
“그런데 내게 다시 과제가 생겼군. 몹시 어려운 문제야. ‘로’라고 붙여야 할지, 혹은… ‘헤일로’라고 붙여야 할지 고민이 된다네. 으하하하! 자네 생각은 어떤가.”
“글쎄요.”
헤일로는 회장의 시선에도 태연하게 스테이크를 썰었다.
“그렇게 어려운 문제 같진 않은데.”
“그래?”
“제 이름 아시나요?”
“이름?”
헤일로는 간단하게 노해일의 영문 발음을 들려주었다.
“해일 로(Hae-il Roh).”
프랑스식으론 다르게 들리겠지만, 영문 발음으로 하면…. 회장이 눈이 화등잔만 해졌다. 고민이 의미가 없었다는 것을 단번에 깨달았다. 동시에 이 언어유희에도 눈치채지 못한 사람들이 신기할 뿐이다. 그는 어쨌든 좋았다. 새로 임명한 수석 디자이너는 훌륭한 디자인과 함께 아르보에 도움이 될 가장 탁월한 선택을 했고, 그는 그런 수석 디자이너의 의견을 지지했다. 이제 아르보는 강렬한 태양 아래에서 무럭무럭 자라 전 세계에 뻗어나갈 것이다.

"내 새로운 에디션, '해일 로'를 위하여. 하하하."

마침, 〈코첼라〉의 전화를 받으러 나갔던 어거스트 베일이 돌아왔다.

"이제 〈코첼라〉는 걱정하지 않아도 된다네."

나중에 자세한 이야기를 들려주겠다는 어거스트도 잔을 들었다. 세 개의 유리잔이 부딪친다.

"그나저나 아직 여행 중이라고 했었나? 이제 어디를 갈 거지?"

"좀 더 머무르려고요."

파리가 혼돈에 휩싸이고 있는 걸 잘 아는 회장은 의외의 대답이라고 생각했다. 하지만 뒤이어진 대답에 고개를 끄덕였다.

"12집 녹음해야 하거든요."

7. 은퇴하지 않을 이유

「공연 순서는 어디까지나 〈코첼라〉의 권한입니다. 아무리 헤드라이너라도 공연 일정에 간섭할 수 없습니다.」

〈코첼라〉의 공식 발표에서 노해일의 이름을 발견한 어거스트 베일이 연락을 넣었을 때, 〈코첼라〉의 답변은 그러했다. HALO를 제발 불러달라고 징징거릴 때는 언제고 확정된 이후에 〈코첼라〉는 단호히 잘랐다. 이런 때 음반사에게 자신들이 갑인 걸 보여줘야 한다고 판단한 것이다. 하지만 〈코첼라〉가 어거스트에게 역으로 연락을 넣기까지 오래 걸리지 않았다. 아마 그들도 단호히 거절해놓고 이렇게 몇 시간 만에 다시 연락할 줄 몰랐을 것이다.

〈코첼라〉의 담당자는 얼마나 급했는지, 어거스트에게 전화를 계속 걸었고 결국 연결되자 곧바로 용건을 꺼냈다.

「지금 뭐가 어떻게 돌아가는 겁니까?」

"무슨 용건인지 모르겠네만."

아르보 회장과 헤일로에게 눈짓하고 자리에 일어선 어거스트가 능글맞게 되물었다.

「지금 파리에서 일어나는 일에 관해 묻는 겁니다.」

"파리라. 참 아름다운 도시지."

「진심입니까?」

담당자는 얼마나 급했는지, 다급하게 말을 이었다.

「로 씨의 무대를 헤일로의 앞 무대로 배치해달라고 했던 부탁과 지금 사태가 연관된 게 맞습니까?」

곧 있을 축제로 인해 축제 참가자들의 상황을 모니터링하고 있던 〈코첼라〉는 영상이 올라온 지 얼마 되지 않아 발견하고는 비상 회의를 소집했다. 이는 그들에게도 가장 중요한 HALO의 정체에 대한 건이 아닌가.

어거스트가 계속 모르쇠를 유지하자, 〈코첼라〉는 다시 옛날처럼 돌아가 징징거렸다.

"로 씨가 누군지 모르겠네만."

「베일 씨! 그러지 마시고, 이것 하나만 얘기해주세요. 로 씨가 HALO가 맞습니까? 맞다면 베일 씨의 요청을 진지하게 숙고할 테니 답해주십시오」

"흠."

그러나 정작 어거스트의 답이 들려오지 않았다. 한동안의 정적이 유지됐지만 을이 된 〈코첼라〉는 갑이 된 어거스트의 답이 들려올 때까지 전화를 끊지도 못하고 제자리에서 미쳐갔다. 그쯤 다시 어거스트의 목소리가 들려왔다.

"근데 그게 중요한가?"

「예?」

"로가 HALO가 맞든 아니든, 지금 전 세계가 주목하고 있는데 말이네. 곧 전 세계 사람들이 노해일이란 이름을 알게 될 텐데 진실이 중요한가?"

어거스트의 능글거리는 말투가 이어졌다.

"HALO로 의심받는 소년의 무대 다음이 바로 HALO의 무대라. 이건 무슨 의미일까? 소년이 진짜 HALO일까? 아니면 〈코첼라〉가 관심을 받으려고 일부러 만들어놓은 장치일까? 그가 진짜 HALO인지 아닌지, 진실은 결국 〈코첼라〉 무대에서 밝혀지게 될 거라는 게 중요한 거지."

어거스트의 말은 전혀 듣고 싶었던 대답이 아니었지만 분명 핵심을 관통하는 말이기도 했다. '그래. 누구라도 궁금하지 않을까. 나도 궁금해서 미칠 것 같은데. 그래서 이렇게 어거스트한테 급하게 연락을 한 거잖아?'라고 생각한 담당자는 '진실이 〈코첼라〉에 밝혀질 거'라는 데 전율을 느꼈다. 그럴수록 입이 바싹 말랐다.

「무대와 리허설에 대해선… 베일 씨의 요청에 대해 진지하게 숙고하도록 하겠습니다.」

결국 그가 할 수 있는 말은 정해져 있었다.

「다만, 한 가지 묻고 싶은 말이 있습니다.」

"음?"

「대답해주셔도 좋고, 하지 않으셔도 됩니다. 이건 〈코첼라〉 디렉터로서 묻는 게 아니라, 개인적인 궁금증이니까요. 누구에게도 말할 일이 없을 겁니다.」

어거스트는 그의 질문에 귀를 기울였다.

「로는… 그는 HALO가 맞습니까?」

머지않아 전화가 끊어졌고, 어거스트는 자리로 돌아와 잔을 부딪쳤다.

"마침 잘됐네. 내가 파리에서 기가 막히게 좋은 녹음실을 알거든. 근데 자네 멤버들도 준비된 건가?"

헤일로는 옅게 웃으며 답했다.

"네, 잘 도착했다고 하네요."

* * *

날이 밝았을 때 세상은 넓은 바다처럼 고요… 해지지는 않았다. 오히려 제어할 수 없을 정도로 태풍이 불어나고 있었다. 물론 갑자기 한 소년의 버스킹 영상이 지상파를 탈 일은 없었다. 그가 HALO인지 확실하지 않은 상황에서 섣불리 보도할 방송국은 없었다. 예전에 가짜 HALO 보도로 언론이 우스꽝스러워졌던 전적도 있었기에 보도국에선 이 뜨거운 화젯거리를 보고만 있어야 하는 것에 아까워했다.

하지만 제한이 적고 권위를 신경 쓸 필요 없으며, 생산과 소비가 동시에 일어나는 곳에선 말이 달랐다. 그곳에선 수많은 인간이 나타나 제 의견을 내놓았고, 지금까지 뜨겁게 싸우고 있으며, 이제까지 그러했던 것처럼 아니 이제까지 그러했던 것보다 더 크게 본격적인 토론이 일어나고 있었다.

겨우 하나의 영상이었다. 그러나 그 영상의 파장은 무궁무진하게 퍼져나갔다. 처음엔 목소리에 대한 감상이었고, 이어선 그 목소리를 가진 소년의 이야기가 무성했다.

[진짜 태양 목소린데.]

[쟤는 블랙도 아니고 동양인이잖아.]

[도대체 지금 인종 이야기가 왜 나오는 거야 이 퍼킹 레이시스트야.]

[그보다 그는 너무 어려 보이는데.]

ㄴ동양인은 원래 다들 10대처럼 보이잖아.]

ㄴ쟤는 진짜 10대라던데.

여기까지가 영상이 올라온 당일 일어난 논쟁이었다면, 다음날 수십 배의 사람들이 '영상'의 존재를 인지했고 토론은 수백 배로 불어났다. 가장 대표적인 건, 단연코 이미지였다. 베네치아 흑사병 의사와 소년의 이미지를 집중적으로 분석하는 사람들이 가장 많았다. 심지어 누군가 파리 버스킹 영상에서 소년의 이미지를 추출하여 베네치아 HALO처럼 3D 모형을 제작했다. X, Y, Z 좌표로 이루어진 3차원 공간에 까마귀 의사와 하얀 머리를 가진 동양인 소년이 서로 등을 맞대고 서 있다. 당연히 커다란 가면을 쓰고, 양복과 코트를 입은 의사가 더 크게 나왔다. 하지만 우산, 비, 카메라 등의 굴절 때문에 100퍼센트 확실한 실사는 아니나 눈대중만으로도 비슷하다는 건 알 수 있었다.

[이건 좀… 말도 안 돼.]

[내 눈에만 비슷해 보여?]

[둘 다 마르고 장신이라 비슷해 보이는 거 아닐까?]

[소년은 그러니까 '로'는 한국의 유명한 아이돌이야!]

[작년에 데뷔한 신인이기도 하고, 지금 한국에서 가장 핫한 스타지.]

세계 곳곳에 '노해일'이란 이름과 신상이 알려지는 데 오랜 시간이 걸리지 않았다. 사실 이상한 건 아니었다. 일반인이라도 HALO와 일치율을 보이면, 단번에 인기 스타가 됐던 게 작년에 일어난 일이다. 그런데 한 나라의 연예인이, 그것도 현재 가장 핫한 스타의 신상이 퍼져나가는 건 당연할 수밖에 없었다.

노해일이 발매한 곡부터 출연한 방송, 행적 모든 것이 어느 때보다 집요하게 알려지기 시작했다. 확실히 특이한 것은 조금만 아닌 것 같아도 일단 물어뜯고 보던 HALO의 악성 팬덤, 소위 헬리건이 입을 다물었다는 점이다. 누군가는 '거짓말쟁이 리스트'에 있는 애들을 또 괴롭히러 간 거라고 비꼬았고, 미성년자라 봐주는 거라고 생각했다. 하지만 헬리건을 잘 아는 사람들은 "걔들은 절대 미성년자라고 봐줄 애들이 아니다"라고 말했다.

혼란은 쉽게 잦아들지 않았다. 오히려 HALO와 최근 가장 비슷한 소년의 신상이 알려지면 알려질수록, 그들은 진실에 가까워지는 게 아니라 점점 더 미궁으로 들어가는 것 같았다.

[내가 자신하는데 그 노래는, 그 목소리는 태양밖에 없어. 신이 똑같은 목소리를 가진 사람을 일부러 하나 더 만들지 않았다면 말이야.]

[흑사병 의사와 로의 외견이 거의 일치한다는 건 다들 인정하잖아.]

[그리고 그 기타 케이스.]

[애초에 흑사병 의사가 HALO라고 보면 안 되었던 걸지도.]

ㄴ어디까지 가는 거야. 그는 HALO가 맞아.

ㄴ부모님 목소리는 몰라봐도 태양의 목소리는 안다고!

ㄴ그럼 어떤 게 진실인데? 흑사병 의사가 HALO도 맞고 저 소년이랑도

맞으면, 그가 HALO라는 거야?

'HALO'와 '로'가 같은 인물이라 하기에는 인종부터 문화권, 나이 등 수많은 걸림돌이 존재했다. 그러나 그중 가장 큰 걸림돌은 '로'가 한국에서 굉장히 활발히 활동했던 가수라는 거였다. 대략 20곡이나 발표했고, 그 20곡이 빌보드는 아니라지만 K-POP 음원 차트에 들 정도로 높은 퀄리티라는 게 둘이 같은 사람이 될 수 없는 증거였다. 개인 레이블을 가지고 있다는 걸 몰랐더라면, 아동학대로 신고했을 정도로 소년은 누구보다 열심히 살고 있었다. 궁금해하는 이들을 미궁 속에서 꺼내줄 당사자가 자취를 감춘 지금 답답함은 점점 고조되어 갔다.

[다들 음원 발매가 이해가 안 된다는데, 나는 그보다 더 이해가 안 가는 게 있어. 언어가 다르긴 하지만, '로'의 한국 음원에서도 헤일로의 목소리가 들리는데 지금까지 한국 애들은 뭐 한 거야? 그 나라에선 HALO가 인기가 없니? 이 논쟁은 로가 사라지기 전에 진작에 있었어야 했어.]
ㄴ동의해. 로가 무명도 아니고, 한국에서 가장 핫한 스타라며.
ㄴ아시안 애들이 원래 조용하잖아.
ㄴ아니면 자기들만 소유하려고 숨긴 거 아닐까?
ㄴ혹시 로 이미 귀국했는데 숨기고 있는 거 아닐까?

한국인들은 남에게 무관심하지만, 동시에 남들의 시선을 과하게 의식할 때도 있다. 따라서 현재 해외에서 난리가 난 상황을 대개 인지하고 있었고, 논쟁의 화살이 한국으로 날아왔을 땐 정말 억울했다. 사실상 한국이 가장 난리가 났기 때문이었다. 예전부터 '노해일=HALO설'이 존재하긴 했다. 그런데 그건 그리 메인 이슈가 아니었고, 다들 우스갯소리로 넘어갔다. 그냥 한국에서만 간혹 올라오다 말 거라고 생각한 '노해일=HALO설'이 해외에서 수입될 줄은 그 누구도 상상하지 못했다. 그들 역시 노해일에게 묻고 싶은 말이 많았기 때문에 어디 있는지 진심으로 궁금했다. 하지만 노해일의 공식 입장을 대변할 레이블은 유령회사처럼 직원이 하나도 없었고, 아직 아무것도 올라오지 않은 별그램은 노해일의 진짜 계정이 맞는지도 의심스러웠다.

귀국했다는 노해일의 밴드도 어느 순간 자취를 감춘 데다 노해일의 집 역시 비워진 지 오래였다. 노해일의 아버지가 한국대 교수라는 게 한때 화제가 되었던 만큼 한국대 앞에 기자들이 몰려갔지만, 그들이 들을 수 있는 답은 안식년이라는 것뿐이었다. 어쩔 수 없이 노해일의 초등학교, 중학교 교사들을 찾아갔지만 그들이라고 답을 내줄 리 없었다. 오히려 그들이 더 어리둥절해하며 노해일이 HALO냐고 되물었고, 그간 헬리건들의 뉴스를 보며 HALO에게 편견을 가진 교장은 우리 학생들은 다 착해서 술·담배를 안 한다는 둥 동문서답했다.

방송국도 난리가 난 건 마찬가지였다. 과장하면 방송국에 오가는 모든 사람이 노해일과 HALO에 관해 이야기하는 것 같았다. 더 당황스러운 건, 방송국 앞에서 진실을 밝히라는 시위가 있다는 것이었다. 아무것도 모르는 건 방송국도 마찬가지인데…. 그들이 괜히 노해일이 나왔던 방송만 다시 내보내는 게 아니었다. 이 상황에서 사람들은 어쩌면 〈Spring Again〉 팀은 진실을 알지 모른다고 여겼다.

"박 PD 말해봐!"

〈Spring Again〉의 박 PD는 귀국과 함께 방송국에 끌려가(?) 곧바로 높으신 분들 앞에 서게 되었다. 그들이 단도직입적으로 추궁했다. 노해일이 HALO냐고. 박 PD는 정말 높은 분들의 얼굴을 지긋지긋하게 보게 됐다. 그리고 그들이 얼마나 높은 자리에 있건 궁금한 건 못 견디고 달려온 건 다 똑같다는 것도 깨달았다.

"저는…."

앵무새처럼 똑같은 대답을 하고 나온 박 PD는 이제 그다음으로 높으신 분들에게 불려 갔다. 질문은 같았다.

"노해일 진짜 HALO야?"

"저도, 저도 잘 모르겠어요."

"어떻게 몰라! 노해일은 뭐래? 정말 아무 말도 없었어?"

"예, 노래만 부르고 가버려서."

"아니, PD가 돼서 붙잡지도 않고 뭐 했어!"

박 PD의 동공이 흔들렸고 식중독을 앓고 있는 사람처럼 창백해졌다. 누가 보면 죄를 짓고 심문당하는 사람이라고 여길 것 같았다.

"야, 박인수."

"저는… 저는 진짜 모르겠어요."

"야, 얼굴 들어봐. 아니, 괜찮아?"

그나마 그의 선배인 CP만이 그의 상태를 살폈다. 그러나 박 PD의 머릿속은 새하얗게 변한 지 오래라, 나오는 말은 같았다.

"저는 진짜, 하나도 모르겠어요. 뭐가 어떻게 되어가고 있는 건지. 아무것도 모르겠어요. 제가 왜 노해일 씨를 붙잡지도 못했는지.

진짜….”

가만히 그를 보던 CP가 한숨을 내쉬었다.

“지금 이 사태 해결할 수 있는 건 노해일밖에 없는데, 진짜 어디 갔는지 몰라?”

처음에 노해일과 만난 건 행운이라고 생각했는데, 노해일이 ‘샴페인 슈퍼노바’를 부른 이후로 그는 쭉 이 상태였다. 전기충격이라도 받은 것처럼 정신을 차리지 못했다. 뭐가 뭔지 하나도 알 수 없었다. 목소리가 HALO 같긴 한데 확실히 아는 게 아닌 이상 확답할 수가 없는 노릇이다. 다른 사람들이 다 그를 붙잡고 질문하지만 그야말로 노해일을 붙잡고 물어보고 싶었다.

‘해일 씨, 진짜 HALO예요?’

그때 묻지 못하고 보낸 게 천추의 한이었다.

박 PD가 대답할 상태가 아니라는 걸 인지한 CP가 책상을 톡톡 두드렸다.

“그럼 알 만한 사람이 누가 있지?”

“어거스트 베일?”

“그 사람이 지금 우리 연락을 받겠냐? 또?”

“노해일 부모님이랑, 그리고 노해일 밴드도 알겠죠?”

“놀랍게도 다 사라졌네.”

다들 약속이라도 한 것처럼 말이다.

“노해일 밴드 멤버 한 명만 찾으면 되는데.”

CP는 답답함을 참지 못하고 담배를 꺼내 들었다. 찾기만 하면 대박인데 레이블에 안 나타나고 집에도 안 오는 이들이 어디에 갔는지 도저히 감이 잡히지 않는다. 강원도 어디 산골에 숨어버렸나.

* * *

“얘들아, 들어와, 여기가 우리 아지트야.”

“와! 안녕하세요.”

“이쪽이 공학이, 그리고 덕수.”

“안녕하십니까? 남규환입니다.”

문서연은 아지트 안을 둘러보았다. 영화에서나 볼법한 밴드 아지트가 펼쳐졌다. “우와” 하며 그녀는 감탄을 숨기지 않았다.

“짐 놓을 곳 안내해드릴까요?”

“아, 네! 정말 감사합니다.”

“따, 따라오세요. 위층으로 올라가면 돼요. 지금 비어 있어서….”

한진영과 배공학은 그답지 않게 횡설수설하는 김덕수를 보며 뒤에서 킥킥거리며 웃었다. 2D에만 상남자인 김덕수는 현실 여자의 존재에 기를 못 폈다.

“근데 이렇게 허락 없이 올라가도 돼요?”

문서연은 공실이라는 계단 위로 올라가면서 물었다.

“괜찮, 아요.”

그렇게 딱 대화를 끊어버린 김덕수가 뒤늦게 아차 할 때, 한진영이 설명을 이었다.

“괜찮아. 여기 덕수 건물이거든.”

“조물주보다 높은 건물주?”

“아니, 별거 아니에요.”

남규환이 존경의 눈빛으로 바라보자 김덕수가 손사래 쳤다.

“그냥 어쩌다 로또 1등에 당첨돼서….”

“헉!”

"어쩌다 로또 1등이라니."

"부동산 차익으로 건물 몇 채 산 거뿐이야. 내가 주식엔 재능이 없어서."

"형님, 존경합니다!"

"앞으로 잘 부탁드립니다."

문서연과 남규환이 본능적으로 충성했다. 그리고 넉넉한 2층을 둘러보며 고개를 끄덕였다.

"연습할 곳이 생겨서 다행이다."

"그러니까. 잘못했으면 지금쯤 진실을 토해내라고 고문당하고 있었겠지?"

"미리 알지 못했다면 아마 그랬겠지?"

한진영은 복잡미묘한 얼굴로 그렇게 중얼거렸다.

"아무튼 무사히 도착했다고, 사장님한테 연락할게요!"

"그래. 아, 그리고 연습 다 하면, 해일이 첫 앨범 녹음한 스튜디오로 가자."

"첫 앨범이라면?"

"HALO 1집 말이야."

"성지에요…?"

남규환이 어느 때보다 극적인 표정을 지었다.

"성지? 그렇게 되나?"

한진영은 킥킥 웃으며 고개를 끄덕였다.

사장님, 저희 잘 도착했습니다!

이제 12집 녹음 연습 돌입합니다!

곧 카톡 1이 사라졌다.

* * *

“자, 한 번 더 보여드릴게요.”

“저, 저흰 진짜 모르겠어요.”

“제대로 보세요.”

“네, 넵.”

어두운 방 안 의자에 묶인 이들이 울며불며 낼 법한 말소리가 나는 이곳은 아주 밝은 카페다. 주변에 보는 눈도 많았으며 그들도 의자에 묶이지 않았다. 그들의 앞에 마음을 편안하게 해주는 티와 음료, 케이크가 놓여 있었다. 그러나 그들의 마음은 전혀 편안하지 않았다. 어딘가 납치되더라도 이보다 불편하지 않으리라. 모든 사람이 거의 확신하고 있듯이 베네치아에서 HALO를 만났다는 이유로 유명인이 된 피터와 친구들은, 그들의 입만 바라보는 사람들 때문에 부담돼 죽을 것 같았다.

빗속에 섞인 소년의 버스킹 영상은 “Thank you for listening”이라는 나지막한 인사로 끝나는데, 그들은 이 인사말 한마디를 열댓 번도 넘게 들었다.

“비… 슷한 거 같기도 하고.”

“비슷하다고요?”

“아, 아닌 것 같기도 하고.”

“다시 들으실래요?”

그들을 인터뷰하러 온 기자들이 뭘 원하는진 알겠지만 그들이라고 함부로 확신할 수 없었다.

"그, 베네치아 땐 축제 현장이라 시끄러워서…."

어떻게든 변명을 붙이는데, 기자들은 허용해주지 않는다.

"아니, 태양의 목소리가 흔한 것도 아니고, 우리가 세계 7대 난제를 풀라는 것도 아니잖아요. '예스 오어 노'가 어려워요?"

그들이 확답하지 못하는 데는 다 이유가 있다. HALO에게 화장실 보초를 세웠냐며 욕을 먹은 피터와 그의 등짝을 때렸다고 쌍욕을 먹었던 그들은 정신적으로 고단했다(특히, 평소 자주 연락하지 않던 부모님이 연락해 "네가 감히 태양을 때렸냐" 하며 야단친 건 정말 충격적이었다).

"오케이, 그럼 우리가 양보하죠."

"이제 가도 돼요?"

"아니요, 예스 오어 노가 어렵다면, 얼마나 비슷한지 숫자로 표현해봐요. 0에서 100 사이로."

"어… 73점?"

"지금, 장난하십니까?"

'아니, 어쩌라고.'

억울했지만 욕 한마디도 못 한 피터와 친구들이 고개를 도리도리 저었다. 그들은 목에 태양 목걸이를 건 이들이 정말 무서웠다. 기자라고 했지만, 분명히 이 중에 악명높은 헬리건들도 있을 것이다. 작년 한 해 동안 자기가 HALO라고 나서며 관심을 얻은 연예인들에게 찾아가 피를 연상케 하는 붉은색 스프레이로 '빌어먹을 거짓말쟁이', '밤길 조심해라' 같은 협박 문구를 남기고, 그들의 자동차나 재산을 파괴하며 악명이란 악명은 다 남긴 이들 말이다. 잘못 말했다간 그게 자신들의 미래가 될 수 있는데 어떻게 확답할 수가 있단 말인가.

"우린 나쁜 사람 아니에요. 우리 집 퍼피를 봐봐, 귀엽지 않니?"

"예, 예."

안 귀엽다고 하면 목을 졸라버릴 것 같은 사람들이었다.

"그래서 이게 그를 만졌던 손이란 거지?"

"사, 살려주세요."

"손."

그들이 손을 한 번씩 쥐고 간 이후 이들은 공포에 벌벌 떨었다. 제 반려견과 태양에게만 순한 놈들이란 걸 세상 모두가 안다.

그렇게 세상이 오랜만에 나온 단서에 침을 흘리며, 진짜 HALO인지 아닌지 모를 소년의 흔적을 쫓으며 2월의 달이 서서히 기울고 있을 때였다. 아무도 예상하지 못한 순간 HALO 12집이 돌연 발매된다.

[태양이시여…?]

[벌써 신곡이 나온다고?]

[하필 이런 때?]

[그, 이제 나올 때가 되긴 했는데.]

한국에선 연초, 영국 기준 12월 31일에 HALO 11집이 발매되었기에 현시점은 HALO의 작업속도를 고려했을 때 늦은 편이긴 했다. 그러나 상황이 상황인 만큼 누구도 HALO 앨범이 나올 거로 생각하지 못했다. HALO로 요즘 가장 크게 의심받는 소년이 진짜 HALO라면 사실 앨범을 낼 상황이 아니지 않은가. 다들 그를 어떻게든 찾으려 하고, 그의 신상이 털린 데다 주변이 뒤집혔으니 말이다.

HALO의 12집의 발매는 물고기가 가득한 연못에 돌멩이를 던져넣은 것과 같았다.

[그럼 역시 로는 아닌가?]

[아니, HALO 작업속도라면 이미 다 만들어놨을 수도 있어.]

ㄴ 베네치아 이후로 12집 작업을 하고 있었을 수도.

[애초에 HALO 곡은 옛날에 만들어놓은 곡이란 소문도 있었잖아.]

[베네치아 이후에 작업했으면 더 말이 안 되지. 한국인들 말 들어보니까 로는 바티칸 관광도 하고, 파리 쇼핑도 하고 놀며 돌아다녔댔어. 그가 무슨 작업을 한다는 거야.]

[나도 아니다에 한 표. 이번 곡 제목 보니까 태양은 지금 상황이 어떻게 돌아가는지도 모르는 것 같아.]

[나는 오히려 앨범 제목이 되게 의미심장한 것 같은데.]

단순히 12집이 발매된 것이 문제가 아니었다. 처음엔 작업이 가능하다, 아니다로 떠들던 사람들이, 앨범 제목에 집중했다. HALO 12집 〈즐거운 인생이여(Life is delight)〉. 앨범 표지 일러스트마저 현대 미술로 즐거움을 표현하고 있었으며, 타이틀곡인 '즐거운 인생이여'는 오랜만에 돌아온 디스코 팝이었다. 5월 31일 발매된 HALO 6집의 타이틀곡 '빗속에서 춤을(Dancing in the Rain)'이 역설적인 슬픔과 즐거움을 보여줬다면, 2032년 2월 27일 발매된 HALO 12집은 흥겨운 디스코 팝과 즐거운 인생에 대해 노래하는 음악으로 즐거움과 유쾌함 그 자체였다.

HALO 3집과 4집이나 7집이 어두운 분위기와 실험적인 시도로 호불호가 갈렸다면 12집의 타이틀곡은 누구나 즐겁게 들을 수 있는 곡이었다.

Ladies and gentleman, I keep a promise(신사 숙녀 여러분 약속해요)
The music should get on tonight(오늘 밤 음악이 꺼질 일은 없을 거예요)

드럼과 기타 베이스가 정박자에 맞아떨어지며 신나는 리듬을 만들어낸다.

음원은 발매된 순간부터 엄청난 속도로 음원 차트 1위에 꽂혔다. 사실 이건 늘 그래왔던 거였고, 현 상황에 어떤 의견도 내놓지 못하는 지상파들은 현 화제에 편승하기 위해 HALO 음원 발매에 대해 보도했으며, HALO 곡을 듣지 않는 사람들도 새삼 그의 곡에 손을 댔다. 음원 차트와 스트리밍 지수만 보자면, 축제였다.

그러나 대혼돈 상태에 빠진 멀티버스에 아랑곳하지 않고 나온 유쾌한 음악은, 사람들을 더 혼란케 했다. 노해일을 찾다 못한 사람들의 시선은 현재 어디 있는지 모를 노해일보다는 그의 주변 지인들에게 향하기 시작했다. 이제는 단순히 부모님과 학교, 밴드 멤버들을 넘어섰다.

"리브 씨, 현재 노해일 씨가 HALO라는 설에 대해 어떻게 생각하십니까?"

"신주혁 씨!"

"이성림 씨…."

노해일과 친하다고 알려졌던 사람들과 〈Spring Again〉 출연 가수들을 찾았다. 리브와 이성림은 잘 모르겠다고 답변하고, 황룡필은 원래 보기 힘든 인사였으며, 신주혁은 "당사자한테 물어보세요. 저도 어딨는지 모르죠. 파리에 있지 않을까요? 걔가 답장이 빠른 편은 아니라서"라고 침착하게 답했다. 〈Spring Again〉 팀은 목소리가 비슷하다는 것은 인정했으나, 확실한 것은 아니니 PD처럼 말을 아꼈다.

한편, 해외에서 주목을 끈 건 단연코 스콜피온이었다. 세계적인 메탈밴드로서 인지도가 높은 스콜피온은 최근 한국의 가수 로와 가장 친하다고 알려져 있었다. 스콜피온의 리더 릴은, 그의 내한 콘서트의 게스트로 돌연 로를 지목하고, 무대에서 끝까지 정중한 태도를 보인 데다 고가의 생일 선물까지 줄 정도였다. 무엇보다 로의 미공개 곡의 이야기를 나누었던 콘서트 클립이 실시간 검색어에 올랐다.

["잘 들었어요, 로. 부탁을 들어줘서 고마워요. 그런데 그 곡은 언제 다시 들을 수 있나요?"

"열세 번째 앨범이 나올 때쯤?"

"열셋? 그럼 얼마 안 남았네."]

[다들 이거 봤어? 스콜피온은 그가 HALO라고 생각하는 것 같아.]

당시 소년은 이제 막 첫 번째 정규앨범을 냈던 신인이었다. 한 해에 20곡이나 발표한 가수를 신인이라고 불러도 되나 싶지만, 어쨌든 데뷔한 지 1년도 되지 않은 신인이었다. 한 해에 정규앨범을 1집씩 낸다고 해도 13년이 걸린다. 누구도 짧다고 할 수 없는 기간에 대해 스콜피온은 얼마 남지 않았다고 이야기했다. 이에 대해 진지하게 칼럼을 써놓은 이가 마지막에 '하지만 만약 로가 HALO라면?(HALO는 당시 9집까지 발매한 상태)'이라는 질문을 첨부했다.

당연한 결론이었다. 물론 스콜피온의 릴이 또라이로 유명했기 때문에 릴과 로의 대담에 의미를 부여하지 말라는 사람도 있었지만, 그는 분명 무언가 아는 것처럼 보였다. 그때 누군가 회의적인 반응을 내놨다.

[릴은 당분간 못 볼걸.]

ㄴ왜? 걔도 하필 실종되기라도 했어?

ㄴ…그랬으면 다행이지.

[스콜피온, '스콜피온'하다. 스콜피온 리더 릴, 음주 후 기자들에게 "모기 새끼처럼 앵앵거리지 말고 꺼져, 이 멍청한 새끼들" 발언 후 가지고 있던 기타를 휘둘렀다는 게 알려져…]

ㄴ평범한 헬리건이네.

ㄴ뭐야 그냥 릴이잖아 호들갑 떨긴.

ㄴ근데 저 반응은 긍정 아냐? 쟤 맞는 말에만 멍청한 새끼들 이러잖아.

ㄴ긍정 두 번이면 뒤지겠는데?

ㄴ지가 제일 멍청하면서 남들보고 멍청하대.

ㄴ그래도 가끔 맞는 말도 해.

ㄴ어떤 말?

ㄴ어…

사고를 친 후 자택에서 나오지 않게 된 이에게 질문을 할 수 없게 되었다.

[해일이랑 HALO랑 이름도 비슷하고 목소리도 비슷한 거 같긴 한데…
도대체 뭐가 어떻게 돌아가는 거죠?]

ㄴㅋㅋㅋㅋ

ㄴ우리도 모르겠으니까 그냥 ㅋㅋㅋㅋ를 치십시오.

ㄴㅋㅋㅋㅋ

노해일의 팬덤은 죠스를 넘어 조커가 되어가고 있었다.

* * *

헤일로는 녹음실 의자에 기대 잠들어 있었다. 12집 발매를 위한 밤샘 작업 때문은 아니고, 그냥 영화를 보다가 마음에 드는 음악을 발견하고 그걸 늦게까지 연주하다가 밤을 새웠기 때문이다. 하늘에 해가 떠오르기 시작할 때 그는 의자에 기대 잠들었고, 옆에선 어거스트 베일이 틀어놓은 HALO 12집의 수록곡이 셔플로 흘러나오고 있었다. 마침 한 바퀴 돌아 타이틀곡이 들려왔다.

그때 문이 덜컥 열리는 소리가 들리자, 헤일로는 천천히 눈을 떴다.

"이런. 자고 있을 줄 몰랐네."

"괜찮아요, 이제 일어나려고 했거든요."

그가 기지개를 켜며, 자리에서 일어났다.

"그럼, 이제 가볼까요?"

"좋지. 준비도 다 끝났으니 이제 하나만 결정하면 되네. 우리의 목적지 말이야."

"결정했나?"

어거스트가 묻자, 헤일로는 고개를 끄덕였다.

"네, 스위스에 가보려고요."

"스위스도 좋은 나라긴 하지."

스위스를 결정한 이유는 두 가지였다. 그는 굿즈로 시계를 만들고 싶었다. 스위스가 시계로 유명하니, 한번 가봐야겠다 생각했다. 그러나 이는 스위스를 선택한 첫 번째 이유는 아니었다.

"해보고 싶은 게 있어서요."

헤일로의 말에 고개를 기울인 어거스트는 곧 귀를 의심했다.

"요들? 자네가 요들을 한다고?"

헤일로와 요들이라는 어울리지 않은 조합에 당황스러워하는 어거스트에도 불구하고 헤일로는 어깨를 으쓱하며 씩 웃어 보였다.

철컥. 헤일로는 혼자밖에 없는 열차 칸에 앉아 창문에 머리를 기댔다. 붉은색의 열차가 설산과 가파른 협곡, 빙하를 통과한다. 세상에서 가장 느린 특급 열차라고 했다. 편도 8시간에 달하는 장시간 동안 이곳에 있을 예정이다.

어거스트는 존재하지 않았던 노선을 하나 만들고, 열차 하나를 통째로 빌렸다. 그렇기에 이곳에 있는 건 그와 어거스트 그리고 소수의 직원뿐이었다. 식사를 가지고 올 때 외에 열차는 아무도 없는 별장처럼 고요해졌다. 지루하진 않았다. 헤일로는 느긋하고 여유로운 시간마저 즐겼다. 문득 멤버들이 바랐던 열차 여행이 이런 게 아니었을까 하는 생각을 했다. 창 너머의 펼쳐진 경이로운 자연과 미지 속으로 열차는 달려들었다.

오늘은 2032년 2월 29일, 4년에 한 번 오는 특별한 날이었다. 헤일로는 자연스럽게 기억하는 마지막 2월 29일을 떠올렸다. 그가 그때를 경험한 건 아니었다. 다만, 그때 그가 하려던 게 있었다.

그의 마지막 앨범 말이다. HALO 13집 〈새벽이 오기까지는〉의 발매 예정일이 오늘과 같았다. 4년 만에 오는 가장 특별한 날이자 그래미 시상식으로부터 대략 일주일 후인 그날, 깔끔하게 정리하고 겨울이 가기 전에 앨범을 발매하고 싶었다. 아쉽게도 13집 발매일은 영원히 오지 않을 날이 되었다.

"오래 기다렸나?"

통화하고 들어온 어거스트가 유유히 그의 맞은편에 앉았다.

"여기저기서 연락이 오는군. 이렇게 인내심이 없는 작자라는 걸 알고는 있었지만. 내가 쉽사리 말해주지 않을 걸 알면서도 연락하는 게 참 재밌어."

어거스트가 킬킬거리며 웃었다. 그가 평소처럼 말을 뱅뱅 돌리자, 그의 지인들이 결국 참지 못하고 욕을 내뱉었다.

"아, 자네한테 보여줄 게 있었는데. 보았나?"

"뭔데요?"

"오늘 올라온 걸세."

어거스트가 가방에서 패드를 꺼내 건네줬다. 그의 패드엔 너튜브가 켜져 있었고, 헤일로는 한국어로 된 제목을 금방 발견했다.

[(JTC) Spring Again B팀-아름답고 푸른 도나우 ♬ feat. 노해일 #오스트리아 #우연한 조우]

"새벽에 방영된 거 같네."

헤일로는 어거스트의 말이 귀에 들어오지 않았다. 방영하자마자 너튜브에 클립을 올린 건 확실했다. 〈Spring Again〉은 늘 일요일에 방영했기 때문이다. 1월에 예고편을 보내고 2월 29일에 본편이 나온 건 꽤 악마 같은 방영이었지만, 너튜브 클립 영상에 와서 따지는 사람은 없었다. 친절하게 당일 방송 회차와 내용을 설명한 사람도 있었다.

당일 방영분에선 A팀과 B팀 교차 편집 없이 오스트리아에 있는 B팀의 이야기를 주로 담았다고 했다. 노해일과 조우한 장소부터 그곳에서 한 한국인 유학생이 찍은 노해일의 '봄의 소리' 합주 장면이 편집되어 나오고, PD와의 짧은 미팅, 그리고 결국 도나우강 앞에서 같이 합주하게 된 장면까지 모두 보여줬다고 했다.

너튜브에 노해일과 관련된 클립 영상은 세 개였다. 핸드폰으로 촬영된 '봄의 소리'와 '아름답고 푸른 도나우', 그리고….

헤일로는 천천히 스크롤을 내렸다. 그리고 곧 미묘해진 표정으로 "하, 하하" 하고 크게 웃고 말았다. 어거스트가 의아하게 바라보는 것도 모르고, 헤일로가 영상을 눌렀다.

[(JTC) 노해일(Roh Hae-Il)-새벽이 오기까지는 #Spring Again #우연한 조우 4,699,878 View. 2032. 02. 29.]

헤일로의 눈에는 폭발적으로 늘고 있는 조회 수는 들어오지 않았다. 그냥 2월 29일이라는 날짜만이 보였다. 헤일로는 생각했다. 이건 그냥 우연에 불과하다고, 괜히 의미 부여하지 말자고.

〈Spring Again〉은 현재 '노해일=HALO 논란'에도 불구하고, 방송분으로 순차적으로 풀어내기로 한 것이다. 아니면 이른 예고편에 욕먹으면서도 2월의 막바지에 가서 시청률이 잘 나올 수 있는 고점에서 내보낸 걸 수도 있다. 어쨌든 방송국도 기업이고, 가장 가치 있는 순간을 고려했을 테다. 13집 타이틀곡은 이미 여러 번 불렀다. 소극장 콘서트 마지막 날 한 번, 스콜피온의 콘서트 게스트로 초청돼서 한 번. 그래서 이미 알 사람들은 다 알 것이며 볼 사람들은 다 보았을 것이다. 새삼스럽지 않다.

그런데도 헤일로는 여전히 기분이 복잡미묘했다. 자신이 앨범을 발매하려고 했던 그때와 같은 날짜에 그 음악이 세상에 내보여졌다는 것은, 자신은 생각지도 않았던 미련을 하늘이 나서서 풀어주는 것 같은 기분이었다. 헤일로는 감정을 정의하지 못하고 그냥 "하하하" 웃었다.

노해일이 되고서 1년 하고 몇 달이 더 지난 지금, 헤일로는 어느 날 노해일이 돌아와 몸을 돌려달라고 해도 아쉽지 않을 것 같았다. 아니, 아쉬울 수도 있지만 그래도 후회 없는 시간을 보냈노라 고마워할 수 있을 것 같다고 생각했다.

헤일로의 웃음이 기이했지만 어거스트는 헤일로가 웃은 이유를 묻지 않았다. 느낌상 소년은 물어도 대답해주지 않을 것 같았다. 그리하여 어거스트는 헤일로의 웃음이 멈춘 후 평소처럼 일에 관한 이야기를 꺼냈다.

"13집은 자네가 말한 대로 표지 제작에 들어갔네. 요들은 근데 진짜 할 생각인가? 혹시 앨범에 요들도 넣으려고?"

그는 아직도 헤일로와 요들을 전혀 연결하지 못하는 얼굴을 하기도 했다.

"그리고 말이네."

어거스트는 얼마 남지 않은 〈코첼라〉 날짜를 따져보았다. 이제

한 달하고도 몇 주 남았을 뿐이다. 눈 깜짝하면 지나갈 시간이다. 대중들은 현재 HALO를 유일하게 볼 수 있는 〈코첼라〉를 기다리겠지만, 어거스트는 더 먼 곳을 보았다. 〈코첼라〉는 또 하나의 시작일 뿐이다. 소년의 미래는 무궁무진했다. 그는 노해일로서 활동하던 소년이 또 다른 이름으로 불리면서 가지게 될 날들을 상상해보았다. 소년이 아직 하지 않았지만 앞으로 하게 될 그런 것들. 그가 상상하는 것들과 소년이 상상하는 것들이 다를 수 있으니 물어봐야 할 때였다.

"자네가 앞으로 뭘 하고 싶은지 들어보고 싶네."

"앞으로요?"

"〈코첼라〉 이후에 말이지."

헤일로는 기시감이 들었다. 언젠가 비슷한 질문을 들은 적이 있다.

"가수들과의 협업, 방송, 월드투어 뭐든 있겠지. 그중에서 자네가 원하는 게 뭔지 듣고 싶어. 우리 한번 우선순위를 만들어보세."

헤일로는 장난스럽게 되물었다.

"빌보드 1위 같은 건 어떠세요?"

"자네가 빌보드 1위 자리에 크게 연연하진 않았던 거 같은데."

"그건 그렇죠."

그건 언제든 가질 수 있는 자리라 그는 솔직하게 인정했다. 이미 많이 해보았고, 또다시 하게 될 빌보드 1위는 그의 우선순위가 되지 못했다. 다만 우선순위란 말에 빌보드 1위를 떠올린 건, 예전에 어떤 녀석이 그에게 같은 질문을 했기 때문이었다.

"근데 넌 나중에 뭐 할 거야?"

어떤 위대한 예술가의 마지막 작품 앞에서도 가졌던 고민이다.

"빌보드 1위를 한 다음엔?"

그다음엔… 헤일로는 천천히 고개를 돌렸다.

"모든 게 끝난 이후에."

설산을 가로지르는 열차에서 거대한 호수가 보였다. 반은 얼고 반은 그렇지 않은 호수였다. 그 위에는 철새들이 앉아 먹이를 찾고 있었다. 그러다 어느 순간 푸드덕 날아가기 시작했다. V자 모양으로 열을 맞추어 하늘을 날았다. 그들에게서 떨어진 깃털 하나로 호수에 파동이 이는데 그들은 돌아보지 않고 날갯짓을 계속했다.

가만히 그 모습 보고 있는데 문득 누군가 자신을 바라보는 시선이 느껴졌다. 헤일로는 천천히 고개를 돌려 유리창에 비친 한 남자와 눈이 마주쳤다. 그는 노해일이 아니다. 노해일보다 커다란 덩치에 하얀 피부, 아폴론의 현신이라 불렸던 조각 같은 남자가 그곳에 있었다. 얼굴 반쪽에 진 역광, 그 어둠 속에서 남자는 그가 기억하는 마지막 얼굴과 마지막 표정으로 그를 바라본다. 나지막이 그의 입술이 움직인다. 들리지 않았던 웃음소리가 들려왔다.

"아, 멘트."

"그래, 너 설마 시상식 멘트도 준비하지 않은 건 아니지?"

"당연히 준비했지."

그가 매니저 제임스와 나누었던 마지막 대화였다.

"말해봐. 한번 들어봐야겠어."

"별건 아닌데."

"난 네가 그렇게 말할 때가 제일 무섭더라."

기억 속에 헤일로가 목을 가다듬으며 걱정 어린 제임스 앞에서 준비한 멘트를 읊었다. 그리 긴 멘트는 아니다.

"참, 아름다운 밤입니다. 오늘 제가 이 자리에서 서게 될 줄 몰랐네요."

"오, 네가 웬일로 정상적인 말을 다 하…."

"상은 주신다니 받기야 하겠지만. 음, 감사하다고 말하면 될까요? 그보단 그래미의 영광이 바닥을 치게 되어 울분에 차 있을, 고매하신 심사위원님들께 애도를 표합니다. 다들 괜찮으시죠? 하하. 아, 맞다. 가장 중요한 걸 까먹을 뻔했네."

"야, 헤일로, 너 이 미친…."

"오늘부로 저는 이 자리에서 은퇴하겠습니다."

"뭐? 잠깐, 헤일…."

"신사 숙녀 여러분."

"로!"

"앞으로 즐거운 시간 보내시길."

자동차는 어둠 속으로 달려 나간다. 기차 또한 터널 속으로 들어갔다.

'이 다음에 우리가 할 일이라.'

창에 비친 남자가 찢어지게 웃으며 천천히 입술을 달싹였다. 그를 따라 헤일로의 입도 움직였다.

"은퇴."

"어?"

"할까요?"

마주 앉은 어거스트는 입을 열지 못했다. 고함을 지르던 제임스보단 훨씬 침착한 태도였다. 제임스와 그랬듯 어거스트와 밤새 싸우고 싶은 건 아닌지라, 헤일로는 말을 이었다.

"농담입니다."

대답은 여전히 없었다.

"은퇴하기엔 아직 할 게 많이 남아 있죠."

그가 안심할 수 있도록 한마디 덧붙이고는 창 너머로 시선을 던졌다. 그의 눈엔 그와 닮은 듯 닮지 않은 한 퇴폐적인 남자가 더는 보이지 않았다. 열차 너머 펼쳐진 건 터널 밖 아름다운 광경뿐이다.

언젠가 할 게 없다면 은퇴를 할 생각이긴 했다. 그러나 벌써 은퇴를 고려할 정도는 아니다. 장진수가 말한 것처럼 그는 아직 빌보드 1위도 하지 못한 여느 가수들과 같다. 그래미 또한 올해 얼굴 없는 가수에게 상을 주지 않았다. 아직 할 게 무궁무진하다. 먼 이후는 어떻게 될지 모르겠지만, 지금 당장 그는 할 게 많았고 그래서 즐거웠으며, 이 행복을 유지하고 싶었다. 그가 은퇴 선언을 하기 전에 노해일이 돌아올지도 모르는 일이니, 아주 먼 미래까지 생각할 필요는 없다.

"그런가?"

다시 원래대로 돌아간 어거스트의 표정을 보며, 헤일로는 고개를 끄덕였다. 그는 어거스트가 그의 작은 농담에 별로 개의치 않으리라 여겼다.

* * *

[오 맙소사 방금 한국 방송국에서 올려준 로의 '아름답고 푸른 도나우'를 듣고 왔는데 말이야. 난 이제 그가 HALO가 아니더라도 팬이 될 것 같아. 너무 아름다운 목소리야.]

[태양이 아니라니. 들으면 들을수록, 세상에 이만큼 HALO와 같은 목소

리가 있을까 싶어.]

[그 많던 성문 분석가들은 어디 간 거야.]

한국인만으로도 족히 100만은 넘어갔던 조회 수는 외국인들이 급격하게 유입하며 가파르게 상승했다. 그들은 '로'의 행적이 나올 때마다 사막에서 물을 발견한 것처럼 정신없이 갈증을 채우려고 했다. 하지만 아무리 살피고 훑아도 갈증은 쉽사리 가시지 않는다.

[난 도저히 모르겠어! 이제 로가 HALO가 아니라면 말이 안 될 거 같아.]

[로가 미국 토크쇼에 나와서 HALO 커버를 부른 적이 있대.]

[이거 꽤 유명했던 클립이잖아.]

[왜 멍청한 미국놈들은 그걸 듣고도 왜 한 번도 의문을 제시하지 않았지? 누가 릴네 집에 쳐들어가서 물어봐.]

ㄴ그 새끼는 총도 쏠 새끼야.

ㄴ그보다 사실 집에 진짜 있는지부터 의심해야 하는 거 아냐? 저 새끼는 우리 몰래 태양에게 달려갔을 수도 있어.

ㄴ설마. 저 새끼는 그랬다면 제 SNS에 티를 냈을걸.

일거수일투족을 주시하고 분석하고 파헤쳐도 물이 아닌 바닷물을 먹은 것처럼 오히려 점점 더 소년에 대해 알고 싶어졌다. 소년을 찾아야만, 이 갈증이 해결될 거 같았다. 사람들은 점점 날뛰더니 불만을 터트리기 시작했다. 다만 그 불만은 소년에게 향하지 않았다.

[베일이 HALO를 납치해서 어디 가둔 게 분명해.]

[나도 동의해 나의 작고 소중한 태양이 구출을 바라고 있을지도 몰라.]
[얘들아, 정신 차려. 납치는 무슨. 커다란 고성에서 호화롭게 지내고 있겠지.]
[난 한국애들이 더 수상해 그를 숨기고 있는 것 같아.]
ㄴ 나 한국인인데 진짜 아니야ㅠㅠ 우리가 제일 궁금하다고.

불만의 불꽃이 활활 타올라 산을 잿더미로 만들지도 모르겠다. 그때 헤일로는 알프스 한 시골 마을에 있었다. 그곳은 문명 대신 자연이 보존된 아름다운 곳이었다. 들판엔 눈이 쌓여 있고, 주변은 산으로 둘러싸여 있으며 마을에는 많지 않은 가구들이 살고 있었다.
"노래의 기본인 음정이 정확해야 해요. 다들 절 따라해보세요. 삑사리와 요들은 음정과 박자로 결정됩니다."
잠깐 고향에 내려온 강사는 할머니 할아버지 사이에서 유독 잘 들리는 목소리를 들으며 감탄했다.
"오, 너무 잘하는데요? 재능있네."
대학 방학 시즌을 맞아 고향마을에서 어르신들을 위해 재능봉사를 하는 중인 강사가 칭찬하자 헤일로가 옅게 웃었다. 겨우 15분 가르쳤을 뿐인데, 강사는 호감을 느끼며 어깨를 툭툭 두드렸다.
"이 친구처럼 '요를레이' 하면 됩니다. 참 쉽죠?"
헤일로는 이 아름다운 작은 마을에서 원하는 때 요들 수업을 들었다. 스위스엔 요들송이 꽤 많았고, 한두 번 들으면 금방 외워졌다. 강사는 그의 경이로운 성장에 놀라 혹시 노래를 배워봤냐고 묻기도 했다.
헤일로는 평소엔 눈밭을 걸어 다니기도 하고, 손이 빨갛게 얼 때까지 낯을 가리지 않는 마을 애들이랑 눈싸움하며(절대 봐주지 않다가 애를 울리기도 했다) 설산을 오르기도 했다. 아마 겨울이 아니라 여름이었다면 목동들을 따라 들판에서 뛰어다녔을지도 모르겠다. 그러나 마을 우물 앞에서 앉아 기타를 연주하는 헤일로와 하나둘 모이기 시작하는 마을 아이들의 평화로운 모습을 보는 어거스트 베일의 표정은 꽤 심각했다.

"은퇴라…."

그는 한 번도 헤일로의 말을 흘려들은 적이 없었다. 설사 농담이라고 한들 한 번 두 번 세 번, 다시 되새김질하곤 했다. 이번 것은 특히 흘려들어선 안 된다는 직감이 강하게 들었다. 헤일로라는 이름의 소년은 나이가 떠오르지 않을 정도로 불세출의 천재이지만 동시에 10대 사춘기 소년이란 걸 부정할 수 없다. 어른은 이해할 수 없는 복잡한 사고 과정을 거치고 있을 수도 있다. 게다가 헤일로라는 소년은 평범한 10대보다 복잡했다. 어떨 때는 장난스럽고 천진난만한 아이 같다가도 20대처럼 도전적이고 자유로우면서 30대처럼 안정적이고 여유롭게 느껴지기도 했다.

단순하게 제 욕망을 위해 살아가는 것 같으면서도, 결코 제 속을 잘 드러내지는 않는 소년이 말한 '은퇴'라는 단어가 뾰족한 가시처럼 여태 그의 목에 걸려 있었다. 그는 편안한 얼굴로 기타를 연주하는 소년을 보며 열차에서 주지 못했던 답을 나지막이 중얼거렸다.

"그렇다면 자네에겐 은퇴하지 않을 이유가 필요하겠군."

* * *

'파국이다!'

장진수는 파가 둥둥 떠 있는 계란국 혹은 그냥 맹물을 보며 속으로 중얼거렸다.

"아니, 노해일이 HALO였다니."

"야, 아직 뭐 확정된 것도 아니잖아."

"박찬수, 넌 귀 없냐? 목소리가 똑같잖아."

"목소리 좀 같을 수도 있지. 세상에 사람이 얼마나 많은데."

"이 새끼는 왜 갈수록 진지해지냐. 노잼."

"뭐, 질투하나 보지. 같은 반이었다며."

급식의 맛은 급식비와 전혀 비례하지 않았다.

"박찬수, 너 노해일 질투하냐? 아니, 질투할 사람이 따로 있지. 걔는 HALO건 아니건 돈 존나 많이 벌었을걸?"

"내가 뭔 질투를 한다고."

"너희 엄마가 너랑 노해일이랑 매일 1,2등 다투는 라이벌이었다고 그러던데. 그래서 질투하는 거 아냐?"

2032년 2월 노해일이 파리에서 버스킹하고 겨우 하루 지났을 때 장진수가 다니는 학교의 모든 단톡방이 난리가 났다면, 3월 개학한 이후엔 모든 곳에서 노해일이란 이름이 들려왔다. 단순히 인터넷뿐만 아니라, 길거리, 가게, 방송, 공원 더 나아가 학교까지. 심지어 학교 선생님들도 〈2030 Song Festival-랑데부〉 이후로 뜸했던 노해일의 이야기를 다시 꺼내기 시작했다. 특히, 학교 선생님들은 장진수와 박찬수를 볼 때마다 호기심을 참지 못했다.

정말 다행인 것은 그들이 장진수가 최근까지 노해일의 집에 드나들었다는 걸 잘 모른다는 거였다. 노윤현 교수에게 수학 강의를 받고 박승아가 '우리 진수 요즘 잘 지내고 있냐'며 초코우유 기프

티콘을 간혹 보내주는 걸 그들이 알았더라면 그는 지금 정상적인 생활이 불가능했을 거다.

그만큼 한국은 지금 제정신이 아니었다. 여전히 노해일이 HALO가 맞냐는 의심이 존재하긴 했지만, 이미 확신하는 사람들도 있었다. 그들이 진짜 목소리를 듣고 확신하는 건지 아니면 치사량의 '국뽕'에서 헤어나오지 못하는 건지 모르지만, 외국 사람들보다 노해일, 즉 HALO에 대해 더 잘 안다는 걸 자랑스러워했다.

"야, 근데 외국 기자 놈들이 그러더라. 노해일이 HALO로 관심 받으려고 일부러 잠수탔다고."

"미친. 리얼?"

"아, 나도 봤어. 지금 노해일이 참여했던 드라마나 예능, 뮤지컬 싹 다 떡상했잖아. 그거 보고 한국에서 짜고 친 거 아니냐고 그러더라."

"와, 시발 문과인가. 상상력 오지네."

"그러니까. 노해일 원래 그랬는데."

지금도 한쪽 구석에 앉아 있는 애들이 책상을 탁탁 치며 웃었다. 킥킥거리는 웃음소리가 요란하게 교실을 울린다.

"노해일 특, 팬들이랑 소통 안 함."

"레알, 디엠도 안 함."

"상남자 종특임. 나도 디엠 안 하잖아."

"넌 할 사람이 없는 거겠지."

"다시 말해봐."

"야 근데 노해일도 공개 계정으로 안 하는 거지. 뒤로는 비계 파서 다 할걸?"

아니었다. 노해일은 카톡도 안 봤다. 장진수는 혹시 제 카톡만 안 보는 건 아닌가 의심도 했다.

'나쁜 놈….'

노해일은 옛날부터 연락이 잘 되는 녀석은 아니었다. 장진수는 이걸 왜 상남자라고 옹호하는지 이해할 수 없었다.

아무튼 학생들은 외국인들의 고통을 즐겼다.

"아, K-가수 보고 매워하는 거 존나 재밌다."

"노해일 자꾸 잠적하는 거 프로의식 없다고 생각했는데. 계속 보니까 그냥 성격인 듯."

"나도 뭐 하는 새끼인가 했는데. 상 준다는 시상식도 안 나오고 여행 간 거 보고 찐인 걸 알았음."

"원래 천재들은 좀 괴짜 같고 그러지 않냐."

"그래서 걔 팬들도 뭐라 안 그러는 거겠지."

"도대체 노해일 팬질 왜 하는 건가 했는데, HALO라니 바로 이해 완료. 잠적이 아니라 작업하느라 바쁜 거였어."

"오, 그렇네. 잠적이 아니었네. 매달 앨범 작업하는 거였어."

뒤늦게 깨달은 듯 누군가가 주먹으로 손바닥을 '탁' 쳤다. 그리고 그 깨달음은 교실 내로 퍼져갔다. 한 번도 잠적의 이유를 생각해 보지 못했는데, 한 달에 한 번 월간 HALO를 하느라 바빴다면 모든 게 말이 됐다. 사실, 노해일의 팬들은 1년에 20곡 낸 걸로도 충분히 열심히 살았다고 받아들이긴 했지만, 더블로 냈다면 이건 이해를 못 하는 이들이 이상한 거였다.

"아, 맞다. 나 뮤지컬 보러 가기로 했다."

"아니, 웬 뮤지컬? 모평 준비 안 하냐?"

3월 25일 목요일은 2학년들의 첫 모의고사가 있는 날이었다. 첫

모의고사를 앞둔 친구가 뜬금없이 뮤지컬 보러 간다고 하는 건 좀 처럼 이해가….

"대박, 너 설마 〈록〉 보러 감?"

"뭐야, 티켓팅 어떻게 했어?"

"우리 엄마가 추가 회차 티켓 받았대."

"와, 난 연장 공연 티켓팅만 기다리고 있는데."

뮤지컬 〈록〉을 보러 간다는 학생에게 다른 아이들이 관심을 보였다. 현재 막바지에 들어간 뮤지컬 〈록〉은 아이들의 가장 큰 관심사 중에 하나였다. 뮤지컬에 관심이 없던 애도 일단 아는 척할 정도로 초대박이 난 작품이었다.

물론, 〈록〉은 12월 초연부터 대박이었다. 초연 티켓팅도 이미 뮤지컬 덕후와 노해일 팬덤에 의해 대개 모든 자리와 일정이 매진된 상태였다. 곧 입소문이 돌았고, '개쩐다'는 후기와 함께 취소 티켓까지 싹 다 동이 났다. '소름'이었다는 리뷰와 찬사밖에 없는 리뷰를 뒤늦게 본 사람들이 제발 연장해달라고 요청할 정도로 이미 대박 난 뮤지컬이기는 했다. 초연이자 창작 뮤지컬이라는 수식어는 굳이 붙일 필요 없었다. 하지만 진정 난리가 난 건, 모두가 말하는 '샴페인 슈퍼노바' 사태 이후였다.

"외국 애들이 제발 연장해달라고 울더라."

"연장해도 티켓팅 노리는 한국인 많아서 안 될 거 같은데."

"야, 그래서 넌 누구 〈록〉 보는데? 박혁 잡았음?"

"아니… 독고영."

"아까비. 좀 아쉽겠다."

"박혁 〈록〉이 그렇게 쩐다는데. 뭐, 암튼 그래도 부럽다. 뮤지컬은 안 좋아해도 노해일이 작업한 곡은 듣고 싶은데."

"레알. 그거 음원으론 안 나오나. 너튜브라거나."

독고영의 〈록〉도, 박혁의 〈록〉도 찬사 일색이었지만, 그럼에도 사람들은 일인자로 박혁을 인정했다. 박혁이 연기하는 정우와 정우의 음악이 더 짠하게 남는 게 있다고 입을 모았다. 특히, 모두의 죽음 속에서 환희를 노래하던 마지막 모습은 눈물샘을 자극하면서도 전율을 일으키는 구석이 있었다. 노해일의 부모님과 함께 박혁 버전과 독고영의 버전을 한 번씩 보았던 장진수 역시 박혁 버전이 조금 더 마음에 들었다. 아무튼 사람들은 누구 버전이든 일단 〈록〉을 보길 원했다. 정확히 말하자면 노해일이 작업했다는 두 곡을.

현재 노해일이 참여했던 프로그램까지 모두 전 세계적으로 주목받고 있었다. 물론, 프로그램별로 주목의 크기는 달랐지만, 일단 노해일이 나온 회차가 해외에 바로 팔려나간 것은 당연했고, 〈오늘부터 우리는〉이나 〈2030 Song Festival-랑데부〉는 판권이 팔렸다. 중국과 일본에서 중국 혹은 일본 버전 〈랑데부〉를 제작 중이라는 기사가 올라오기도 했다. 물론 대다수의 반응은 '노해일 같은 천재가 나오진 않을 것이다'였지만, 그 나라에선 제2의 노해일, 정확히 제2의 HALO를 바라고 있는 것 같았다.

가장 큰 혜택을 받은 건 뭐니 뭐니 해도 단연코 뮤지컬 〈록〉과 음악 프로그램인 〈Spring Again〉이다. 노해일이 나갔던 라디오, 토크쇼, 음악방송부터 〈랑데부〉 같은 건 옛날에 방영되었지만, 두 프로그램은 현재 방영 중이거나 공연 중이기 때문이다. 〈Spring Again〉에서 노해일이 나온 오스트리아 빈 편은 드라마도 아니고 예능 시청률이라고 믿기지 않을 정도로, 2030년대에 다시 나오기 힘든 시청률 40퍼센트가 나왔고, 지금도 빈 편 이후 파리 편을 달라고 원성이 자자했다.

뮤지컬 〈록〉은 이미 대박이 났지만, 현재 HALO로 의심받고 있고 거의 비슷하다고 여겨지는 노해일이 만든 뮤지컬 넘버가 도대체 어떨지 모두 궁금해했다. 이는 노해일의 모든 음원이 전 세계에서 순위권에 치고 들어간 이유와 같았다. 심지어 뮤지컬 〈록〉 제작사 측에선 어떤 곡을 누가 만들었는지 공개하지 않았는데, 뮤지컬 커뮤니티에선 마지막 곡은 무조건 노해일 곡이라고 떠들고 있었다. 초반부 정우의 넘버와 마지막 넘버 사이에 논란이 많긴 하지만, 확신하는 건 마지막 넘버였다.

'듣고서 바로 아네.'

어떤 곡이 노해일의 곡인지 아는 장진수는 그게 신기했다. 그걸 맞추는 팬들이 놀랍기도 하고, 곡에 이름을 써놓은 것도 아닌데, '이건… 태양이야'라고 부르짖게 만든 노해일도 대단했다. 장진수는 매번 노해일이 대단하고 이해할 수 없다고 느끼긴 했지만, 그의 이름을 아는 사람이 많아질수록 점점 더 거리가 멀어지는 것 같았다.

'이제 해외에서 활동하려나.'

장진수는 현실적으로 생각했다. 보통 한국 연예인은 할리우드라거나 해외 시장이라는 커다란 꿈을 가지고 있지 않은가. 노해일도 이제 해외에 나가서 활동할 것이고, 한국에선 한동안 보기 어려울지도 모르겠다 싶었다. 이젠 '친구'라고 부르기 힘들 정도로 격차가 너무 벌어졌다. 장진수는 계속 벌어지는 격차가 무서우면서도 걱정하고 딴짓할 여유가 없다고 생각했다. 자신은 이제 앞만 보고 달릴 것이기 때문이다. 그리고 일단 당장 앞에 있는 건 3월 모의

평가다. 1학년 마지막 내신에 평균 4등급을 받고 담임 선생님께 칭찬받았지만, 아직 갈 길이 멀었다. 한국이고 학교고, 그의 성적표가 가장 파국이다.

* * *

"잘 지내고 있나 보군. 아이들과도 잘 어울리고. 난 자네가 어린 아이들을 이렇게 좋아하는지 몰랐어."

"애들 안 좋아합니다만."

"그래?"

어거스트 베일은 전혀 믿지 않은 얼굴로 껄껄거렸다. 헤일로는 다시 한번 아이들을 안 좋아한다고 말했지만, 다른 말은 진중하게 듣는 어거스트가 이번엔 전혀 진중히 듣지 않고 창 너머, 저택으로 달려오는 아이들을 가리키며 웃었다.

"로! 로! 놀자!"

"애들이 놀자는데?"

"왜 오는 건지 전 모르겠습니다."

소년은 시큰둥한 얼굴로 소파에 드러누우며 아이들의 외침을 모른 척했다. 킥킥 웃던 어거스트가 문을 열고 아이들에게 무언가를 속닥였다.

"로와 잠깐 할 이야기가 있어서 그런데, 이따 와줄 수 있니?"

"알았어! 로, 이따 봐!"

'쟤들은 마음대로 약속하면 놀아줄 줄 아나' 생각하며 헤일로는 피곤한 얼굴을 했다.

"13집에 관련된 이야기입니까?"

"그렇지. 내가 표지가 완성되었다고 말했던가?"

"아직이요."

"그래, 표지가 완성되었네."

"그렇군요."

"그러나 지금 하려던 말은 아니지."

어거스트가 팔짱을 끼자 헤일로가 이내 몸을 일으켰다. 어거스트가 곧 본론을 꺼냈다.

"사람들이 모두 자네 13집만 기다리고 있다네. 자네가 스콜피온의 콘서트에서 부른 미공개 곡이 HALO의 13집에 들어갈지 아닐지 궁금해하는 거지."

"그럼 곧 알게 되겠네요."

"그럴 수도 있고 아닐 수도 있고."

헤일로가 의문 어린 표정으로 어거스트를 바라봤다.

사람들이 기다린다는 '새벽이 오기까지는', 원어로 'Until dawn comes'는 13집의 타이틀곡이다. 한국어나 원어나 결국 뜻도 똑같고, 멜로디도 똑같으니 듣는다면 모를 리가 없었다. 그러니까, '듣는다면' 말이다.

"13집 발매 일자는 4월 1일로 정하지 않았나요?"

"그렇지."

'무슨 의미지?'

헤일로는 어거스트의 표정을 유심히 보았다.

어거스트가 능글맞게 웃고 있다.

"설마 〈코첼라〉까지 발매를 미룰 생각인가요?"

"아니, 발매는 예정대로 갈 거야."

헤일로가 팔짱을 꼈다.

그제야 어거스트가 말을 이었다.

"13집이 발매된다면 분명, 세상 사람들은 자네가 누구인지 확신하게 될 거야. 뭐, 그것도 나쁘지 않겠지. 하지만 난 이 관심이 한 번에 모여 '펑' 폭발하길 바라네. 그게 더…."

어거스트는 단어를 고르다 씩 웃었다.

"즐거울 테고."

헤일로는 탁자를 톡톡 두드렸다. 어거스트는 13집이 발매될 거라고 말했지만, 동시에 이를 사람들이 모르길 바라는 것이다.

"내가 잘 생각해보았는데 말이야."

어거스트가 속삭였다.

"자네, 이제까지 실물 앨범을 한 번도 낸 적 없지 않은가. 줄곧 디지털 앨범을 냈지. 그래서 문득 떠오른 거라네. 실물 앨범은 불가능하겠지만, 디지털 앨범은 가능한 것."

"흠."

헤일로의 입술이 어느 순간 곡선을 그렸다.

"재미있긴 하네요."

"그렇지?"

어거스트가 그럴 줄 알았다는 듯 반문하자 헤일로는 고개를 끄덕였다. 더 이상의 토의는 필요하지 않았다.

"그럼 이제 하나만 더 정하면 되네."

어거스트는 얼마 지나지 않아 다시 찾아온 아이들이 문을 두드리는 걸 보며 자리에서 일어났다.

"〈코첼라〉까지 얼마 남지 않았는데 귀국은 언제 할 생각인가?"

"귀국이요?"

"자네 고향이 한국 아니던가. 〈코첼라〉 전까지 휴식이 필요하다면, 한국이 가장 낫겠지."

"아."

헤일로는 왜 어거스트가 그에게 귀국 이야기를 꺼냈는지 깨달았다. 하지만 그는 이미 잘 쉬고 있기에 한국에 돌아가 한 번 더 쉴 필요는 없다고 생각했다.

"굳이 갈 생각이 없다면야. 〈코첼라〉에 가기 전에 내가 자네한테 선물한 곳이나 들렀다 가게."

'그러고 보니 그런 걸 받았지.'

헤일로는 잊고 있던 걸 떠올렸다. 어거스트가 생일날 영국에 위치한 작업실을 선물했다. 그의 눈에 이채가 서린다.

"그건 꽤 궁금하군요."

"꽤 마음에 들 거야."

"좋습니다."

헤일로의 긍정적인 대답에 어거스트가 준비해놓겠다고 말하며 문을 덜컥 열었다. 그곳에서 아이들이 뛰어 들어온다.

"로! 나가자!"

아이들이 헤일로에게 달려든다. 이 마을에 사는 꼬마들은 참 에너지가 넘쳐흘렀다.

"난 안 놀래."

"에이, 어차피 갈 거면서."

처음엔 외지인이자 동양인에 낯을 가리는 것 같았던 아이들은 곧 헤일로의 집에 찾아와 놀자고 졸랐다. 아이를 좋아하지 않은 헤일로에겐 정말 반갑지 않은 일이었다. 전혀 친절하지도 않은 자신을 왜 그리 따르는지 의아할 뿐이었다. 헤일로는 결국 소란을 참지 못하고 자리에서 일어났다. 아이들이 "와!" 하며 팔과 다리에 달라붙는다.

"저리 가, 좀 걷자."

"가자! 가자!"

아이들은 헤일로의 말을 전혀 듣지 않았다. 어거스트가 자신을 보며 웃는 걸 본 헤일로는 뚱한 얼굴로 고개를 홱 돌렸다.

눈밭에 소년의 발자국과 아이들의 발자국이 잔뜩 남는다. 귀찮아하는 티를 내는 소년에게 예닐곱 살 아이들이 힘차게 매달린다. 그러다 뒤따라오던 아이가 무언가에 걸려 턱 엎어졌다. 눈에 엎어져 전혀 아프지 않았지만, 아이는 눈물을 글썽였다. 무언가 넘어지는 소리에 잠깐 고개를 돌린 헤일로는 이내 다시 고개를 홱 돌리고 앞으로 나아가기 시작했다. "우와앙" 하고 울려던 아이는 헤일로가 걸음을 멈추지 않고 멀어지자, 화들짝 놀라 울음을 그치고 "로!" 하며 억울하게 외쳤다. 그러자 헤일로가 멈춰 섰다.

"왜, 왜 나만 두고! 혼자 가버리는 거야!"

아이가 다시 눈물을 글썽거리며 울려고 하자 무신경한 답이 들려왔다.

"그럼 얼른 오든가."

"응!"

그 한마디에 울음을 터트리려던 아이가 이내 활짝 웃으며 헤일로에게 달려가 허리춤을 쥔다. 단순한 아이는 자기가 넘어졌다는 것도 잊고, "로! 로!" 하고 애정을 담아 소년을 부르기 시작한다.

곧 아이들의 노랫소리가 들려온다. 그 아래 어우러지는 기타의 선율. 왜 애들이 매번 귀찮게 구는지 이해할 수 없다는 소년을 보며 어거스트가 자애롭게 웃었다.

* * *

낡은 라디오에서 봄과 어울리는 노래가 흘러나오고 있다. 뜨개질을 하던 할머니가 눈을 감고 오래된 브릿팝을 감상했다. 라디오에서 흘러나오는 음악은 6,70년대의 향수를 풍기는 것치고 음질이 무척 좋았지만, 그녀는 이 노래가 작년에 나온 곡이라곤 생각도 못 했다. 문득 청아한 목소리를 어디선가 들어본 것 같다는 생각을 한다. 그러나 그녀는 밖에서 들려오는 울음소리에 잊어버리고 말았다.

"로, 미워!"

이틀에서 사흘에 한 번꼴로 들려오는 울음소리는 오늘도 빼먹지 않고 들려왔다. 창 너머를 보니 아이들이 지난달에 온 외지인 소년의 허리춤에 매달려 엉엉 울고 있었다.

'이번엔 또 무슨 일일까. 축구하다가 누가 공에 맞았나? 아니면 그네를 타다가 떨어져버렸나? 혹은 소년이 오늘도 말싸움에서 전혀 져주지 않았나?'

그래도 저렇게 붙어 있는 걸 보면 또 해맑게 뛰어다니겠지 싶었다. 정말 심각한 일이었다면 저리 붙어 있지 않았을 테니 말이다. 하지만 왜인지 오늘은 좀처럼 아이들의 울음이 금방 그치지 않았다.

"로, 가지 마."

소년을 유독 잘 따랐던 아이 톰이 보챘다.

"여기 계속 있으면 안 돼?"

"응, 안 돼."

로의 대답은 늘 그렇듯 단호하다. 로는 다른 친절한 어른처럼 아이들을 잘 달래주지 않는다. 그들이 원하는 것을 곧바로 주지 않고 보채봐도 말을 바꾸는 법이 없었다. 톰은 그가 고집불통에 전혀 어른답지 않은 어른이라고 생각했다.

그래도 그들은 로가 좋았다. 맨날 싸우지만 같은 팀을 하면 항상 이겨서 좋았고, 넘어지면 달래주진 않지만 기다려주는 게 좋았다. 귀찮아하긴 하지만 밀어내지 않고 무심코 머리를 쓰다듬어주는 다정함이 좋았다. 무엇보다 노래를 부르는 로는 그들이 보아왔던 그 누구보다 특별해 보였다. 잘 보여주지 않는 미소를 띤 채 아름다운 목소리로 노래를 불러줄 때면, 평소의 원망이 모래처럼 흩어지고 애정만이 남았다. 그들은 로가 평생 그들과 함께 해줬으면 했다.

그래서 그들은 더 강한 위기감을 느꼈을지도 모른다. 아무것도 달라진 게 없는데, 여전히 호수는 고요하고 굴뚝에선 연기가 흘러나오며 로의 태도도 여상스러운데, 그가 떠날 준비를 하고 있다는 그런 느낌이 강렬하게 들었다.

"혹시 떠날 거야?"

에이미가 물었고 로는 고개를 끄덕였다. 그러고 나서 줄곧 이 상태로 마을의 모든 애들이 가지 말라고 매달렸다. 늘 그렇듯 고집불통의 로는 절대로 그들의 애원을 들어주지 않았다.

마을 사람들마저 변화를 알게 된 건, 마을에 낯선 자동차들이 들어섰을 때부터였다. 보기 드문 커다란 자동차들이 들어섰고, 외지인들이 찾아왔다.

"장난치는 거지?"

톰은 다시 한번 물었다.

"오늘 만우절이잖아. 그래서 거짓말하는 거지?"

"내가 안 갔으면 좋겠어?"

"응."

"그럼 안 갈게."

"진짜?"

로는 그걸 정말 믿냐는 듯이 한쪽 입꼬리를 올렸다. 딱 못된 장난을 칠 때의 얼굴이었다.

"거짓말하지 마! 갈 거잖아!"

톰은 열이 받았다. 로는 처음 봤을 때부터 한결같이 나쁜 형이었다. 근데 더 나쁜 건 마을 어른들이다. 그들이 울고 있는 데도 로에게 가지 말라고 한마디도 하지 않았다. 떠날 때를 기다렸다는 듯 선물을 주는 할머니를 톰은 원망스럽게 바라봤다. 어른들이 가지 말라고 하면 어쩌면 로도 가지 않을지도 모르는데, 왜 아무도 로를 말리지 않는지 이해할 수 없었다.

"꼬맹이."

로가 톰을 불렀다. 대답해주고 싶지 않았지만, 오늘이 마지막일지도 몰라서 톰은 마지못해 입을 열었다.

"왜."

"내가 보고 싶으면 언제든 보러 와."

"뭐?"

"물론, 내가 보고 싶다고 마음대로 볼 수 있는 사람은 아니지만. 한번 시간 내볼게."

"뭐래. 형 아무것도 안 하는 백수잖아."

"음…."

말싸움에서 한 번도 진 적 없는 로가 처음으로 입을 다물었다.

"맨날 아무것도 안 하고 들판에 나가 놀았으면서. 우리 엄마가 그러는데, 취업 의지도 없는 사람들을 구직단념자라고 부른대."

"요즘 애들은 그런 말도 알아?"

헤일로는 혀를 찼다. 뭐, 대략 한 달간 펑펑 놀긴 했다. 아이들의 눈엔 충분히 그렇게 보일 수 있었다. 구직단념자 헤일로는 건방진 꼬맹이의 머리를 톡톡 두드렸다.

"그래서 이제 일 구해보려고."

"취업이 그렇게 쉽게 되는 게 아닌데."

"그래도 날 원하는 곳은 많을걸?"

톰은 로에게 현실은 형이 생각하는 것보다 차갑다는 걸 상기시켜주지 않았다. '그래, 긍정적으로만 살면 되지'라고 생각했을 뿐.

"로는 노래를 잘하니까 어떻게든 될 거야. 만약 로가 앨범을 내면 내가 용돈 열심히 모아서 하나 사줄게."

"어쭈? 겨우 하나?"

"알았어. 특별히 두 개. 그리고 형이 TV에도 나올 수 있게 기도해줄게."

헤일로는 즐겁게 웃으며 대답했다.

"좋아. 내일부터 TV 열심히 보고 있어. 곧 나올 수 있도록 노력해볼게."

톰은 헛소리라고 생각했지만, 로가 행복할 수 있게 반박하지 않았다. 대신 자동차와 오랜만에 보는 노인을 발견하고 울적한 표정을 지었다.

"잘 있어."

톰은 이제 대답하지 못했다. 눈물이 다시 쏟아져나올 것 같아 참느라 힘들었다. 로는 마지막까지 나빴다. 뒤도 안 돌아보고 차에 올라탄다. 할머니가 톰의 뒤로 다가와 어깨를 두드렸다.

아이들이 울먹이며 자동차를 바라보고, 마을 사람들도 정든 소년을 보내기 위해 일을 멈추고 나왔다. 그때, 어디선가 기타의 선율이 들려왔다. 그건 마을 아이들에겐 익숙한, H가 새겨진 기타의 선율이었다. 그에 아이들이 울면서도 노래를 부르기 시작했다. 스위스 요들송. 소년이 그들에게 들려주었던 노래를. 서서히 노래가 끝나가자, 창 너머로 소년의 손이 나왔다. 단 한 번도 그들에게 잘했다 해준 적 없는 소년은 칭찬 대신 엄지손가락을 올려주었다.

"로! 안 돼!"

"가지 마, 로!"

로를 부르는 아이들의 외침이 자동차 엔진음과 어우러진다. 자동차가 서서히 출발했다. 헤일로는 금방 창에서 손을 뗐다. 대신, 창가에 기대 턱을 괴었다. 그의 귀가 그를 부르는 목소리를 쫓는다. 어느덧 들리지 않게 되었을 때가 되어서야 헤일로는 창을 마저 올렸다.

"라디오를 켜도 될까요?"

"네, 그렇게 해주세요."

파리 '샴페인 슈퍼노바' 사태 이후 한 달여 만에 나타난 소년의 모습에 운전기사가 긴장한 얼굴로 라디오를 틀었다. 그곳에선 뉴스가 흘러나왔다.

[속보입니다!]

헤일로가 귀를 기울이는 듯하자 운전기사는 음악을 틀려던 걸 멈췄다.

[HALO의 13집이 발매됨과 동시에….]

"아무 음악이나 부탁드려요."

"네, 알겠습니다."

운전기사는 뒷이야기가 궁금했지만, 소년의 요청에 따라 음악을 바꾸었다. 곧 라디오에선 고전 팝 음악들이 흘러나왔다. 헤일로는 편안히 좌석에 몸을 기대었다. 완연한 봄이다. 〈코첼라〉까지 겨우 9일이 남았다.

8. 〈코첼라〉의 밤

4월 1일, 만우절임을 증명하듯 거짓말같이 HALO의 음원이 발매됐다. 드디어 13집! 물론 그가 발매한 12집은 모두 EP앨범(미니앨범)으로 정작 정규앨범은 하나도 없었다. 그런데도 누구도 그를 무시하지 않았다. 오히려 모든 앨범이 디지털 앨범이며 음원 외에 활동은 전혀 하지 않는다는 이유로 그래미상을 못 탄 그를 안타까워했다. 과거 은퇴한 가수가 분명하다 혹은 현재 활동하는 레전드 가수 중 하나일 것이라 여겨졌지만 그의 정체는 여전히 밝혀지지 않았다. 그러던 중에 그 후보로 이제까지의 팝스타 대신 동양의 한 신인가수를 꼽으며 혼란이 이어지고 있는 이때, 기다리고 기다리던 HALO 13집 〈종전(End of the war)〉이 발매되자 사람들은 하던 일을 멈추고 곧바로 스마트폰의 음원 플랫폼에 들어갔다.

[…없다.]

[없는데?]

[로의 미공개곡? 새벽 어쩌고? 그 곡 없는데?]

[역시 아니었네, 13집은 무슨!]

[역시 그가 동양인일 리 없지 열여섯 살? 지나가던 개가 웃겠다.]

총 여섯 곡 중 '새벽이 오기까지는'이라고 밝혔던 제목은 보이지 않았다. 노해일이 아니라고 생각했던 사람들이 뛰쳐나와 비웃었다.

[아니면 그냥 이번 앨범이랑 콘셉트 안 맞아서 안 나온 거 아냐?]

[이걸로 확신하기엔 너무 이르지. 일단 목소리가 똑같은데.]

[이제 헬리건들이 곧 그 꼬마 집 테러해놓을 듯.]

[한국이 짜고 쳐서 가짜 HALO 만든 게 맞았네.]

누군가는 곧바로 반박하기도 했지만, 노해일이 잠적한 것이 못마땅했던 외국 기자는 신나서 '국가적인 거짓말' 따위의 기사를 써 내려갔다. 그때, 누군가가 앨범에서 이상한 점을 발견했다.

[근데 이번 앨범 뭔가 이상한데? 왜 타이틀곡이 없냐?]

[진짜네, 왜 타이틀이 없지? 단 한 번도 이런 적이 없었잖아.]

[누가 앨범 발매를 하는데 곡을 빠트려. 그냥 의도적으로 타이틀을 없앤 거 아냐?]

늘 첫 번째 열에 있었던 '(title)'이란 표시가 보이지 않았기 때문이다. 그 의문은 파도처럼 번져나갔다. 만우절 날 공개된 HALO 13집은 모든 혼란을 끝낼 줄 알았지만 반대였다. 타이틀곡이 원래 없는 건지, 아니면 실수로 빠트린 건지, 의도적인 것인지 베일에 문의가 빗발쳤지만 제대로 된 답은 돌아오지 않았다.

그리고 동시에 이날, 9일부터 11일, 16일 부터 18일까지 6일간 진행되는 〈코첼라〉의 공연 일정이 발표되며 또 다른 충격을 주었다. 원래 메인 무대와 서브 무대 배치로 말이 많은 〈코첼라〉다. 하지만 〈코첼라〉를 잘 아는 팬들은 정말 중요한 게 무대 위치가 아니라 무대 순서, 즉 무대 시간임을 안다. 가장 핫한 시간을 받은 가수를 〈코첼라〉에서 더 높게 쳐준다고 봤고, 가장 핫한 시간은 당연히 하루가 무르익는 밤이었다. 그래서 노해일이라는 가수가 메인 스테이지를 받은 것 이상으로 믿을 수 없었던 건 그가 받은 시간이었다.

Coachella Stage
Roh, Hae-Il 20:30-21:20
HALO 22:30-

헤드라이너인 HALO가 가장 핫한 시간을 받은 건 이상하지 않았지만, HALO로 의심받는 소년이 HALO의 앞 무대를 받는 건 굉장히 기이했다. 누군가는 팝스타들보다 더 좋은 시간을 받은 소년의 자격을 따졌고, 누군가는 진지하게 소년이 그 시간을 받을 수 있었던 이유를 따졌다.

[대충 두 가지로 경우를 나눌 수 있네. 로가 진짜 HALO라서 무대를 붙여놨거나 혹은 아니라도 지금 가장 핫하니 〈코첼라〉 쪽에서 의도적으로

관심을 받으려고.]

[로가 태양이 아니니까 무대를 받은 게 아닐까?]

어쨌든 한 가지는 확실했다. 〈코첼라〉에서 진실이 밝혀질 거라는 것. 노해일이 HALO든 아니든 〈코첼라〉는 역대 최고로 성공할 테고, 그곳으로 모든 방송과 카메라가 몰려갈 것이었다. 한국도 마찬가지로 모든 방송국에서 준비하고 있다는 소문이 파다했다. 그건 사실 당연한 것이라 누구도 의문을 품지 않았다. 노해일의 지인에게 몰렸던 시선이 다시 노해일과 HALO를 향하기 시작했다.

* * *

"잘 지냈냐?"

"뭐. 그렇지. 너는?"

"나야 뭐."

"…."

"…."

술집이 어수선한 가운데 룸에 둘러앉은 네 명의 남자가 조용히 앉아 있다.

"그때, 알려준 건 고맙다."

"뭘? 아."

"미리 대피하라고 안 했으면 지금까지도 기자들한테 둘러싸여 있었을걸."

"별걸 가지고."

다시 대화가 멈추려고 하자, 배공학이 잔을 들었다.

"오랜만에 만났는데 짠 할까?"

"그래, 짠 하자. 주혁아, 오랜만이다."

10여 년 만에 마주한 오랜 친구들이라 그 공백을 채우는 데는 한참 시간이 걸릴 것 같다. 어색함을 채우기 위해 맥주 한 잔을 마시려던 때, 핸드폰이 지잉 울렸다.

"어."

핸드폰을 본 한진영의 눈에 이채가 서렸다. 그가 천천히 잔을 내려놓자, 세 명의 남자가 그를 바라보았다.

"미안, 얘들아."

"뭐야?"

"일이 생겨서 술은 나중에 마셔야겠다."

"중요한 일이야?"

"응."

한진영이 천천히 자리에서 일어났다. 배공학과 김덕수가 꼭 가야겠냐고 물었지만, 한진영은 단호했다. 그때 신주혁이 툭하고 말했다.

"그럼, 다음에 보자."

신주혁은 무언가 눈치챈 얼굴이다.

한진영은 고개를 끄덕이고는 급하게 자리에서 일어난다. 마치 클럽을 그만두었을 때처럼 반가움과 설렘을 가지고 달려 나갔다.

남은 세 명의 남자는 어색하게 대화를 멈췄다가 억지로 이었다.

"잘 지냈냐?"

"아까 말했잖아."

"아, 맞다."

"야, 짠."

"짠."

세 개의 잔이 짠하고 부딪혔다.

그 시각, 문서연은 안국역 근처 찻집에 있었다.

"요즘 잘 지내고 있다며."

"네?"

"수아가 그러더라. 세션으로 들어갔다고."

그녀가 마주 보고 있는 중년은 그녀를 아껴준 한예종의 교수이자 은사이다.

"네, 재밌고 행복하게 잘 지내고 있어요."

"그래? 걱정했는데, 그럼 다행이구나."

"수아가 뭐래요?"

"뭐, 네가 헤매는 것 같다고 걱정하던데."

'진짜….'

문서연은 이를 갈며 테이블 아래로 주먹을 쥐었다. 남규환한테 배운 호신술을 써먹을 때가 된 것 같다.

"그런데 딱히 헤매는 것 같지 않구나. 오히려 더 안정적으로 보여. 수아, 그 녀석은 제 걱정이나 할 것이지."

문서연의 얼굴이 천천히 밝아지더니 고개를 크게 끄덕인다. 그녀는 오랜만에 만난 은사에게 무슨 이야기부터 할까 고민하다, 가장 좋은 소식을 떠올렸다.

"참 교수님, 저 이번에 작곡을 해보았는데, 혹시 들어봐주실 수 있어요?"

"서연이 네가 작곡? 하고 싶다더니, 그래, 한번 들려주려무나."

문서연은 은사의 평을 기대하며, 클라우드에 저장한 음악을 틀려고 했다. 그때 '지이잉' 진동이 울렸다. 보지 않으려고 했지만 배너가 눈에 들어와 기다리고 기다리던 사장의 메시지라는 걸 알았다. 그녀는 은사에게 보여주려던 음악도 잊고 메시지를 보았다. 그리고 천천히 고개를 든다.

"교수님."

"그래."

"정말 정말 죄송하지만, 음악은 나중에 들려드려도 될까요?"

침중한 성격의 교수는 그녀를 바라보다가 고개를 끄덕였다.

문서연은 저보다 바쁜 교수가 시간을 내준 자리라 정말 죄송했지만 꼭 가야 할 데가 있었다.

"오늘 봬서 정말 반가웠습니다, 교수님 곧 다시 뵙겠습니다."

교수는 늘 그녀를 이해해줬다. 슬럼프에 빠졌을 때도 학교를 자퇴할 때도 그리고 지금 이렇게 갑자기 뛰쳐나가는 것도 말이다. 문서연의 세상은 사장과 밴드, 그리고 스승 이렇게 고마운 분들로 이루어져 있었다.

"참."

한옥 문을 연 문서연은 나가다 말고 멈춰 섰다.

"수아한테 한마디만 전해주실 수 있나요?"

"그럼."

"이렇게 전해주세요."

눈을 동그랗게 뜬 교수님이 이윽고 잔잔히 웃는다.

"감사합니다!"

문서연은 정장 재킷을 손에 들고 밝은 얼굴로 달려가기 시작했다. 뒤를 돌아보지 않고 앞으로 달려 나갔다.

마지막으로 남규환은 스콜피온 릴의 습격을 막지 못했다는 데에 죄책감을 느끼고 샌드백을 '퍽퍽' 올려 쳤다. 다음에 누가 들어오든 이렇게 만들어주리라 다짐했다. 아마추어 대회에 나가보는 게 어떻겠냐는 코치의 말을 흘려들으며, 남규환은 잠깐 핸드폰을 확인했다. 곧 그의 눈에 한 메시지가 들어온다.

"드디어…!"

"남규환 씨, 저랑 얘기 좀…. 어, 어디 가세요!"

"저의 왕이 저를 부르고 있습니다."

"남규환 씨, 아니 잠시만요! 남규환 씨! 옷은 갈아입고 가야지!"

도복도 갈아입지 않고 뛰쳐나간 남규환을 코치가 애타게 불러봤지만, 그의 목소리는 남규환에게 도달하지 못한 듯했다.

한편, 노해일의 부모는….

"가시죠. 어머님, 아버님."

"혹시 한 명 더 데려가도 될까요?"

"물론이죠. 그런데 어떤 분을 데려가시는 건지 여쭤봐도 될까요?"

직원의 물음에 박승아는 장진수와 눈을 마주치고 부드럽게 웃었다.

"가족같은 아이라고 할까요?"

이렇게 세상에 퍼진 조각들이 한 곳에 모이고 있었다.

* * *

미국 캘리포니아주 인디오의 광활한 사막에 해가 떠오르기 시작했다. 원래는 붉은 흙산에서 날아온 모래들로 침전했을 잔디는 오늘따라 푸르고, 뜨거운 태양 볕 아래 똬리를 틀었을 아지랑이는 축축한 물을 머금으며 아스팔트 속으로 가라앉았다. 잔디 위를 날아다니던 날벌레들과 새들이 요란한 엔진과 오디오 소리를 듣고 비상한다.

4월 9일 금요일, 〈코첼라 밸리 뮤직 앤드 아츠 페스티벌〉의 첫째 날이 도래했다.

"오, 세상에… 저희 축제에 참여 의사를 밝혀주셔서 감사드립니다."

코첼라 밸리에 있는 사무국에서는 〈코첼라〉 디렉터가 감격에 겨워 가슴 위에 손을 올리고 인사하고 있다. 그의 목에 걸린 태양 목걸이가 흔들린다. 울 것 같은 표정을 한 콧수염은 손도 뻗지 못하고 어쩔 줄 몰라 했다.

반면 그런 환대를 받는 소년은 아버지 나이대의 디렉터의 태도가 부담스럽지도 않은지 태연히 서 있었다.

"반갑습니다, 디렉터…."

"잭슨이라 불러주십시오, 미스터 로. 아니…."

잭슨이 덜덜 떨리는 목소리로 말을 이었다.

"헤일로."

2032년의 〈코첼라〉는 참 이례적이었다. 〈코첼라〉는 기본적으로 매년 1월 초쯤 티켓 예매를 오픈한다. 1월 초중순 공식적인 라인업이 확정되며, 티켓이 순식간에 매진되곤 했다. 2월 즘부터 사람들은 중고 거래 사이트를 이용하거나 취소 티켓을 구매해야 했다. 올해도 분명 그러할 예정이었다.

마지막 라인업 발표가 늦어졌지만, 1,2차 발표를 통해 앞선 두 헤드라이너와 가수들의 라인업이 공개되어 있었다. 마지막 라인업 공개 이전부터 티켓이 매진된 상태였다. 마지막 라인업이 마음에 들지 않는다면 중고 거래나 직거래를 하면 되었다. 마침내 2월 초, 이번 라인업에 좋아하는 가수가 없어 구매 취소를 하려고 했던 누군가는, 말도 안 되는 발표를 맞이한다.

HALO!

갑자기 중고 거래 사이트와 레딧 등의 직거래 사이트에 나와 있던 티켓이 증발해버렸다. 사람들은 수십 배가 되는 금액을 불렀지만, 쉽사리 구할 수 없었다. 보통 〈코첼라〉는 셀러브리티들이 많이 방문하는 첫 주차의 티켓이(〈코첼라〉는 Week 1, Week 2로 된 3일권 티켓만 판매한다) 더 귀하곤 했다. 그러나 이번엔 HALO 섭외 확정으로 1주차와 2주차 티켓의 가치는 완전히 뒤바뀌어버렸다.

누군가는 HALO의 팬이 아니라면 굳이 Week 2에 집착할 필요가 있냐고 했다. Week 1에 와서 셀러브리티들만 보고 가도 충분하지 않냐는 것이다. 하지만 그 말에 어폐가 있는 것이 셀러브리티가 이번에도 1주 차에 올 거라고 어떻게 확신할 수 있는가? 누구나 HALO가 궁금한데 그들이라고 해서 궁금하지 않겠는가? 지금도 SNS를 보면, 할리우드 스타들이 〈코첼라〉 Week 2의 티켓을 자랑하거나 여분의 티켓을 찾고 있었다. 인플루언서라고 해서 다르지 않았다. 물론 그렇다고 Week 1의 티켓이 남아도는 건 아니었다. 2주 차보다 임팩트가 덜해서 그렇지 Week 1의 라인업도 만만치 않았다. 게다가 1주 차에 가서 일주일 동안 노숙을 하겠다는 사람, HALO를 볼 때까지 코첼라 밸리에서 버티겠다는 사람도 상당했다.

아무튼 〈코첼라〉는 첫 번째 금요일부터 호황을 맞이했다. 수많은 관객과 그들이 타고 온 자동차, 버스들의 행렬이 아침부터 이어졌다. 그리고 그곳엔 개인뿐만 아니라 기업도 있었다. 미국을 포함한 전 세계 방송국은 헬기를 띄울 예정이었고, 또한 성대한 축제를 맞아 광고효과를 기대하는 기업들의 배너와 상징으로 코첼라 밸리가 가득 찼다. 이번 〈코첼라〉 광고비용이 이전보다 크게 올랐음에도 세계 각국의 기업에서 광고를 넣고 싶다고 호소한 건 언급할 필요도 없다. 진정한 축제가 도래할 마지막 일요일을 기다리며, 첫 번째 금요일부터 준비했다.

그러나 그들 중 누구도 HALO가 현재 코첼라 밸리에 와 있을 거라곤 상상도 못 했다. 그를 찾는 눈이 얼마나 많은데…. 오더라도 리허설을 진행할 다음 주중이라고 여겼지 사람들 틈에 섞여 축제를 즐기고 있을 거라는 걸 몰랐다. 로와 같이 다녔다고 추정되는 어거스트 베일은 현재 영국에 있었고, 로와 연관된 기업이나 친분 있는 연예인들도 아직 오지 않았으니까.

"너, 이렇게 돌아다녀도 되냐?"

"뭐, 어때."

"허락받고 나온 건 아닌 것 같은데."

"내가 허락받고 나가야 해?"

"그건… 아니긴 하지. 그냥 귀찮아질 뿐이겠지."

사람들의 시선이 동양인 소년에게 향했다 흩어진다. 카우보이모자를 쓴 두 소년은 오하이오 사막에서 그리 특이하지 않았다. 하와이안 셔츠에 선글라스를 쓰고 반다나로 꽁꽁 얼굴을 싸매고 있었지만 태양이 강렬하니 충분히 그럴 만했다. 만약 소년이 제 몸처럼 지니고 다니는 기타 케이스만 있었더라도 눈에 확 띄었을 텐데….

"기타는 어떻게 했어?"

"조율하고 손볼 게 있어 수리 맡겼지."

"아, 하긴 너 비 오는 날 연주했지."

"응."

주의하긴 했지만 모든 악기가 습기에 약하다. G에서 직접 장인을 보내 기타를 봐주겠다고 했을 때 헤일로는 순순히 고개를 끄덕였다.

"아무튼 잘 지냈냐?"

"뭐, 다들 아는 대로. 넌?"

"난…."

장진수는 잠깐 성적표를 떠올렸다. 한예종까지는 한참 먼 성적…. 그래도 6,7등급이 떴던 1학년 초를 생각하면 꽤 많이 오른 거였다. 노윤현 교수도 공부의 재미를 느꼈으니 성적이 계속 오를 거라고 격려해주기도 했고.

"잘 가고 있는 것 같아."

나지막이 들려오는 목소리에 헤일로가 고개를 끄덕였다. 이윽고 헤일로는 사람들이 가득한 주위를 돌아보았다. 무지개색 유리로 이루어진 피사의 탑 모형, 꼬깔콘 같은 조형물, 하얀색 천막과 푸드 트럭이 즐비하다.

헤일로가 다른 데 시선이 빼앗긴 게 뻔히 보여 장진수는 너도 잘 가고 있냐고 굳이 묻지 않았다.

"뭐 마실래?"

"아메리카노 빼고."

"더운 날엔 아아가 최곤데."

'재떨이에 물 탄 거 같은 맛이 뭐가 좋다는 거야.'

헤일로의 표정을 발견한 장진수가 오케이 제스처를 취하곤 음료를 파는 곳을 찾기 시작했다. 그러다 한국인으로 보이는 여행객들이 다가오자 그들이 노해일을 알아본 게 아닐까 흠칫했다.

"혹시… 〈쇼유〉에 나왔던 JJ 씨 아니에요?"

"네, 네?"

1년하고도 몇 달 전에 나갔던 프로그램 〈쇼 유어 쇼〉를 장진수는 또렷이 기억하고 있었다. 그가 맞다고 하자 여행객들이 놀라워했다.

"그때 저희 JJ 씨 엄청 응원했어요."

"맞아. 그 당시 '쇼 바이 쇼(Show by show)' 음원도 정말 많이 들었고요."

장진수는 처음 가까이 보는 팬의 존재에 쩔쩔매면서 '쇼 바이 쇼' 소리에 본능적으로 노해일을 찾았다. 이들은 결국 노해일이 만들어준 음원의 팬들이 아닌가.

"근데 저흰 음원이 아니더라도 JJ 씨가 좋았어요. 뭐라고 해야 할까. 엄청 열심히 하는 게 눈에 보여서 저절로 응원하게 되었달까. 물론, 결과는 아쉬웠지만, 앞으론 더 잘되실 거라 믿어요!"

"아!"

헤일로는 코첼라 밸리를 구경하다 고개를 돌렸다. 장진수는 묘령의 여인들에게 둘러싸여 있었다. 무엇을 하는지 유심히 바라본 헤일로는 장진수가 쑥스러운 얼굴로 종이에 사인하는 걸 발견하고는 '아, 팬이구나' 본능적으로 알았다.

'재도 텔레비전에 나오긴 했지.'

〈쇼유〉에서 탈락한 이후 힘들어하다가 새로운 꿈과 목표를 가진 소년이 자기 팬들에게 사인해주는 모습은 새삼스러웠다. 그래도 그의 말처럼 앞으로 잘 걸어 나가고 있는 것 같았다. 계속 성장하면서. 다시 점점 과거의 자신과 가까워지고 있는 저와 달리 말이다. 모든 사람에게 관심을 받던 과거의 스타로 돌아가고 있는 헤일로는 지금 앞으로 걸어가는 건지, 뒤로 돌아가고 있는 건지 구분할 수 없었다. 뭐든 상관없긴 하지만.

그러다 헤일로는 가까운 곳에서 들려온 소란을 듣고 고개를 돌렸다. 한 남자가 보였다. 머리숱이 많지 않은 남자는 하얀 반소매 티셔츠를 입고 있었는데, 옷에는 'HALO is Only White'라고 쓰여 있었다.

"오."

헤일로는 짧게 감탄했다.

일단 관심을 받고자 한 게 목표였다면 잘 성취한 것 같다. 그의 옷을 본 사람들은 눈을 의심하며 다시 돌아보았고, 그렇게 하나둘 시선이 늘어났다. 그럴수록 남자는 의기양양하게 가슴팍을 드러냈다. 심지어 옆에 지나가는 아무나 붙잡으며 "모두 다 알지? 로가 지금 거짓말을 하는 거. 헤일로가 10대 꼬맹이일 리 없어"라고 떠들며 사람들을 당황스럽게 만들고 있었다.

"왜, 왜 이러세요."

"빌어먹을 거짓말쟁이!"

헤일로의 입매가 비뚜름하게 올라간다. 우연하게도 남자가 점점 그와 가까워지고 있었다. 그때였다.

"여기서 뭐 하냐. 노숙자처럼."

잔디밭에 주저앉아 있는 그의 시야를 소다 색의 컵이 가렸다. 누군가 그에게 다가왔다.

"자. 무거우니까 이거나 받아."

어딘가에서 음료를 사 온 장진수가 아메리카노가 아닌 소다를 그에게 넘겨주었다. 헤일로는 소다를 수상하다는 듯 보며 한 모금 마시더니 끔찍한 단맛에 "윽!" 하고 기겁하며 입을 뗐다.

"그리고 저런 거 신경 쓰지 마. 기분만 잡치니까. 점심이나 먹으러 가자. 아주머니랑 교수님이 기다리고 계시겠다."

"괜찮은데."

헤일로는 그렇게 기분 나쁘진 않았다. 오히려 앞으로 일어날 일이 더 흥미로워질 것 같아 기대됐다. 그러나 장진수가 대답을 듣지 않고 가버리는 바람에 반박하지 않고 따라갔다.

"점심은 뭐래?"

"몰라. 랍스터 샌드위치였나?"

한가롭게 점심 메뉴를 물으며 뒤를 흘끗 바라보니 어느새 그 이상한 남자는 보이지 않았다. '어디 갔지?' 하고 단순하게 생각한 헤일로는 곧 다시 앞을 바라봤다. 장진수의 등.

옛날에도 이런 적이 있었던 것 같다.

"뭐야, 노해일? 여기서 뭐 하냐? 노숙자처럼."

이상한 나라의 앨리스가 된 그를 아지트로 데려간 게 장진수였다.

헤일로가 과거를 회상하는 것도 모르고, 장진수는 헤일로의 눈치를 보며 조마조마해했다. 분명 의심하는 사람이 있을 수 있겠다 싶었지만 눈앞에서 저런 걸 보는 건 좀 상처이지 않을까. 노해일이 여린 마음의 소유자는 아니었지만, 그래도 사람이라면 누구나 상처 입기 마련이다. 이미 일어난 일이니 바꿀 수도 없고, 장진수는 노해일이 신경 쓰지 않도록 계속 딴소리를 늘어놓았다. 점심 메뉴부터 시답잖은 것들…. 그리고 빠른 걸음으로 그를 인도했다.

각기 다른 생각을 하느라 그들은 뒤에서 일어난 소란을 눈치채지 못했다. 어떤 남자가 다가와 커다란 손바닥으로 'HALO is Only White' 티셔츠를 입은 남자의 뒤통수를 잡고, 다른 남자는 멱살을 쥐고 쓰러트렸다. 순식간에 일어난 일이었고 사람들이 놀라 그들을 둘러쌌다.

"이 개 같은 이교도 새끼. 죽어, 이 새끼야. 네까짓 게 뭔데 태양을 판단해."

"이제 알았어! 너 같은 새끼 때문에 이제까지 태양이 모습을 드러내지 않았던 거야."

"억, 너희들은 그럼 그 열여섯 동…. 꼬마가 왕이라고 생각하는 거야? 말도 안 되잖아. 논리적으로!"

"닥쳐! 넌 배트맨이 왜 불살주의자인지나 알아야 할 거야."

"왜, 왜인데?"

"그건 지금부터 알려주도록 하지."

빡! 뒤늦게 달려온 보안관이 말릴 때까지 소란이 계속되었다.

"무슨 일입니까?"

"그들은 헬리건이에요."

"아, 이해했습니다."

* * *

〈코첼라〉의 첫 주가 흘러간다. 헤일로는 사람들 속에서 카우보이로 혹은 〈코첼라〉 스태프로 공연을 같이 구경했다. 다양한 팝스타들의 공연은 들을 것도 볼 것도 많았다. 불꽃, 조명, 배 속까지 펌프질하는 사운드, 공연을 즐기는 사람들과 가수들이 한몸이 되어 무대를 이루고 있다. 그건 그가 가장 좋아하는 것들이었다.

헤일로는 곧 있을 자신의 무대를 기다렸다. 수만 명의 사람들이 무대를 찾아와 자신을 반겨줄 무대. 장진수는 이상한 사람을 본 이후로 걱정이 많아진 것 같지만, 그는 사람들이 반겨줄 걸 의심치 않았다. 헤일로는 눈을 감고, 그 시간을 상상했다.

노해일이 된 지도 1년여, 다시 무명이 되어 보냈던 시간은 그가 아껴 먹고 싶을 정도로 정말 즐거웠다. 내일 혹은 다음 주 혹은 다음 달, 언제라도 노해일이 돌아올 수 있다고 생각하여 그는 온 힘을 다해 살아갔다. 낮이 되면 모든 게 꿈이 되어버린다고 하더라도 아쉽지 않도록. 그리고 드디어 때가 왔다. 그가 가장 기다렸던 날이자 오지 않길 바랐던 날이. HALO라는 이름이 다시 무대에 울리게 되는 날이 코앞까지 왔다.

헤일로는 늘 언제라도 노해일이 올 수 있다고 생각해왔다. 그가 어느 날 갑자기 노해일이 되었던 것처럼 노해일도 어느 날 갑자기 제 몸으로 돌아올 수 있었다.

"부디."

헤일로는 작게 중얼거렸다. 그날만큼은 노해일이 돌아오지 않기를 바랐다. 그날 하루만큼은 온 생명을 불살라가면서 빛나고 싶었다. 누군가의 몸을 강탈한 자가 부리기엔 과한 욕심일지도 모르지만, 그는 원체 욕심이 많은 인간이다. 처음부터 끝까지 모든 걸 손에 쥐어야만 직성이 풀리는 탐욕스러운 인간.

시간이 너무 흘러가버렸다는 걸 노해일이 인지하기 전에 얼른 다음 주가 되었으면 좋겠다. 그때 그의 마음을 읽기라도 한 듯 무대 위의 스타가 말했다.

"오늘도 정말 좋았지만 전 다음 주가 더 기대됩니다. 얼른 다음 주가 왔으면 좋겠어요."

모든 관심이 다른 이에게 쏠려 있다는 것에 자존심이 상하지도 않는지 팝스타들이 되레 쿨하게 이야기했다.

"힘들게 티켓을 구했거든요. 여러분도 잘 구하셨나요? 어, 모두 아시죠? 다음 주가 어떤 날인지. 저는 늘 그가 제일 궁금했어요."

진심인지 연기인지 모르겠지만, 그들의 쿨한 태도에 관중도 열광했다. 무대 중간도 아니고 무대의 마지막, 〈코첼라〉 Week 1이 저물 때였으니 충분히 할 수 있는 말이었다.

"그는 어떤 사람일까요?"

현재 HALO 후보에 대한 논란이 있다는 걸 모를 리 없는 팝스타는 사람들을 보며 은은히 웃었다.

"인디오에 해가 뜨면 알 수 있겠죠?"

"아니야. 오히려 밤이 되어야 알 수 있어."

HALO의 공연 시간이 밤이란 걸 지적한 관객에 의해 오하이오 사막에 웃음이 번졌다.

***

커다란 천막이 씌워진 〈코첼라〉 메인 스테이지. 목요일 밤 열리게 될 이 천막 안은 〈코첼라〉 관계자로 북적거리고 있었다. 금, 토, 일 3일 동안 〈코첼라〉 메인 스테이지를 쓸 가수들의 리허설이 한창 진행 중이다. 공간이 한정적이라 리허설 일정이 정해졌고, 끝나는 대로 다른 팀을 위해 자리를 비워주며 리허설을 순조롭게 진행했다.

그러나 목요일 낮, 오늘은 달랐다. 노해일의 리허설이 있다는 소문에 가수들은 스태프 석이 자기 자리인 듯 가만히 앉아 있었다. 그들은 이미 리허설이 끝났음에도 불구하고 아직 끝나지 않은 것처럼 태연하게 혹은 태연한 척하며 눈을 바쁘게 움직였다. 제 팀은 물리고 혼자만 앉아 있으니 쫓아낼 수도 없고, 또 스태프들 역시 2개월 만에 모습을 드러내는 노해일이 궁금한 건 마찬가지라 암묵적인 합의로 리허설 현장은 점점 포화상태가 되어가고 있었다.

즐거운 음악과 공연과 함께 긴장감이 리허설 무대 아래에 흐른다. 시간이 지날수록 긴장감은 더해졌다. 마침내 밀짚모자를 쓴 소년이 나타났다. 그의 일정보다 조금 더 이른 시간대였다. 뜨거운 태양 아래에서 하나도 그을리지 않은 소년은 선글라스를 벗으며 또래 친구와 함께 들어왔다.

"로 씨, 일찍 오셨네요? 밴드는요?"

"곧 들어올 거예요."

"아하. 그럼 이쪽은 매니저인가요?"

"뭐, 그렇게 되나?"

학교에 2주일간 진로 탐구 신청서를 내고 온 장진수가 눈치를 보며 들어왔다. 그는 여전히 자신이 여기에 들어와도 되는지 혼란스러웠다. 노해일은 리허설 분위기가 자유로우니 괜찮다고 했지만, 대학 축제를 제외하곤 록페스티벌에도 나가본 적 없는 녀석의 말을 어떻게 믿겠는가. 그래도 곧 그는 혼란을 잊을 수밖에 없었다.

'와….'

그가 아는 팝스타들의 총집합. TV로만 보던 이들이 눈앞에 있으니 긴장되면서도 설렜다. 이런 사람들과 같이 공연할 예정인 노해일이 신기하고 부러웠다.

'나도 언제 노해일처럼 여기서 공연할 수 있을까? 만약 하게 된다면 떨려서 죽어버리지 않을까?'

이 상황에 태연히 스태프와 이야기하는 노해일은 도대체 얼마나 큰 간덩이를 가지고 있나 싶었다. 그런데 어느 순간 장진수는 리허설 현장에 흐르는 미묘한 분위기를 감지했다. 즐거운 사운드에 묻혀 있던 미묘한 분위기는 장진수에게도 익숙한 것이자 어디서 겪어봤던 것이었다. 직접 말을 걸진 않으면서 경계하거나 관찰하는 듯한 시선, 이는 〈쇼유〉 시절의 참가자들과 같았다.

외국인들이 동양인 얼굴을 잘 구분하지 못한다지만 두 달 동안 세상을 떠들썩하게 만든 소년의 얼굴 하나 못 알아볼 리는 없다. 다들 안 그런 척 노해일을 의식하고 있다. 아마 그중엔 긍정적인 사람도 있을 테고, 부정적인 사람도 있을 테다. 그런 이들에게 노해일은 이방인과 다름없을 것이다. 어쩌면 무대의 관심을 빼앗은 놈일지도 모른다.

"Hi, guy."

'아닌가?'

민소매에 핫팬츠를 입은 팝스타가 노해일에게 다가가 다정히 웃는다. 그리고 영어로 대화하기 시작했다. 인사말과 간단한 단어 외에 아직 리스닝이 부족한 장진수는 알아듣지 못했지만, 양쪽 다 유쾌해 보였다. 심지어 처음 만난 둘은 곧 외국인처럼 포옹하기도 했다. 장진수는 노해일이 생각보다 사교적이라 놀라다가 그가 가장 좋아하는 가수와 프랑스식으로 비즈하는 걸 보고 충격을 받았다.

'1초만 노해일이 되고 싶다….'

이 순간만큼은 어느 때보다도 노해일이 부러웠다.

"흥, 아주 제 세상이군."

가까운 곳에서 들려온 목소리에 장진수는 본능적으로 고개를 돌렸다. 영어라 무슨 소릴 하는지 모르겠지만, 뉘앙스로 보건대 꽤 적대적이었다.

"헤이, 왓슨."

"왜."

"오늘 HALO가 온다는 소문을 들었는데, 언제 오는 거야."

장진수는 이번엔 어렵지 않게 알아들었다. HALO라는 단어. 그리고 기초 영어인 의문사 'When'. 리허설 현장에 있는 사람에게 다 들리도록 자기 매니저에게 외친 남자는 노해일을 헤일로로 여기지 않는 게 분명했다. 그리고 이어서 다른 유쾌한 목소리가 들렸다.

"왜 그래, 여기 리틀 HALO가 있잖아."

노해일의 시선이 천천히 돌아간다.

장진수는 저 뉘앙스 역시 절대 좋은 게 아니라는 걸 깨달았다.

"뭐, 사람들이 인정해줄지는 모르겠지만 말이야."

노해일의 입꼬리가 올라가자 장진수가 자리에서 벌떡 일어났다. 저건 노해일이 무언가 사고 치기 직전의 표정이었다.

그러나 그 말을 헤일로와 대화하던 팝가수가 먼저 받아쳤다.

"그건 네 경험담에서 나온 조언인가? 요즘 집에 사람들이 많이 방문한다며."

"캐시, 닥쳐."

그 둘의 대화를 들은 헤일로의 눈에 이채가 서리더니 곧 그 역시 말했다.

“아, 네가 86번째 HALO구나. 만나서 반가워.”

푸훗. 리허설 현장에 웃음이 내려앉았다. 어린 가수를 핍박하는 건 그리 좋아 보이지 않은 광경인 데다 그 핍박한 당사자가 예전에 HALO인 척했다는 것도 웃기는 요소였기 때문이다.

장진수는 사람들 사이에서 웃고 있는 노해일을 보며 조금 안심했다. 지난주의 〈코첼라〉부터 장진수는 사람들이 그를 부정할까 봐 걱정했다. 그 이상한 정신병자와 마주친 뒤로 좀 아슬아슬한 느낌도 들었다. 그런데 이렇게 사람들과 떠들고 악의를 가볍게 받아치는 걸 보면 괜찮은 것 같다.

‘내가 괜히 신경 썼나.’

장진수는 어깨를 으쓱하고는 이왕 매니저로 온 김에 음료를 가지고 오기로 했다. 슬슬 목마를 때가 되었을 것이다. 아메리카노를 세상에서 제일 싫어하는 노해일이니 물과 생과일주스를 사 오기로 했다.

그렇게 다사다난한 리허설을 끝내고, 〈코첼라〉의 두 번째 주말이 도래했다. 그리고 〈코첼라〉는 어쩌면 ‘역대’라고 칭할 인사들을 맞이한다. 금요일 오전부터 화려했다. 단순히 인디오 사막의 잔디만큼 많은 관객을 말하는 게 아니다. Week 1을 비교적 조용히 넘어갔던 유명인들이 몸소 〈코첼라〉에 방문했다. 유명인만 티켓을 잡은 게 아닐까 싶을 정도로, SNS나 너튜브 인플루언서를 포함해 모델과 유명 드라마에서 인기를 끈 배우 등 수많은 셀러브리티들이 방문했다.

한국인 관광객은 눈을 의심했다.

"와, 미친."

아까 주차하고 나오면서 천만 영화배우인 천영화를 봤다면, 이번엔 요즘 남자배우 중 가장 핫한 이정민, 톱스타 부부 등 방송국 연말 시상식에서 볼 것 같은 사람들이 하나둘 보이기 시작했다. 심지어 거기서 끝이 아니었다. 흔히 노해일의 황금 인맥이라 불리는 이들이 보였다. 요즘 한창 바쁘다는 그들이 그 바쁜 스케줄 속에 기어이 〈코첼라〉에 왔다 싶었다.

방송국의 거대한 차량과 스포츠카로만 이루어진 주차장, 하늘을 유영하는 헬리콥터 무리도 새삼스럽지 않았다. 그런 이들 사이에 태양 목걸이를 한 이들이 한둘이 아니라는 게 오히려 새삼스러웠다. 전 세계의 태양단이 단순히 인터넷 세상에만 존재하던 건 아니겠지만 말이다. 그들 중에는 배우와 가수도 있었고, 의사와 교사, 판검사, 정치인 등 수많은 직업군이 있었다.

무엇보다 진짜는 당일, 일요일부터였다. 땅에 돈이 떨어져 있어도 주울 시간이 아깝다는 기업인들이 보였다. 미국의 3대 기타 제조사라 불리는 G의 대표부터 노해일을 앰배서더로 두고 있는 명품 브랜드 아르보의 회장, 그리고 그의 옆엔 어거스트도 함께 있었고, HALO의 음악으로 광고를 만든 기업 인사들도 속속 방문했다. 한때 전 세계에 '당신을 찾을 것'이라고 광고했던 명품 향수 기업의 수석 디자이너가 직접 찾아오기도 했다. 2032년 〈코첼라〉 중 가장 화려한 날임은 분명했다.

〈코첼라〉에선 이례적으로 생중계 허가와 함께 스트리밍 서비스를 제공한다 발표했지만, 모두가 바쁜 일을 뒤로 하고 직접 발걸음했다. 이는 곧 그들이 안방에서 만족할 수 없을 만큼 HALO를 궁금해한다는 걸 증명했다. 그가 진짜 10대 꼬마, 로인지 아닌지.

'진짜면 어떻게 되는 거지?' 하고 누군가는 의아해했다. 진짜 로가 HALO라면, 성문 분석 결과대로 동일인이라면 어떻게 될까. 이제까지 세상이 그렸던 HALO는 로와 무척 달랐다. 백인 이야기는 제외하더라도 중년의 영국인에 술고래, 호탕하고 누구나 존경할 법한 몸을 가졌으며, 몸에 커다란 문신을 새겼을 거로 여겨진 남자와 로는 완전히 정반대 편에 선 것 같았다. 로는 뭐라고 해야 할까. 외견은 전형적인 K-POP 아이돌에 가까웠다. 키가 크지만 마른 하얀 모범생 같은 이미지였다. 세상을 떠들썩하게 해놓고 잠적한 건 전혀 K-POP 아이돌 스타일은 아니지만, 첫인상은 그랬다.

그런 헤일로를 그들이 인정할까? 목에 태양 목걸이를 건 우락부락한 남자들이 우르르 지나간다. 생긴 것만 봐도 헬리건이었다. 인터넷에선 거짓말쟁이를 처단하는 다크 나이트라 숭상하지만 현실에선 그냥 헬리건이다. 남의 집에 쳐들어가서 자동차를 박살내거나 지나가는 사람들을 핍박하는 난동꾼들. 저들을 10대 꼬맹이가 통제할 수 있을까? 아니 그 전에 저들이 그 꼬맹이를 자신의 태양으로, 자신의 왕으로 받아들일 수 있을까 싶었다.

"오늘만 특별히 봐준다. 입 닥치고 듣기나 해."

"그래, 에티켓을 지키란 말이다. 핸드폰 알람을 꺼두고, 앞 좌석 발로 차지 말고, 시끄럽게 떠들지 말고! 하나라도 어기면 죽여버릴 거야."

"아… 죄, 죄송합니다."

"아아, 나의 태양이시여… 오늘도 길 잃을 양 한 마리를 교화하

였습니다….”

아무리 봐도 제정신은 아닌 것 같은 헬리건이다.

두두두두. 헬리콥터 소리에 사람들은 잠깐 고개를 들어 올렸다. 〈코첼라〉 베이스캠프에 온 헬리 택시인 줄 알았더니, 방송국 헬기였다. 〈코첼라〉 생중계를 진행할 방송국 마크가 떡하니 찍혀 있었다. 이미 생중계한다는 건 알고 있지만, 이렇게 방송국 헬기를 보니 진짜 무슨 일이 일어난 것 같은 분위기다. 도대체 얼마나 많은 사람이 태양을 기다리고 있는 것인가.

“와, 나 방송국 헬기 처음 봐.”

“헬기가 조명도 달고 있네. 무슨 구조 헬기인 줄.”

“진짜 개쩐다.”

“저거 근데 좀 불안하게 운전하는데 공연 중에 떨어지는 건 아니겠지?”

두두두두. 요란한 헬리콥터 소리가 불안하게 들려왔다.

“그럼 저 방송국 그날부로 사라지는 거지. 사상자 가족이랑 헬리건들이 가만히 두겠냐.”

“헬리건은 왜?”

“헬기 때문에 공연 망하는 건데, 오늘 마지막 공연이….”

“아, 그렇네. 드디어 오늘.”

일요일 오후 5시. 가장 높은 곳에서 이글거리던 태양이 점점 떨어지며 밤의 시간이 다가왔다. 사람들이 가장 기다리는 시간. 어찌 보면 아이러니한 말이다.

“태양의 시간이 밤이라니.”

“크큭 그러게. 그래서 태양단은 백야가 온다고 그러더라.”

"그건 좀 그럴듯하네."

누군가는 어쩌면 오늘 있을 무대가 음악사에 남을 거라고 이야기했다. 또 누군가는 겨우 대중음악 가수의 정체가 드러나는 게 음악사에 나올 일이냐며 비웃었다. 그러나 그 말을 한 이조차 두근거리는 마음으로 그 시간을 기다렸다.

* * *

해가 지자 사람들은 배고픔도 잊었다. 푸드 트럭에 언제든 갈 수 있는 관객들도, 메인 스테이지 뒤에서 긴장한 얼굴로 있는 멤버들도 그러했다.

"후하후하."

"드디어 왔다, 그날이."

"1,000명에서 7만 명은 좀 훌쩍 뛴 거 같지 않아?"

"다음엔 더 많아질 텐데요."

그런 그들에게 헤일로가 다가갔다. 아르보에서 만든 도포를 걸친 헤일로는 당연히 그 기타를 안고 있었다. H가 새겨진 기타.

"맞습니다. 다음엔 60억 명 앞에서 서게 되겠죠."

남규환의 말에 숨을 몰아쉬던 문서연이 어처구니없는 얼굴로 웃었다.

"진짜 월드투어네."

어이가 없어서 긴장이 풀렸다.

"스태프하고는 무슨 말을 한 거야?"

"아."

헤일로는 무대 직전 그를 부른 〈코첼라〉 디렉터의 말을 떠올렸다. 노해일의 공연 시간이 8시 30분부터 9시 20분, HALO의 공연 시간이 10시 30분부터라는 것을 설명했다.

"원래 공연마다 일정 텀이 있어서 임의로 나누었을 뿐입니다."

"알아서 잘해달라고 하더라고요."

"응?"

"무대에 올라선 순간부터 〈코첼라〉 메인 스테이지는 당신의 무대가 될 것입니다. 당신이 원할 때까지 말이죠."

"대충 프리 롤이란 소린가."

한진영의 물음에 헤일로가 웃으며 고개를 끄덕였다.

"그럼 갈까요?"

아무 말도 하지 않았는데 멤버들이 손을 내밀었다. 손등 위에 손이 차곡차곡 올려진다. 순서는 상관없었다. 고이 쌓인 탑은 누군가 실수하더라도 절대 무너지지 않을 것처럼 단단했다.

* * *

드디어 노해일이 모습을 드러냈다. 두 달 동안 세상을 혼돈 속에 재웠던 소년은 아무것도 모른다는 듯 태연하게 나타나 세상을 향해 손을 흔들었다.

별거 아닌 인사에 관중들은 왠지 긴장됐다. 누군가는 땀에 찬 두 손을 맞잡았고, 누군가는 입을 조금 벌리며 소년의 말을 기다렸다.

"안녕하세요, 노해일입니다."

소년의 인사는 한국에서나 미국에서나 똑같았다. 노해일의 팬은 변하지 않는 소년의 모습에 눈물이 날 것 같았다.

"이 자리에서 여러분을 뵙게 되어 영광입니다."

누구보다 '영광'으로 의심받고 있는 소년의 입에서 영광이 나오자, 사람들은 몸을 움찔했다.

"오늘은 제가 오랫동안 기다리던 날이었습니다."

'오랫동안 기다렸다'라는 단어 선택, 그리고 마이크를 든 채 관객과 눈이 마주치는 소년을 사람들은 멍하게 올려다보았다.

"아마 여러분도 그랬겠죠?"

사람들이 원하는 답은 정작 해주지 않는 소년은 눈을 찡긋거리며 장난스럽게 웃었다.

"그럼 모두 준비되셨나요?"

'무슨 준비…? 혹시 네가, 아니 당신이 우리 모두가 상상하는 그인가…'라고 물으려고 할 때 신시사이저 선율이 들려왔다. 사람들은 몽환 속에서 빠져나왔다.

성문 분석 결과 97.3퍼센트 당사자가 맞다는 결과, 포토샵 전문가의 기타 비교 분석에 따른 높은 일치율, 그리고 이외 존재하는 수치들은 중요하지 않았다. 사람들은 소년의 말을 기다렸다. 그리고 소년은 첫마디를 노래로 연다. 두 달 동안 소년을 의심하고 파헤치며 들었던 노래들이었다. 한국어로 이루어진 노래였지만 듣다 보니 귀에 익숙해졌고, 참 아름다운 소리로 이루어져 있었다. 누군가는 소년이 HALO가 아니더라도, 천재성은 확실하며 그의 노래를 사랑할 거라고 이야기했다.

소년은 그의 첫 번째 노래이자 데뷔곡으로 포문을 열었다. '또 다른 하루'는 그에게 또 다른 삶과 세상을 선물했던 이 세상에서 만든 첫 번째 노래였다. 헤일로로서가 아니라 노해일로서 활동하겠다고 생각하며, 노해일로서 살게 된 또 다른 하루를 의미했다. 연이어 부른 두 번째 노래는 '밤의 등대'. 〈랑데부〉에서 보았던 별빛에서 영감을 얻어 만든 음악으로, 그건 곧 그의 이정표가 되었다. 또 다른 세상에 와서 길을 잃었던 그에게 북두칠성이 되어준 사람들에 대한 음악이다. 그는 어두운 밤에 무엇보다 환한 별들을 따라 길을 찾아 걸어갈 수 있었다.

"이건, 제 정규앨범이죠."

이어진 세 번째 노래는 '웰컴 투 마이 월드(Welcome to my world)'. 또 다른 세상에서 만난 사람들에게 그를 이야기하는 음악이었다. 헤일로는 고개를 돌려 멤버들을 바라보았고, 무대 너머에 있을 지인들을 생각했다. '나의 세상에 온 걸 환영해. 그리고 언젠가 너희도 너희의 세상을 보여줬으면 좋겠다'고 이야기했다.

그리고 마지막으로 준비한 노래는…. 헤일로는 사실 '새벽이 오기까지는'을 여기서 부를지 고민을 많이 했다. 하지만 그건 헤일로의 음악이지 않은가. 노해일의 무대에서 헤일로의 음악을 부르고 싶진 않았다. 그래서 그는 고민하던 곡을 꺼냈다. 누구나 Never End(영원)를 바라지만, 알파벳 하나 떨어져 나간 단어는 곧 그의 현실이 되었다. 언젠가 끝이 나는 '에버 엔드(Ever End)'.

헤일로는 눈을 감고 노래했다.

언젠가 끝이 오겠지

사람들이 어색한 발음으로 그의 노래를 따라 불러줬다.

모든 이야기에 엔딩이 있듯이 네가 뭘 두려워하는지 알아

사실 헤일로가 가장 두려워했던 것이었다. 자신의 엔딩. 또 다른 시작이 있다면, 결국 또 한 번의 엔딩이 있다는 걸 알았다. 그래도 헤일로는 이에 대한 공포를 노래하지 않았다. 그건 노해일의 음악이 아니었으니까. 사람들이 바랄, 그리고 어쩌면 그가 듣고 싶을지 모를 말들을 해주었다. 멈춰 있어선 아무것도 해결되지 않을 테니.

그건 아무것도 아니야
그때 그 시절, 그 시간, 그곳을 거닐던 우리가 이 길 끝에 있어

노해일의 음악이 잦아들었다. 순식간에 지나간 50분에 누군가가 아쉬워했고, 누군가는 이제부터가 진짜라고 생각했다. 그러니까, 소년이 진짜 HALO라면 말이다. 하지만 소년의 인사말을 끝으로 무대의 불이 꺼졌다.

"뭐야, 끝난 거야?"

"그럼 로가 아닌가?"

"뭐가 어떻게 되는 거야?"

너튜브 스트리밍에선 무대의 끝과 함께 톱스타들의 인터뷰 영상을 보여줬다. 평소엔 즐겁게 보겠지만, 스트리밍을 보던 사람들에겐 보고 싶던 영상이 아니었다. 톱스타가 뭐라고 그러건 하나도 궁금하지 않았다.

[헛소리하지 말고 무대나 다시 틀어.]
[이건 나중에 돌려볼 테니까 생방으로 다시 돌리라고.]

누군가의 댓글이 스트리밍 사이트에 휙 올라갔다.

웅성거리는 현장에선 "그냥 여기서 1시간 동안 기다려야 하는 거야?", "뭐야?" 하며 사람들은 초면인 옆 사람과 어떻게 해야 하는지 대화했다. 그쯤 이상함을 느낀 건 〈코첼라〉의 고인물들이었다. 매년 〈코첼라〉를 방문하는 그들이 의문을 가졌다.

'왜 무대 불이 안 들어오지?'

수많은 관중이 있기 때문에 하나의 무대가 끝나면 퇴장을 기다려줬다가 다시 환해지곤 했다. 모든 조명을 켜진 않더라도 관중들이 서로 발을 밟지 않도록 말이다. 그러나 아무리 기다려도 조명이 들어오지 않았다. 참지 못한 사람들이 켠 핸드폰 불빛을 제외하면 암흑이었다. 〈코첼라〉 메인 스테이지가 어느 서브 무대보다 더 어두웠다. 이건 말도 안 되는 일이었다. 의도한 게 아니라면, 사고라도 봐도 무방할 정도로.

'의도…?'

한 사람의 시선이 무대로 돌아간다. 어둠에 물든 스테이지엔 어떤 인영도 보이지 않았다. 형광 옷을 입지 않은 이상 누가 서 있어도 있는지 모를 것 같았다. 저 어둠 속에 누군가 서 있을지도 모른다고 생각하자, 긴장감이 다시 차올랐다. 누군가 서 있다면 저 자리에 있는 게 '그'일 테니 말이다. 가장 어두운 곳에 있는 것이 아이러니하지만, 태양이라고 불린 한 남자가 그곳에 있을 것이었다.

두두두두…. 이상함을 느낀 건 방송국도 마찬가지인지, 허공을 배회하던 헬리콥터의 머리가 다시 무대를 향했다. 아마 그들이 무대의 조명이 들어오길 제일 바랄 것이었다. 어쩌면 저들은 곧 참지 못하고 조명을 쏘게 될지도 모르겠다. 물론, 제정신이라면 그러지 않겠지만 말이다. 의도한 무대 장치라면, 그들이 조명을 쏘았을 때 그대로 무대 방해가 될 수 있다.

그쯤 사람들이 하나둘 자리에 털썩 주저앉기 시작했다. 다음 무대가 HALO인 만큼 떠날 수도 없었다. 떠난다면 탐욕스러운 무리가 자리를 차지하게 될 테고, 그들은 〈코첼라〉까지 와서 너튜브 스트리밍으로 HALO 공연을 보게 될지도 몰랐다.

그렇게 의문의 어둠이 7분 정도 이어졌을 때였다.

둥.

어디선가 들려온 드럼 소리에 사람들이 휙 하고 고개를 돌렸다. 잘못 들었나 했지만 곧 유려한 신시사이저와 베이스가 합류했다. 마치 그건 조율 음향처럼 들렸다.

"HALO…?"

앉아 있던 사람들이 다시 일어서기 시작했다. 그의 무대를 위해 핸드폰의 전원을 꺼주는 친절함도 보였다. HALO의 무대를 볼 수 있다면, 그들은 이 무한한 것 같은 어둠도 응당 견딜 수 있었다. 그러나 그들의 왕은 그들을 어둠에 남겨두지 않는다. 조명이 들어오진 않았지만 익숙한 멜로디가 들려왔다.

으아아악! 익숙한 전주, 익숙한 사운드에 사람들이 비명을 질렀다. 오래된 전율이 올라왔다. 그건, 헤일로의 시작점이라고 할 수 있는 '투쟁(Struggle)'의 멜로디였다.

웅성거림이 스테이지 전체에 퍼져나갔다. 〈코첼라〉 메인 스테이지는 여전히 어느 스테이지보다 어두웠지만 가장 들끓고 있었다. '투쟁'의 전주가 반복되고 반복된다. 헤일로를 기다리는 것처럼.

그때, 어둠에 먹힌 무대 중앙에서 목소리가 들려왔다.

"백인이 아닌 나는 싫어?"

헤일로가 그들에게 가장 처음 던졌던 질문이었다.

청아한 목소리에 웅성거리던 사람들이 온몸을 던져 대답했다.

"No!"

"아니야!"

"백인이든 흑인이든 무엇이든 우린 너를 환영할 거야!"

"누구도 뭐라고 하지 않을 거야! 우린 당신을 사랑해!"

사람들의 대답이 이어졌고, 사람들은 또다시 목소리가 이어지길 기다렸다. 녹음 같지 않았다. 어둠에 몸을 맡긴 그가 그들에게 말을 거는 게 분명했다.

곧 다음 물음이 들려왔다.

"생각지도 못한 모습이 나올까 걱정되나?"

"그럴 리가!"

이번에 사람들은 더 빠르게 대답했다. HALO에게 더 잘 들리도록 큰 소리로. 그러자 옅은 웃음소리가 들려왔다. 그들의 대답에 웃는 게 분명했다. 그의 웃음소리 하나에 심장이 간질거리기 시작했다. 마치 첫사랑을 만난 것처럼 떨려 죽을 것 같았다.

"설마 날 보고 실망하진 않겠지?"

"절대로!"

그는 그들의 마음도 모르고, 한 번 더 농담을 던졌다. 마치 그의 음악처럼 사람들은 그의 말 한 마디 한 마디에 휩쓸렸다.

"그럼, 시작은 이걸로 하자."

그의 목소리가 앞선 무대의 소년과 일치한다는 걸 누구도 새삼 말하지 않았다. 어둠은 계속된다. 하지만 사운드가 어둠을 잡아먹으려는 것처럼 커져갔다.

"투쟁."

일렉의 사운드가 자동차 엔진음처럼 울렸다. 사람들은 비명을 지르며 날뛰었다. 몸도 마음도 '투쟁'에 휩쓸렸고, 그들은 무대 위의 지휘자에게 온몸을 맡겼다. 그의 모습이 보이지 않았지만, 그와 같은 하늘 아래 있다는 것만으로 만족스러웠다.

* * *

"뭐야, 조명 고장인가."

"기다려봐. 의도한 거겠지."

"아니, 이러면 생방에 아무것도 안 나가잖아."

최대한 소리를 잡으려고 했지만, 프로펠러 소리 때문에 사운드가 제대로 안 잡혔다. 무대는 어둡고, 사운드는 묻혔다. 이러면 생방을 딴 의미가 없었다. 무대에 가까워지지 않는다는 전제로 〈코첼라〉에서 허가해준 이유가 있었다. 오로지 HALO의 정체를 공개하려고 했던 방송 헬기는 아무것도 보이지 않은 〈코첼라〉 메인 스테이지에 혀를 찼다.

"안 되겠다."

"뭐가 안 돼?"

"노래 끝나자마자 조명 쏴."

"미친. 그게 말이 된다고 생각해?"

"잠깐만. 누군지만 보고 다시 끄면 되잖아."

장난인 줄 알았던 카메라맨은 앵커가 직접 움직이자 화들짝 놀랐다. 그는 진짜 조명을 비추려고 하고 있었다.

"안 돼!"

"비켜봐!"

헤일로는 천천히 고개를 들었다.

'저건 뭐지?'

헬기가 밤하늘을 향해 조명을 쏘고 있었다. 추락할 건 아닌 것 같고, 실수로 전조등을 누른 것 같았다. 그는 관심을 접고 무대에 집중했다. 사람들이 어둠 속에서도 그와 한몸이 되어 노래하고 있었다. 전율이 온몸을 감쌌다. 헤일로는 이 쾌락을 더 오래 누리고 싶었다.

한때 잠깐 그는 왜 노해일이 되었나 생각한 적이 있다. 그건 곧 언제까지 노해일로 살 수 있을지에 대한 의문으로 이어졌다. 자신을 사랑해준 부모님과 친구, 멤버들과 지인으로 그 생각은 뻗어나갔고, 문득 생각했다. '나에게 마지막으로 가장 행복한 순간을 누릴 수 있게 기회를 준 게 아닐까' 하고. 〈코첼라〉를 준비하며 노해일을 떠올린 건 당연할지도 모른다. 그가 노해일이 되어 누릴 수 있는 가장 행복한 순간이 바로 지금일 테니 말이다.

'투쟁'을 끝낸 멤버들이 예정되었던 곡을 연주했다. '새벽이 오기까지는'은 이제까지 그가 했던 음악답지는 않은 어쿠스틱 곡이다. 헤일로는 일렉을 내려놓고, 그를 상징하는 H 기타를 들어 올렸다. 노해일의 무대는 오로지 노해일의 무대로 전념했다면, 헤일로의 무대는 그의 시작과 끝으로 진행하기로 했다. 그의 시작이 '투쟁'이라면 끝은 세상에 보이지 못한 13집의 타이틀곡이 아닌가.

이 밤과 잘 어울리는 곡이다. 그가 이 곡을 부를 때, 무대의 조명이 들어오며 메인 스테이지는 어느 무대보다 가장 밝게 빛날 것이었다. 헤일로는 다시 고개를 들어 올렸다. 밤하늘을 향해 조명을 쏘았던 헬기의 머리가 아래로 떨어지고 있었다. 하강하는 건 아니고, 그냥 그의 무대를 바라보는 것이다. 헤일로는 문득 헬기의 조명이 아직 꺼지지 않았다는 걸 깨달았다. 눈부신 빛이었다. 마치 아침을 가져오는 태양처럼. 무언가 이상하다고 느낀 것도 잠시, 그는 더 이상 감상을 이을 수 없었다. 곡의 가사처럼 눈부신 빛이 그를 향해 달려들었다. 헤일로는 손을 올려 빛을 막으려 했지만, 곧 무력하게 휩싸일 수밖에 없었다.

마치…. 그때처럼.

'안 돼.'

기억이 스쳐 지나간다. 쾅! 콰광! 커다란 자동차의 굉음. 누군가의 비명. 눈앞이 새하얗게 물든다.

'아직 안 돼.'

눈부신 빛 속에서 희미하게 아기의 울음소리와 다정한 목소리가 어렴풋이 들려왔다.

"해일아."

그가 알아채지 못할 만큼 순식간에 지나간 기억이었다. 정신을 차렸을 때, 헤일로는 다시 어둠 속에 있었다. 익숙한 어둠이었다. 그는 이곳에 한 번 와본 적 있었다.

'여긴….'

헤일로는 그때처럼 바닥에 주저앉지 않았다. 그때처럼 몸부림치기보다는 가만히 서 있었다. 천천히 몸을 돌리지만, 아무것도 보이지 않는다. 아무것도 느껴지지 않았고, 아무것도 들리지 않았다. 죽음 그 이후의 세상이었다. 현실을 부정했던 헤일로의 손이 힘없이 떨어졌다.

'그래, 1년도 길었잖아.'

헤일로는 그래도 행복한 시간이 아니었냐고 스스로에게 되물었다. 자신이 여기 있으니 노해일은 이제 그 무대 위에 있을까. 그렇다면 지금쯤 무척 당황하지 않았을까 싶다. 결국 그가 예상하던 대로 가장 행복한 순간에 그는 떠나게 되었으니 허탈하기도 했다. 그때였다.

쿵…!

어디선가 들려온 소리에 귀가 예민하게 반응했다. 여전히 보이는 것은 없지만, 헤일로는 다시 한번 소리가 들려오길 기다렸다. 다시 한번 들려와야 했다. 이 소리는….

쿵!

다시 한번 들리자 헤일로가 천천히 움직이기 시작했다. 그를 노해일에게로 인도했던 소리였다. 이 소리가 끊기지 않길 바라며, 헤일로는 예전보다 더 빠르게 소리를 향해 달려가기 시작했다. 어쩌면 노해일의 몸을 다시 한번 빼앗게 될지도 모르지만, 그래도 그는 멈추지 않았다.

소리는 마치 그를 부르는 것처럼 반복적으로 울렸다. 언뜻 시계가 똑딱이는 소리 같기도 하고, 무언가가 툭툭 떨어지는 소리 같기도 했지만 헤일로는 이게 무엇인지 알았다. 규칙적인 박자로 들려오는 이 소린, 스튜디오에서 들었던 메트로놈의 소리가….

쿵쿵.

아니, 그보다 더 큰 소리였다. 소리는 그때보다 더 컸고, 묵직했다. 귀가 먹먹하게, 대지를 쿵쿵 울리고 있었다.

헤일로는 천천히 눈을 떴고 그 소리가 무엇인지 알 수 있었다. 사람들이 발을 구르고 있었다. 규칙적인 박자로. 그리고 익숙한 소리가 귓속으로 들어왔다. 처음에 그를 향해 외치고 있다고 생각한 메아리가 점점 형태를 갖추어가고, 뭉개어졌던 멜로디가 선명해지기 시작했다.

헤일로는 익숙한 가사에 눈을 번쩍 떴다. 그를 주시하는 수많은 눈, 그는 무대 위에 있었다.

네가 누구든 어떤 모습을 하든

그리고 그를 둘러싼 수많은 사람이 발을 구르며, 외치고 있었다. 그가 어느 겨울날 발매했던 곡의 선율로.

우린 너를 영광이라 부르리

그건 그의 유일한 싱글 앨범인 'I am HALO'의 멜로디였으며, 가사에서 I를 YOU라고 바꾼, 팬들의 답가였다. 그를 아주 오랫동안 기다려왔고, 그가 누구더라도 기꺼이 맞이하겠다는 팬들의 답이다.

우리들의 영원한 태양

가장 먼 곳에서 눈부신 태양이 떠올랐다. 밝은 빛들과 가장 아름다운 목소리가 뭉쳐 부피를 키워나갔다. 가장 어두웠던 〈코첼라〉

의 메인 스테이지는 인디오 사막에서 가장 밝게 빛나고 있었다. 헤일로는 그 아름다운 광경을 멍하니 보며 솔직하게 인정했다. 이제 아쉽지 않을 거라고 말했지만 그건 거짓말이었다. 그는 아쉬웠고 이 행복을 좀 더 오래 즐기고 싶었다. 조금 더 조금 더.

헤일로는 떨리는 손으로 천천히 마이크를 들어 올렸다. 그는 이들의 노래에 응해야 한다고 생각했다. 자신이 이 무대의 주인이었고, 가수다. 그리고 그게 아니더라도 이 사랑스러운 답가에 기꺼이 보답하고 싶었다.

"Yes."

헤일로의 나지막한 한마디에 세상이 주목한다.

I am HALO

그의 노래와 팬들의 노래가 교차하며 세상에 울려 퍼졌다.

You are HALO

하늘로 색색의 빛들이 날아올랐다. 응원봉과 무대 조명, 그를 연호하는 헬리콥터와 기계들의 불빛, 그를 향한 수많은 메시지, 그가 가장 사랑하는 것들로 이루어진 눈부신 파도가 그를 덮쳐왔다. 영광의 해일이었다.

9. 노해일에서 '노해일(HALO)'로

"이제 곧이군."

귀에 들려온 단어 'soon'에 장진수는 어거스트 베일을 돌아보지 않고, 어둠에 잠긴 무대를 보았다. 가슴이 쿵쿵거렸다. 무슨 일이 일어날 것만 같다. 그때, 어둠 사이로 노해일의 목소리가 들려왔다.

"백인이 아닌 나는 싫어?"

장진수는 빠르게 스쳐 지나가는 문장을 제대로 알아듣지 못했지만, 사방에서 들려온 대답은 인지했다. 뒤이어 노해일이 한 번 더 질문을 던진다. 더 크게 들려오는 관중들의 함성, 그리고 잔잔한 웃음소리.

"미친놈…."

장진수는 소름이 돋는 것 같았다. 이번엔 노해일의 기행에 당황한 건 아니었다. 그냥, 이런 곳에서 어떻게 저렇게 여유롭게 굴 수 있나 싶었다. 곧 어둠 속에서 노해일, 아니 HALO 1집 '투쟁'이 들려왔다.

장진수가 이상을 알아차린 건, 무대가 어둠에 여전히 잠겨 있었기 때문이었다.

"저 헬리콥터도 의도한 거예요?"

노해일의 부모님과 함께 관계자 측에서 무대를 보게 된 장진수는 손가락으로 하늘을 가리켰다. 하나둘 사람들이 하늘을 올려다보았고, 어거스트 역시 고개를 들었다. 방송국 헬리콥터 하나가 전조등을 켜놓은 상태였다.

"지금 뭐 하는 짓이야."

"어서 연락해!"

어거스트의 표정이 싸하게 굳고 곧 관계자실이 다급해졌다. 〈코첼라〉 무대 관리팀에선 급하게 헬리콥터에 이상이 있는지 무전기로 물었다. 무대의 조명은 소년의 신곡 '새벽이 오기까지는'의 반주와 함께 순차적으로 켜지도록 계획되어 있었다. 헬리콥터의 전조등으로 인해 모두가 기함한 건 그 때문이었다.

그래도 무대는 계속 고조되어갔다. 분명, 노해일도 각도상 헬기를 봤을 것 같은데 아랑곳하지 않고 노래를 이어가는 모습에 장진수는 감탄했다. 처음 '투쟁'을 들었을 때 제 몸을 가누지 못하고 전율한 것처럼, 라이브로 울리는 '투쟁'에 관중들은 이미 미쳐가고 있었다.

"와…."

장진수는 멍하게 그 광경을 바라보았다. '사람들이 노해일을 인정하지 않으면 어떻게 하나' 하는 우려는 필요 없었다. 이 광경을 본다면 누구나 알 것이었다. 이들은 오랫동안 헤일로를 기다려왔고, 앞으로 이게 노해일이 보게 될 광경이라는 것을.

"멋있다."

옛날엔 그의 재능이 부러웠고 그리하여 질투하며 스스로 그러지 못한 것에 절망했다면, 이제는 그냥 담담했다. 어쩌면 그가 노해일과 결코 같아질 수 없다는 걸 드디어 인정했을 수도 있고, 다른 한편으론 아슬아슬해 보이던 노해일이 저런 관중과 함께라면 점점 더 행복해지지 않을까, 마음이 놓였기 때문일 수도 있다. 어거스트가 그를 가만히 쳐다보는 것도 모르고, 장진수는 이제 마음 편히 감탄하고 제 친구의 무대를 즐겼다.

그때, 다시 한번 헬리콥터가 눈에 들어왔다. 전조등을 아직도 켜고 있는 헬리콥터가 점점 머리를 내리고 있었다.

'어… 저러면?'

다시 한번 위기감이 고조됐다. 저대로 헤드를 아래로 내린다면, 전조등이 덮칠 건 노해일의 무대였으며, 곧 그 중앙에 있을 노해일이었다.

"저, 저거…."

뭐라고 외치려고 했지만, 사고는 말을 채 잇기도 전에 일어났다. 전조등이 정확히 무대 중앙에 있는 노해일을 덮쳤다. 정면으로 직격타를 맞은 노해일은, 본능적으로 양손으로 얼굴을 가렸다.

까아악! 노래가 끊기고, 사고라는 걸 인지한 사람들이 비명을 지른다. 세션의 연주도 멈추었으며, 멤버들이 자리에서 벌떡 일어났다. 그들이 다급하게 노해일을 불러보지만, 그는 소리가 들리지 않는 것처럼 서 있었다.

쾅! 어거스트가 벌떡 일어나 뛰쳐나간다. 그제야 당황했던 〈코첼라〉 관계자도 분노를 표하며, 어딘가로 연락을 취했다.

헬리콥터의 조명이 뒤늦게 꺼졌다. 그러나 이미 노해일의 모습은 다 드러났고, 노래까지 멈췄다. 다시 어둠에 잠긴 〈코첼라〉의 메인 스테이지엔 이제 침묵, 아니 팬들의 웅성거림만이 깔렸다.

장진수도 뒤늦게 뛰쳐나가 사람들의 틈을 헤집고 노해일에게 달려갔다.

"야, 노해일."

언제나 여유롭던 노해일이었다. 대학 축제 때 오디오 사고가 있었음에도 아랑곳하지 않았던 노해일이었다. 그가 지금껏 무대를 잇지 못하는 건 엄청난 문제가 생긴 게 분명했다.

쇼크. 전조등을 눈앞에서 맞았으니, 섬광탄을 맞은 것처럼 쇼크가 왔을 수 있다. 혹은, 아무리 노해일이었도 이렇게 많은 사람 앞에 서 있으니 긴장했을 수도 있고, 뭐가 됐든 좋지 않았다. 장진수는 최근 노해일이 아슬아슬했다는 걸 다시 한번 떠올렸다.

"정신 차려, 야."

들릴 리가 없는데도 장진수는 외쳤다.

"일어나라고, 노해일."

적어도 이 무대를 가장 바라왔던 노해일이, 이런 상황을 원할 리 없었다. 이 무대는 계속되어야 했다. 그래야 했다.

"헤일로!"

장진수는 그를 향해 외쳤다. 처음으로 부른 이름이었다. 그리고 그 순간, 멀리서부터 소리가 들려왔다. 가장 어둡고 낮은 곳에서부터 일어난 진동이 점점 커져 나갔다. 누군가 발을 굴렀고, 점점 퍼져나갔다.

"혜일로!"

무대 위에 있는 그를 다급하게 부르는 사람들이 하나둘씩 고개를 돌렸고, 이내 하나둘씩 참전하기 시작했다. 발을 구르며, 같은 박자를 만들어낸다. 장진수는 사람들을 헤쳐 나가는 걸 잊고, 박자에 귀를 기울였다. 그도 잘 아는 박자였다. 그리고 누군가 시작한 노래에 사람들이 하나둘씩 동참하기 시작했다. 적어도 이 자리에 모인 사람 중 이 노래를 모르는 사람은 아무도 없었다. 뒤로 고개를 돌렸던 이들이 결연한 표정으로 앞을 보며 노래를 부르기 시작한다.

처음엔 소음 같기도 하고 울음 같기도 했다. 그러나 사람들의 목소리가 화음을 만들어가며, 가사가 선명해지기 시작했다.

네가 누구든 어떤 모습을 하든 우린 너를 영광이라 부르리

〈코첼라〉 메인 스테이지 아래 사람들의 목소리가 어느덧 마이크에 닿았다. 그건 갑작스러운 사고에 당황했을 가수를 위한 격려이며, 그들이 혹시 받아주지 않을까 걱정했을 그를 위한 답변이었다. 헐떡이던 숨을 고른 장진수는 그 관중들 안에 서 있다가 천천히 입을 벌렸다. 어쩐지 눈물이 났다.

노해일의 세션들 역시 이를 악물고 제자리에 앉아 연주를 시작했다. 그렇게 가수의 목소리를 제외한 소리로 무대가 가득 차자, 먼 곳에서부터 조명이 켜지기 시작했다. 원래 '새벽이 오기까지는'을 위해 계획했던 조명은, 가수를 놀라게 하지 않겠다는 듯 발치에 닿았다.

무대에 가만히 서 있던 인영이 노래에 반응하기 시작한다. 그러자 두 번째 층의 조명이 탁 켜졌다. 그것은 노해일의 허리와 배 그리고 툭 아래로 떨어져 있던 손을 비추었다. 파르르 떨리는 손이 마이크를 꽉 쥐고 천천히 올라간다.

"그래."

탁. 그가 대답한 순간 세 번째 층의 조명이 들어왔다. 그 조명은 어린 소년을 비추었고, 소년의 은발이 금빛으로 빛났다.

"나는."

사람들의 목소리와 소년의 목소리가 일치되었다. 소년의 머리 위 조명이 켜지며, 모두가 소년의 얼굴을 볼 수 있었다. 울 것처럼 일그러져 있었던 얼굴이 점점 환하게 번졌다. 그들의 부름에 감격하듯이.

"헤일로야."

기다렸던 답변에 전율이 몰려왔다. 그들의 목소리는 어둠을 밝혔고, 그들의 가수는 태양처럼 밝게 빛났다. 사람들은 응원봉이나 야광봉 혹은 핸드폰 불빛을 들어 소년을 연호했고, 노래를 이었으며, 환호했다.

인디오 사막, 수많은 불빛이 한 곳을 향해 모여들었다. 헤일로(Halo), 영광과 훈륜. 그리고 우주 어딘가에 있는 은하 헤일로처럼.

* * *

'꿈 해석 부탁드립니다' 따위는 초록창 지식인에서 볼 법한 흔한 질문이다. 올라온 날짜가, 오늘 4월 19일 월요일인 것만 제외하면, 특이할 것도 없다.

[악몽은 아닌데 진짜 말도 안 되는 꿈임. 말하기도 부끄러운데 열여덟 살짜리 K-POP 가수가 알고 보니 해외를 쌈싸먹던 희대의 레전드 가수였다는 꿈을 꿈;;; <코첼라>에서 정체 밝히는 거 보고 꿈에서 깸;;;]

ㄴ라는 내용의 라노벨 추천 좀.

ㄴ언젯적 힘숨찐이냐 에휴.

ㄴ(글쓴이) 그래서 이건 그냥 개꿈임?

ㄴㄴㄴ개꿈 수준도 안 되는 듯.

ㄴㄹㅇ 개꿈은 무슨 그냥 현실로 치자.

오늘이 2030년도 아니고, 2031년도 아닌, 하필 2032년 4월 19일 월요일이라는 것만 제외하면 말이다.

[헬기 이 씹#@%$#$@%#$]

[노해일 중간에 노래 멈춘 거 뭐임? 쇼크 먹은 거임?]

ㄴ거의 섬광탄이었는 데 쇼크 맞는 듯. 후에 손 떤 것도 그렇고. 잠깐 선 채로 정신 잃었던 거 같던데.

ㄴ누군 공황 아니냐고 하던데.

ㄴ그냥 정체 공개하려니까 막상 무서웠던 거 아님? 노해일 그렇게 큰 무대에서 공연한 건 처음이잖아. 아직 미성년자인 것도 감안해야지.

ㄴ근데 그 이후로 새벽까지 <코첼라> 불태운 걸 보면, 그건 아닌 듯.

여느 때와 같은 월요일이었다. 분명 직장인들은, "월요일 싫어"를 외치며 회사에 나갔고, 학생들은 "월요일 싫어"를 외치며 학교에 갔다. 그런데도 평소의 월요일이 될 수 없는 건, 지난 일요일이 평소의 일요일이 아니었기 때문이었다. 사람들은 〈코첼라〉 병을 앓고 있었다. 2032년 4월 9일부터 18일까지 이어진 축제. 그러나 가던 사람만 가던 〈코첼라〉를 전 국민이, 아니 전 세계 사람이 앓고 있는 이유는 단 하나밖에 없다.

[노해일이 무슨 헤일로ㅋ]

[;;;;이게 진짜네.]

ㄴ옛날부터 노해일 헤일로 아니냐는 말 있긴 했지만.

ㄴ아니 그걸 누가 믿냐고ㅋㅋㅋ 지금도 ㅅㅂ 얼떨떨한데.

ㄴ그니까 전국민 단체로 최면 빔 맞은 거 아님?

몇 분간 이어졌던 무대 사고 때문에 말이 꽤 나오긴 했지만, 그 뒤로 이어진 헤일로의 공연과 결국 노해일이 헤일로였다는 진실에 의해 작은 사고는 대중들의 인식에서 좀 멀어질 수밖에 없었다.

(속보) 헬리건 또다시 헬리건하다. 이번엔 헬리콥터 화형식 진행 이후로 XYC 방송국 협박 편지 보내

(속보) XYC방송국 측 폭력적인 팬덤에 대해 "테러리스트" 발언, 법정 공방 예고

ㄴ이 새끼들이 그 헬기임?

ㄴㅁㅊㄴ들인가 지들이 소송을 하네;;

ㄴ헤일로한테 패소하면 그냥 파산이라 일단 헬리건한테 삥뜯는 거 아님?
ㄴ근데 이 새끼들 편들어줄 로펌이 미국에 있음?
ㄴ판사도 편 안 들어줄 거 같은데 판결 잘못하면 80억 명의 태양단이 때려죽일 듯.
ㄴ판사 중에 헬리건 있을 거란 생각은 왜 안 하냐?
ㄴ헤일로 조명 때문에 쇼크 온 거 빼박이라 100퍼세트 패소임. 베일이랑 <코첼라>랑 대기업들 싹 다 소송 준비 중일 텐데 ㄹㅇ 빼도 박도 못함.

그러니까 일단 지금 당장은 말이다. 사고를 친 헬리콥터 주인보다는 1년여간 세상을 지배했던 헤일로의 정체나 무대 사고에 의해 만들어진 기적 같은 'I am HALO' 공연, 그리고 '새벽이 오기까지는'과 그 이후 새벽까지 진행된 라이브 공연이 더 임팩트가 컸으니 말이다.

심지어 이날 새벽 00시 00분. 13집 타이틀곡이 음원 플랫폼에 업로드되며, 이제까지의 모든 의문이 완전히 해소되었다.

[아무리 봐도 안 믿기네].
[지금 1200만 번째 재생 중;;;]
[아이엠헤일로는 봐도 봐도 눈물이 나네. 왜이렇게 찡하지.]
[조상님들은 이미 알고 계셨다 조선(朝鮮)=아침 해가 선명히 뜨는 나라.]
ㄴㄷㄷㄷㄷㄷㄷㄷ조상님들의 지혜.
ㄴ조상님 도대체 어디까지 보신 것임;;;
ㄴ힌트를 700년 전부터 줬는데 이걸 모르네.
[그러고 보니 노해일 영문명 Hae-Il Roh 그대로 읽으면 해일-로라매. 다

들 왜 이 악물고 모른척함?]

말도 안 되는 것 같지만, 몇만 명의 관객과 함께 스트리밍된 이상 부정할 수도 없었다. 이제까지 아니라고 생각했던 사람들은 하나둘 옛 과거를 들추기 시작했다.

[노해일이 헤일로일 수밖에 없는 108가지 이유.]

1. 노해일이 잠적 자주 했던 이유: 이 새끼 지 살고 싶은 대로 사는 줄 알았더니 13집 내느라 ㅈㄴ 바쁜 거였음.

2. 노해일 영문명 해일로.

3. 노해일 아빠 한국대 천문학 교수인 거 다들 암? 헤일로, 이제까지 게임 이름인 줄 알았더니 천문학 용어임.

4. 노해일 영어 발음과 포시 악센트.

5. 노해일 미국 토크쇼 영상 발췌. 실제 대화임.

MC: HALO의 음악 중 가장 좋아하는 곡이 있나요?

H: 앞으로 나올 6집이요.

MC: 언제 나올지 모르는데?

H: 5월에 나올 6집이라고 하죠.

6. 노해일 밴드=헤일로 세션=5월

• 노해일 밴드 영입한 시기: '밤의 등대' 발매 전 홍대 버스킹 때 최초로 나옴(5월)

• 노해일 싱글 '밤의 등대'(5월)

• 헤일로 앨범 세션 구성 시기: HALO 6집 빗속에서 춤을(5월 31일)

7. 노해일과 스콜피온이 만난 시기 2031년 12월 25일쯤(스콜피온이 지

난 크리스마스 트래펄가 광장이라고 밝힘). 헤일로와 베일 계약 시기 12월 추정(1월 초에 헤일로 1집 2집 음원 발매됨). 따라서 같은 시기 둘은 영국에 있었음.

8. 파파라치 샷인데, 어거스트 베일이 운전도 해주고 쇼핑도 하며 매니징해줌.

9. 노해일이 명품 브랜드 앰배서더가 된 이유는?

⋮

ㄴ그러니까 음원 발매 속도 제외하곤 모든 단서가 노해일이 헤일로였음을 가리키네.

ㄴ사실 음원 발매 속도는 월간 헤일로부터 상식선에서 벗어난 거였는데.

ㄴ와 ㄹㅇ이네. 근데 진짜 이걸 어떻게 몰랐냐!

물론, 몇 가지 틀린 것도 있었지만, 많은 사람에게 공감을 산 분석 글이었다. 분석이 많아지면 많아질수록, 그러니까 노해일이 헤일로일 수밖에 없는 이유가 계속 나오면 나올수록 사람들은 이해하지 못했다. 작년의 그들은 왜 도대체 헤일로를 눈앞에 두고도 찾지 못한 것인가? 누군가는 프레임의 힘이라고 인문학적으로 설명했지만, 그런데도 납득할 수 없는 건 여전했다. 심지어 노해일은 옛날 홍대에서 '렛 잇 비'를 불렀던 적도 있었다. 그걸로 성문 분석만 돌렸더라면 더 일찍 공개되었을 것이었다.

[국평오 국평오하더니 진짜 국평오됨?]

[와 나 이유 알아냈다ㄷㄷ 미쳤다.]

ㄴ뭔데?

[재작년 2030년=경술년=하얀 개의 해, 작년 2031년=신해년=하얀 돼지의 해. ㄷㄷㄷ개돼지라 몰랐던 거임.]

ㄴ전 국민 개돼지의 해ㄷㄷㄷㄷ

ㄴ이거네ㅅㅂ 어쩐지 이상하긴 했어.

사람들이 현실을 부정하다 슬슬 납득해가며 여운에서 헤어나오지 못하는 와중이었다.

* * *

헤일로는 천천히 눈을 떴다. 눈부신 햇살이 그를 비추고 있었다. 나른함이 온몸을 감쌌다. 바깥에선 〈코첼라〉의 여운으로 정상적인 생활이 불가능할 때, 그는 해먹에 해파리처럼 늘어져 있었다. 그쯤 누군가 노크를 했다. 헤일로는 누가 들어오든 아랑곳하지 않고 창 너머를 보았다. 비밀리에 한국에 돌아온 그는, 호텔 최상층에 늘어져 있었다. 아무래도 본가나 레이블엔 돌아갈 수 없는 상황이라 이사를 갈 때까지 이곳에서 머물 생각이었다.

"안녕하십니까?"

헤일로는 천천히 고개를 돌렸다. 처음엔 첫인상과 달리 살이 빠져 누군가 했지만, 곧 알아볼 수 있었다.

"박대형 매니저님?"

"하하핫, 기억해주셔서 감사합니다."

여행을 떠나기 전 그에게 기타를 가져와 줬던 G의 한국지사 마케팅 매니저 박대형이었다.

"그런데, 이젠 매니저가 아닙니다."

'그만뒀나? 그런 것치곤 얼굴이 밝아 보이는데.'

헤일로는 박대형이 건네주는 명함을 보았고, 이내 픽 웃었다.

"다시 인사드립니다, G의 한국지사 대표 박대형입니다."

G에 처음으로 노해일에게 협찬하자고 건의한 당사자. 그가 보냈던 상세 메일을 재검토한 G는 '렛 잇 비' 영상에도 불구하고 제대로 보지 않았던 본사 담당자를 자르고, 건의했던 박대형의 공을 인정했다. 단순히 헤일로를 찾은 것 이상으로 해외에서 노해일이 G의 기타로 엄청난 집중을 받고, 〈코첼라〉에서 연주해주며 G의 가치를 엄청나게 올려놓았기에 당연한 결과였다.

"G에선 앞으로 노해일 씨, 아니 헤일로 씨라고 불러야 할까요?"

뭐든 상관없어 헤일로가 어깨를 으쓱이니, 박대형은 더 유명한 이름을 부르기로 했다.

"헤일로 씨의 모든 활동을 적극적으로 지원하기로 했습니다."

"모든 활동을요?"

"예, 뭐든."

헤일로가 열애설을 내도 상관없다는 태도였다. 아무렴 지금 열애설이 문제겠는가. 범죄만 아니면 뭐든 됐다. G는 벌써 헤일로와 평생 함께할 미래까지 염두하고 있었다.

"뭐든 말씀해주십시오!"

박대형은 대표임에도 90도로 인사했다. 그는 올챙이 적을 잊는 개구리가 아니었고, 본사에서도 신신당부했다. 절대로 그의 의사에 반하지 말라고.

헤일로의 얼굴에 미소가 짙어진다.

세상을 쥐락펴락하던 이가 웃으니 박대형은 가슴이 두근거렸다. 이다음은 도대체 뭐일지 무섭기도 하면서 궁금했다.

천천히 헤일로의 입이 열렸다.

"그럼."

"네!"

"건강하니까 병원에 갈 필요 없다고 전해주세요."

"건강하니 병원에…. 예?"

고개를 끄덕이며 아무 생각 없이 말을 따라 한 박대형 대표는 뒤늦게 반문했다.

"지금 뭐라고?"

그리고 문이 벌컥 열리며 민감한 시선들이 박대형 대표에게 꽂혔다.

"누구?"

"아, 저는 G의 한국지사 대표 박대형입니다."

"아, 그러시군요. 안녕하세요."

인사는 하지만 관심 없어 보이는 이들은 곧 소년을 바라봤다. 헤일로는 반면 박대형 대표를 향해 고개를 까딱거렸다. 부탁한 걸 들어 달라는 것처럼.

"그, 헤일로 씨는 병원에…."

어쩔 줄 몰라 하던 박대형이 일단 부탁대로 입을 열었지만 날카로운 시선이 꽂혔다. 박대형은 느낌만으로 알았다. 때를 잘못 맞췄다는 걸.

* * *

"일단, 시력이나 신체적으로 이상은 나오지 않았습니다만."

헤일로는 그것 보라는 듯 팔짱을 꼈다.

하지만 어머니와 아버지, 그리고 어거스트 베일이 임시로 붙여준 비서는 심각한 얼굴이었다. 분명 그들이 보기에, 그리고 모두가 알기에 소년은 무대에서 선 채로 정신을 잃었던 게 분명하니까. 일단, 당사자가 괜찮다고 하지만 전문가의 말이 좀 더 신뢰가 가는 법이다.

"사실 트라우마는 언제라도 나타날 수 있고, 또…."

죽을병에 걸린 것도 아니고, MRI까지 들어갔던 소년이 불퉁한 얼굴을 하고 있자니 의사가 조심스럽게 말을 꺼냈다.

"한번 상담을 받아보는 건 어떨지."

헤일로의 눈썹이 까딱였다.

"전 괜찮아요."

"원래 성인이더라도 급변하는 상황에 스트레스를 받을 수 있습니다. 전문의와 상담하는 것도 나쁘지 않을 겁니다. 아니면 카운슬러를 추천해 드리고요."

그건 진짜 10대에게만 해당하는 말이지, 헤일로에겐 해당하는 말은 아니었다.

"간단한 고민이라도 이야기하다 보면 도움이 될 거예요."

헤일로는 자신에게 간단한 고민 정도는 있지만 그걸 전문의나 카운슬러가 해결해줄 수 있다고 생각하지 않았다. 그건 그들이 해결할 수 없는 문제였다. 이를테면… 그는 다시 어둠 속에서 돌아온 건 좋았지만, 왜 노해일이 돌아오지 않았는가에 대한 의문이 있다. 또 그가 돌아온다면 언제쯤 돌아올지도. 예전엔 별로 깊이 생각해보지 않았는데, 한번 진지하게 생각해두어야 할 것 같다. 이런 초과학적인 상황을 과학의 맹신자들이 해결해줄 리 없다. 잘해봤자, 그가 질풍노도의 사춘기를 겪고 있다는 결론뿐일 테다.

"또, 사고도 있었으니."

그래, 결국 그가 이 자리에 온 건 그 별거 아닌 사고 때문이다. 사고라고 해야 할지, 그냥 욕심이라고 칭해야 할지 모르겠는데, 그의 얼굴 정면에 빛을 쏘았던 헬기 말이다. 잠깐 서 있었던 것 가지고 사람들은 쇼크니 기절이니 뭐니 떠들었다.

'내가 기절이라니 무슨.'

그를 무슨 연약한 설탕 과자 따위로 여기는데 오그라들 것 같다. 전혀 그가 바라던 상황이 아니다.

"트라우마가 생겼을 수도."

"그럼 트라우마 검사만 하고 갈게요."

헤일로가 태연히 말했다.

갑작스러운 변심에 보호자들이 놀라 그들을 쳐다본다.

"어차피 정상이라고 나올 테니까."

"그럼, 검사실로 이동하시죠."

의사는 그의 눈에 플래시를 들이밀진 않고 침착하게 말했다.

검사 결과야 당연히 헤일로가 예상했던 대로 정상으로 나왔다. 두려움이나 움찔거림, 동공확대 등 트라우마 증상은 하나도 나타나지 않았고, 그는 갑작스러운 빛 앞에서도 의연했다. 이런 게 무서웠을 리 없다. 그랬다면 무대 위에서 노래를 하나도 하지 못했을 것이다. 무대 조명이 얼마나 밝은가.

의사는 몇 분 동안 쇼크를 받은 것치곤 아무런 PTSD 증상이 없자 고개를 갸웃했다. 문제가 없으니 이제 가도 되냐는 소년에게 대답해야 할 것 같은데, 조금 마음에 걸리긴 했다. 원장이 신경 쓰라고 했고, 소년의 건강에 대해 그에게 알려달라고 했던 '높으신 분' 들도 꽤 있었기 때문이다. 환자가 우선이기에 말할 생각은 없지만, 보는 눈이 많은 만큼 책임감이 무거웠다. 게다가 열여덟 살짜리 소년이 눈앞에서 전조등을 직격타로 맞았는데, 심지어 수만 명이 지켜보는 무대에서 일어난 일인데 정신적인 타격이 없을 리 없다.

결국 의사는 고민하다가 아직은 괜찮지만 보호자의 관심이 더욱더 필요하며 정기적인 검사를 하는 게 좋을 것 같다는 교과서적인 말을 내놓았다.

"야, 봐봐. 잘하고 나올 거면서 왜 이제까지 고집부린 거야. 누가 보면 안아키인 줄."

"너는 학교 안 가냐?"

"방금 끝나서 온 거거든. 교수님이 이제까지 못 봐주셨던 공부 봐주시기로 했고."

장진수는 혜일로 옆에서 잘 지켜봐달라는 박승아의 부탁은 굳이 언급하지 않았다.

"아, 근데 있잖아."

"응."

"나 부탁 있는데."

"부탁?"

"응, 별건 아니고."

장진수의 뜬금없는 말에 혜일로는 고개를 기울였다. 예전 그가 인기를 얻게 되며 주변의 반응이 달라졌다. 그에게 돈을 구걸하거나 곡을 만들어달라는 등 별 같잖은 부탁을 하는 사람들이 많아졌다. 하지만 장진수가 그들처럼 그럴 것 같진 않았다.

"뭔데."

헤일로는 장진수가 할 만한 부탁을 생각해봤다. 아무래도 음악과 관련된 것일 테다. 지금 뜬금없이 대학에 간다고 입시 준비를 하고 있긴 하지만 장진수의 목표는 결국 가수에 귀결되었기 때문이다.

'데뷔 음원을 프로듀싱 해달라는 부탁일까?'

다른 녀석들이 그에게 곡을 맡겨놓기라도 한 듯 달라고 했으면 당연히 거절했겠지만, 장진수라면 해줄 수 있을 것 같았다.

소심한 장진수는 그런 부탁이 뭐라고 말을 천천히 늘어뜨린다.

"문득 생각해봤는데."

그의 말이 점점 더 느려지자, 헤일로가 팔짱을 꼈다. 슬슬 짜증이 난 것이다. 장진수는 뒤통수를 문지르며 성질 더러운 녀석이 뛰쳐나가기 전에 말을 이었다.

"나중에 입대하면, 위문공연이나 아니면 면회라도 와줄 수 있냐?"

"뭔 입대?"

그건 상상치도 못한 부탁이었다. 뜬금없는 단어에 헤일로가 고개를 갸우뚱하자, 장진수가 이런 부탁을 하게 된 연유를 이야기했다.

"요즘 애들끼리 군대나 신검 얘기 개많이 하거든."

헤일로는 여전히 이해할 수 없었다. 군대 얘기를 많이 할 수는 있지만 갑자기 왜 입대를 논한단 말인가. 음악 하는데 대학 간다고 해서 어처구니가 없었는데, 거기에 더해 입대를 말하니 설마 꿈을 포기했나 싶었다.

"이제 가수 할 생각 없냐?"

"군대 갔다 와서 해야지."

헤일로는 당연하다는 식으로 말하는 장진수에 말문이 막혔다.

그때, 장진수가 돌연 고개를 기울였다.

"너 혹시 우리 군대 가야 하는 거 모르냐?"

"니가?"

"'우리'가. 그러니까, 나랑 너랑."

장진수는 친절하게 손가락으로 그와 헤일로를 가리켰다. 그래, '우리'가 무슨 의미인지 잘 알겠는데 헤일로는 그 안에 자신이 왜 들어가는지 전혀 이해할 수 없었다.

"내가 군대에 가야 한다고?"

"응. 안타깝게도."

장진수가 어깨를 으쓱이며 말했다.

"우리나라에서 군대 좋아하는 사람이 어딨겠냐마는 그래도 가야…."

"무슨 소리를 하는 거야."

"어?"

헤일로는 이 말에 또 별개의 의미로 열이 받았다.

'군대를 좋아하는 사람이 어딨냐니.'

헤일로는 그들이 왜 군대를 가야 하는지 이해할 수 없었지만, 군대를 좋아하는 사람이 없다는 장진수의 말에는 반대했다. 예전에 헤일로가 별로 안 좋아하던 가수가 있었다. 그가 앨범을 발매하는 족족 제 쓰레기 같은 곡보다 부족하다고 헤일로를 깎아내리던 인간이었다. 그러면서 앞에선 곡을 봐달라고 하는 음흉하기 짝이 없는 쥐새끼라 싫어했는데, 그 인간이 입대했을 때만큼은 존경을 표했다. 그들은 구국의 길에 나선 것이며, 그들이 있기에 평온하게 살아갈 수 있는 것이다. 그들은 진정 존경해야 할 영웅이다. 그러니

더 좋은 대접을 받아야 한다.

헤일로는 장진수의 의식을 고쳐주겠다는 듯 일장 연설을 했고, 입을 헤벌리고 듣던 장진수는 노해일이 이렇게 애국자라는 걸 처음 알았다. 그렇게 한참 동안 군인들의 애국정신에 대해 존경을 표하던 헤일로는 마지막으로 자신이 그들과 같은 영웅이 될 수 없는 이유를 짧게 덧붙였다.

"그런데 난 군대 체질 아닌데."

"아니, 뭔 소리를 하나 했더니."

천천히 표정을 일그러트리던 장진수가 어느 순간 깔깔대고 웃었다.

"군대가 체질이라서 가는 사람이 어딨냐."

헤일로는 믿지 못했다. 대한민국이 아직 전쟁이 끝나지 않은 휴전국이라는 건… 뮤지컬 〈록〉의 자료조사를 하며 알게 되었다. 그리하여 의무 군인제도가 대한민국에 있는 것까진 이해했지만, 자신이 가야 한다는 것과 연결하지 못했다.

그가 믿지 못하자, 장진수가 직접 인터넷을 검색해 보여줬다. 마치 그 옛날, '헤일로'가 세상에 없다는 걸 보여줬을 때처럼 말이다.

"그렇네."

헤일로는 곧 인정했다. 입대하기 전 노해일이 돌아오지 않는 이상 그가 노해일 대신 국방의 의무를 져야 했다. 일단, 나중에 일어날 일이니 나중에 생각하기로 했다.

헤일로가 발작을 일으킬 만큼 질색했던 것과 달리 곧 포기하자, 장진수는 재미없다고 생각했지만 의도치 않게 놀려먹은 기분이었다. 설마 그가 입대를 염두에 두지 않았을 줄은 몰랐다.

'아니, 한국에서 태어난 놈이 입대를 모를 수가 있나?'

"중졸은 안 가도 되나?"

노해일이 포기하고 소파에 가만히 앉아 있을 때, 장진수는 군대에 관해 검색을 하며 무심코 한마디 내뱉었다. 그 말에 노해일이 귀를 쫑긋했다.

"아니네. 2021년쯤에 병역법 바뀌었네. 중졸도 현역이래."

신경을 안 쓰는 척하지만, 신경 쓰는 게 느껴졌다. 장진수는 속으로 계속 낄낄 웃으며 스크롤을 아래로 내렸다. 찾아본 페이지에 병역감면 조건이 나열되어 있었다. 한부모 가정이나 차상위 계층, 저소득계층에 대한 군 면제 복지는 없지만, 생계유지 곤란 사유가 있을 시 병역감면 처분을 받을 수 있다는 말이 있었다.

"차라리 내가 병역감면을 받을 수 있으려나."

당연히 현역으로 들어갈 줄 알았던 장진수는 뺨을 긁적였다. 어머니는 예전에 집을 나가 돌아오지 않았고, 아버지는 일단 일을 하는 걸 본 적이 없었다.

"잘하면 받을 수 있겠는데?"

조건이 점점 복잡해졌기에 장진수는 대충 보고, 노해일을 돌아보았다. 그리고 곧장 눈이 마주치자 움찔했다. 노해일이 언제부턴가 저를 쳐다보고 있었다.

"왜?"

노해일이 심각하게 물어왔다.

당황한 장진수는 저는 잘하면 4급이 나오고, 노해일은 현역으로 갈 수 있다는 역전된 상황에 히죽 웃었다.

"야, 면회는 꼭 갈게."

"왜?"

"아니, 병역법이 그렇다잖아."

"왜?"

노해일은 지금 저만 갈 수 없다고 고집을 부리는 것 같았다.

"잘됐네. 영웅이 되자. 노해일."

장진수의 말에 노해일의 입매가 굳었다.

장진수가 노해일을 이긴 건 처음이었다. 처음 만났을 때부터 한결같이 여유로웠던 노해일은 절대 져주는 법이 없었다. 내기했을 때도 결국 노해일이 이겼다. 옛일을 생각하던 장진수는 노해일의 입꼬리가 삐죽 올라간 걸 발견했다. 불길함이 몰려왔다.

'저 새끼 저런 표정을 지을 때 좋은 일이 없었는데.'

뇌리에 각인된 악몽이 불쑥 튀어나왔다.

"그러고 보니."

장진수는 노해일의 입이 다시 닫히길 바랐다.

"우리 옛날에 내기하지 않았냐."

"그, 그렇지?"

방금 떠올렸던 기억이다.

그들은 1년 전쯤 너튜브에 올린 음원 조회 수로 내기를 한 적이 있었다. 그게 지금 1억 뷰가 찍힌 헤일로의 '투쟁'이라는 건 말할 것도 없다. 물론, 그땐 헤일로라는 이름이 세상에 알려지기 전이지만.

"그때 우리가 뭘 걸었었지?"

내기엔 당연히 상이 따른다. 장진수는 기억도 안 나는 1년 전을 억지로 떠올려보았다.

'우리가 뭘 걸었더라? 돈? 돈이 부족한 놈이 아니니, 갑자기 돈

가지고 그럴 것 같진 않고.'

일단, 장진수는 노래를 만들어달라고 하려고 했다.

'그럼 노래를 걸었었나? 아니, 노해일이 나한테 노래를 만들어 달라고 할 리 없지. 그렇다면….'

"앗."

장진수의 눈이 점점 커졌다. 드디어 기억난 것이다.

"아니, 잠깐, 노해일. 그건 아니지."

조회 수 가지고 걸었던 별거 아닌 내기였다. 물론, 소원권을 걸긴 했다.

'그걸 이렇게 쓴다고?'

성격 더러운 노해일이 장진수에게 가장 최악의 표정으로 이야기했다.

"뭐가 아니야."

미친 노해일이 환하게 웃었다.

"우리같이 영웅이 되자."

'시발, 잘못 걸렸다.'

물론 생계유지 곤란 사유로 인한 병역감면은 장진수의 생각보다 더 어려운 조건을 가지고 있다. 아버지가 백수라는 것만으로는 감면을 받을 수 없다. 질병 또는 심신장애로 근로 능력이 없다고 확인된 사람이란 조건은, 그의 아버지가 한정치산자나 금치산자로 인정받는 게 아니라면 성립하기 어려울 것이다. 하지만 그걸 모르는 장진수는 병역감면의 희망을 본 순간 바로 지옥에 떨어진 기분이었다. 악마 노해일이 그의 발목을 붙잡고 지옥으로 끌어내렸다. 과거의 내기 하나가 이렇게 나비효과를 내며 자신을 잡아끌 줄 알았다면 절대 하지 않았을 것이다. 그러나 흘린 물을 다시 담을 수 없었다. 결국, 그는 노해일과 동반입대를 하게 생겼다.

처음에 입대해야 한다는 걸 알고 지었던 날벼락을 맞은 표정은 어디 가고 노해일은 현재 굉장히 유쾌해 보였다. 장진수는 그게 열 받으면서도 지치는 기분이었다. 결국 그는 이번에도 노해일한테 뒤통수를 얻어맞게 되었다.

'일단… 나중 일이니까, 나중에 생각하자.'

짧은 시간에 한참 늙어버린 것 같은 장진수는 이 걱정은 나중으로 미루기로 했다. 아직 그들은 열여덟 살 청춘이고, 신검을 받기까진 한참 남았다.

"야."

결국 장진수의 면회 혹은 위문공연 부탁은 없는 셈이 되어버렸다.

저와 띠동갑쯤 될 꼬마를 이겨 먹고 신난 헤일로는 장진수를 흘끗 보았다. 소원권의 존재에 충격받은 장진수는 아무런 대답이 없었다. 소원권을 물릴 생각은 없었지만, 다른 부탁은 들어줄 수 있었다. 가만히 생각한 헤일로는 입을 열었다.

"내가 네 데뷔곡 만들어줄까?"

지금 한가하니, 그 정도쯤은 해줄 수 있었다.

옛날 장진수에게 대충 만들어준 '쇼 바이 쇼' 퀄리티가 마음에 걸리기도 하고, 더 잘 만들어줄 수 있을 것 같았다.

"됐어. 필요 없어."

그가 만든 곡을 얼마나 많은 사람이 원하는지도 모르고 장진수는 복을 발로 걷어찼다.

"내 데뷔곡은 내가 만들 거야."

"왜? 내가 만든 게 더 마음에 들 텐데."

장진수는 이제 노해일의 말에 악의가 전혀 없다는 걸 안다. 그리고 저렇게 순순히 곡을 만들어줄 성격도 아니기에, 이게 노해일의 변심이자 선의라는 것도 알았다. 그래도 장진수는 필요 없었다.

"내 이름으로만 내 앨범을 채울 거라니까."

"그럼, 투표로 더 높은 득표 받는 걸로 내자."

'노해일 저 새끼 듣는 척도 안 하네.'

"응? 누구 곡이 더 득표 받을지… 내기할래?"

내기라는 단어 사이로 웃음소리가 삐져나온다. 노해일이 일부러 내기라고 말한 게 분명했다. 내기란 단어에 노이로제가 걸린 장진수는 "으아악" 하고 비명을 지르며 방에서 뛰쳐나왔다.

'저 새끼랑 두 번 다시 내기 안 할 거다. 악마 새끼, 미친 새끼.'

뒤에서 시원한 웃음소리가 나왔다. 헤일로는 낄낄거리며 웃다가 서서히 웃음을 그쳤다. 진짜 원한다면 만들어주려고 했는데, 원치 않는다면 어쩔 수 없다 싶었다.

그렇게 옆에 있는 장진수는 만들어준다 해도 됐다고 하는데, 헤일로에게 곡을 맡겨놓은 것처럼 달라고 하는 사람들도 있었다. 그는 모르는 사람들의 연락으로 쌓인 메일과 메시지를 보았다. 그에게 곡을 만들어달라는 사람들이 꽤 많았다. 그중엔 일단 연예계 선배도 있고, 기획사도 있었다. 의뢰는 양반이었고, 너에게도 좋은 기회이니 컬래버를 하자고도 했다. 새삼스러울 건 없었다. 옛날에도 이러했고, 그저 반복일 뿐이다. 그런데 그가 특별히 누군가를 위해 작곡 의뢰를 받아준 경우는 없었다. 반대로 그의 앨범에 다른 이름을 넣지 않았다.

노해일에게도 간혹 의뢰가 오긴 했지만, 이토록 혈안이 되어 의뢰하진 않았다. 'HALO'란 이름값 때문인가 싶었다. 사실, 이렇게 된 건 〈코첼라〉에서 헤일로가 정체를 공개했기 때문이기도 하지만, 더 직접적인 이유는 따로 있었다.

그가 정체를 공개하고, 13집의 타이틀곡 '새벽이 오기까지는'이 해외 음원 플랫폼에서 국내 음원 플랫폼까지 발매되는 순간 국내 최대 음원 플랫폼 '수박'은 유례없는 일을 했다. 원래 콧대 높기로 유명한 이 플랫폼에선 '세상에서 가장 먼저 해가 뜨는 나라' 식의 배너를 띄웠다. 다른 가수였다면 음원 성적 없이 절대 받아주지 않을 플랫폼에서 자의로 말이다. 또한 그동안 '노해일'로 되어 있던 가수 명과 작곡가 명을 '노해일(HALO)'로 일괄 변경했는데 이것이 대중이나 업계 쪽에 강한 임팩트를 남겼다.

그러나 무엇보다도 노해일 팬덤이나 소수의 업계만 알게 모르게 떠들던 음원 하나가 역주행했다. 그건 재작년 12월 한국을 강타했던, 〈쇼유〉의 지원자 곡 '쇼 바이 쇼'였다. 일개 신인, 정확히 말해서 아마추어가 음원 차트에서 1위를 했던 곡이 다시 떠올랐다.

세상에 싱글 음원 정보까지 자세히 보는 사람은 많지 않다. 대개 음원 명과 가수만 볼 뿐이다. 하지만 노해일이 '노해일(HALO)'로 일괄 변경되자, 음원 정보가 어느 것보다 더 눈에 들어올 수밖에 없었다. 업계에선 이 노해일이 그 노해일인지 아님 동명이인인지 떠들고, 팬덤 쪽에선 노해일이 장진수랑 친했으니 노해일이 만들어 준 곡 아니냐며 조용히 이야기만 하던 곡은 1년이 훌쩍 지나서야 대중들의 눈에 완전히 들어왔다.

Show by show 장진수(JJ)

앨범 : Show your show S. 3

발매일 : 2030. 12. 14

장르 : 힙합

작사 JJ | 작곡 JJ 노해일(HALO) | 편곡 노해일(HALO)

누군가 "노해일 노래는 노해일이 불러서 성공한 것이다"라고 이야기했다면, 이건 완전히 반증이었다. 노해일이 실제론 무명의 신인을 음원 1위로 만들어준 적이 있었던 것이다. 심지어 장진수가 그 당시 엄청난 포텐을 보여준 것도 아니고, 그저 그런 평범한 재능이었음에도 말이다. 이는 어떻게든 신인 그룹을 성공시키고 싶은 기획사도 그리고 늘 곡을 찾아 헤매는 기성 가수도 눈이 돌아가게 만드는 데 충분했다.

'장진수도 음원 1위로 만들었는데, 나는 어떨까?'

누구나 충분히 할 수 있는 생각이었다. 이를 노해일이 받아주냐는 문제가 있긴 하지만, 그들은 잘 구슬리면 충분히 받아줄 거로 여겼다. 왜냐면 노해일은 겨우 열여덟 살 세상 물정 모르는 꼬마일 테니.

그 열여덟, 세상 물정 모르는 헤일로는 종이비행기를 날렸다. 대충 접은 의뢰서가 허공을 날다 어딘가에 부딪혀 고꾸라진다. 옛날에도 그랬지만, 지금도 마찬가지다. 세상엔 날로 먹으려는 사람들이 많다. 물론 누가 숟가락을 좀 얹는다고 그의 밥그릇이 축나진 않겠지만, 속 좁은 그는 그들이 자신의 것을 퍼먹게 두지 않았다.

"재미없기는."

헤일로는 다시 종이비행기를 접었다. 그렇게 그의 호텔 방 안엔 종이비행기가 가득 찼다. 이중엔 단지 곡을 내놓으라는 온건한 요청만 있는 게 아니라 여러 가지가 있었다. 이를테면 XYC 방송국에서 보낸 화해의 악수 같은 것? 잠깐 이사 준비를 하러 간 어머니가 오면, 왜 이렇게 어질렀냐고 할 것이다.

* * *

세상은 쉽게 잠잠해지지 않았다. 대한민국의 한 소년이 헤일로라는 사실은 며칠 내로 잠잠해질 게 아니었다. 〈코첼라〉 이후 다시 노해일, 헤일로의 행적이 묘연해지며 당연한 일이었다. 그를 찾지 못한 사람들은 계속 흔적을 찾아 헤맸고, 폭풍은 과거와 현재를 아우르며 점점 커지는 듯했다. 재작년에 발매한 '쇼 바이 쇼'가 음원 차트 안에 올라온 것도 같은 이유였다.

[쇼바쇼 결국 10위까지 오르네.]

[와 '수박' 1위부터 10위까지 노해일(HALO). 이쯤 되면 그냥 해일 차트로 개명해도 될 듯.]

ㄴ해일 어워즈에 이은 해일 차트ㄷㄷ

[시상식에서 노해일 안 왔어도 상 준 이유가 있다고. 이건 줘야지.]

[헤일로는 신인상 못 받았는데 그래도 노해일은 받았으니 다행인가.]

ㄴㅅㅂ 미침?? 헤일로 신인상 못 받음?

ㄴ놀랍게도 헤일로 음원 수가 신인 기준 초과해서 못 받음ㅋㅋㅋㅋㅋ

ㄴ신인이 3년 동안 낼 음원 < 헤일로 작년 한 해 발매한 음원.

ㄴ미쳤넼ㅋㅋㅋ 이게 K-신인?

황룡필과 신주혁, 리브 등과 같이 가요제를 진행했던 주변 사람들, 특히 같은 팀이었던 황룡필이나 노해일과 친하다고 알려진 신주혁을 귀찮게 하기도 했다. 또한 누군가의 흑역사를 건져놓기도 충분한 시간이었다.

[K평론가 근황: 글삭 중.]
ㄴ응 준석아 글 열심히 삭제해 이미 캡쳐했어~~
[김준석 평론가 글 봄? 노해일 헤일로 병 걸려…]
ㄴ헤일로병ㅋㅋㅋㅋ근데 맞긴 한 듯?
ㄴㄹㅇ 헤일로도 노해일병 걸렸잖음.
ㄴ헤일로 곡에는 별점 5.0 노해일 곡에는 3.5 아ㅋㅋ
ㄴ노해일한테 헤일로를 본받으라고도 했음ㅋㅋㅋㅋㅋ
[난 이게 더 웃기던데 노해일 록 만든다고 하자, "과한 욕심은 좋지 않은 결말을 낳는다. 그냥 자기 음악을 하는 게 좋지 않을까?"]
ㄴ노해일은 그냥 옛날부터 자기 음악 한 거였네. 한결같은 새끼.
ㄴ근데 신주혁도 옛날에 노해일한테 왜 록 안 하냐고 한 적이…
ㄴ쉿!!
[노해일=헤일로 증명하면 10조 준단 새끼 어디 갔냐? 아 증명했잖아ㅋㅋ10조 줘봐ㅋㅋㅋ]
ㄴ걔 급식이더라. 커뮤에 등판해서 열심히 일하겠다고 약속함.
ㄴ아ㅋㅋㅋ 평생 일하면 10조 가능?
ㄴ로또 몇 번 당첨돼야 함?
ㄴ지난주 1등 123억이었으니까, 대충 1,000번만 당첨되면 됨.
ㄴ연속 1,000주 쉽네ㅋㅋ 20년 동안 매주 당첨되면 됨.

노해일이 헤일로라는 걸 절대 믿지 않았지만, 그래도 흔적을 남기지 않았던 사람들은 안도의 한숨을 쉬어야 할 정도로 조리돌림이 일어났다. 사실 지난 1년 동안 이들조차 몰랐던 건 맞지만, 그래도 목소리 비슷하다고 한 이들을 향해 노해일 올려치기 한다고 욕하며, 여러모로 노해일 팬덤에게나 귀가 좋은 이들에게 원한을 쌓은지라 당연한 업보였다.

[야 근데 나만 쪽팔림? 우리나라 평론가들 이랬던 거 알면, 외국 애들이 이게 우리나라 국격인 줄 알 거 같은데.]

ㄴ걱정마 외국이 더 난장판이다.

ㄴ그쪽 인도 헤일로 이후, K-POP 까던 평론가들 이미 레딧에 박제됐다.

ㄴ근데 인도랑 K-POP이랑 뭔 상관임?

ㄴ몰라 같은 아시안이라고 J-POP이랑 싸잡아서 까임.

이런 후폭풍은 인터넷상에만 일어나는 게 아니었다. 오프라인 세상, 현실은 이보다 더했다.

"세상에…."

쉴 만큼 쉬었겠다 홍대 아지트에서 머물다가 레이블로 돌아가 연습을 하려고 했던 문서연은 한진영의 차를 얻어 타고 가다 수많은 사람을 발견하고 당황했다.

"일단, 다른 곳으로 갈까?"

"네, 제가 남규환한테도 레이블로 오지 말라고 전할게요."

기자도 기자지만 더 이색적인 풍경이 보였다. 방송국이나 기자는 〈코첼라〉 전부터 많았지만, 갑자기 못 보던 외국인들이 우수에

찬 눈으로 레이블을 올려다보고 있었다.

"이곳이었군."

"태양이시여…."

"성스러운 곳이야. 나의 작은 아기 태양은 이 길을 걸었을까?"

저 표정은 간혹 레이블을 올려다보며 벅차했던 남규환과 똑같아서 소름이 돋았다.

"남규환이 하나, 둘, 셋…. 이 아메바 같은 자식."

"놀란 포인트가 그거야? 일단 아지트에 가 있자. 연습은 거기서 하고, 조만간 녹음이 필요한 건 강영민 아저씨 스튜디오에서…."

한진영이 킥킥 웃으며 핸드폰을 열었다. 친척, 동창에게서 온 안부, 그리고 〈코첼라〉에서 무대를 인상 깊게 보았다며 임시 세션을 해달라는 공연 의뢰를 포함해 수많은 의뢰가 와 있었는데, 그 사이에 강영민이 있었기에 잘못했으면 보지 못하고 넘길 뻔했다.

"이런."

"왜요?"

내용을 읽은 한진영이 난처한 얼굴을 했다.

"지금 강영민 아저씨 스튜디오 난리 났다는데?"

"네?"

노해일이 헤일로라는 사실에 대한 진정한 파장은 지금부터 시작된 것 같았다. 그들은 굳이 언급하지 않았지만, 미리 아지트에 와 있던 남규환은 기어이 언급했다. 성지순례라고.

"언젠가 이런 날이 올 거란 걸 알았지."

이제껏 알려지지 않았던 강영민 스튜디오도 발굴된 걸 보면, 그냥 이제까지 노해일이 갔던 모든 장소가 떠오를 것 같았다. 이는 마치 헤일로가 공연 때 입은 아르보의 신상 옷과 노해일 12월호 잡지가 시장에서 사라진 것, 그리고 기타 제조사 G에 헤일로 시그니처가 언제 나오냐는 문의가 빗발치는 것과 같았다. 노해일이 입었던 옷이나 신발, 가방 하나하나(그것이 오프라인 매장에서 산 것이든, 어머니가 사준 것이든)가 '헤일로 착장'이란 이름으로 올라오는 것처럼 말이다.

헤일로의 팬들은 그들이 몰랐던 헤일로와 가까워지려고 노력했다. 가수로서 노해일이라면 모를까, 인간 노해일로선 알려지거나 방송에서 보인 게 많지 않아서 더 그랬다. 생각해보면 노해일과 헤일로라는 이름으로 음원은 그렇게 냈지만, 정작 그는 'V라이브'나 그 흔한 다큐멘터리 예능 하나 찍지 않았다. 사람들이 갈구하는 게 이상하지 않았다.

"강영민 아저씨 스튜디오는 어떻게 안 거예요?"

"해일이 옛 너튜브 영상에 찍힌 스튜디오 주소 보고 안 건가봐."

"설마 '고백' 그 영상이요?"

거기 딱 한 번 노출된 스튜디오 이름을 가지고 바로 찾아와 성지로 만들다니, 문서연은 입을 턱 벌리며 감탄했다. 하긴 지난번에 강영민의 스튜디오에서 12집 13집을 녹음할 때 남규환이 성지라며 호들갑 떨던 걸 생각하면 이상한 게 아니긴 했다.

"어쨌든 당분간 레이블 못 가겠네."

기자에게 붙잡히는 것도 문제이고 보안도 문제였다. 성수역의 작은 빌딩이라 나쁜 마음만 먹으면 뚫고 들어올지도 모른다. 적어도 당분간은 레이블을 계속 닫아두어야 할 것 같았다.

"다 왔다, 해일아."

헤일로는 익숙한 아지트가 보이자 모자를 눌러 썼다. 혹시 몰라 다른 차를 렌트한 박승아는 집을 이사한 후 그를 레이블에 데려다 주려다, 몰린 사람들을 보고 그대로 차를 돌렸다.

"사장님!"

"해일이 왔어?"

멤버들이 그를 환대했다. 안타깝게도 배공학은 근무 중이었고, 김덕수는 '아야짱'이 저를 기다리고 있다며 아지트를 비웠다.

"레이블 보셨어요?"

"네."

"어떡하죠?"

"꽤 곤란하긴 하네요."

솔직히 헤일로는 마음에 들지 않았다. 부모님의 집보다 레이블을 더 집처럼 쓰는 그인 만큼 불편했다. 부모님이 더 넓은 집으로 이사하긴 했지만, 거긴 여전히 부모님의 집일 뿐이다. 잘못하면 아지트나 호텔 방에 박혀 있게 생겼다. 병원보다야 낫지만 그는 어딘가에 얌전히 박혀 있을 성격은 아니었다. 그러니까 타의로는.

헤일로가 뚱하니 있자 멤버들이 먼저 말을 붙였다.

"나는 신경 쓰지 않아도 돼. 원래 아지트가 편하기도 하고."

"위층에 연습실도 있어서 연습할 수 있고요."

"저는 밖에서 노숙도 할 수 있습니다."

그렇게 다들 괜찮다고 하는데, 헤일로는 전혀 괜찮지 않았고 괜찮아할 필요 없다고 생각했다.

"우리 그냥 이사 가죠."

"네?"

"지금?"

그냥 새로운 사옥을 구하면 되는 것이다.

뭐가 문제냐는 듯 헤일로가 어깨를 으쓱하자 하나둘 납득했다. 이사를 그렇게 즉흥적으로 결정해도 되나 싶긴 했지만, 생각할수록 하지 말아야 할 이유가 없었다. 신경 써야 할 과정이나 상사도 없었고, 그렇다고 헤일로가 세무적으로 눈치를 보는 것도 아니다. 원래 레이블에선 늘 그가 하자는 대로 했으니 이번에도 새삼스러운 것 없었다.

"생각해둔 데 있어요?"

"음, 그냥."

헤일로는 단순하게 생각했다. 햇볕 잘 들어오고 근처에 공원이 있는 곳이면 좋겠다고. 조용하면서도 재미있고, 덥지도 춥지도 않으며, 설비는… 어거스트 베일이 '개쩌는 스튜디오'라고 보여줬던 그 정도면 좋겠다. 연습실부터 회의실, 휴게실 등 꽤 많은 공간이 필요할 것 같다. 또… 모던하면서도 엔틱하고 깔끔하면서도 화려하게 꾸미고 싶었다. 지하엔 작은 공연장과 취미 생활 공간, 옥상엔 정원이나 수영장, 지진이나 토네이도를 방지하기 위해 방공호도 있으면 좋을 것 같다. 덧붙이자면 이것이 사옥인지 호텔인지 별장인지 구별되지 않게 말이다. 건축가가 들었다면 오열할 소리였다.

"그 정도면 될 거 같아요."

헤일로는 본인이 직접 구할 게 아니기에 태연하게 말했고, 역시나 직접 구할 게 아닌 멤버들도 그게 좋겠다며 동의했다. 서울에 얼마나 건물이 많은데 그런 매물 하나쯤 있지 않을까.

멤버들과 새로운 사옥에 대해 떠들던 헤일로는 핸드폰이 울려 전화를 받았다. 마침 연락하려고 했던 사람에게 딱 맞게 전화가 왔다.

「이사는 잘 마쳤는가?」

헤일로는 오늘 아침에 새집만 보고 나온 걸 떠올렸다. 이삿짐은 전문가에게 맡겼으니 나중에 정리할 때만 도와주면 될 것 같았다. 정리라고 해봤자 노해일의 짐이겠지만 말이다. 헤일로는 언제 한번 놀러 오라는 말을 하고는 어거스트에게 본론을 이야기했다. 그리고 어거스트가 그 본론을 더 반겼다.

「언제 한번 얘기하려고 했는데, 잘 됐군. 내가 잘 찾아보겠네.」

헤일로는 유럽에서 방문했던 스튜디오 설비가 마음에 들어 그것만 요청하려고 했지만, 어거스트는 인테리어업자나 아예 건축가를 구하려는 태도였다. 헤일로 입장에서 그것도 나쁠 건 없다. 어거스트의 안목은 그의 별장이나 소개해준 스튜디오를 통해 인정할 수 있었다. 그의 안목은 꽤, 사치를 즐기던 헤일로의 취향에 들어맞았다.

「그나저나 요즘 어떻게 지내나?」

어거스트는 헤일로에게 XYC와의 소송 건에 관해 굳이 얘기하지 않았다. 기타 G와 아르보 그리고 〈코첼라〉에 이어 〈코첼라〉에 광고를 넣었던 대기업 역시 참전하면서, 소송의 승패는 이미 결정된 것 같았다. 이제 시기의 문제다. 결국 XYC는 두 손 두 발을 다 들 테고, 거액을 물어줘야 할 것이다. 이런 재미없는 이야기를 소년에게 해주고 싶지 않았다. 어거스트는 여전히 헤일로가 입에 담았던 '은퇴'를 기억하고 있었다.

"요즘 계속 쉬고 있어요."

몇 사람들이 시끄럽긴 하지만(헤일로는 정체를 공개한 날, 그에게 같은 자리에 있다며 연락을 넣은 스콜피온과 투덜대는 신주혁 등을 떠올렸다) 음악 작업을 하진 않았으니 쉰 게 맞다.

"그사이 꽤 메일이 쌓이긴 했는데."

「별로 끌리지 않는가 보군.」

헤일로는 눈치 빠른 어거스트의 말에 피식 웃었다.

대부분의 섭외는 거절했다. 작곡 작업이나 컬래버도 컬래버인데 음악방송이나 예능에 대한 필요도 느끼지 못했다. 다만 몇 가지 정도는 남겨두었는데, 이를테면 뮤지컬 〈록〉에서 온 마지막 공연 커튼콜을 장식해줄 수 있겠냐는 제안 같은 것이었다. 현재 연장 공연 중이라는 〈록〉의 마지막 공연은 5월로, 일정이 맞는다면 흔쾌히 가고 싶었다.

「자네에게 즐거울 것들을 한번 찾아보게. 나는 뭐든 도와줄 수 있으니. 아, 나에게도 꽤 재밌는 제안이 들어왔는데 말이야. 아마, 자네한테도 개인적으로 보내겠지만, 먼저 정리해서 보내줄 테니 한번 읽어보게.」

베일 쪽에 먼저 제안이 들어간 거면 소속 가수 여러 명에게 보낸 제안일 수도 있다. 헤일로는 대충 납득하며 고개를 끄덕였다.

"그보다 시계는요?"

헤일로는 궁금한 것들을 물었다.

「당연히 발주는 잘 들어갔네.」

어거스트가 옅게 웃었다. 매우 창의적인 헤일로의 그림 실력을 떠올렸기 때문이다. 무덤에 누워 있는 피카소도 감탄하고 갈 그런 그림이었다. 아이들이 그릴 법한 그림이라고 해야 하나. 시계가 아니라, 가방에 눌어붙은 초콜릿 같았다. 팬들이야 그가 뭘 하든 좋다고 해주겠지만, 적어도 차고 다닐 때 부끄럽지 않게 나왔으면 싶었다.
「자네도 알겠지만 앞으로 3,4개월은 걸릴 거야.」
주문량은 딱 1,000개. 헤일로는 크게 고민하지 않고 오르골과 수량을 맞췄다.
「그런데 시계는 어디서 줄 생각인가?」
어거스트는 가장 묻고 싶었던 걸 마지막에서야 꺼냈다. 이제까지 소년이 팬들에게 선물했던 장소는, 그의 소극장 콘서트와 팬미팅 극장이 다였다.
헤일로는 입꼬리를 올렸다.
"그동안 너무 많이 쉬었잖아요."
'많이'라고 해봤자 열흘이지만, 어거스트는 반박하지 않았다. 가슴이 두근두근했기 때문이다. '은퇴'라는 단어 이후 조심스러웠던 어거스트는 곧 들려온 단어에 벌떡 일어났다.
"이제 슬슬 하고 싶어져서요."
헤일로는 아직 벗어나지 못하는 〈코첼라〉의 밤을 기억했다. 다시 한번 그때의 느낌을 느껴보고 싶었다. 세상에서 가장 아름다웠던 빛들이 파도가 되어 저에게 몰려오던 광경을.

10. 그냥 앞으로 나아가기

갑자기 일이 커졌다. 아니, 실시간으로 커지고 있었다. 바로 사옥 말이다. 원래는 서울 안에서 적당한 매물을 찾으려고 했다. 이제 본가의 위치가 잠실이 아니기도 했고, 헤일로가 따로 선호하는 위치도 있었기에 근처 괜찮은 빌딩을 매매하여 리모델링을 하려고 했다. 엔터테인먼트였거나 스튜디오로 이용되었던 건물이 많았기에 그리 많은 시간이 걸릴 것 같진 않았다. 그러니까, 리모델링까지만 염두에 두었을 땐 말이다.

어거스트 베일은 본격적으로 최고의 설비를 만들어주고자 했다. 소년이 원한다면 그가 원하는 모든 곳에 최고의 스튜디오를 만들 생각도 있었다. 그 첫 번째 스튜디오가 한국이란 건 이상하지 않았다. 그러나 어거스트가 한 가지 놓친 것은 세계 어디에나 태양단이 있다는 것이며, 그들이 한 사람에 대해서는 집요할 정도로 영리하게 파고든다는 것이었다. 능력 있는 건축가를 고용할 생각이었는데, 어느 날 이름난 건축가들로부터 메일이 와 있었다. 하나같이 제가 맡고 싶다는 절절한 내용이었다. 하늘로 가기 전에 성전을 짓고 싶다며 나이로 협박(?)하는 건축가도 있었다. 이건 마치 헤일로의 앨범 표지 일러스트레이터를 찾을 때와 같았다. 아니, 그보다 더 심했다.

헤일로의 사옥이라는 말도 안 했는데 '의뢰 장소가 한국'이라는 것과 의뢰 사가 베일라는 단 두 개의 키워드로, 레이블이자 스튜디오가 될 건물이 누구를 위한 것인지 업계에 파다하게 퍼진 것 같았다. 기다렸다는 듯이 말이다. 어쩌면 진짜 기다렸을지도 모르겠다. 적어도 현재 서울에 있는 레이블을 고려한다면 말이다.

대학을 졸업한 지 얼마 안 된 건축가부터 세계에서 이름난 건축가까지 역으로 의뢰를 보낸 것이다. 내가 짓고 싶다고. 심지어 이런 느낌의 건물을 만들고 싶다고 시안을 보낸 성미 급한 사람도 있어 어거스트는 당황스럽기 짝이 없었다. 그가 보낸 시안은 아름다운 건축물이긴 했다. 고층 건물이 많은 서울의 환경을 미리 찾아봤는지 뜬금없지도 않았고, 일단 사옥의 형태이기도 했다. 그러나 외부 벽을 묘사한 조각이나 창틀 하나하나 공들인 디테일만 보자면, 사실 성당과 크게 다를 바가 없었다.

'사옥을 빙자한 사그라다 파밀리아 대성당을 만들고 싶은 것인가? 헤일로 사후에 공개하려고?'

캐롤라인은 허허 웃는 어거스트를 보며, 그나 건축가나 크게 다르지 않다고 생각했지만, 고용자에게 굳이 언급하지 않았다.

"그래도 몇 놈은 나쁘지 않군."

지하에 소규모라도 공연장을 만들고 싶다는 헤일로였다. 이외에 옥상 정원이나 수영장도 말했지만 헤일로가 가장 바라는 게 뭘지 어거스트는 모르지 않았다. 그는 오페라 극장이나 공연장을 만든 경험이 있는 이들로 선별했고, 곧 헤일로에게 역으로 새 사옥을 건축하는 건 어떻겠냐고 전했다.

헤일로는 어거스트가 말한 건축가들의 이름을 인터넷에 검색해 보았다. 초록창 인물 1순위에, 포트폴리오와 뉴스가 좌르륵 뜨자 멤버들은 당황했다.

"괜찮네요. 부탁드릴게요."

갑자기 늘어난 스케일에도 헤일로는 태연히 시안을 보며 어거스트의 안목에 동의했다. 새 건물 싫어할 사람은 없긴 했다. 다만….

"건물 짓는 데 보통 얼마나 걸리지?"

"보통 1년. 빨라도 몇 달은 걸리지?"

길어야 3,4개월 정도 생각했던 문서연의 동공이 흔들렸다. 아지트에서 계속 연습하고 있지만, 레이블만큼 편할 리 없다. 레이블에서는 사장이 주기적으로 구매해준 악기를 원할 때 사용할 수 있다는 장점도 있었다.

"연습은 그럼…."

아직 특별한 활동은 없지만, 문서연은 언제든 활동을 시작할 수 있도록 평소처럼 연습하고 싶었다.

"아, 깜빡할 뻔했네요."

헤일로는 눈을 껌뻑이는 문서연과 남규환, 한진영을 보며 씩 웃었다. 그는 사옥 건축은 예상외지만 어떻게 보면 괜찮은 것 같다고 생각했다. 그동안 할 일이 있으니까. 이제 막 기획 단계였지만 멤버들도 알아야 했다.

"연습은 나가서 해요."
"나가서요?"
"우리 여행 가요?"
"외국?"
어거스트의 별장 같은 곳을 상상한 멤버들이 환히 웃자, 헤일로가 점심은 김치찌개로 하자는 듯 담담히 덧붙였다.
"무대 위에서."
"네!"
그들은 그게 무슨 뜻인지 모를 리 없다. 외국 무대, 그것이 뜻하는 건 하나밖에 없으니까.
"사, 사장님, 진도가 너무 빨라요."
월드투어. 아직 장소도 시간도 결정된 건 없었다. 어거스트에게 하고 싶다는 말만 해놓았지, 기획 단계에 있었다. 어거스트는 어느 나라에 혹은 어느 지역에 가고 싶은지 잘 생각해보라고 했다. 헤일로가 갑자기 에베레스트나 사하라 사막을 말한다고 하더라도 어거스트는 콘서트를 잡아줄 것이다. 물론 헤일로는 그런 극한의 지역으로 가서 팬들을 고생시키는 취미는 없다.
그는 자신을 사랑해주는 팬들을 사랑한다. 그래서 선물도 이것저것 준비했다. 콘서트에서는 신나게 놀게 하고 갈 때는 손에 가득 쥐여 보내고 싶었다. 콘서트 후유증이 저에게만 오는 것이 아니기에 계속 뭔가 쥐여 보내고 싶은 것이다. 시계는 모든 팬에게 주지 못해서 아쉽지만, 이런 점도 한 가지 재미있는 요소로 기억해줄 거다. 헤일로는 뜻밖의 행운을 맞이한 이들이 즐거워할 걸 기대했다.

* * *

오랜만에 아지트에서 나온 헤일로가 충무로로 향했다. 어거스트 베일이 보내준 비서는 순순히 운전기사 역할을 해주었다.

뮤지컬 〈록〉의 공연이 거의 막바지로 들어섰다. 지난해 12월 말에 시작해 5월까지 연장 공연하게 된 〈록〉은 그야말로 성공한 뮤지컬이었다. 헤일로는 〈록〉의 마지막 공연 커튼콜에 대해 논의할 겸 낮 공연을 보기로 했다. 연말에 보았던 뮤지컬을 다시 보게 되었지만, 이번엔 주연이 다른 사람이라 이 또한 기대됐다. 이번엔 앞 열이 아니고 2층 사이드로 좌석을 받았다. 헤일로는 어둠 속에서 무대를 내려보며, 또 다른 정우를 보았다. 더블 캐스팅된 독고영이 정우를 어떻게 해석할지 궁금했다.

가만히 숨죽이고 정우가 죽어가는 마지막 무대까지 본 헤일로는 나쁘진 않다고 평가했다. 박혁의 정우가 좀 더 인상 깊게 남아서 그렇지, 독고영의 정우도 괜찮았다. 뮤지컬 업계에서 박혁이 가장 실력을 좀 더 인정받긴 했지만, 독고영도 열심히 연습했고 훌륭한 실력을 갖추고 있었다.

'다만 좀 걸리는 건 뭐랄까.'

이 해석 어디서 봤던 거 같았다. 그가 박혁에게 작곡 이야기를 꺼내기 전 박혁도 정우를 이렇게 해석했다. 초반의 정우가 내면의 두려움이나 자신의 안위를 좀 더 소중히 생각했다면, 후반으로 갈수록 그 두려움을 딛고 희생하는 캐릭터가 된다. 모든 게 망가진 세상에 의해서. 그가 아무것도 하지 않고 방관했기에 그의 첫사랑도 우정도 밴드도 음악도 모든 게 사라지지 않았는가. 그래서 독고영은 정우를 이기적인 소시민에서 희생하는 영웅이 되어가는 인물로 묘사한 것 같다.

그러나 헤일로는 정우의 노래를 작곡할 때, 그렇게 생각하지 않았다. 그에게 정우는 희생하는 인물이 아니다. 여전히 이기적인 소시민이다. 그는 다만 투쟁하는 법을 배웠을 뿐이다. 그가 죽음을 무릅쓰고 불꽃에 뛰어들었지만 죽고자 한 게 아니라 살고자 했으며, 그가 만들어낼 세상을 보고자 했다. 또한 그들이 옳았다는 걸 증명하고자 했다. 희생? 그런 걸 할 만큼 정우는 영웅과 같은 인물이 아니다. 누군가는 정우를 영웅으로 생각했을지도 모르나, 정우는 제가 영웅이라 생각하지 않았을 것이다. 그는 그냥 평범한 시민이다. 어디서든 볼 수 있는 사람. 그리하여 누구나 될 수 있는 그런 사람.

독고영에게 정우는 타고난 영웅이고, 박혁에게 정우는 누구나 될 수 있는 사람으로 두 배우는 다르게 해석했다. 호불호가 나뉠 수 있겠지만, 헤일로는 박혁의 정우가 더 좋았다.

헤일로는 박수를 쳤다. 이어지는 커튼콜도 즐겁게 보았다. 사람들이 끊임없이 커튼콜을 기다렸으며, 배우들도 꽤 많이 준비한 듯 커튼콜을 계속해주었다.

무대가 끝나고 비로소 헤일로는 어거스트의 비서와 함께 관계자실로 향했다. 그가 이번에 방문한다고 이미 전달했기에 총연출가 녹지담이 기다리고 있을 것이었다.

"노해일…?"

"헤일로다."

그와 눈이 마주친 사람들이 노해일의 등장에 하나둘 놀랐다. 〈코첼라〉 이후 행방이 묘했던 이의 등장이었다.

자기를 보며 수군거리고, 시선을 보내는 이들에게 헤일로는 태연히 인사하며 복도 안으로 들어갔다.

"무대 잘 보았습니다."

"가, 감사합니다."

그중에 태양 목걸이를 허겁지겁 꺼내는 사람도 없잖아 있었다. 그로부터 모세의 기적이 펼쳐졌다. 모세를 위해 바닷물이 길을 열어줬듯 무대를 끝마치며 떠들던 사람들이 헤일로를 보고, 길을 열어주었다.

"해일 씨!"

그리고 어떻게 알았는지 총연출가가 문을 벌컥 열고 그를 불렀다. 그 옆에 음악감독과 오늘 공연이 없는 박혁을 비롯한 주연배우들이 와 있었다. 주연배우들은 오지 않아도 되었을 텐데, 마지막 무대의 책임감 때문에 온 것 같았다. 아니면 그를 보기 위함일지도 모른다.

"안녕하세요, 오랜만입니다."

총연출가가 먼저 악수를 청해 헤일로는 다른 사람들과도 악수하게 되었다. 원래 연차로 따지면 인사를 먼저 해야 했지만 헤일로도 악수가 익숙해 여상히 나눴다.

총연출가는 보자마자 공연 첫날 못 봐서 아쉬웠다고 하더니, 이내 박혁을 가리켰다.

"박혁 씨도 그날 해일 씨 얼마나 찾은 줄 알아요?"

"감독님."

"해일 씨가 그날 박혁 씨를 봤어야 해. 얼마나 아쉬워했는데."

늘 헤일로에게 친근하게 굴던 총연출가라 징징거리는 것도 자연스러웠다. 사실 헤일로는 그가 꽤 사람을 가린다는 걸 알지 못했다. 처음 봤을 때, 총연출을 하겠냐는 제의를 건넨 이후로 총연출가는 그에게 말 많고 사교적인 사람으로 남아 있었다.

"어쨌든 여행은 잘 다녀왔어요?"

헤일로가 어떻게 지냈는지는 모르는 사람이 없을 텐데, 총연출가는 그가 헤일로인 걸 모르는 것처럼 혹은 상관없는 것처럼 아무렇지 않게 대했다.

헤일로는 옅게 웃으며 고개를 끄덕였다.

"무척 즐겁게 보냈죠."

그동안 그가 세상에 어떤 짓을 했는지 잘 아는 주연배우와 음악감독의 표정이 미묘해졌지만, 총연출가는 좋다고 고개를 끄덕였다.

"저도 해일 씨 덕분에 5개월간 바쁘게 살았답니다. 우리 뮤지컬 대박 난 거 들었죠?"

그냥 대박도 아니다. 후에 노해일이 헤일로 아니냐는 추측으로 라이선스를 더 비싸게 팔긴 했지만, 뮤지컬의 진짜 성공은 결국 그 내용과 음악 덕이었다. 노해일이 헤일로든 아니든 음악이 별로였다면 뮤지컬이 이렇게 성공할 수 있겠는가? 그리하여 총연출가에겐 노해일의 정체는 그리 중요하지 않았다. 앞으로는 노해일의 정체에 더 고마워할지도 모르겠지만, 지금 더 중요한 건 노해일이 만들어준 음악이었다.

총연출가는 뮤지컬 음원을 발표하기로 한 것을 포함하여 본격적으로 마지막 공연에 관해 이야기했다. 그들이 모인 것은 마지막 공연 커튼콜을 위한 것이었고, 그날 마지막 넘버 작곡자가 자리를 빛내줄 것이다. 사실 총연출가는 공연 하루를 더 연장하여 아예 정우를 연기하는 노해일도 보고 싶었다. 그러나 권하지 못했다. 부담을 주고 싶지도 않았다. 노해일이 그런 욕심을 조금이라도 비췄다면 말을 꺼내보았을 테지만(지금 상황에 노해일이 드라마나 영화를 찍고 싶다고 해도 투자자가 몰릴 것이다) 커튼콜 합창에만 관심이 있어 보였다. 그는 천생 가수였다.

"그, 해일 씨… 라고 불러도 되나요? 아님 헤일로?"

총연출가나 박혁의 태도가 여상했지만 다른 주연배우는 그를 좀 어려워했다. 뮤지컬 배우와 싱어송라이터의 영역은 나뉘어 있기도 했으며, 그리고 누가 그 '헤일로'를 일반적인 가수로 보겠는가. 헤일로의 음악을 좋아하는 팬으로선 더 어려웠다.

"편하게 불러주세요."

헤일로는 어느 반응이든 평소처럼 행동했다. 평소처럼 대하는 사람도 익숙했고, 어려워하거나 어색해하는 사람도 익숙했다. 갑자기 탐욕을 드러내는 사람도 있고, 막 대하다가 돌연 친절하게 대하는 사람도 있었는데 이 정도쯤이야 아무렇지 않았다. 진짜 열여덟 살이었다면 급변한 상황이 힘들었을 테지만, 헤일로는 진짜 열여덟 살도 아니었고, 이미 겪어봤기에 힘들게 보낼 이유가 없었다.

길지 않은 회의를 하고 연습실에 모여 맞춰보자며 일정은 추후에 정하기로 했다.

헤일로는 회의를 마치고 화장실로 향하던 중 어디선가 나는 냄새에 멈춰 섰다.

"와, 너 봤어? 지금 헤일로 여기 있대."

"뭘 그렇게 호들갑이야."

비상구에서 전자담배 냄새가 흘러나왔고, 살짝 열린 문 사이로 대화 소리가 들렸다.

"아니, 헤일로가 왔다는 데 당연히…."

"그거 확실한 것도 아니잖아."

한국말을 알아듣는 비서가 흘끗 소년을 바라보았다. 그가 가자고 하기 전에 소년이 잠깐 있어보라고 손을 들었다. 비서의 머릿속에선 '소년을 잘 보필하라'는 미션과 '소년이 원하는 대로 해주라'는 미션이 서로 상충했다. 일단 그가 가만히 있는 건 소년이 우울해하거나 상처받은 기색이 없어서였다. 오히려 즐겁다는 듯이 표정이 점점 환해졌다. 비서도 사실 이런 논쟁이 있다는 걸 이미 알고 있었다. 정확히 그의 목소리에 대한 의심이라기보다는….

"왜? 목소리도 그렇고 〈코첼라〉에서…."

"뭐, 목소리가 비슷할 수도 있지. 그래, 걔가 헤일로 계정에서 노래를 불렀다 쳐. 근데 그 곡도 걔가 쓴 건지 확실하냐?"

"뭐?"

헤일로가 하나가 아니라 팀이 아니겠냐는, 옛날에 있었던 논쟁이었다. 물론 비상구에 있는 이 친구는 노해일이 헤일로라는 사실조차도 믿고 싶지 않은 모양이지만 말이다.

"그럼 누가 만들었는데?"

"그야 다른 작곡가가…!"

비서가 말릴 새도 없었다.

"누구?"

헤일로가 문을 벌컥 열고 들어가 물었고, 담배를 피던 이들이 화들짝 놀랐다.

"헉, 헤일로… 죄, 죄송합니다."

민중을 연기했던 하얀 셔츠의 남자는 화들짝 놀라 고개를 숙였다. 반면 다른 남자는 그렇지 않았다. 처음엔 놀라더니 점점 표정이 당당해졌다.

"내가 틀린 말 했어요? 노해일 씨가 헤일로인 게 확실한 것도 아니잖아요. 세상에 목소리 비슷한 사람이 얼마나 많은데. 또 〈코첼라〉도 속았을 줄 어떻게 알아."

"그래요?"

헤일로가 재미있다는 듯 되물었다.

그의 예전 삶에는 이런 사람도 있었다. 네 작곡 실력이 맞냐, 누구의 것을 훔친 게 아니냐는 등 논란을 만들려는 이들, 그냥 그의 음악 자체를 인정하지 않는 사람들. 그럴 때 그는 어떻게 했는가? 그냥 넘어갔을까? 그럴 리 없다. 그는 오히려 이런 시비를 즐겼다.

헤일로가 한 발짝 다가갔다. 점점 웃음이 짙어지자, 위험을 감지했는지 상대가 뒤로 한 발짝 물러났다. 하지만 겁먹은 걸 인정하기 싫었는지 앞으로 다시 나온다. 이런 때 싸워봤자 손해를 보는 건 더 유명한 사람이라 생각한 것이다. 그는 잃을 게 없지만, 소년은 언제 금이 갈지 모를 유리 위에 서 있다고 여겼다.

"내가 헤일로가 아닌 것 같아?"

헤일로가 속삭였다.

까마득한 신인이 반말하자 그도 잘 됐다며 반말을 썼다.

"그, 그래. 넌 아직 증명을 안 했잖아. 증명해봐, 네가 맞는지!"

잃을 게 없는 남자가 소리쳤다.

그에 헤일로가 웃으며 되물었다.

"내가 왜?"

"뭐?"

"내가 아니라는 걸 밝히고 싶다면, 네가 증명해야지. 혹시 아냐? 열심히 찾다보면, 증거 하나쯤 나올지."

제 멸망을 아무렇지 않게 말하는 소년은, 언뜻 보기에도 제정신은 아닌 것 같았다. 노해일의 음원 성적은 봤어도, 그의 성격이 또라이라는 건 못 들어본 남자는 당황했다.

"찾으면 꼭 말해줘. 나도 궁금하니까. 근데 못 찾으면 어떡하지?"

심지어 헤일로는 쉽게 멈추는 성격도 아니었다. 헤일로는 미친 놈처럼 실실거리며 상황을 즐기고 있었다.

남자는 그럴수록 그가 저를 무시한다고 생각했다.

'노해일 인성이 이럴 줄 몰랐는데, 제대로 또라이 같은 놈이었어.'

"해일 씨, 괜찮아요?"

어느새 뛰쳐나간 동료가 뭐라고 말했는지 몰라도 총연출가가 직접 왔고, 그는 그렇게 예뻐하는 노해일만 옹호했다. 그동안 남자에게 친절했던 주연배우들도 눈이 싸늘해졌다. 헤일로가 태연하게 "그냥 대화만 했어요"라고 말했지만 총연출가의 얼굴은 점점 차가워졌다. 노해일과 대화하는 동안 계속 웃고만 있던 총연출가가 한순간에 정색하며 그를 돌아봤다.

"이름이?"

그 한마디에 그는 입술을 덜덜 떨었다.

'별거 아닌 대화였는데 이게 이럴 일이야? 잃을 게 없었는데, 없었어야 했는데.'

심상치 않은 느낌을 받았는지, 같은 소속사인 조연배우의 매니저가 찾아와 무작정 허리를 숙이게 했다.

'노해일을 한 대 친 것도 아니고, 그냥 의문을 가졌을 뿐인데. 이

릴 정도인가?'

남자는 집으로 돌아와 바닥을 걷어차고 컴퓨터를 켰다. 도저히 가만히 있을 수가 없어서, 억울해서 오늘의 대화를 커뮤니티에 올릴 생각이었다. 그러다 노해일의 목소리가 머릿속에 쓱 지나쳤다.

"내가 헤일로가 아닌 것 같아?"

'건방진 꼬맹이.'

그는 주먹을 꽉 쥐고는 어떻게 엿 먹일 수 있을지 생각했다. 사회면에 올라오던 그 미친 팬덤, 그들이 돌아서면 노해일도 제대로 난처할 것이다. 분명, 헬리건이라면 노해일을 인정 못 하는 놈들도 있을 것이었다. 노해일과 대화를 녹음하진 못했지만, 그가 했던 말을 복기한 그가 커뮤니티에 들어갔다. 그런데….

[대한민국 입결 1위가 여기래 한국대. 그는 작년에 여기서 콘서트를 하고 올해도 공연한다고 약속했어.]

ㄴ태양이 공연했다고? 그리고 또 한다고?

ㄴ심지어 '천문학'과에서 태양이 직접 수업을 들었대.

ㄴ한국대가 1위인 이유를 알 거 같아.

ㄴ난 방금 스탠퍼드 버리고 한국대 가기로 했어. 근데 거기 입시 어떻게 해?

그는 헬리건이 아니라 태양단 커뮤니티에 잘못 들어간 줄 알았다. 원래 제일 의심하고 있어야 할 놈들이 그를 추앙하고 있었다.

[하악 나의 작은 아기 태양 사진을 좀 더 구해줄 사람 없어?]

[열여섯 살 헤일로라니 내가 꿈꾸던 거야.]

[난 그를 주머니에 넣고 키우고 싶어.]

"뭐야! 이 미친 변태 새끼들은. 노해일 키가 180도 넘는데 이거 순 미친 또라이들 아냐?"

그는 기겁하고 뛰쳐나왔다.

* * *

"집은 어떤 것 같아?"

헤일로는 주변을 둘러보았다. 쾌적하고 조용하고 무엇보다 창에서 보이는 무성한 초록빛이 좋았다.

이전 집은 화려한 롯데월드와 석촌호수가 한눈에 보이는 고층 아파트였고, 이사 온 집은 방배동에 한적하고 고급스러운 빌라였다. 주변엔 서리풀공원과 몽마르트르공원 등 산책로가 많은 편이고, 한국대와도 가까워졌다. 그러나 박승아가 무엇보다 신경 썼던 건 사생활 측면이다. 너무 많은 사람이 노해일을 보기 위해 혹은 인터뷰하기 위해 찾아왔던 터라, 그녀는 아파트처럼 많은 가구가 있는 주택을 배제했고, 한 동에 단 여섯 가구만 산다는 이 빌라를 선택했다.

"괜찮네요."

"그렇지?"

헤일로의 말에 박승아의 얼굴이 밝아졌다.

어떤 집을 봐도 다 좋다며 아무 집이나 고르길 은근히 바라던 남편이나, 뭘 물어도 다 괜찮다는 아들이나 대답에 있어서 큰 차이는 없었지만, 그래도 아들의 대답이 더 나은 것 같다고 생각했다.

"그런데 무슨 일 있었니?"

"네?"

"기분이 좋아 보여서."

헤일로는 어깨를 으쓱하며 어제 있었던 일을 떠올렸다. 뮤지컬 〈록〉의 마지막 무대를 기념하기 위한 커튼콜 초청에 응한 그는, 어제 첫 리허설을 갔다가 우연히 다른 작곡자와 마주쳤다. 그에게 여느 평론가들을 떠올리게 했던 김 교수 말이다.

"즐거운 일이 있어서요."

헤일로의 곡에 대해 교양과 뼈대가 출중하다고 했고, 노해일에게는 좀 더 보완하고 성장하라고 말했던 김 교수가 그를 발견하자마자 뒷걸음질하며 그대로 도망갔다. 이제까지 봤던 행동 중 가장 재빠른 동작이었다. 인사도 안 하고 가버린 모양새가 다시 생각해도 웃겼다.

'아쉽게 됐네. 인사 좀 하려고 했는데.'

하나도 아쉽지 않은 얼굴로 헤일로가 낄낄거렸다.

그에게 악평하던 평론가들을 면대면으로 보는 건 꽤 재미있는 일이다. 실제로 만나면 아무 말도 못 하고 바닥만 쳐다보는 이들이 대부분이지만.

"이건 제 거예요?"

"조금 섞이긴 했을 텐데, 네게 맞을 거야. 근데 네가 정리하게?"

"네."

그의 것이 아니고 노해일 것인 종이 상자의 뚜껑을 열었다. 거기엔 액자나 앨범, 책과 노트 등 잡다한 것들이 섞여 있었다. 헤일로는 노해일의 교과서와 초등학교, 중학교 졸업앨범 등을 하나하나 꺼내다 액자를 발견했다. 대여섯 살의 어린 노해일이 젊은 어머니의 손을 잡고 서 있는 사진이었다. 사진을 찍는 게 마음에 들지 않는다는 듯 불퉁하게 부풀린 볼에는 누구랑 싸운 건지 밴드도 붙이고 있다. 그가 생각한 노해일은 보다 얌전하고 우유부단한 성격이었는데 이렇게 보니 그리 얌전해 보이지 않았다.

그리고 다음 액자에는 중학교 교복을 입은 노해일이 있었다. 이때는 약간 의기소침해 보였다. 이때부터가 아마 그가 알던 노해일인 것 같다. 지금의 그와는 완전히 다른 모습이다. 일단 외견부터가 꽤 다르다. 사람들은 노해일의 옛 사진을 가져와 귀엽다고 말하지만, 지금은 체격이든 이목구비든 엄청나게 달라졌고 성장했다.

외견은 나이가 들면서 혹은 살이 빠지며 충분히 달라질 수 있다. 그러나 성격이나 분위기는 크게 변하지 않는다. 지금 헤일로는 노해일과 성격도 분위기도 완전히 반대 극점에 있는지라, 이 당시 노해일을 알던 사람들은 같은 사람이라 생각지 못할 것이다.

'그리고 이 당시 노해일을 알던 사람이라면.'

천천히 시선이 박승아에게로 향했다. 헤일로는 처음으로 의문을 가졌다.

"어머니."

"응?"

헤일로는 사진을 제 얼굴 옆으로 들어 올렸다.

"저 많이 달라지지 않았어요?"

1년 전이야 오해하고 싸우고 화해하고 친해지느라 그냥 넘기긴 했지만, 이상한 일이긴 하다. 헤일로는 노해일과 그 당시 친하지 않았던 장진수도 "너 이런 성격이었어?"라고 기겁할 만큼 다른데, 그

변화를 부모님이 모를 리가 없었다.

어머니의 대답이 없자 헤일로는 점점 목이 타들어갔다. 며칠 전 누군가 그에게 '네가 헤일로가 맞냐고' 증명하라고 했다. 그땐, 킥킥 웃으며 받아쳤던 그가 어머니 앞에선 아무 말도 하지 못했다.

"갑자기 무슨 말이니?"

어머니의 말에 헤일로는 농담이었다고 넘어갈까 고민했지만, 이상하게 그 말이 나오지 않았다. 판도라의 상자를 건드리는 것인지도 모른다. 멍청한 짓이라는 걸 알지만 판도라의 상자를 열 수밖에 없었던 어리석은 이처럼 헤일로는 입을 열었다.

"갑자기 음악을 한다고 학교를 그만두고."

"어!"

"생소한 이름으로 활동하고."

어머니는 이에 대해 의아해하지 않고 그를 지지해주었다. 지금 와서 생각해보면 꽤 이상한 일이다.

"가끔은… 다른 사람처럼 느껴졌을 수도 있을 텐데."

이제 와서 자신이 노해일이 아니라고 말하고 싶은 것은 아니다. 그런데 왜일까. 헤일로는 말하면서도 자신이 왜 이런 질문을 하는지 알 수 없었다.

"다른 사람이라."

가만히 그의 말을 듣던 어머니가 곰곰이 생각하는 듯 입술을 달싹였다.

"글쎄… 그렇게 생각해본 적은 없는데. 다만, 그냥."

시간이 천천히 흘러갔다.

"네가 드디어 하고 싶은 걸 찾았구나 싶어 기뻤고, 그걸 미리 알아주지 못해서 미안했을 뿐인데. 그리고 후회도 조금?"

"네?"

"옛날에 피아노라도 한번 시켜볼걸 하고. 네가 기억할진 모르겠지만 축구, 야구, 테니스, 스케이트, 검도, 미술, 서예, 바둑, 천문학 그런 거 다 시켜봤는데 왜 음악만은 시켜보지 않았던 걸까. 이렇게 좋아할 줄 알았으면 진작 시켜볼걸. 그럼 너도 좀 더 빨리 자리 잡지 않았을까?"

어머니가 헤일로의 손을 쓰다듬으며 말했다.

"어렸을 때 하고 싶은 것도 없고, 재능도 없는 것 같다고 엄마 아빠, 특히 아빠 눈치를 보는 게 얼마나 마음이 아프던지."

헤일로는 시간이 흐름에 따라 액자 속 노해일의 얼굴이 점점 의기소침해지던 이유를 알 것 같았다.

'그래서 그렇게 소심해졌나.'

"아빠 칭찬받으려고 약속한 거 지키겠다고 열심히 공부하는 걸 보고, 엄마는 네 재능이 공부인 줄로만 알았어."

피아노나 기타, 바이올린 등을 시켜볼 기회는 꽤 있었지만, 꾸준히 학업성취도가 잘 나오니 박승아는 그런 줄로만 알았다.

"근데 더 큰 재능이 있었던 거야."

우연히 접한 영상 하나로 그녀는 알지 못했던 것을 알게 되었다. 그건, 단순히 인지라고 할 수 없는 자각(自覺)이었다. 마치 어느 날 햇빛이 눈부시다는 걸 알게 된 것처럼, 그녀는 그곳에서 보고 느끼고 깨달았다. 그곳에서 그녀의 아들은 음악을 하기 위해 태어난 사람 같았다. 한 시대를 풍미한 위대한 음악가 같았다. 음악을 하겠다고 외치는 아들이 너무 당연하게 느껴졌다. 오히려 그렇게 하지 않는 게 더 이상했다.

"그리고 생소한 이름이라니."

어머니가 어깨를 으쓱했다.

Halo. 영광과 훈륜, 그리고 또 다른 의미는 은하의 중심.

"너희 아빠랑 거의 매주 천문대에서 봤잖니. 너랑 나는 천문학엔 관심도 없는데 아빠가 가자고 해서. 네 아빠는 매일 보는 은하가 뭐가 그렇게 좋은 건지 네 태명을 무슨, 허블텐션, 세페이드 변광성 같은 거로 짓자고 하더라. 그때 내가 얼마나 열받았는지 아니?"

어머니가 웃으며 주먹을 쥐었다.

무슨 의민지 모르겠지만, 평생 모를 것 같은 단어라 헤일로도 대충 고개를 끄덕이며 흘려보냈다.

"너도 별 보는 건 꽤 좋아했어. 가기 싫다고 하면서도 천문대에서 팔던 포켓몬빵 사준다고 하면 못 이긴 척 따라갔지. 사실 넌 빵을 그리 좋아하지도 않았는데. 우리 아들은 늘 육식이잖아?"

어머니는 잔잔히 미소 지으며 말을 이었다,

"'헤일로'라는 단어를 처음 들었을 때도 그래. 갑자기 관심도 없던 천문학과에 입학할 거라고 하지 않나. 한참 동안 망원경 너머를 보았지. 무슨 운명이라도 느낀 것처럼 말이야. 그래서 그런가. 엄만 오히려 네가 다른 이름을 썼다면 더 낯설었을 거 같아."

'강제로 따라간 건 아닌 건가.'

헤일로는 뚱한 표정으로 아버지를 따라가 결국 별을 보고 좋아했을 어린 소년을 상상했다.

"그리고 다른 사람이라."

어머니가 그렇게 말했을 때, 헤일로는 그의 의문을 어머니가 거의 답해줬다는 걸 알았다. 하나하나 놓치지 않고.

"엄마는 늘 네가 다른 사람 같았어."

헤일로는 그 말에 화들짝 놀랐다. 가슴이 두근두근 뛰었다. 하지만 곧 생각지도 못한 말이 들려왔다.

"알고 싶은데 아무리 노력해도 다 알 수가 없었고, 다 안다고 생각했는데 또 모르는 게 생기더라. 모든 걸 챙겨주고 싶은데도 늘 부족하고. 내가 엄만데 너는 내 아들인데, 늘 네가 어렵고 너무 달랐어. 네가 엄마랑 같은 사람이면, 좀 더 잘 알고 잘해줄 수 있었을 텐데."

다른 사람 같지 않냐는 질문은 그가 노해일로 여전히 보이냐는 뜻이었는데, 들려온 답은 우문현답이었다. 어머니는 의미를 다르게 받아들이고 답을 줬지만, 그의 말문이 막혀버린 걸 보면 훌륭한 대답임이 분명했다.

"그래도 지금 생각하면, 해일이 네가 다른 사람이라 다행이야. 넌, 엄마 아빠보다 더 행복하게, 더 만족스럽게 살 수 있단 소리니까."

어머니가 그의 머리를 부드럽게 쓰다듬었다.

"물론 집에 더 자주 온다면 더 만족스럽겠지?"

마지막은 농담 반 진심 반이 분명했다.

헤일로가 어색한 얼굴로 그녀를 보았다. 그는 지키지 못할 약속은 안 하는 편이다. 그래도….

"노력해볼게요."

"그러렴."

그녀는 그 대답 하나로 충분해 보였다.

더 이상의 질문도 반박도 못 하고 집에서 나온 헤일로는 마법에 걸렸다 풀린 기분이었다. 어머니가 그를 단 한 번도 의심하지 않았다는 게 충격적이면서 뒤이은 말에 뒤통수를 세게 맞은 것 같았다.

사실 여전히 의문은 남아 별의별 생각이 다 들었다.

'점점 기가 죽었다고는 하지만 갑자기 사람이 달라졌는데 이상하지 않았나? 노해일이 원래 나와 성격이 비슷했나? 진짜 노해일이 오면 오히려 누구냐고 묻는 거 아니야?'

게다가 헤일로는 'Halo'에 대해 잘 아는 듯한 어머니의 반응을 떠올렸다. 과거 그가 과학 교과서에서 가장 끌리는 단어로 고른 이름이 헤일로였는데, 노해일에게도 의미가 깊은 모양이었다. 아버지가 주말마다 천문대에 데리고 갔다고 하니 그럴 수도 있다.

'나는 어디를 갔더라. 성당에 끌려갔던 거 같기도 하고.'

헤일로는 어쩌면 지저스 크라이스트라고 이름을 짓는 게 더 자연스러웠을지도 모르겠다.

'지저스라니. 진짜 안 어울리네.'

헤일로는 킥킥 웃으며 울리는 핸드폰을 들었다. 발신자는 신주혁이었다. 웬만해선 전화를 하는 사람이 아닌데 '뮤지컬 관련인가? 아니면, 뭘 같이 하자고?' 분명 귀찮아지는 일일 수도 있어 받을까 말까 고민하다 기분이 좋은 김에 전화를 받았다. 그러자 여상스러운 목소리가 들려왔다.

「여, 오랜만이다, 꼬맹이.」

신주혁은 이미 그가 헤일로라는 걸 알고 있던 사람이고, 안 후에도 크게 달라지지 않았다. 지금에 와서 변할 리 없었다.

「잘 지냈냐?」

"네, 뭐."

「네, 뭐? 혼자만 잘 지냈다 이거지?」

"선배님도 잘 지내신 것 같은데요."

뭐 하고 살았는지 모르겠지만, 살아 있으니 잘살고 있겠지 싶었다. 그러자 전화 너머에서 소리가 잠깐 사라지더니 곧 음산한 목소리가 들려왔다.

「잘 지내다니. 내가 얼마나 귀찮았는데. 열애설 때 제외하곤 평소에 보기 힘든 기자들이 2월부터 내 스케줄 따라다니면서 "노해일이 HALO인가요!", "대답해주세요, 신주혁 씨!"라고 얼마나 귀찮게 했는지 아냐?」

신주혁이 기자들의 흉내를 냈다. 꽤 괜찮은 연기력이었다.

"아니요."

「몰라? 그래… 모르는구나.」

태연한 답에 말문이 막힌 신주혁은 잠깐 멍해졌다.

'그래, 왜 이걸 잊고 있었지. 원래부터 건방진 꼬맹이였는데.'

그는 꼬맹이가 미안한 척을 해줄 거라곤 하나도 기대하지 않았지만 그래도 태연한 모습에 열받았다. 한결같아 안심이 되기도 했다.

이후로 신주혁의 시답잖은 말들이 이어졌다. 대충 일상과 음악에 관한 이야기, 뮤지컬 〈록〉에 관한 이야기, 그리고 베네치아 때 쓴 가면에 관해 이야기도 했다.

하지만 혜일로는 그래서 '이 인간이 도대체 왜 전화를 걸었나?' 싶을 뿐이었다. 아직 본론이 나오지 않고 대화가 뱅뱅 도는 기분이라 그만 끊자고 말할까 했을 때, 잠깐의 정적 이후 신주혁이 조심스럽게 말을 꺼냈다.

「그런데, 혹시 들었냐?」

"뭐를요."

「못 들었어? 왜 못 들었지? 너한테 이미 말했을 줄 알았는데.」

'주어를 듣고 싶은데.'

헤일로는 잠깐 전화를 내려다보고 다시 들었다. 또 헛소리하면 적당히 끊으려고 했다.

「황룡필 선생님, 있잖냐.」

그런데 생각지도 못한 인물의 이름이 들려와 헤일로는 멈칫했다. 뒤이어 들려온 말에 천천히 그의 눈이 커졌다.

「은퇴하신대.」

* * *

헤일로의 사옥 건축 허가는 생각보다 일찍 통과됐다. 헤일로의 이름값인지 한국의 공무원들이 원래 일 처리가 빠른 덕분인지 모르겠지만, 좋은 게 좋은 거였다. 어거스트 베일은 본격적으로 건축가와 만날 자리를 잡았다. 직접 만나는 건 이번이 처음이었다.

"베일 경, 의뢰를 받아줘서 감사합니다. 내가 가기 전에 성전을, 크흠, 아니 사옥을 짓게 된다니."

"가긴 어딜 간다고. 곧 체육관이라도 갈 시간인가?"

어거스트 베일은 자신과 동년배인 이가 목숨으로 협박하던 역의뢰서를 떠올렸다. 자연사할 나이거나 불치병에 걸렸다고 생각할 정도로 절절한 메일이었지만, 눈앞에 있는 이는 꾸준한 트레이닝으로 무척 건강해 보였다. 구릿빛 피부에 실제 나이보다 열 살에서 스무 살 정도는 젊어 보였고, 젊은이들과 싸워도 웬만해선 이길 거 같았다.

"하하, 그래도 이건 제 마지막 작품이 될 겁니다."

현대 건축가보단 르네상스 시대 예술가를 닮은 이가 시원시원하게 웃었다.

"진짜 지병이라도 있나? 그렇게 보이진 않지만, 당뇨?"

"젊었을 때 멍청한 짓을 많이 했지만, 그래도 잘한 게 한 가지쯤은 있었죠."

건축가가 주먹을 쥐며 자신의 팔에 키스했다.

"그럼 왜 마지막인…."

어거스트는 천천히 눈을 떴다.

건축가가 의미심장하게 웃으며 고개를 끄덕였다.

"이 작품을 마지막으로 은퇴하려고 합니다."

"아직 창창해 보이는데 벌써 은퇴한단 말인가?"

"누구나 박수 칠 때 떠나고 싶은 법이죠."

"그런 걸 신경 쓰나?"

"사실, 원래는 치매에 걸리지 않는 이상 계속하려고 했지만."

건축가가 환하게 웃으며 핸드폰을 보여줬다.

"손주가 생겼지 뭡니까."

아기가 천사처럼 잠들어 있었다. 그가 은퇴를 결심한 이유는 정말 별거 아니지만, 그에게는 별것일 테다. 노년에 손주의 성장을 보며 쉴 거라는 이를 보고 어거스트는 은퇴에 대해서 더 언급하진 않았다. 다만 조금 씁쓸해졌을 뿐이다.

"요즘 은퇴 소리가 자주 들리는군."

"또 어디서 은퇴 얘기를 들었습니까?"

건축가는 어거스트의 나이가 나이인 만큼 여기저기서 은퇴한다는 얘기를 들었을 거로 짐작했다. 설마 그가 사랑하는 가수가 '은퇴'를 언급한 줄은 모르고 태연하게 물었다.

어거스트는 굳이 그의 이름을 꺼내진 않았다.

"젊은 친구가 은퇴 생각을 하더군."

그냥 지나가듯 말했을 뿐이다.

"뭐, 요즘 젊은 친구들이 3,40대에 은퇴를 꿈꾼다곤 들었는데, 그런 친구들인가 보군요."

"요즘 젊은이들이 그런가?"

"예, 평생 쓸 돈을 미리 모아두고 회사를 그만두는 그런 계획을 세운 사람이 꽤 많습니다."

"3,40이면 젊고, 미래가 무궁무진한데 왜 벌써."

'하물며 3,40도 아닌 10대가….'

"더 하고 싶은 일이 있을 수도 있고, 아니면 인제 그만 적성에 안 맞는 일을 그만두고 쉬고 싶을 수도 있겠죠."

가만히 그를 보던 건축가가 웃으며 대꾸했다.

"그나저나 그 친구가 참 일을 잘하나 봅니다. 은퇴를 바라시지 않는 걸 보면."

"뭐, 자네도 알게 되면 바라지 않을걸?"

"그런가요?"

베일의 직원이라고 생각한 건축가는 그렇게 대단한 직원은 도대체 어떤 사람인지 한번 보고 싶다고 말하며 신전, 아니 사옥의 건축 설계도를 꺼냈다.

* * *

"이런. 바쁜 친구가 왔군."

오랜만에 찾은 황룡필의 자택에서 헤일로는 이전과 다를 바 없는 황룡필의 모습을 발견했다. 갑자기 은퇴한다고 해서 병이라도 생긴 줄 알았다가 '아프신 건 아니구나' 하고 저도 모르게 안심했다.

황룡필이 이제 자기보다 커진 노해일의 어깨를 두드렸다. 장성한 손자를 보듯 뿌듯한 표정이다.

"내가 바쁜 시간 뺏는 게 아닌지 모르겠네."

"은퇴하신다고요?"

헤일로는 바로 본론을 꺼냈다.

황룡필은 부드럽게 웃어 보였다.

"주스를 줄까? 아님 커피?"

"에스프레소로요."

"준비해드리겠습니다."

가사도우미가 주방으로 향하고 나서 황룡필이 소파로 손짓했다. 그때까지 헤일로는 그를 뚫어져라 바라보고 있었다.

"자네에게 미리 말하지 않은 건, 미안하네. 앞으로 달려갈 일만 남은 친구에게 쓸데없는 말을 해서 초 치고 싶지 않았어. 뭐, 당장 은퇴식을 열 것도 아니기도 하고. 정리할 건 다 하고 가야겠지."

"왜 은퇴하는 건데요?"

헤일로는 자신도 그래미를 받으러 갈 때, 최근 스위스 열차에서 은퇴 얘기를 꺼내긴 했지만, 남의 은퇴 소리는 생각보다 좋게 들리지 않았다. 생각해보니 '이전에 누가 은퇴한 걸 본 적이 있었나?' 싶다. 사실 음악인이 은퇴하는 건 많이 본 적이 없었다. 사고를 쳐서 혹은 인기가 없어서 방송에 나오지 못한다 한들 음악은 죽을 때까지 할 수 있는 거였다. 병에 걸려서 은퇴한 것 외엔 본 적이 없었다.

'그래서 이렇게 생소한가. 옛 매니저 제임스도 어거스트 베일도 이런 기분이었을까.'

"때가 된 거라고밖에."

"'때'라고요?"

전혀 납득이 가지 않아 반문하며 헤일로는 깨달았다. 황룡필이 이미 은퇴할 사람의 얼굴이라는 것을. 그는 은퇴를 마음먹은 사람의 얼굴을 잘 알았다. 그에게 무슨 말을 해줘도 먹히지 않을 거란 것도 알았다. 하지 말라고 해도 웃으며 말을 넘겼다가 기어이 하게 될 것도.

황룡필은 할 말이 많아 보이는 소년을 보며, 1년 안에 은퇴하겠다고 확정했다.

"난 선생님이 은퇴하실 줄 상상도 못 했어."

황룡필 자택에 뒤늦게 신주혁이 도착했고, 헤일로와 똑같이 외쳤다. 그리고 선생님이 약 먹을 시간이 되자 정원 마루에 둘만 남게 되었다.

"〈랑데부〉가 엊그제 같은데."

그때 같이 팀으로 활동했던 헤일로도 마찬가지였다. 음악을 하는 황룡필의 얼굴은 정말 즐거워 보였다. 은퇴의 낌새도 없었다. 게다가 헤일로는 주변인이 저보다 먼저 은퇴할 거라고 생각도 하지 않았다.

"말해주시진 않았지만 박수 칠 때 떠나고 싶으신 거겠지? 누구에게나 특히 우리는 그런 로망이 있잖아. 가장 멋진 순간의 모습으로 사람들의 기억에 남길 바라는."

그 말에 헤일로는 과거의 자신이 떠올랐다. 그는 제 은퇴 로망을 잠깐 생각했다가 뒤이은 질문에 생각을 멈췄다.

"난 물론, 그럴 생각은 전혀 없지만. 너도 혹시 그런 로망 있냐?"

헤일로가 대답이 없자, 신주혁이 그를 돌아보았다.

"있어?! 아니, 열여덟 살짜리가 무슨 벌써 은퇴 로망이야."

자기가 물어놓고, 버럭 소리 지른 신주혁이 고개를 절레절레 저었다.

"왜? 하면 안 돼요?"

그 말에 신주혁이 입을 뻐금거렸다. 분명 입 모양은 '이 또라이 새끼'였지만, 자리가 자리인 만큼 입 밖으로 꺼내지 않고 삼킨 게 분명했다.

"지금 할 거란 말은 아니에요."

아직 할 게 남아 있으니까. 좀 더 보고 싶고, 좀 더 느끼고 싶은 게 남아 있으니까 더 달려가긴 할 것이다. 헤일로에게 은퇴는 그 이후 일이다. 그렇게 생각만 했는데 신주혁은 그의 생각을 읽은 듯 불쑥 외쳤다.

"아니, 은퇴 생각하기엔 넌 할 게 많지 않냐? 음원 1위, 아니 빌보드 1위도 못 해보고 뭔 은퇴야. 설마 자신 없냐?"

'내가?'

헤일로는 코웃음을 쳤다.

"그리고 세계 3대 음악상 이런 것도 받아야지. 어? 칼을 뽑았으면 무라도 베야지. 그래미는커녕 후보에도 못 든 게 무슨 은퇴를…."

신주혁의 말에 헤일로는 뭐랄까, 묘하게 짜증이 났다. 마치 자신 없어 포기한다는 의미로 들렸다. 여전히 그래미를 미국인들을 위한 호박파이로 여기는 헤일로인데 말이다.

"그리고 너 콘서트도 제대로 안 해봤잖아? 소극장 말고 좀 더 넓은 곳에서 말이야. 전국 투어도 해보고, 또 월드투어도 해야 하는 거 아냐?"

"그건 곧 할 거예요."

"오! 뭘? 전국 투어? 아님 월드투어? 확정 난 거야?"

대단한 비밀을 알게 된 사람처럼 반응한 신주혁은 곧 다시 본론으로 돌아왔다.

"아무튼 그건 이따가 다시 얘기하고. 너 하루에 행사 여러 번 뛴 적도 없지? 꼬맹이, 넌 너무 귀하게 컸어."

저와 키가 비슷해졌음에도 여전히 꼬맹이는 꼬맹이라며 신주혁이 헤일로의 머리를 거칠게 쓸었다.

"심지어 네가 아직 하지 않은 거, 가장 중요한 게 하나 남았잖아."

"뭐요?"

헤일로가 옆으로 물러나며 손을 피하자, 신주혁이 웃으며 말했다.

"다음 앨범 내야지."

맞는 말이고 당연한 말인데, 헤일로는 잊고 있던 걸 떠올린 기분이었다. 그 반응을 눈치챘는지 몰라도, 원래였으면 동년배였을 신주혁이 제 턱을 쓰다듬으며 선생님처럼 말했다.

"너도 꽤 심경이 복잡한가 보다? 갑자기 안 하던 소리를 다 하고. '하면 안 돼요?'라니. 쪼그만 게 대선배님께 못 하는 말이 없어. 뭐, 여러 가지 일도 있었고, 존경하던 선생님이 은퇴한다니 이해는 된다만. 아니면, 흠."

신주혁의 동공이 뾰족해졌다.

'이 꼬맹이 너무 급하게 달려서 지쳤나? 번아웃이라고 해야 할까.'

사람들은 대개 〈코첼라〉 헬기 사건 때문에 노해일을 걱정했지만, 그 자리에 있었던 신주혁은 노해일이 새벽까지 달리는 걸 보고 걱정할 필요 없다고 생각했다. 오히려 걱정해야 할 건….

헤일로로서 13집, 노해일로서도 싱글, 미니, 정규 하나씩 발매한 시간은 겨우 1년. 그리고 노해일이 〈코첼라〉에 서기까지도 대략 1년이다. 830명만 모은 소극장 콘서트를 뛰다가 반년 후쯤엔 〈코첼라〉, 전 세계 사람들 앞에서 날뛰었다. 〈코첼라〉 무대에선 그가 날뛰면 날뛸수록 신주혁은 묘하게 우려되는 부분이 있었다. 1년이란 너무 짧은 시간이 아닌가. 진짜 누가 뒤에서 총을 들이대고 협박해도 불가능할 것 같은 일을 해낸 소년이 이 무대 이후에도 그만큼 즐겁게 지낼 수 있을까 걱정이 되었다. 이 무대 이후에 잘 지낸다고 해도, 내후년에도 즐겁게 지낼 수 있고 그 이후에도 괜찮을까?

그가 걱정하는 건 반동이었다. 무대를 끝낸 이후 가수가 깊은 우울과 번아웃을 느끼듯 노해일에게도 그 반동이 적지 않을 거라고 생각했다. 특히, 노해일이 HALO냐 아니냐로 떠들썩했던 1년은, 어떻게 보면 소년에게 또 다른 무대라고 할 수 있지 않은가.

"너. 정규 2집, 아니면 14집은 잘 되어가고 있냐?"

신주혁은 소년이 아무 말도 안 했지만 눈을 보고 알았다.

"아직 준비한 게 없구나."

하긴 〈코첼라〉가 끝난 지가 언젠데, 14집을 갑자기 냈으면 진짜 인간을 넘은 무언가다. 아직 준비하지 않은 것이 당연하다. 별거 아니기도 하고. 그가 알기로 노해일은 곡을 금방금방 써내려갔다. 적어도 〈랑데부〉 때는 그랬다…. 앞으로 생각해나가면 되는 일이다.

"이제부터 하면 되지. 생각해놓은 거 없어?"

"없, 어요."

"없어? 네가?"

노해일 정규 1집이야 충동적으로 만든 거라, 2집 생각은 아직 안 해봤고, 헤일로 14집은 원래도 없었다. '원래' 없었다는 말은, 그때도 14집에 대해 생각해보지 않았다는 의미다. 단순히 13집 발매를 앞두고 있어서는 아니다. 이미 13집 작업을 다 끝냈던 터라 원래라면 14집에 쓸 메인 벌스나 가사를 생각하고 있어야 했다. 즉, 사고로 죽어서 14집이 없다는 건 아니다.

"됐다."

"뭐? 헤일로, 뭐가 됐다는 건데."

"은퇴한다는 거 농담이라고."

"어, 역시 농담이었던 거지?"

그 후로 만들지 않았을 거라, 없었다.

"뭐야 진짜 없어? 벌스는, 아니, 그건 둘째치고 소재나 주제도 생각 안 해봤어? 네가 잘하는 그거, 사람 속 뒤집어놓는 제목도?"

신주혁은 이건 좀 의외였지만, 그 이유를 깊게 생각하지는 않았다. 어떻게 보면 당연한 거니까.

"그래, 너도 사람인데 고갈됐을 수도 있지. 한 번쯤 범인의 심정도 느껴봐야지, 암암."

신주혁은 연이어 싱거운 농담을 늘어놨다. 그런데 다른 때 같으면 무시하고 대화를 끝내거나 다른 할 일을 찾으러 갔을 헤일로가 팔짱을 낀 채 가만히 앉아 있었다. 그래서 신주혁은 대화를 좀 더 이어갔다.

"아예 생각해본 적 없단 소리지? 그럼 잘됐네."

'자기 음악을 만들어달라고 하려나.'

헤일로는 안 들어도 뻔한 것 같은 뒷이야기를 기다렸다. 그러나 신주혁은 그리 뻔한 사람이 아니었다.

"안 해본 음악을 한번 만들어봐."

"안 해본 거라면?"

"그래, 많잖아. 아니, 꼬맹이 너, 가끔 말을 놓는 것 같…."

"클래식이라도 만들어보라고요?"

"뭐? 클래식? 미쳤냐? 푸하하!"

신주혁이 미친 사람처럼 웃기 시작했다. 못 들을 말을 들었다는 반응에 헤일로의 표정이 썩어들어갔다.

"아니 무슨 뜬금없이 클래식, 그러고 보니 뮤지컬 넘버 만들 때 누가 네 음악 보고 클래식 함유량이 많다고 했지. 아 씨, 크흐흡. 야, 진지한 얘기하는데 웃기지 마라."

"하!"

이젠 배를 잡고 데굴데굴 구르기까지 하는 그의 모습이 헤일로는 어디 가서 동년배라고 하기 참 부끄러우면서도 한심해 보였다.

"내가 설마 너보고 클래식을 만들라고 했겠냐? 안 어울리게. 내 말은 그게 아니라…."

한참 동안 낄낄거리며 웃은 신주혁이 벌떡 상체를 일으켰다.

"소재를 얘기한 거지. 안 해본 소재를 다뤄보라고."

말은 쉽지만 이미 별별 소재와 주제로 다 만들어보았던 헤일로는 와닿지 않았다. 투쟁, 환희, 우울, 절망, 쾌락과 희노애락, 증오, 꿈과 공포, 스릴과 허무, 자랑, 즐거움 등 사실 나올 만한 건 다 해봤다.

신주혁은 여전히 싱글벙글 웃는 얼굴이었다.

"감이 좀 안 오냐? 난 지금 바로 생각나는 거 있는데. 말해줘?"

헤일로는 큰 도움이 되지 않겠지만 그가 무슨 헛소리를 할까 궁금했다. 다행히 신주혁은 더 말을 돌리진 않았다.

"네가 평생 안 부를 거라고 했던 노래 있잖아."

"에엣!"

"그래, 그거. 가수라면 자고로 절절한 사랑 노래 한 번쯤은 만들어봐야지. 가지 말라고 울고 붙잡고 질투하고, 네 나이라면 달달하거나 설레는 사랑 이야기도 좋겠다."

헤일로는 어처구니가 없어 '신주혁한테 기대한 내가 바보지'라고 속으로 자신을 탓하며 자리에서 일어났다.

"안 부를 거예요."

세상에 러브송이라니, 듣기만 해도 오그라들 것 같은 내용에 헤일로는 경악하며 빠른 걸음으로 안으로 들어갔다.

묘하게 재빠른 모습을 보며, 신주혁이 능글맞게 덧붙였다.

"아, 그런 절절한 사랑 안 해봐서 못 쓰려나?"

'신주혁, 이 새끼가.'

열애설부터 낯 뜨거운 파파라치 샷 등으로 화가 난 정신이상자에게 칼 맞을 뻔한 적도 있던 헤일로가 걸음을 멈추고 신주혁을 돌아보았다.

* * *

5월 중순, 뮤지컬 〈록〉의 마지막 공연은 성공한 뮤지컬이라는 걸 입증하듯 많은 사람이 몰렸다. 단순히 관객만 있는 것이 아니라 혹시 배우나 감독과 인터뷰를 할 수 있지 않을까 기대하며 때를 기다리는 기자들도 꽤 되었다. 그리고 그들은 배우와 감독만 보러 온 것은 아니었다. 뮤지컬 〈록〉이 음원을 낼지도 모른다는 소문과 함께 또 하나의 소문이 돌았다. 〈록〉의 넘버 작곡가가 마지막 무대에 나타날 거라는 소문. 출처는 늘 관계자 지인이었다.

〈록〉 넘버 작곡자 중 무대에 오를 이는 단둘뿐이었다. 신주혁과 노해일. 그런데 공개된 신주혁의 일정상 오늘 충무로에 오는 건 불가능했다. 그러니 남은 사람은 하나밖에 없었다.

[〈록〉| 오늘 진짜 노해일 아니 태양 옴?]

ㄴ마지막 무대니 가능성이 크긴 한데 노해일이라 모르겠다.

ㄴ그냥 소문 아냐?

ㄴ그냥 노해일 팬이나 록 팬이 구라 깐 거 아님?

ㄴ노해일 팬이 왜… 걔들은 이런 거 알면 오히려 숨기던데.

ㄴ같이 정보 공유하자는 도원결의는 깨진 지 오래임.

[〈록〉| 아니ㅋㅋㅋ 시상식도 안 온 노해일이 오겠냐고ㅋㅋㅋ 100% 안 옴ㅋㅋㅋ]

ㄴㄹㅇ 오겠냐고ㅋㅋㅋ 물론 난 티켓 있어서 갈 거임.

ㄴ(글쓴이) ??? 선.

ㄴ팔겠냐?

〈코첼라〉 이후 미디어에 모습을 비추지 않았기 때문일까. 조금이라도 얼굴을 보기 위함일까. 진짜 관계자의 글인지 혹은 누군가의 허언인지 모를 글은 사람들의 관심하에 파다하게 퍼졌고, 그런 이유로 더 많은 이들이 얼굴을 비추고 있었다.

"진짜 헤일로 오나?"

"관계자실 들어갈 수 있나?"

관객과 기자들 그리고 알 수 없는 이들의 목소리가 뒤섞인 홀은 혼돈에 휩싸였다. 여느 때와 같지만 무슨 일이 일어날 것 같은 분위기다.

그리고 그 시각.

"해일… 로 씨, 준비되셨어요?"

박혁과 똑같은 의상을 입은 헤일로가 돌아보았다.

* * *

다리 아래 스산한 드라이아이스 연기가 깔린다. 반으로 나누어진 버스가 군인들과 민중을 가르고 있다. 이윽고 단단한 방패가 먼저 밀고 들어오며 절정에 차올랐다.

헤일로는 팔짱을 낀 채 극을 보고 있었다. 무대 뒤편, 정확히 사이드에서 보는 〈록〉은 또 다른 느낌이었다. 사실 배우와 스태프 등의 관계자가 아니면 있을 수 없는 자리인 만큼 생소하기도 했다. 관객석보다 배우들의 표정, 동작, 목소리 하나하나가 더 잘 인지되어 극 안에 제삼자가 되어 들어가 있는 기분이었다. 실제 살아가는 사람들을 바라보고 있는 기자 혹은 그들이 만들어갈 세상을 살아갈 어린아이가 된 느낌이랄까.

헤일로는 눈을 감고 정우의 노래를 들었다. 5개월간의 공연 동안 정우의 기타 실력은 이제 초보라고 부르기 어려울 만큼 일취월장했고, 보컬은 여전히 좋았다.

'노래야, 당연히 좋지. 누구 노랜데.'

마침내 정우가 바닥에 쓰러지며 끝이 났다. 누군가 박수를 친 순간 물 밀려오듯 객석에 박수 소리로 가득 찼다. 그들은 손이 아픈 줄도 모르고 할 수 있는 최고의 환호를 보냈다. 〈록〉의 이야기는 모두 끝났지만, 아직 완전히 끝난 건 아니다. 이제까지 정우와 고추잠자리 밴드의 이야기를 보여줬다면, 지금은 배우들을 보여줄 때다.

무대 오른쪽에선 민중을 맡았던 이들이 나와 모자를 벗으며 인사했고, 왼쪽에선 군인을 맡았던 이들이 탁탁 바닥을 차며 걸어 나와 경례한다. 그리고 서로 고생했다는 듯 가장 먼저 나온 군인과 민중이 손을 잡고 가볍게 포옹했다. 무대에선 갈등을 빚은 이들이 시간이 흘러 화해한 것 같은 모습에 사람들이 미소를 지었다. 무거웠던 분위기를 농담과 유머로 풀어주었던 기자가 우스꽝스럽게 걸어 나오자 웃음소리가 들려왔고, 정우에게 록을 알려주었던 클럽 록 밴드가 방정맞게 세션을 흔들며 나오니 관객들이 휘파람을 불어주었다. 그리고 곧 고추잠자리 밴드의 혜림, 민섭, 수일 등 주연들이 나오자, 사람들이 “와아!”, “휘익!” 하며 더 열렬히 맞이한다. 마지막으로 나온 구겨지고 피가 묻은 듯한 셔츠를 입고 나온 정우. 오른쪽, 왼쪽, 가운데 모두 인사한 박혁이 주연 배우들 옆에 선 다음 다 같이 인사했다.

‘노해일은 진짜 안 나오네. 역시 찌라시였구나.’

관객들은 배우들의 열연에 박수를 보내면서 한편으로 그럴 것 같았다고 넘겼다. 기자들이면 몰라도 관객 중에선 진짜 나올 거로 생각한 사람은 없었다. 보통 뮤지컬 커튼콜에 특별배우면 몰라도, 작곡자를 부르는 일은 많지 않으니까.

막공인 만큼 배우들이 직접 관객들에게 무대인사를 건넬 시간을 마련했다. 시상식 멘트만큼 은사님, 부모님 등 모두에게 감사함을 전할 수 없었지만, 공연하며 느꼈던 감상에 마음이 찡해지긴 충분했다. 마침내 마이크가 박혁에게 건네졌다. 주연배우이자 〈록〉에서 대체할 수 없는 원톱이란 말을 들은 박혁은 조금 더 길게 인사를 한 후 마지막으로….

"그리고 좋은 넘버를 만들어주신 작곡가님께도 감사 인사를 전합니다."

의미심장한 얼굴로 작곡가를 언급했다. 물론 관객석 가장 앞자리를 제외하면 잘 보이지 않기도 했고, 〈록〉이 넘버 때문에 성공한 것도 사실이라 대부분 눈치채지 못하고 넘어갔다. 무대가 다시 어두워지자, 박수 소리는 더 커졌다. 뒤이어 그들의 공연이 이어질 거라는 걸 모두가 알고 있었다. 뮤지컬 〈록〉은 한 밴드에 관한 이야기인 만큼, 콘서트를 방불케 하는 커튼콜을 해주었다. 보통은 뮤지컬 오프닝넘버를 불러주었고, 각 출연진이 자기들의 대표 넘버를 부르기도 했다.

그러나 이번엔 조금 달랐다. 반주가 들려왔을 때 "아!" 사람들은 저도 모르게 탄성을 내지르다 서둘러 입을 막았다. 여러 번 본 사람에게는 익숙한, 처음 본 사람조차 첫 반주에 무슨 곡인지 알 수 있는 노래, 방금 막 들었던 정우의 대표곡이자 마지막 넘버 '부활'이 울려 퍼졌다.

무대의 작은 조명이 켜지며, 어느새 무대 앞에 나온 민중들을 비췄다. 그들이 첫 소절을 부르기 시작했다. 그리고 다음 소절은 군인들에게 넘어갔다. 박혁의 '부활'이 아닌 모두의 '부활'이었다. 박혁의 '부활'을 누구도 소화할 수 없을 거라고 말하지만, 모두가 한 소절씩 부르는 '부활'은 다른 의미로 가슴을 찡하게 울리는 구석이 있었다. 모두의 의지가 하나로 합쳐지는 느낌, 어쩌면 곡의 제목처럼 희생된 모두가 부활하고 있는 느낌이라 더 감동적이었다.

차례차례 넘어가 밴드 멤버들이 '부활'을 불렀을 땐, 고추잠자리 시절이 떠올라 눈물을 자극했고, 마침내 박혁에게 닿았을 때 전율이 차올랐다. 마치 그들이 원하던 미래에서 다시 태어나 고추잠자리를 재결성한 것 같았다. 박혁이 한 소절을 불렀고, 이제는 모두가 합창할 차례다.

그때 무대의 불이 꺼지고 반주가 멈췄다. 이제 막 곡이 절정으로 가려고 할 때다. 그런데 관객들은 아쉽기보다는 기이했고, 이상하게 두근거렸다. 절정 앞에서 음악을 멈춤으로써 무슨 일이 일어날 거라는 기대에 차오르게 만들었다.

터벅. 발자국 소리가 얼핏 들려왔다. 이윽고 무대 옆에서 한 사람이 걸어 나왔다. 실루엣만 얼핏 보였다.

'설마 더블캐스팅 된 독고영인가? 막공이라 독고영이 나오는 건가? 그러면 다른 고추잠자리 멤버도 나와야 하는 거 아닌가?'

우리의 노래는 비바람을 불러오며

그러나 어둠 속에서 무반주에 목소리가 들려왔을 때, 숨을 참는 듯 "힉!" 소리가 잠깐 울려 퍼졌다.

이 땅을 적신 피와 눈물이 희망의 꽃을 피우리

조명이 다시 무대 전체를 밝히며 환하게 들어왔다. 무대 가운데 박혁과 손을 잡은 소년이 있었다. 정우처럼 하얀 셔츠에 정장 바지. 연기를 하느라 박혁이 좀 더 헝클어진 느낌이었고, 소년의 것은 더 깨끗했고, 그리하여 조명에 비친 소년은 더 환했다. 태양처럼. 이윽고 모두의 합창이 들려왔다.

우리가 꽂은 깃발이 새로운 날을 맞이할 테니

박혁과 눈이 마주치자 헤일로가 옅게 웃으며 다시 관중을 바라보았다. 조명 때문에 눈이 부시지만, 그 사이로 몇몇과 눈이 마주쳤다.

'아, 오랜만이다 이 기분.'

기분 좋아서 그런지 헤일로는 저음이 더 편하게 불리는 것 같았다.

보아라, 저 눈부신 여명을

다 같이 손을 들어 올렸다.

이 모든 것들이 영원히 살아가리… 라!

합창이 끝남과 동시에 환호성과 박수가 뜨겁게 울려 퍼졌다. 뮤지컬 〈록〉의 마지막 무대는 여전히 멋있었고 조금 더 성공적이었다.

대단한 열기였다. 〈록〉의 막공인 만큼 당연하겠지만, 그 이상의 열기가 이곳에 존재했다. 관객들은 커튼콜이 끝났음에도 혹시 그들이 무대에 등장할까 싶어 공연장에서 떠나지 않았다. 로비에 나와서도 직원이 공연은 끝났다고 말해도 차마 걸음을 떼지 못하고 서성거리고 배회했다. 기자들도 마찬가지였다. 관계자만 출입하는 복도에 함부로 들어가려다 몇 번이나 쫓겨났다. 그들은 앵무새처럼 관계자 복도를 향해 한 소년의 이름을 부르짖었다. 마지막 공연 주연배우도 감독도 아닌 한 소년의 이름을.

모두가 예상했던 일이긴 했다. 배우들조차 합창 리허설로 모였을 때 소년의 존재를 보고 깜짝 놀라고 신기해서 몰려들었고, 어떤 열정적인 팬은 그와 악수하고는 며칠 동안 설레었다. 아역이 그랬을 땐 귀엽기라도 했지만 가슴에 털이 숭숭 난, 소년의 아버지뻘이라고 해도 믿을 아저씨가 다리를 오들오들 떨면서 악수하고 좋아하는 건 같은 동료들이 보기에도 꼴사나웠다.

어쨌든 무슨 전쟁이라도 난 듯 로비가 난리가 난 상황 속에서 박혁의 대기실만은 고요했다.

"감상은?"

"첫공 때 못 들었던 걸 기어이 듣네."

인터뷰하기 위해 현장에 나온 총연출가는 특유의 개성 있는 복장을 갖춘 채였다. 박혁은 총연출가의 말을 못 들은 척하며 소년을 보았고, 헤일로는 다른 말 없이 엄지를 보였다. 그리고 질문했다.

"제 연기는 어땠나요?"

"그냥 부르지… 않았나요?"

'설마 연기한 거야?'라고 생각한 박혁의 동공이 흔들렸으나, 소년의 장난 어린 얼굴을 보고 곧 농담이라는 걸 깨달았다.

"저보다 조금 부족하더군요."

"이런."

"원하시면 피드백 드리겠습니다."

"상처받을 것 같으니 무서워서 듣지 않도록 하겠습니다."

주연우한테 엄격하게 피드백했던 일을 떠올린 박혁이 "하하하!" 하고 웃음을 터트렸다.

모두가 알았다. 말은 이렇게 하지만 정작 소년은 연기할 생각이 전혀 없다는 걸 말이다. 당연하게도 노해일은 노래를 부르며 정우가 되려고 노력하지도 않았다. 그는 그답게 노래를 불렀고, 그리하여 정반대의 성격을 지닌 정우가 만들어졌다. 소년이 진짜 정우였다면 처음부터 내적 갈등 따위를 하지 않았을 것이다. 노래에서 풍기는 강렬한 투쟁심을 보건대, 가족의 안위고 자신의 안위고 뭐고 이미 불길로 돌진했을 스타일이다. 그건 영웅인 정우도 아니고, 범인인 정우도 아니다. 그 이상의 범인들은 감히 이해할 수 없는… 그래, 소년은 딱 소년처럼 되었을 거다. 모두가 '천재'라고 부르는….

뮤지컬 배우를 하며, 박혁도 천재 소리는 많이 들었지만, 그는 자신을 천재라고 생각하지 않았다. 그는 노력형의 배우일 뿐이다.

"연출가님! 인터뷰 준비해주세요, 박혁 배우님도 부탁드리겠습니다. 아, 그런데. 헤일… 노해일 씨도 인터뷰해주실 수 있냐고 연락이 왔는데… 혹시 가능할까요?"

"아니, 그건 예정에 없었잖아."

총연출가가 먼저 나섰다. 그가 부탁했던 건 막공 커튼콜뿐이었던지라, 이외의 일은 시키고 싶지 않았다. 위에서 시키든 내부에서 요청하든 총연출가는 눈앞에 있는 소년이 더 중요했다.

"갑자기 무슨 일입니까?"

"아, 그게 넘버 발매 때문에 노해일 씨께서 한마디만 해주시면 좋은 홍보가 될 거 같아서….”

“그건 우리로 충분하지 않나요?”

총연출가가 바쁜 사람에게 별것도 아닌 걸 시킨다며 단호히 거절하려고 할 때였다.

“한마디만 하면 되는 건가요?”

“네? 네! 정말 한마디만 해주시면 더 원할 것도 없죠.”

홍보팀 직원의 얼굴이 밝아졌다. 반대로 의외의 대답에 총연출가의 표정이 묘해졌다.

“먼저 안 가도 되겠어요? 바쁜 사람이.”

“한마디만 하는 건데요, 뭘.”

소년이 어깨를 으쓱했다. 평소 인터뷰를 잘 안 하는 사람치고 아무렇지 않아 보였다.

“그리고….”

소년이 씩 웃어 보인다.

“뒤로 돌아나가는 것보단, 그냥 앞으로 나가려고요.”

뒤로 돌아나가려면 주차장으로 빙빙 돌아야 하는데 앞으로 나가면 바로 밖과 연결된다. 기자들만 뚫고 나가면 더 가깝기도 하다. 헤일로는 자신이 범죄자도 아닌데 왜 돌아나가야 하나 싶었다.

“그럼 부탁해요.”

총연출가는 역시, 유하게 대꾸했다.

한참 동안 배우들도 소년도 보이지 않자 로비에 있던 사람들 중 몇몇은 돌아갔지만 아직도 많은 이들이 그곳에 남아 있었다.

“헤일로 씨!”

“노해일 씨! 여기 봐주세요!”

총연출가와 함께 주연배우가 걸어 나오자 기자들이 달려들었고, 뒤이어 보인 소년을 보고 눈이 돌아갔다. 이후로 인터뷰장은 팬미팅을 방불케 하는 열기가 피어올랐다. 이게 뮤지컬 막공 인터뷰인지 노해일 인터뷰인지 구별되지 않는 상황에도, 소년은 여유롭게 서 있다가 손을 한번 흔들었다. 그러자 "헤일로!!" 하고 짐승들이 울부짖기 시작했다. 헤일로가 들어 올렸던 손을 천천히 내렸을 때 이에 맞춰 짐승들이, 아니 기자들과 기자를 사칭한 게 분명한 몇몇 사람들이 목소리를 줄여나갔다.

"흠, 안녕하십니까. 뮤지컬 〈록〉의 총연출가 녹지담입니다."

소년에게 고맙다고 눈짓한 총연출가가 기자들에게 인사를 하며 인터뷰가 시작했다. 총연출가를 시작으로 주연배우까지 뮤지컬을 사랑해주어 감사하다는 인사를 마쳤을 때 기자들의 시선이 헤일로에게로 쏠렸다. 그들은 소년도 멘트를 해주길 바라는 얼굴이었다. 그의 멘트를 한 자 한 자 받아적겠다는 결의가 스쳐 지나갔다.

"안녕하세요, 노해일입니다. 뮤지컬 〈록〉을 사랑해주신 여러분께 진심으로 감사드립니다."

하지만 늘 그렇듯 바람을 반만 들어준 소년은 그들을 애타게 했다.

'저게 끝이야? 공연이 어떻더라, 배우들이 어떻더라. 한마디만 털어도 기사가 좌르륵 나올 텐데. 조회 수도 엄청날 텐데.'

분명 기자들의 마음을 아는 것 같은데 모르는 척하는 소년은 참 잔인하게도 마이크를 내렸다.

그다음 문답형 인터뷰가 진행되었다.

"뮤지컬 음원 발매는 정확히 언제로 예정되어 있는지 알 수 있을까요?"

처음엔 준비한 멘트로 시작된 정상적인 인터뷰였다. 그리고 분명 서로 화기애애하게 문답하며 끝낼 수 있는 자리였다. 그러나 기자들이 총연출가나 주연배우에게 질문하면서도 눈은 노해일을 향해 있자 분위기가 묘해졌다. 기자들은 어미 새를 찾는 아기 새처럼 간절했지만, 대답은 늘 총연출가나 박혁이 했다.

"그, 노해일 씨에게 질문이 있습니다."

결국 기자 하나가 침을 꿀꺽 삼키고 용기를 냈다. 관련된 질문만 하라고 했기에 잘못하면 잘릴 수도 있었다.

"커튼콜 때 노해일 씨의 '부활'을 감명 깊게 들었습니다. 노해일 씨가 고음역을 잘 부르시는 건 알고 있었지만, 저음역도 인상이 깊어서 드리는 질문인데요, 혹여, 나중에 뮤지컬 〈록〉 재공연 때, 정우를 연기할 생각이 있는지 알고 싶습니다."

'오!' 하며 뒤에서 인턴 기자가 감탄하며 그의 허리를 찔렀다.

"음…."

이건 진짜 다른 사람이 대답할 수 없는 질문이다. 관련이 없는 질문도 아니고, 연출가는 소년에게 부담을 쥐고 싶지 않아 걱정하며 뒤를 돌아보았지만, 소년은 예상했다는 듯 드디어 마이크를 들어 올렸다.

"언젠가 기회가 생긴다면?"

언젠가 그가 연기에 흥미를 갖게 된다면 할 수도 있겠지만, 아마 없을 테니 안 한다는 소리였다. 기자는 그 뜻까지 파악하진 못했지만, 일단 기사에 쓰기 애매한 대답인 건 분명했다. 게다가 자연스레 마이크를 넘겨버리니 더 묻기도 어려웠다.

"노해일 씨께 질문이 있습니다!"

그래도 포기를 모르는 기자들은 질문 세례를 퍼부었다. 총연출가도 박혁도 눈에 안 보이는 듯했다. 그러나 기자들이 참 얄밉게도 소년은 질문이 들어오는 족족 애매하게 답하거나 총연출가와 박혁에게 떠넘겨버렸다. 기자들은 '와, 이런 독종은 오랜만이네'라고 생각했지만 어쩔 수 없었다. 쓸데없는 질문은 다 쳐내고 중요한 답은 총연출가에게 넘기더니 마지막으로 "제가 작곡한 넘버는 음원이 발매되면 알게 되실 겁니다"라고 궁금증을 자극하는 대답만 남긴 노해일은 인터뷰장을 유유히 걸어 나갔다. 매니저 역할을 톡톡히 하고 있는 비서와 스태프들이 길을 열어준다.

기자들은 이대로 못 보낸다는 마음으로 손을 뻗었는데, 기자들 사이에 배신자가 있었다. 질문할 때는 말리지 않았지만, 소년에게 손을 대려고 하자 은근히 막아선 기자들은 하나같이 목에 태양 목걸이를 걸고 있었다.

"노해일 씨! 한 가지만 말씀해주십시오! 앞으로 어떤 활동을 계획 중이신지…."

그러던 찰나 누군가의 외침에 잘 걸어 나가던 소년이 멈춰 섰다. 그가 천천히 돌아보며 웃어 보인다. 아무것도 모르는 양 순하게.

"곧, 팬분들과 만나길 고대하고 있습니다."

그러나 그가 던진 말은 고요한 연못에 바위를 던져넣은 것과 같았다.

11. 음반 발매

> *헤일로 콘서트 예고*
>
> *전국 투어 초읽기 들어가나?*

반응은 곧바로 일어났다. 〈코첼라〉 이후 잠잠하기도 했고, 모두가 바라던 것들이라 바로 인터넷 기사와 커뮤니티가 불타올랐다.

[앨범 소식 왜 없나 했더니 콘서트 준비하고 있었구나! 드디어!!]

ㄴ아직 5월인데 뭔 앨범;;

[근데 해일아 이번엔 소극장은 안 돼 제발 안 돼.]

ㄴKnow yourself, 너 자신 좀 제대로 알란 말이야.

ㄴ그러니까 저번처럼 <코첼라> 무대라도 빌리자;;

[근데 걱정해야 할 게 소극장뿐이야?]

ㄴ아 맞다ㅅㅂ 흥선대원군의 나라에 어딜 양놈들이.

ㄴ그냥 외국인들 입국 금지하면 안 됨?
ㄴ지금 코로나도 아닌데 되겠냐?
ㄴ아니면 그런 거 어때? 여행 제한구역.
ㄴ우리나라 전쟁 났냐?
ㄴ우리나라 휴전국인 거 모름?
ㄴ혹시 항공사는 파업 안 함?

기다리고 기다렸던 콘서트라 설레고 기대되는 것도 맞지만, 마냥 좋아할 수 없는 건 노해일이 그간 보였던 행보 때문일 것이다. 노해일 팬덤이 기쁨 반 두려움 반으로 덜덜 떨고 있을 때, 해외는 분위기가 좀 달랐다.

[때가 왔다.]
[월드투어를 해주면 좋겠는데 태양이 무리하는 건 싫어 어쩌면 좋지?]
[목마 태우고 다니는 건 어때?]

830석의 소극장 콘서트에 대해 들어보긴 했지만, 직접 겪어본 게 아닌 만큼 해외 팬들은 크게 공감하지 못했다. K-POP을 좀 아는 사람이라면 모를까, 한국에 국민이 몇인지도 모르는 이들은 경쟁률까지 생각해보지 않았다. 단지 830석은 카페 정도 크기에서 한 것 같은데 너무하다고 생각할 뿐이다. 그리고 그때는 몰라도 지금은 정체를 공개한 상황 아닌가. 소년은 가장 큰 공연장을 잡을 것이었고, 그 안에 자신은 분명 있을 거라고 확신했다. 아직 공식적인 발표가 없기에 월드투어를 바라고 있는 그들은, 자신이 티켓팅을 하지 못하는 상황은 고려하지 않았다. 그리하여 노해일 팬덤이 옛날에 그러했던 것처럼 그들은 "태양이시여! 세상을 밝히소서" 하며 하염없이 축배를 올리고 있었다.

자신만만한 표정으로 콘서트를 예고하는 소년에 대해 대부분 긍정적으로 반응했지만, 그렇지 않은 사람들도 있었다. 세상에 빛이 있다면 그림자도 있듯이 노해일이란 사람을 혹은 헤일로라는 사람을 싫어하거나 혹은 그 둘이 같은 사람이라는 걸 부정하는 사람도 있었다.

[지가 아주 헤일로라고 신났군.]

[콘서트는 무슨 콘서트ㅋ]

[또 이번에도 830같이 비정상적으로 객석 적게 해서 피켓팅으로 만들 생각이겠지. 그렇게 해야 인기 있어 보이니까.]

[오르골인가 뭔가 굿즈 만든 것도 지 콘서트 가치 올리려 한 거 아님?]

그들이 두 이름의 소년을 싫어하는 이유야 여러 가지가 있을 수 있다. 그러나 놀랍게도 그 이유는 과거의 헤일로가 듣던 말들과 비슷비슷하게 맞아떨어졌다. 외견상 그들이 같은 사람이 아닌데도 말이다. 아폴론의 현신이라는 별명과 그 찬양받는 외모를 보고 재수 없게 생겼다고 하는 사람도 있었고, 막살 것 같다고 말하며 싫어하는 사람도 있었다. 성격과 인성 관련해서 헤일로는 안 들어본 말이 없다. 그의 과거를 불쌍해하거나 존경하는 사람이 있었다면, 반대로 비판하기도 했다. 심지어 수많은 상을 탄 앨범에 대해서도 쓰레기 같다고 평하는 사람들도 있었다.

시간대도 다르고 심지어 다른 세계지만, 그를 싫어하는 사람들은 하나같이 비슷한 이유를 만들어냈다. 그래도 이제까지 그들은 큰 목소리를 낼 수 없었다. 신인가수 노해일로서든 월간 헤일로로서든 이제까지 말도 안 되는 행보를 보여줬기 때문이다.

그러나 헤일로가 몰고 다니는 수많은 팬과 〈코첼라〉 무대의 임팩트 때문에 그가 세상을 휘젓고 다니는 게 싫어도 입을 꾹 다물고 있던 안티들이 5월 말이 되어 수면 위로 불쑥 올라왔다. 드디어 인성이나 외모, 학력 외에 건드릴 건수가 생긴 것이다. 심지어 그들이 이제까지 헤일로를 대놓고 욕할 수 없었던 사안이 욕을 할 수 있는 이유가 되어 돌아왔다.

[그나저나 이제 확실해졌네. 3월에 13집 내고 5월 말까지 아무런 소식 없는 거 봐서 고갈된 듯.]

[애초에 그거 헤일로 작곡이 확실함? 세상에 드러나니까 이제 대놓고 못 뺏는 거 아냐?]

[난 아직도 ㄴㅎㅇ이 헤일로라는 것부터 인정 못 하겠는데? 어거스트 베일이랑 짜고 쳤을 확률 99.99%. 제발 걸려서 ㅈ됐으면 좋겠다. 옛날부터 세상을 자기 세상으로 알던 거 ㄹㅇ꼴보기 싫었는데.]

[일단 확실한 건 13집 모두 작곡자 따로 있을 가능성임. ㄴㅎㅇ 금수저라는데 부모가 구해다준 거 아님? 심지어 아빠 교수면 딱 나왔지 아ㅋㅋ]

상식적으로 작곡자가 따로 있었다면, 음원 저작권이 헤일로에게만 있지 않았을 테지만, 그리고 작곡자가 그걸 인정하지 않았을 테지만 인간의 상상력은 무궁무진했고, 점점 더 그럴듯한 방향으로 그림을 그려나갔다. 그리하여 여전히 월간 헤일로가 가능했던 이유를 의심한 사람들은 많았고, 그들은 6월이 가까워지면서 헤일로 14집 소식이 들려오지 않자 확신하게 되었다. 노해일이 진짜 그 모든 곡을 작곡했든 하지 않았든, 월간 헤일로는 드디어 끝났고 심지어 고갈된 게 분명하다고.

논리적으로 몇 달 앨범 안 냈다고 슬럼프를 논하면, 세상 모든 가수에게 슬럼프가 온 거라고 봐야 할 것이다. 하지만 그들은 거기까진 생각하지 않았다. 월간 헤일로라는 말도 안 되는 기행을 1년여간 보면서 눈이 높아져버린 것이다.

[갑자기 콘서트 한다는 것도 앨범 못 내니까 숨기려고 하는 거 빼박이네.]

[매달 앨범 계속 냈으면 인정했을 텐데 결국 바닥을 드러내네.]

[그렇게 태양 태양 하더니, 결국 평범한 놈이었음.]

[내가 예상하는데 1년간 콘서트로 시간 끌고 또 방송이니 뭐니 하면서 계속 끌 듯.]

아직 소수의 이야기였다. 하지만 그림자는 빛이 강한 만큼 음험했고, 계기만 된다면 부피를 키워나갈지도 몰랐다. 게다가 때마침 안티들에게 반가운 소식이 하나 더 있었다.

[ㄴㅎㅇ 병원 감.]

[병원? 무슨 병원? 뭐 사고라도 침?]

[그냥 정기 검진 아니고 어디 아픈 거 확실함?]

[ㅇㅇ지인이 거기 간호산데 노해일 병원 온 거 확실함.]

ㄴ무슨 과를 들렸다는 건데.

ㄴ다른 과는 모르겠고 성대 검사받았대.

대형병원에 근무하는 누군가가 정보를 흘린 것뿐, 아직 기사로도 나오지 않은 것이라 진위가 구분되지 않았는데 그들은 그 소식 하나에 들썩였다. 그냥 아프거나 과로로 들른 것이 아니라 가수에게 가장 중요한 성대라는 말에 관심이 극도로 치솟았다.

[ㄴㅎㅇ 성대 다침?]

[막공에서 잘만 부르던데 뭐 하다 다쳤나?]

[그냥 뭐 술 먹다가 성대 결절 온 거 아님? 노래 들어보면 할 거 다 할 거 같던데. 곧 음주운전으로 사고 낼 듯.]

수많은 의심이 떠올랐다. 그 순간 누군가의 머리에 번뜩하고 지나가는 게 있었다.

[야 그러고 보니 ㄴㅎㅇ 변성기 온 거 아니냐?]

* * *

헤일로의 핸드폰이 울렸다. 발신인은 어거스트 베일이다. 그가 병원에 왔다는 소식을 접하고 연락을 한 것이다.

"좋은 오후입니다."

태연한 인사에 전화 너머 사람이 잠깐 멈칫한다. 어거스트는 바로 본론을 물으려다 그답지 않게 성급했다는 걸 깨달았다.

「잘 지내고 있나?」

어거스트의 잠긴 목소리에 헤일로는 뒤늦게 영국이 새벽이라는 걸 깨달았다. 일어나자마자 보고를 받고, 전화를 건 것이다.

'얼마나 급했으면…. 그 뒤의 보고는 읽지도 않았군.'

「병원에 갔다면서? 그때 PTSD 관련인가?」

"네, 한 달이 지났고 해서 겸사겸사 검사받았습니다."

「결과는?」

"당연히 괜찮죠."

헤일로는 원래는 좀 더 있다가 검사받으려고 했으나, 슬슬 출국 준비로 바빠지기도 했고, 온 김에 겸사겸사 받았다.

「그리고….」

어거스트가 그답지 않게 말을 잇지 못하니 헤일로는 '성대 검사가 뭐 별거라고. 누가 보면 목에 이상이 생긴 줄 알겠네'라고 생각하며 피식 웃었다.

「혹시 투어 때문에 받은 건가?」

아프다는 말을 듣고 싶지 않아 어거스트는 에둘러 물었고, 헤일로는 긍정했다. 물론 오로지 투어 때문만은 아니었다.

"그리고 혹시나 하고 받아봤죠. 음역이 늘어난 것 같아서요."

「음역이 늘어났다고?」

헤일로는 뮤지컬 커튼콜 때 평소보다 저음이 편하게 느껴졌다. 일반적인 상황이었다면 늘어났나보다 했을 텐데 노해일의 나이가 나이인 만큼 신경 쓰이는 게 있었다. 아직 변성기를 겪지 않은 이상, 지금 변성기가 갑자기 와도 이상하지 않았다.

"그래서 변성기라도 왔나 검사하러 왔더니."

딱히 그렇진 않았다. 덧붙여 무척 건강한 성대라는 결과를 받았다. 물론 미성년자인 만큼 언제 변성기가 올지 모르니 주의하라는 말을 들었다. 결론은 아직은 아니라는 의미였다.

"아쉽게 됐죠."

어거스트는 '변성기'를 그리 긍정적으로 받아들이지 않았다. 일찍 가수를 시작한 이들이 변성기 이후 자기 목소리에 적응하지 못하곤 했기 때문이다. 하지만 헤일로는 변성기에 긍정적이다. 그는 여전히 노해일의 목소리보단 헤일로의 목소리가 익숙한데 헤일로의 목소리는 노해일보다 낮았다. 그런 남자다운 목소리를 원하는 헤일로는, 내심 변성기가 오지 않은 것에 아쉬워했다.

「의사 선생님이 무리하지 말라고 했으니, 이번 투어는 적당히 잡는 게 좋겠군.」

애초부터 어거스트는 헤일로를 혹사시킬 생각이 없었으나, 언제든 변성기가 올 수 있는 미성년자라는 걸 고려하여 투어의 규모는 더 작게 잡기로 했다. 월드투어니 만큼 세계 곳곳을 돌아다니겠지만, 갈 나라를 줄이든 혹은 한 나라에서 공연하는 횟수를 줄이든 하면 된다.

「연속 공연은 잡지 않도록 하는 건 어떻겠나.」

"할 수 있…."

「자네가 바라는 변성기가 콘서트 중에 온다면 취소해야 할 텐데?」

변성기 때는 목을 혹사해선 안 된다. 노래 몇 곡 부르는 정도야 괜찮지만, 투어라면 웬만한 의사들은 뜯어말릴 것이다. 헤일로는 '만약 투어를 원하는 대로 진행하고, 변성기가 온다면' 하고 상상해보았다. 자신의 성격상 콘서트 취소는 없다. 비가 오든 천둥 번개가 치든 단 한 명이라도 무대를 보는 사람이 있다면 멈추지 않을 것이다. 원래라면 변성기가 온다 해도 막 나가는 게 맞았다. 목이 갈려 나가더라도 부를 터다. 그러나 늘 그렇듯 마음에 걸리는 건….

"아들."

그를 진심으로 사랑하는 어머니와 노해일이라는 존재다. 헤일로는 결국 어거스트의 제안을 수락했다. 태양단이 듣는다면 오열하겠지만, 한 나라에서 연속 공연은 없을 것이다. 엄청난 인구수를 자랑하고 땅덩어리가 넓은 나라도 예외 없이 말이다.

「대신 즐거운 소식이 있네. 자네 앨범 발매 기념으로 월드투어 일정을 잡을 생각인데.」

보통 월드투어는 신곡 발매와 함께 진행된다. 여러 가지 이유가 있겠지만, 신곡 홍보가 가장 큰 이유 중 하나가 될 것이다.

"앨범 발매요?"

헤일로의 당황스러운 목소리에 어거스트는 손자를 보는 할아버지처럼 희미하게 웃었다. 이런 때만 10대 같은 헤일로는 계획에 없는 앨범 발매란 말에 당황한 듯했다. 그리고 아무 말 없는 걸 보면 자신의 말을 기다리고 있는 것이다. 어거스트는 헤일로에게 당장 신곡을 발매하라고 말하는 건 아니었다. 그는 수많은 예술가를 아꼈고 헤일로를 포함하여 누구도 음원 발매를 강제하려고 한 적은 없었다. 하지만 '발매'가 틀린 단어 선택은 아니다.

어거스트가 옅게 웃으며 말했다.

「자네 아직 앨범은 없지 않나. 실물 앨범(Physical Album) 말이네.」

노해일이야 진작에 실물 앨범을 냈겠지만, 베일과 계약한 헤일로는 오로지 디지털 음원만 발매했다. 그렇기에 실물 앨범은 단 하나도 없는 상태였다.

「자네가 원치 않다면 취소해도 된지만….」

“아니요, 원해요.”

어느 때보다 재빠른 답이 들려왔다. 어떤 가수가 실물 앨범을 원치 않겠는가.

「그럼 자네도 동의한 걸로 알겠네. 그런데 자네한테 온 재미있는 제안들이 있네. 정리해서 보내줄 테니 나중에 살펴보게.」

어거스트는 은연중에 드러나는 헤일로의 바람을 눈치채며 CD 프레싱을 서두르기로 했다.

* * *

CD 프레싱이 생각만큼 원활히 진행되지 않았다. 어거스트 베일은 과거 아우구스트 레코드를 운영했던 만큼 베일을 운영하면서도 협력업체를 두었다. 나날이 CDP(Compact Disk Pressing) 생산을 중단하는 곳이 많았기에 품질 좋은 업체와 협력관계를 유지하는 건 당연했다. 베일이 음원 유통사긴 했지만 계약 가수의 CDP에 대해 상담을 해줬고, 원하면 협력업체를 소개해줬던 사이 좋은 관계로서 헤일로 앨범 제작 주문을 넣을 때 문제가 일어날 거라곤 생각하지 않았다.

어거스트가 이상함을 느낀 건 의뢰 확인 메일이 늦어졌을 때였다. 영국 회사답지 않게 빠르게는 몇 시간 안에, 늦어도 당일에 대답을 줬던 회사들의 답이 늦어졌고, 며칠 후 답장에서 제시한 가격은 터무니없었다. CD 한 장에 몇 달러가 어떻게 나오는 건지, 명세서를 자세히 본 캐롤라인은 요청하지 않은 사항을 발견했다.

"제가 이런 걸 요청했다고요?"

헤일로 담당인 캐롤라인 이 두 눈을 의심하며 업체에 전화를 걸었다. 들려오는 건 뚱딴지같은 내용이다. 처음엔 CD에 금박을 새겨달라고 했기 때문에 제작비가 올라갔다는 답이었다. 캐롤라인이 의뢰 메일에 그런 내용을 쓰지 않았다고 답하자, 처음 듣는 목소리의 남자가 헤일로의 CD면 당연히 금박을 새겨야 하는 게 아니겠냐며 헛소리를 늘어놓았다. 다른 건 몰라도 그가 헤일로 팬이라 금박이니 뭐니 자꾸 추가 조건을 다는 건 아닐 것이다. 이유는 하나밖에 없었다. 금박 같은 걸 해야 CD 단가를 높일 수 있기 때문이다.

"이러면 곤란한데요."

그간 협력관계를 잘 유지하며 순박했던 사람들이 헤일로 음반이란 말을 듣자마자 돌변하는 건 꽤 불쾌했다. 은근히 불쾌한 기색을 드러내도 상대는 태연했다. 멍청한 건지 아니면 어디 대기업과 거래를 텄는지 모르겠지만 세상에 CDP 공장이 하나만 있는 건 아니다.

「우리 융통성 있게 생각해봅시다. 저희가 뭐, 허황된 단가를 부른 것도 아니고. 어차피 성공할 음반 아닙니까? 단가가 비싸다면 앨범 가격을 올리면 되는 거 아니겠습니까? 사줄 사람이 지천에 널렸는데.」

캐롤라인은 소리 없이 웃었다. 그녀의 얼굴을 본 후임이 화들짝 놀라 못 본 척했다. 캐롤라인은 화가 날수록 웃는 습관을 지니고 있었다.

「디지털 시장 때문에 실물 시장이 계속 죽고 있는데, 저희 좀 도와주시면 앞으로도 더 좋은 관계를….」

캐롤라인은 남자의 전화를 결국 끊어버렸다. 그들이 협력업체와만 계약할 이유가 없다. 그런데 다른 업체에 연락을 넣은 캐롤라인은 "허!" 하고 코웃음을 쳤다. 그동안 수많은 CDP 생산 라인이 중단되었다는 것은 알았다. 확실히 디지털 음원과 스트리밍의 활용이 많아지면서, CD 생산량이 나날이 줄어든 것도 맞다. 그러나….

'이건 아니지. 이 새끼들 담합했네.'

캐롤라인이 주먹을 꾹 쥐었다. 연락하는 업체마다 조금씩 다르지만 비슷한 헛소리를 하는 걸 보면 분명했다. 아마 그들이 예약판매를 계획하고 날짜를 확정했다면, 단가를 올리기 위해 파업을 했을지도 모르겠다. 캐롤라인은 이들이 다른 회사도 아니고, 어떻게 베일에 이따위로 굴 수 있는지 의아해했다. 앞으로 헤일로가 앨범을 안 낼 것도 아니고, 그동안 쌓은 비즈니스 관계가 아깝지도 않은 건지 말이다.

캐롤라인과 통화한 내용을 조마조마한 마음으로 공유한 업체들은 서로 "이거 정말 괜찮겠어?", "괜찮아?"라는 말만 주고받았다. 물론 그녀가 화를 내며 전화를 끊었을 때 다시 전화를 걸어 사과하자는 사람도 있었다. 그들은 모두 같은 사업을 하는 이들이었고, 욕심이 있지만 저희 사업을 망칠 만큼의 과욕은 부리고 싶지 않았다. 그들도 자신들이 제안한 조건이 다 될 거로 생각하지 않았다. 그들이 원하는 건 적당한 중간선이다. 어차피 성공하고 엄청난 기록을 세울 음반인데, 단가를 조금만 높여주면, 정말 열심히 프레싱할 생각이었다.

그들이 믿는 건 어거스트 베일의 성격이었다. 그는 채찍과 당근을 잘 쓰는 철두철미한 사업가로 서로 납득할 만한 계약서를 보낼 것이었다. 물론 어느 정도 그의 화가 풀릴 시간을 가져야 할 것이다. 하지만 그들이 한 가지 놓친 게 있었다. 어거스트는 사업가로서 화가 나도 손해를 보지 않으려고 움직이겠지만, 손해고 뭐고 제가 더 우선인 성질 더러운 사람이 하나 있었다. 심지어 그 사람은 어거스트보다 더 높은 의사 결정권을 가지고 있었다. 그가 베일의 주식을 가지고 있진 않지만, 어거스트는 그의 의견을 본인의 의견보다 존중할 것이었다.

「자네한테 말할 생각은 없었는데….」

CD 건에 대해 이야기가 늦어지자 헤일로는 어거스트에게 직접 물었고, 어거스트는 어쩔 수 없이 현 상황을 이야기했다.

"그럼 답은 나왔네요."

「그래 역시 합의를….」

헤일로가 말했다.

"안 하는 걸로."

어거스트는 화들짝 놀랐다. 여상스러운 목소리이긴 했으나, 상황이 상황인 만큼 헤일로가 화가 났을 수도 있다.

「업체를 다른 곳으로 바꿀 수도 있겠지만, 품질이 인증된 곳은….」

어거스트는 헤일로가 영국에 있는 회사들과 계약하지 않겠다고 하는 줄 알았으나 그는 생각이 달랐다.

"아니요, CD 프레싱을 하지 말자는 뜻이었습니다."

「그럼 아예 음반 발매를 포기하려고? 겨우 이놈들 때문에 자네가 포기할 생각인가?」

"포기라기보단…."

'딱 봐도 단가로 장난질 치려는 모양인데.'

헤일로는 입꼬리를 올리며 말했다.

"반드시 CD일 필요는 없잖아요."

헤일로가 예전에 음반을 발매했을 때도 당연히 콤팩트디스크(Compact Disk)의 형태였다. 그러나 헤일로는 늘 LP(Long Play Record)로도 소량 발매하곤 했다. 그는 CD 플레이어로 듣는 것보단 LP를 선호했다. 특유의 노이즈도 좋지만 뭐랄까, 자기 음악은 LP가 더 어울리는 것 같았다. 얼마나 제작하든 첫 번째 넘버링은 늘 그가 소장했다.

헤일로는 문득 자신이 죽은 이후를 떠올렸다.

'차 사고로 죽은 후 내 재산은 어디로 갔을까?'

그가 유언장에 레이블 사장이나 가족에게 주라고 하진 않았으니, 모든 재산은 사회로 환원되었을 것이다.

'그럼, 넘버링 음반들은 경매로 넘어갔을까.'

「CD일 필요가 없다는 말은….」

달마다 급하게 발매하느라, 디지털 앨범의 형태로만 나온 반쪽짜리 앨범. 헤일로는 굳이 남들이 하는 것처럼 당장 CD를 고집할 필요가 없다고 생각했다.

"LP 음반은 어떠세요?"

「LP?」

옛 시대의 것이자 이제 극소수 사람들의 취미로 전락한 유물의 이름이 들려오자, 어거스트는 당황했다.

'LP면 CD만큼 매출이 나올 수가 없는데.'

처음에 어거스트는 헤일로가 CD 시장이 크지 않은 한국에 살아서 CD 시장을 간과하나 싶었다. 그런데 LP 시장도 무시할 게 못 된다. CD나 디지털 음반 시장보다 마이너라 할지라도 단단한 콘크리트가 있다. 생각해볼수록 나쁘지 않다. 앞으로 실물 음반은 계속 만들어낼 수 있을 테니, 초판을 CD로 한정할 필요가 없을 것이다. '옛 브릿팝 감성을 지닌 헤일로의 음악과 옛 유물인 LP의 결합'이라는 아름다운 그림이 그려지자 어거스트가 제 턱을 매만졌다.

'담합한 놈들은 CD 공정이 잠깐 지연됐다고, 바로 LP로 선회하는 인간은 본 적이 없겠지!'

CD 음반 제작은 더 괜찮은 거래처를 찾은 이후에 진행해도 충분할 것이다.

"어떠세요?"

「자네는 언제나 나를 놀라게 하는군.」

긍정의 대답이 들려오자, 헤일로도 만족스럽게 고개를 끄덕였다. 결국 그는 음반이 원래의 형태를 찾아 되돌아오는구나 싶었다.

「그럼 이렇게 진행하도록 하지.」

헤일로에게 CD 담합을 이야기했을 때만 해도 침착하던 어거스트는 신이 나 목소리에도 힘이 들어갔다. 무언가 또 다른 사업적 아이디어가 떠오른 것이다. 그렇게 전화를 끊으려던 찰나 그는 뒤늦게 생각난 것이 있어 말을 이었다.

「그런데 메일은 확인했나?」

"메일이요?"

「자네에게 온 제안을 정리해서 보냈는데 말이야.」

어거스트가 재밌는 제안이 들어왔다고 한 적이 있다. 지금까지 확인하지 않은 헤일로는 대답을 멈췄고, 어거스트도 바로 알아들었다.

「천천히 읽어보게. 그리 급한 게 아니니.」

헤일로는 전화를 끊고 나서 오랜만에 패드를 찾았다. 그동안 보지 않았던 메일들로 이미 그의 메일함은 가득 차 있었다. 한국부터 각국의 언어들로 온 메일이 잔뜩 있었는데, 그가 아는 언어도 있고 모르는 언어도 있었다. 모르는 언어는 당연히 열어보지도 않은 헤일로는, 한국어와 영문 두 버전으로 온 베일의 메일을 곧장 확인했다.

'이게 그 제안서인가?'

헤드폰 콜라보, 아우구스투스 레코드 소속 아티스트들과 합작, 자동차를 타며 라디오로 나온 노래를 부르는 콘셉트의 토크쇼와 다큐멘터리…. 확실히 참신한 제안들이 이어지는 가운데 가장 마지막 글귀에 헤일로가 고개를 기울였다.

"영화?"

심지어 워너브라더스와 디즈니 등 이름을 들어본 제작사에서 동일한 제안이 왔다고 한다. 그들이 원하는 내용은 같았다.

'헤일로 음악으로 영화를 만들고 싶다.'

* * *

예상했던 날에 연락이 오지 않자 CDP 회사들은 당황했다. 어거스트 베일이 곧 당근을 주길 바랐는데, 묵묵부답이다. 인내심이 적은 사장이 달려와 이게 어떻게 된 일이냐고 멱살을 붙잡았고, 담합을 제시한 이는 침착하라고 달랬다. 그들은 다른 국가의 프레싱으로 고개를 돌렸나 하고 알아봤지만 그런 것 같지도 않았다.

'설마 헤일로 음반 제작을 포기한 건가?'

'잠정 보류'라면 다행이다. 평생 음반 제작을 하지 않을 것도 아니고, 결국 어거스트는 품질이 낮은 기업을 택하기보다 품질을 믿을 수 있는 기업을 선택하게 될 테다. 베일이 양보하여 계약을 제안하면 그들도 조금은 양보할 생각으로 인내심을 갖고 기다릴 때였다. 돌연 '(속보) 헤일로 실물 음반 발매 예정'이라는 기사가 터졌다. 발원지는 베일이었고, 그 순간 세상이 들썩였다. 몇 집까지 발매할 예정인지, 예약판매는 따로 진행하지 않는지, 발매한다면 얼마나 발매할 건지…. 모두가 기다렸다는 듯이 움직였다.

사실 이는 모두가 예상했던 상황이었다. 헤일로 정도의 아티스트가 실물 음반을 내지 않으면 오히려 이상한 상황이다. CDP 사장들도 마찬가지로 생각했다. 그런데 분명 음반을 찍지 않았던 것 같은데 발매를 하겠다니 '예약판매를 하려고 하나'라고 생각했다. 그들은 사람들의 반응을 보며 예상보다 더 많이 찍어야 할지도 모르겠다고 계산기를 굴렸다.

몇 주 후 또 한 번의 기사가 터졌다.

HALO 음반 발매 기념 투어 예고. 날짜는 미정

이건 무조건, 음반을 찍겠다는 의지나 다름없었다.

'설마 진짜 다른 제작사와 계약한 건 아니겠지? 우리와 계약한다는 거겠지? 우리보고 먼저 양보하라는 걸까?'

담합한 CDP 사장들은 강력한 의지에 무섭기도 했지만 곧 들어올 주문량에 눈이 멀 것 같았다. 그리고 며칠 후 또 한 번의 기사가 터졌을 때, 그들의 심장도 같이 멈췄다.

헤일로, 월드투어 예고. 시작일은 LP 앨범 발매일부터

심지어 이번에 나온 속보는, 본인의 레이블에서 기자에게 붙잡힌 헤일로가 직접 말한 것이니 진위를 따질 것도 없는 공식이었다.

"뭔 LP?"

헤일로 1집부터 13집까지 초판으로 LP를 발매한다는 뉴스에 그들은 귀를 의심했고, 월드투어는 10월에서 11월 중으로 결정할 것 같다는 발표에 거짓말이 아님을 깨달았다. 초판 LP는 넘버링을 찍어 인터넷을 통해 발매할 예정이라고 했을 때는 뺨이 다 얼얼해졌다. 확실했다. 그들이 CD 단가를 올리려고 하니, 어거스트가 경로를 틀어버렸다. 이건 보여주기식이나 다름없었다.

"뭘 하려고 하나 했더니. LP가 요즘 팔리면 얼마나 팔린다고."

"곧 어거스트 베일, 헤일로에게 고소당하는 거 아냐?"

경로를 틀어버린 당사자가 어거스트는 아니었으나, 결론적으론 비슷했다. 그들은 어거스트의 선택을 비웃었고, 그래 봤자 LP라 한계가 있다고 생각했다. 결국 베일은 CD로 음반을 발매하게 될 것이라 여겼다. 하지만 그들의 예상보다 스케일이 커졌다.

[WA! 월드투어 하시는구나! 당연히 한국이 1순위겠죠?]

ㄴ됐다 월드투어면 적어도 일주일은 아니겠지.

ㄴ월드투언데 설마 소극장을 잡겠어?

[All Canadians want for Christmas is you, HALO(캐나다 사람들이 크리스마스에 원하는 것 헤일로 바로 너야).]

월드투어 소리에 이성을 잃었다면, 그다음으로 관심을 둔 건 당연히 헤일로의 첫 실물 음반 판매였다. CD 음반이 아니라 LP 음반이라는 게 좀 특이했지만, 잘 생각해보면 이해가 갔다. 옛 브릿팝의 정수를 따르는 헤일로의 음악과 옛 시대의 유물인 LP의 조합이라니, 진정한 레트로에 사람들은 열광할 수밖에 없었고 수집가들은 넘버링이란 글자에 눈이 돌아갔다. 그리고 헤일로 음반을 소장하길 간절히 바랐던 사람들, 무조건 '초판'을 사야 한다고 생각한 사람들에게 음반의 형태는 중요하지 않았다. 다만, LP를 소장하든 실제로 듣든 필요한 장비가 하나 있으니, 그 '절대적 보완재'인 턴테이블 시장이 들썩인 건 당연했다.

[턴테이블 추천해줄 사람.]

[LP 턴테이블 입문자인데, 어떤 걸 사야 해?]

[와, 난 턴테이블 매진되는 건 처음 보네. 지금 급하게 제작 들어갔다고 공지 올라옴.]

음반 발매 발표 후 일주일도 되지 않아 갑작스러운 주문량에 턴테이블 제작사도 갑자기 불이 붙었다. 심지어 갑자기 팝스타 중에서 LP 한정판을 발매하겠다고 SNS에 올린 이도 있었다.

이건 헤일로의 초판 LP와 턴테이블 시장만의 변화가 아니었다. 갑자기 레트로 열풍이 불어오고 있었다. 그 옛날 바다를 건너온 노래가 브릿팝 열풍을 불러일으켰듯이. 누구에게나 추억이 있으며, 그들은 그 시절을 이루던 모든 것을 그리워하곤 한다. 오래된 브릿팝이 단번에 열풍을 불러일으킨 건, 내면의 향수를 자극했기 때문이고 LP 또한 마찬가지였다. 턴테이블로 음악을 듣던 시절을 경험했던 이들은 과거로 눈을 돌리고, 경험하지 못했던 이들은 새로운 것을 주시하기 시작했다.

CDP 사장들은 이 말도 안 되는 상황을 보며 말을 잃었다. 사실 이 열풍은 그들의 것이어야 했다. 갑자기 레트로 열풍이 불어오자 그들은 엄청난 것을 놓친 것 같았다. 갑자기 시작된 유행인 만큼 언제 다시 죽을지도 모르지만 다 잡은 고기를 놓친 기분에 잠이 오지 않았다. 분명 언젠가 CD 음반을 만들 게 뻔하지만, 헤일로가 아직 10대라는 것이 크게 와닿았다. 그는 일확천금의 생각만 버리면 정말 무슨 짓을 해도 되는 나이였다. 어거스트가 그걸 믿고 이러는 게 분명했다.

"내가 그래서 그냥 사과하자고 했잖아!"

"아니, 이렇게 단 한 번도 협상하지 않고 갑자기 LP로 선회할 줄 어떻게 알았겠냐고."

그렇게 노선을 틀어버릴 줄 알았다면, 협상 테이블을 마련하려고 하지 않았을 것이다. 낭패하고 후회하며 분열된 이들이 베일의 문을 다시 두드리기 시작했다. 그러나 대가는 아직 시작도 하지 않았다는 걸 그들은 그때까지 몰랐다.

어거스트는 헤일로를 위해 첫 번째 넘버링을 가져다주었다. 0001로 찍힌, 총 13개의 음반을 보며 헤일로는 만족스러웠다. CDP 사장들의 마음은 복잡해졌지만, 그는 그들에 대해 한 번도 생각해본 적은 없었다. 다만 언젠가 CD 음반 제작을 할 생각이긴 했다. 그러니까 언젠가. 지금 헤일로에게는 중요한 일이 있었다.

"드디어!"

헤일로는 금빛 나비가 새겨진 기타 케이스를 멨다. 이미 짐은 공항이든 더 멀리든 보내졌을 테고 그와 멤버들은 몸만 가면 됐다. 현재 레이블은 보안상의 문제로 가기 힘들고, 그렇다고 아지트에서 계속 연습할 수 없으니 투어 이전에 임시 레이블로 이동하기로 했다. 예전 그가 생일선물로 받은 게 있지 않은가. 어거스트가 런던 스튜디오와 함께 준 LA의 스튜디오.

LA의 스튜디오는 현재 인테리어 공사가 끝나 그가 원할 때 언제든 쓸 수 있었다. 런던의 스튜디오는 〈코첼라〉 이전까지 머무르기도 했기에 이번에 헤일로는 LA에 있는 스튜디오에 가기로 했다. 이미 세션은 거기에 다 준비된 상태였기에 레이블에서 필요한 작은 것들, 예를 들어 손에 익은 초커 같은 것만 챙겨 곧바로 출국을 결정했다.

"미국으로!"

그에게 온 제안서가 대개 미국발이었고, 뭘 하든 미국에 있는 게 편할 것이다. 헤일로는 〈코첼라〉 때 산 하와이안 셔츠를 가볍게 걸친 채 신이 난 멤버들의 뒤를 따라갔다. '어머니가 집에 자주 들어오랬는데. 또 힘들게 됐네'라고 가볍게 생각한 그는 빠른 절차와 함께 이젠 집처럼 익숙해진 어거스트의 전용기에 올라탔다. 낯익은 스튜어디스는 그에게 이젠 에스프레소를 가져다주었고, 기장은 그들에게 다시 한번 자기소개를 했다. 그들은 공항 쪽에서 도와줘서 기자들과 부딪히지 않고 비행기에 올랐던 터라 내릴 때 사람들과 부딪힐 일이 없을 거로 생각했다.

"로스앤젤레스에 오신 걸 환영합니다."

하지만 생각보다 더 많은 수의 공항 직원들이 그들을 맞이했다.

전용기를 타고 온 VIP였기에 그런 거라고 생각했지만, 그들은 곧 엄청난 인파와 마주했다. 특히 비교적 여성 팬이 더 많았던 한국과 달리 우렁찬 목소리와 무거운 발걸음이 공항을 울렸다. 지진이 난 것 같은 소란이지만, 그들은 나름의 규칙을 지키고 달려들지도 않았다. 사이사이 험악한 얼굴의 남자들이 몽롱한 얼굴로 헤일로를 불렀다.

"오, 나의 아기 태양…."

"저 옷은 어디서 살 수 있어?"

"태양이시여, 여길 비춰주소서."

'주접' 스케일도 남다른 미국의 반응에 멤버들이 입을 턱 벌리고 경악했다. 헤일로만이 사이사이 들려온 자신의 이름에 고개를 돌려 태연히 웃으며 손을 흔들었다.

"안녕."

그가 "헬로"라고 인사했을 땐 공항은 인사하는 팬들의 함성으로 축구 경기장이 되었다.

"다들 잘 지냈어?"

무슨 이웃집에 인사하듯 헤일로는 물었고, 그를 보러 온 이들의 목소리가 뒤섞였다.

"당분간 LA에서 지낼 것 같은데…."

"그거 알아? LA는 세상에서 가장 안전하고, 눈부신 도시야!"

"제발 평생 있어 줘!"

"세금은 낼 필요 없어, 당신의 음악이면 충분해."

그러나 놀랍게도 그 소란스러운 상황에서도 헤일로가 입을 열 때면 그들은 정숙했다.

"그때까지 잘 부탁해."

그러나 팬들은 이 말엔 침착하기 힘들었는지 우렁찬 포효가 울려 퍼졌다. 헤일로는 익숙한 듯 손에 닿을 듯 말 듯 한 거리에서 앞으로 걸어 나갔다.

"아무리 봐도 그는 너무 연약해. 매일 그의 집에 가서 수상한 놈이 없나 봐줘야겠어."

"수상한 놈들이 보이면 바로 허리를 꺾어버려."

"그걸로 돼? 뒤통수에 샷건을 갈겨야지."

팬인지 사생인지 혹은 그 무언가인지 구분되지 않았지만, 헤일로는 언제나 시원시원한 제 팬을 보며 옅게 웃어 보였다.

어거스트가 준 스튜디오는 고층이 없는 부촌에 있었다. 헤일로는 커다란 정원을 발견했고, 뒤이어 한쪽 구석에서 얌전히 그를 바라보는 개도 발견했다. 커다란 개와 눈싸움을 하고 있자니, 관리자가 이전에 살던 이들이 버리고 간 개라고 했다. 눈치를 보며 오늘 집에 데려가겠다고 하는 관리자 말에 헤일로는 그냥 둬도 되지 않을까 싶었다. 뒤뚱뒤뚱 천천히 걷는 모습이 딱 노견이었고, 그는 개를 싫어하지도 않았다. 다행히 개한테 달려가는 멤버 셋 다 개를 좋아했다.

정원에 있는 수영장과 분수대를 둘러보며 한 바퀴 돌다 헤일로는 옆집 주인과 마주쳤다.

"안녕?"

그는 헤일로를 발견하고 당황했다. 그는 두 눈이 떨리더니 '왜 여기에 있어?'라는 표정으로 천천히 소년을 향해 다가왔다. 그와 여러 가지 일이 있었지만, 먼저 인사하며 다가오는 것은 이웃으로서 잘 지내보자는 신호이기 때문이다.

"그러니까 네가…."

"아, 내 이름은…."

"69번째 헤일로였나?"

구김살 없는 맑은 표정으로 말하는 소년에 제이슨은 제 귀를 의심했다.

"아니지, 86번째 헤일로였구나."

다시 한번 다시 들려온 목소리에 제이슨은 확신했다. 그때도 그랬지만, 보통 성격이 아니라는 걸. 제이슨은 일단 저지른 죄가 있어 뭐라고 하지 못했다. 과거 헤일로라고 거짓말을 하고 다닌 죄, 그리고 〈코첼라〉에서 소년을 향해 한껏 비꼰 죄가 부메랑처럼 그에게 날아왔다.

"그냥 인사나 하자고."

하지만 소년은 별거 아닌 듯 손을 휘저으며, 곧 오른손을 내밀었다.

'이건 뭐지? 성격이 만만치 않아 보였는데, 생각보단 착한 건가.'

오락가락해서 더 헷갈렸다. 이게 선의인지 아니면 다른 것인지. 제이슨은 머뭇거리며 손을 내밀어 악수하며 앞으로는 잘 지내길 바랐다. 그때, 악수한 손에 힘이 들어왔다. 제이슨은 드디어 그가 착한 게 아니라 보통 집요한 인간이 아니라는 걸 깨달았다.

"나도 헤일로야, 만나서 반가워."

잘못 물렸다.

* * *

밤하늘이 그려진 바이닐(vinyl)이 빙그르르 돌아가기 시작한다. 카트리지의 바늘이 눈엔 잘 보이지 않는 길을 따라 이동하고, 거기서 만들어진 소리 신호가 앰프를 통과한다. 낱개로 수천에서 수억에 달하는 장비들이 제 역할을 할 때 비로소 완전한 음악이 흘러나온다.

헤일로의 13집 〈새벽이 오기까지는〉의 수록곡들이 스튜디오를 가득 채웠다. 헤일로는 눈을 감고 음악을 감상했다. 늘 그렇지만 그의 음악은 LP와 잘 어울린다. 단순히 그가 바이닐의 음향을 좋아하기 때문만은 아니다. 보통 LP는 열 곡, 한 면의 재생 시간을 50분 정도로 규정해놓는다. 모든 앨범을 미니앨범으로 낸 그는 한 앨범당 열 곡은커녕 여덟 곡 이하로 발매했고, 그건 의도하지 않았지만 LP가 제 옷인 것처럼 딱 맞아떨어졌다.

헤일로는 또, LP가 CD보다 관리가 까다롭다는 것도 마음에 들었다. 흠집과 열에 취약하며 먼지가 쌓이지 않게 꾸준히 관리를 해줘야 한다는 것과 음악을 듣기 위해 턴테이블이라는 또 다른 세팅이 필요하다는 점까지, 까탈스러운 제 성격과 비슷해서 좋았다. 그리고 이젠 그의 음악이 옛것이라는 점에서 과거의 유물이 된 LP와 비슷한 느낌이 들기도 했다. 그래서 자연스럽게 '굳이 CD를 낼 필요가 있을까?' 하는 생각이 들었던 것이다.

헤일로는 비슷한 이유로 영화 제작 제의를 거절했다. 언젠가 또 생각이 변할지도 모르겠지만, 지금은 그의 음악을 과거의 유물로 남겨두고 싶은 마음이다. 또 가수의 음악을 바탕으로 만들어진 영화가 다음과 같은 두 종류였다는 것도 한몫했다.

헤일로는 자신의 열세 개 앨범이 〈보헤미안 랩소디〉 같은 다큐멘터리 영화로 만들어지는 걸 원치 않았고, 아예 다른 〈맘마미아!〉 같은 영화가 되는 것도 바라지 않았다. 전자의 경우 애초에 노해일의 삶에선 헤일로의 곡이 탄생할 수 없다고 생각했고, 후자의 경우는 그냥 싫었다.

'뮤직비디오도 안 만들었는데, 무슨 영화.'

헤일로는 바닥에 누운 채로 고개를 절레절레 저으며, 배 위에 올려놓은 악보를 찢어 던져버렸다.

멤버들이 장을 보러 자리를 비운 지금, 스튜디오에 대자로 누워 있는 헤일로의 주변엔 악보를 구겨 만든 공이 굴러다녔다. 헤일로는 지금 뭐든 쓰고 싶은 주제가 생기면 막 쓸 수 있을 거 같은데, 아직 무엇을 쓰고 싶은지 몰라 영감을 허비하고 있었다.

"이런 건 또 오랜만이네."

바깥에선 월간 헤일로가 끝났다고 하는 인간들이 있지만, 그는 크게 신경 쓰지 않았다. 애초에 달마다 앨범을 발매하는 그조차 비정상적이라는 걸 잘 안다. 그가 13집을 이 세계에 보일 생각이 없었더라면, 정상적인 속도로 앨범을 발매했을 테다. 이걸 슬럼프라고 비꼬는 게 이상한 것이다. 다만, 답답한 것이 없잖아 있었다.

"한 번도 안 해본 음악을 만들어봐. 네가 평생 안 부를 거라던 노래 있잖아. 그래, 그거."

신주혁의 목소리가 어른거린 것도 잠시 "왕!" 하는 개 짖는 소리에 그는 상념에서 벗어났다. 멤버들이 도착했다.

* * *

"흠…."

헤일로는 이게 무슨 재미있는 일일까 싶었다. 다 같이 아일랜드 식탁에 앉아 한 사람이 요리하는 걸 구경하고 있다. 프라이팬을 돌리고 오븐에서 익고 있는 닭고기를 확인하고. 여기까지만 보면 이 스튜디오에서 일하는 전용 셰프 같지만, 놀랍게도 그는 이웃집 남자다. 제이슨 다이크, 악수만 하고 그대로 튀어버린 〈코첼라〉 리허설에서 알게 되었던 가수 말이다. 그는 한때 자기가 헤일로라고 주장했던 백한 명 중 하나로, 진짜 헤일로에겐 죄인이 될 수밖에 없는 상황에 굉장히 난처해했다.

그러나 헤일로는 오히려 돌아가는 상황이 재밌었다. 장을 보러 갔던 멤버들과 만난 것도 그렇고, 그들과 어쩌다 말을 트게 된 것도 그렇고, 자연스레 집 앞까지 함께 걸어와 "들어오세요"라는 헤일로의 말에 튀지 못하고 결국 들어와 요리까지 하게 된 상황이 상당히 흥미로웠다. 물론 제이슨 다이크는 식료품점에 갔던 게 아니라 조깅을 하다가 멤버들을 만났으며, 원래 LA 시민은 스몰토크가 소양이고, 멤버들이 그의 세션일 줄 몰랐다고 변명하긴 했지만, 헤일로는 사소한 건 대개 잊어버리는 성격이다.

"와, 제이슨 다이크 씨가 옆집에 요리까지 해주다니."

멤버들은 〈코첼라〉에서 일어난 작은 사건을 알지 못했기에 그저 신기해했다. 남규환만 긴가민가했지만 헤일로가 아무렇지 않아 보여 일단 넘어갔다. 헤일로라고 주장하는 머저리가 분기별, 아니 매주 등장했기에 멤버들이 그런 이들을 모두 알 리 없었고, 더욱이 제이슨 다이크는 그들이 멤버가 되기 직전에 짧게 주장했던 터라 어떻게 보면 운이 좋았다. 따라서 현재 불편한 건 헤일로와 그 멤버들에게 요리를 대접(?) 중인 제이슨뿐이었다. 뒤에서 히죽거리며 바라보는 눈초리는 아무래도 헤일로의 것인 듯하고, 아직 아무것도 모르는 멤버들이 진실을 알게 되면 큰일 날 것 같았다. 그렇다고 뛰쳐나갈 수도 없으니 제이슨은 땀만 뻘뻘 흘렸다.

'왜 갑자기 비타민 D를 받겠다 나대며 조깅을 했는지. 그건 정원에서도 충분했는데.'

"제이슨 씨는 안 드세요?"

"아, 난 배가 불러서."

헤일로가 쳐다보자 제이슨은 황급히 시선을 피했다.

"요리하다 주워 먹기도 했고."

그의 대답을 들은 헤일로가 무심한 얼굴로 닭고기 스테이크를 먹기 시작했다.

제이슨은 자기가 독이라도 탔으면 어쩌려고, 아무렇지 않게 먹나 싶었다. 물론 독을 타진 않았지만 '이 동네에 웃으면서 정신 나간 짓을 하는 새끼들이 얼마나 많은데, 집요한 놈이긴 해도 아직 어린 건 맞네'라고 생각하며 새삼 헤일로의 나이를 실감했다. 결국 그 끝에 있는 건 밀려오는 자괴감뿐이었다.

헤일로가 꽤 다중언어를 구사한다는 걸 아는 제이슨은 멤버들의 눈치를 힐끗 보고는 자신의 두 번째 언어인 스페인어로 헤일로에게 물었다.

"야, 내가 사과해야 하냐?"

소년이 뭐라고 하든 답은 정해져 있었다.

"아니."

그러나 소년의 예상치 못한 대답에 제이슨이 말하다 말고 깜짝 놀랐다. 그가 헤일로인 척했던 것도 그렇고 〈코첼라〉에서 시비를 걸었던 것도 그렇고, 분명 사과를 원할 거로 생각했는데 역시 소년은 예측할 수 없는 사람이다. 사과를 원치 않는다니 저에게는 좋은 대답이라 왜냐고 묻지도 못하고 입만 뻐끔거리고 있자니 헤일로가 닭고기 스테이크를 하나 더 가져오며 말했다. 그 옆에 같이 구워진 파프리카는 챙기지 않았다.

"왜? 내가 바란다면 하게?"

"아니!"

그럴 줄 알았다며 헤일로가 코웃음을 쳤다. 그 반응 역시 제이슨 다이크가 이해할 수 없는 건 마찬가지였다. 그들의 대화는 거기서 끝났다.

제이슨 다이크는 확실히 사교적인 성격이라, 헤일로의 밴드인 걸 알고 잠깐 불편해했지만 곧 같은 업계 사람으로서 꽤 친절한 문답을 이어갈 수 있었다. 이를테면 현지 맛집이나 바, 펍 등 괜찮은 곳을 소개해줬으며, 더 나아가 근처 사는 연예인과 그들이 얼마나 홈 파티를 좋아하는지도 알려주었다.

"친구들, 그들이 LA에 사는 이유가 뭐겠어?"

술이 뿜어져 나오는 분수대와 함부로 집어먹으면 안 된다는 간식들, 낮보다 화려한 밤과 낮보다 화려한 사람들, 그리고 그는 헤일로가 원한다면 어디든 초대받을 수 있다고 덧붙이기까지 했다.

연예인 얘기를 하다 보니, 그의 소속사까지 알게 되는 건 금방이었다.

"아우구스투스 레코드였어요?"

"내 팬인 줄 알았는데, 몰랐어? 1년 전쯤에 계약했지."

헤일로가 딱히 예전에 있었던 일을 끄집어내지 않으니, 점점 편해진 제이슨 다이크는 제 집처럼 편하게 멤버들과 대화했다. 그는 세션에게 권위를 내세우는 성격은 아니었다. 물론, 누가 헤일로의 세션을 막대하겠는가.

"그나저나 저것들은 뭐야."

소파로 자리를 옮기던 중 제이슨은 바닥에 굴러다니는 것들을 툭 찼다. 그러곤 손을 뻗으려다 헤일로의 말에 멈춰 섰다.

"습작."

제이슨의 동공이 살짝 떨려왔다. 공처럼 뭉쳐진 수많은 종이를 본 그는 안에 쓰여 있을 내용이 너무나 궁금했다. 헤일로가 습작이라고 하지만 그 안엔 새로운 영감이 있을지도 몰랐다.

"궁금해?"

"아니… 됐어."

곧 수많은 상념을 흘려보낸 제이슨은 허리를 세웠다. 여전히 종이공에서 시선을 뗄 수 없었지만 그는 일부러 걸음을 빨리했다.

"봐도 상관없는데."

뒤로 악마의 목소리가 들려왔다.

"안 본다고. 오늘 멜로디 짜는 데 방해만 될 텐데."

어쩌면 그가 생각하는 것만큼 대단한 게 쓰여 있지 않을지도 몰랐다. 아무튼 제이슨은 여전히 볼 생각이 없다. 보게 된다면 그를 잠식할 건, 단순한 호기심이 아니라 걷잡을 수 없는 욕망일 테니까. 모차르트의 재능을 발견한 살리에리처럼 꼬맹이의 습작에 눈이 돌아갈 자신을 원치 않았다.

"새로운 앨범이야?"

"아니, 콜라보. 레이블에서 싱글 하나를 내보자고 제안해서…."

'내가 왜 이런 걸 일일이 설명하고 있지?'라고 속으로 투덜거리던 그는 문득 자신의 레이블에서 헤일로에게도 제안을 넣었을 거라고 생각했다. 레이블 안에서만 하기로 한 것이 아니라서 꽤 많은 이들에게 제안했다. 한 가지 주제의 음악을 만들어보자고.

"너한테도 제안 가지 않았어?"

제이슨이 돌아보며 물었다.

헤일로는 어렴풋이 아우구스투스 레코드에서 온 의뢰를 떠올렸지만, 그에 대해 말하기보다 자기가 궁금한 것을 물었다.

"무슨 곡을 낼 생각인데?"

"어이, 네가 천재라고 우리를 과대평가하지 말라고. 이제 막 시작했어. 장르도 안 정했다는 소리지. 근데 뭐, 거기서 거기겠지."

그렇게 말하는 것치고, 의뢰서에 쓰여 있었던 이름은 LA의 팝스타뿐이었다. 팝가수든 래퍼든 빌보드 1위는 한 번씩 해보고, 꾸준히 활동하는 미국의 스타들. 헤일로에게 제이슨의 설명이 전혀 끌리는 구석이 없어 대충 알겠다고 하려는 순간 그가 말을 이었다.

"그래도 주제는 정해져 있긴 해."

"뭔데?"

"약간 복잡한데. 다 말해주는 건 안 될 거 같고. 굳이 말하자면… 사랑?"

대개 대중음악의 주제가 사랑이기에 특별할 건 없었다. 그러나 헤일로는 굳이 붙인 연결사가 마음에 걸렸다.

"'굳이 말하자면'은 뭐야."

"우리 팀도 아닌데 다 말해줄 수 없지. 네가 제의를 받아들였다면 알았을 텐데. 안타깝게 됐다."

그렇게 말하는 제이슨은 전혀 아쉬워 보이지 않았다.

"다 같이 만나는 날이 오늘이라고 했나?"

"어! 잠깐… 그 뉘앙스는 뭐지?"

"네 친구 좀 소개해달라는 의미지."

"아니, 오려고? 오는 건 상관없긴 한데."

'저 새끼 갑자기 왜 저래. 다 시큰둥하다가 갑자기 의욕이 솟아서.'

만나기로 한 장소를 떠올린 제이슨이 믿을 수 없다는 듯 헤일로에게 물었다.

"아니, 진짜 오게?"

* * *

"왜? 우리가 도서관 가서 작업할 줄 알았냐?"

"그렇게까진 아닌데… 역시 미국."

문서연은 좀 당황했다. 도서관까진 생각하지 않았어도 당연히 레이블이나 스튜디오 사무실, 카페 그 비슷한 구석을 상상했다. 이제껏 그런 공간에서만 음악을 만들었기 때문이다. 하지만 제이슨이 데려온 곳은 그런 곳이 전혀 아니었다. 누가 미국 아니랄까봐, 홈 파티의 현장, 커다란 저택 앞에 화려한 스포츠카들이 마구 엉켜 세워져 있고 들어가기 전부터 안에서 요란한 음악이 사람 소리와 뒤섞여 들려왔다.

멤버들과 달리 어느 정도 예상했던 헤일로였다.

'미국놈들이란.'

애초에 그들이 제 레이블에서 비밀리에 작업을 할 거였다면, 그에게 오라는 소리도 하지 않았을 것이다. 대개 그들의 작업이 술과 파티와 함께 진행된다는 걸 아는 헤일로는 혀를 쯧 차며, 파티 현장으로 들어갔다.

"헤이, 제이슨. 왔냐? 초대장은?"

"없어."

"초대장 좀 갖고 오라니까. 여긴 아무나 들어오는 데가 아니라고, 너니까 특별히 봐준다. 뒤는 누구야? 너 요즘 아시안들이랑도 어울리…."

상당히 술에 취한 남자가 제이슨 뒤에서 캡을 쓴 소년과 눈이 마주쳤다. 조명이 은은하게 비친 야외라 처음엔 제대로 못 알아봤지만, 곧 눈을 번쩍 떴다. 눈을 비비며 제대로 된 리액션을 보여준 그는 술이 깬 듯 손가락으로 그를 가리켰다.

"헤, 헤, 헤일…."

"안녕, 그러니까, 문지기?"

"헤…"

"작작 헥헥거리고, 나 포함 다섯 넣어줘."

"헤일로?!"

남자는 제이슨의 목소리가 전혀 들리지 않은 듯 버럭 소리 질렀다. 그 순간 요란하던 정원의 소음이 뚝 그쳤다. 웃으며 떠들고 술을 먹던 이들이 모두 보면 안 될 사람을 본 것처럼 놀란 시선을 보냈다.

그 부담스러울 정도의 시선에도 헤일로는 팔짱을 낀 채 서 있었다.

"자, 잠깐만요."

헤일로에게 문지기로 불렸던 남자가 급하게 호스트에게 연락을 넣었다. 사실 초대받지 않은 손님인 만큼 당연했다. 그러나 초대받지 않은 파티에서 단 한 번도 쫓겨난 경험이 없는 헤일로는 태연히 제이슨과 떠들며 기다렸다. 버선발… 이라고 표현해도 될지 모르겠지만, 호스트가 뛰쳐나와 헤일로를 맞이했다.

"세상에! 오 신이시여! 헤일로가 내 파티에 오다니! 환영해! 어서 들어와!"

그때부터 마치 전쟁이 난 것 같았다. 당황스러움에 가만히 있던 이들이 자연스레 일어나 소년에게 몰려왔다.

"안녕, 헤일로?"

"헤일로 당신 음악 매일 듣고 있어요."

"나랑 좀 더 깊은 대화 안 할래요?"

"목마르지, 한 잔 마실래?"

"와, 인기 봐라. 나 먼저 들어갈 테니, 천천히."

"어디 가…."

사람들은 친절했고, 헤일로에게 관심이 많았다. 지난 1년여간 그리고 지금까지 헤일로보다 핫한 가수는 없었고, 그런 것치고 알려진 것도 많지 않으니 더 큰 관심이 갈 수밖에 없었다.

슬쩍 제이슨이 빠지려고 하자 헤일로가 그를 붙잡았다. 그리고 아까 보았던 악마 같은 표정으로 말했다.

"헤일로…. 같이 가야지."

'언제까지 이럴 건데!' 하고 버럭 외치고 싶었지만, 지은 죄가 있는 제이슨은 뭐라고 할 수 없었다. 그냥 사과하고 끝내는 게 더 옳은 선택이었는지 모른다. 헤일로에게 제대로 물린 제이슨은 그대로 휘둘려 그 많은 사람을 쫓아내고 그를 목적지까지 안내하는 훌륭한 내비게이션이 될 수밖에 없었다.

"다들 재밌는 사람들이네. 친절하기도 하고."

뒤에서 들리는 헤일로의 목소리에 제이슨은 역시나 애라고 생각하며 코웃음 쳤다.

"설마 그저 좋은 사람들이라고 생각하는 건 아니겠지?"

안으로 들어가니 술에 취한 인간들이 자기들끼리 떠들고 있었다.

"친절하게 구는 건 친절하다고 해야겠지."

"그렇게 생각하고 싶은 건 아니고? 실제로 친절한 놈들은 여기에 없어. 네가 헤일로가 아니었다면 말이야."

"헤일로가 아니었을 때도 친절하던데?"

이는 헤일로의 정체가 알려지지 않은 지난 시간을 뜻했다. 제이슨은 그때도 한국에서 인기스타였다는 헤일로의 전적들을 떠올렸다. 맞는 말이긴 했다. 미국에 왔다면 모를까, 일약 스타에게 막 대할 사람은 없었을 것이다.

"그중에 좋은 의도로 다가오는 사람이 얼마나 있겠냐."

제이슨은 반박을 포기하고, 하려던 말을 했다.

"아까 너한테 팬이라고 했던 애는 사실 네 팬 아니야. 오히려 신곡 나올 때마다 저주했으면 모를까?"

"그래?"

"그 옆에서 미성년자한테 술 권하던 놈은, 좀 레벨이 높은 약쟁이야. 혼자는 안 죽는 약쟁이지. 무슨 의민지 알아?"

"쉽지 않네."

"멀찍이서 너 뚫어지게 봤던 선글라스는 생각나냐? 걘 표절이라고 해야 할까? 곡 훔친다고 말 많은 놈이야."

"오, 전형적이네."

나름의 책임감을 가지고 파티에 그를 데려온 제이슨은 헤일로가 전혀 진지하게 듣지 않는 것 같아 열이 받았다. 하지만 그도 한때 거짓말을 했던 터라 뭐라 할 수 없었다. 신뢰가 없을 테니 말이다.

"조심하라고. 세상에 좋은 사람도 있다지만, 보통 미친놈들이 좀 더 적극적이기 마련이거든."

제이슨은 자기가 왜 이런 말을 하나 머리를 벅벅 문지르며 문을 벌컥 열었다. 그의 뒤로 나지막한 목소리가 들려왔다.

"나도 알아."

'알긴 뭘 알아'라고 혼잣말한 제이슨은 어처구니없어 하면서도 쾌활하게 외쳤다.

"다들 일 좀 하고 있었나?"

"늦었으면 좋알거리지 말고 앉기나 해, 제이슨. 레드불과 함께 이틀을 샜더니 뒤질 거 같거든."

"한 캔 더 뜯어봐. 그 전에 다들 여기 좀 보라고. 내가 데려온 사람이 누군지 알아?"

밖은 술과 음악에 젖어 있었지만 여긴 그렇지 않았다. 기타나 제 악기를 들고 둘러앉은 사람들이 적당히 목을 축이며 놀고 있었다. 원래 영감은 이렇게 청개구리 같은 짓을 해야 더 잘 나오는 법이다.

헤일로는 씩 웃으면서 낯익은 얼굴을 보며 손을 들어 올렸다.

"안녕."

《영광의 해일로》 5권에서 계속…

영광의 해일로 4

초판 1쇄 인쇄 2025년 3월 10일
초판 1쇄 발행 2025년 3월 31일

지은이 하제
펴낸이 이진영 배민수
기획 · 편집 밀리&셀리
디자인 스튜디오 허브
마케팅 태리
펴낸곳 (주)테라코타 **출판등록** 2023년 1월 13일 제2024-000080호
주소 서울시 용산구 원효로 128 e-테크벨리오피스텔 907호
메일 terracotta_book@naver.com
인스타그램 @terracotta_book

ISBN 979-11-93540-22-0 04810
979-11-93540-18-3 (전6권 세트)